沈從文小說與現代主義

劉洪濤 著

序一

錢谷融

　　我已經好久不動筆了，但是接到洪濤要我為他的新著寫序的電話，還是爽快地答應了，一是因為洪濤是我的學生，曾經有好幾年愉快相處的日子；二是他畢業之後，在教學和研究方面勤奮努力，取得了不少成績，可喜可賀。但是，這「爽快答應」當時畢竟是一時激動，事後動筆卻成了一件難事，竟然一拖再拖，直至今日才動筆，心裏不免有些不安。

　　《沈從文小說新論》（繁體字版改為《沈從文小說與現代主義》──下同）是洪濤在博士論文基礎上完成的一部專著。近年來，他先後出版了《湖南鄉土文學與湘楚文化》（1997）、《〈邊城〉：牧歌與中國形象》（2003）等專著，顯示了他學術上的不斷探索和努力，在廣度和深度方面皆有新的開拓。而這部《沈從文小說新論》雖然晚出，也是熔鑄了洪濤近十年的辛勞，經過不斷加工、充實而成，其中不乏一些新的發現與見解，這是我感到十分高興的。因為學術探索是無止境的，一部好的學術著作往往需要經過較長時間的反覆研磨，況且沈從文是現代中國的一位大家，認真研讀他的作品，不盡是現代文學研究的一個重要方面，而且能夠增強我們的審美感受與理解能力。

　　我很欣賞洪濤這種孜孜以求的精神和學風。藝術美和我們的審美能力是人類文明發展的最重要的成果之一，文藝研究與理論批評的最終目的，就是發現、繼承和弘揚這種美及其審美能力。這也是

我們的文藝研究與理論批評為什麼要以作家作品為本的原因。因為藝術美及其審美能力不是空洞的，而是人類創造的，它就儲藏和表現在古今中外的優秀作品之中，我們正是通過閱讀、感受和理解它們來獲得這種承傳，提高這種能力的。而作為一個研究家和批評家，其根基就在於此，他的眼光、功力、水平與研究能力，無不與對於作家作品、尤其是第一流的經典作品的喜好、研讀與理解連在一起，而理論批評的長進最終依賴於對於作家作品更深入、細緻的感悟和研究。比如李白、杜甫、魯迅、托爾斯泰、陀思妥耶夫斯基等，就是這樣的大家，他們的作品中往往包含著一些獨特的文學精神與藝術特點，就像種子一樣；後人研究它們，就如同把這些種子撒向大地，在各種各樣的土地上，經過不同文化的培育，結出不同的果實。所以，細讀經典作品，不僅終身收益，一輩子用得到它；而且能夠幫助我們把握藝術原創的精華，避免簡單地用別人現成的理論來套作品。如果這樣，文學研究也就不可能有原創性。所以，在文藝研究與理論批評中，新的理論和觀念當然是需要的，好的理論總會促進我們的思維和研究，給我們帶來好處；但是，它們不應該脫離藝術美及其審美能力而存在；如果從理論到理論，從概念到概念，就很容易陷入空洞與教條。

以上都是我在讀洪濤的專著《沈從文小說新論》時想到的。寫成後才感覺到，同樣的意思我可能在給我的學生上課時多次講過，洪濤恐怕也聽過多次了。這裏不厭其煩老話重提，既是應現實的需要，也藉此重溫一下昔日的課堂情誼，以寄託我對洪濤的思念。

序二

〔美國〕金介甫

　　劉洪濤教授請我給他這本大作寫序，我很以為榮。記得十年前一位曾編過美國中文報紙文學副刊的美籍華人剛從中國回來。她喜愛沈從文的作品，在沈老生前曾訪問他和他夫人張兆和先生。我問這位中國文學愛好者，大陸學者中除了凌宇、吳立昌、向成國、劉一票等有名的沈從文專家外，還有哪些優秀的年輕學者，有什麼有趣的文章，她立即說北京師範大學有個劉洪濤教授，他的研究很突出，很有獨創性。她複製了一份劉教授的文章，寄給我，文章雖不長，可是研究觀點很新鮮，我從它學了很多東西。之後我們通信，交換意見。2002 年在鳳凰縣舉行了沈從文誕辰一百周年的慶典，盛大的學術會議中，我終於有機會當面認識這位很有才能的學者。1980年第一次去湘西我也算「年輕」，2002 年秋天第三次去湘西我年齡已經過了半百，看到中國有這麼一批新的文學學者和沈從文專家，我高興極了。我在 70 年代初期開始研究沈從文及其作品，那時他的作品在海峽兩岸都是禁書，在國內研究沈從文很不方便，海外學者和華僑壟斷了「沈從文研究」，現在不一樣了。80 年代的中期大陸和臺灣都出現了沈從文熱，現在沈從文熱已經冷卻了一點，但還是有不少大陸的學者繼續研究沈老。人文科學大都是冷門，很多人下海，可還是有很多人繼續研究文學，我很佩服他們。其實我常常覺得沈從文的著作就是一個浩瀚的海洋，要研究它們，一定要學好游泳，要善於抓住每篇作品中的精妙之處。我們也要學怎麼做一條章

魚！劉洪濤是這樣一個學者，他不只是熟悉沈從文那一代的中國作家及其作品，而且他對中外文學理論、心理學理論、美學理論，中外文學經典作品都很熟悉，所以才能貢獻這麼重要的文學研究成果。劉教授作了多年的研究才把博士論文修改完成，這我很理解。我在 1977 年寫了我自己的博士論文，又花了十年的功夫，我的沈從文傳才問世。與其說研究沈從文比較晚出書是一種職業病，不如說我們都想學沈老的認真！

這本書的貢獻很多。沈從文的小說寫得很細膩，劉洪濤教授看沈從文的小說看得也很仔細，文章也寫得很細膩。他在沈老的文本中所發掘的象徵和暗示，我覺得都是很新鮮的，我再讀沈老的小說時，這些文學作品也變得更新鮮。尤其是劉教授解讀〈邊城〉、〈三個男人和一個女人〉、〈都市一婦人〉、〈月下小景〉等作品，他給我們解決了幾個謎。這本書的附錄中，劉教授也解釋了沈從文作品怎樣暗示沈老和張兆和，高青子，他的九妹和大哥的各種各樣的關係和經驗。

劉洪濤教授的文學理論基礎也很深。這本書前一部分寫沈從文作品中的現代主義和非理性，這是一種比較新的觀點。研究者如王潤華和我會同意劉教授這個比較特別的論點。我們最近的論文也強調沈從文作品中的現代主義和「頹廢」理論（這是讚揚沈老的小說而不是批評它們；作品如此微妙！）。劉教授分析沈從文小說怎樣寫「時間」特別重要，特別有獨創性。沈從文總是強調小說的故事性和客觀態度，在現代作家中這算是少數的立場。國內沈從文專家對沈老著作與湘西的歷史、民族和風俗習慣的研究很深刻，貢獻很大。劉教授寫湘西的形象在沈老作品中的地位，他的觀點很新鮮。但我覺得有一句話特別值得商榷：沈從文後期的作品「不再有故事，就很難再有湘西」。

　　這本好書應該給國內外文學研究界很多的啟發，我希望大家慢慢看，慢慢研究這些新鮮的觀點。

　　　　　　　　　　　　　金介甫（Jeffrey C. Kinkley）

　　　　　　　　　　　　　　　於美國新澤西州

目次

導論　沈從文小說價值重估

一、沈從文小說存量統計

在 20 世紀中國文學史上，沈從文的聲譽或許是起伏最大的一個。30、40 年代，他是北方文壇領袖，地位崇高。1948 年，郭沫若在《大眾文藝叢刊》第一輯上刊登〈斥反動文藝〉一文，斥責沈從文是專寫頹廢色情的「桃紅色作家」，「存心不良，意在蠱惑讀者，軟化人們的鬥爭情緒」，還說沈從文是「有意識地作為反動派而活動着」。同期《抗戰文藝叢刊》還刊登了馮乃超的〈略評沈從文的「熊公館」〉一文，論及沈從文發表在 1948 年 1 月 3 日天津《大公報》上的文章〈芷江縣的熊公館〉。沈從文與民國第一任總理熊希齡是同鄉兼遠親，撰寫此文是為紀念他逝世十周年。馮乃超的文章說沈從文稱道熊希齡的故居以及他「人格的素樸與單純，悲憫與博大，遠見和深思」，是為地主階級歌功頌德，體現了「中國文學的清客文丐傳統」。二篇文章尤其是郭沫若〈斥反動文藝〉一文對沈從文的階級定性猶如一顆重磅炸彈，給正躊躇滿志醞釀宏偉寫作計畫的沈從文以沉重打擊。1949 年初，北京大學校園裡又打出「打倒新月派、現代評論派，第三條路線的沈從文」的標語。在歷史轉折的關鍵時期，懾於文章標語的凜然氣勢及對其背景的憂懼，沈從文自殺未遂，從此退出了文壇。

從 20 世紀 80 年代開始，沈從文的聲譽鵲起，「大師」的讚譽不絕於耳。沈從文文學地位在 80 年代以降的崛起，可以和一大批因機緣或政治保駕得以馳騁文壇的「作家」的命運相對照：當那些「作家」如日中天之際，沈從文還是一件「出土文物」，封埋三十年，剛

見了天光，人們沉浸在「發現」的驚喜裏，學者的使命，除告訴讀者沈從文何許人也，還要在長長的「欽定」現代作家佇列中，為他謀一個「正統」的位子。但很快，那些「作家」便被讀者遺忘，也遭到史家否定，沈從文卻躋身於 20 世紀最傑出作家的行列且名列前茅，為讀者熟知喜愛，更受學者重視。

　　由於 20 世紀 80 年代後期掀起的中國現代作家重新評價潮，又趕上世紀末這個特殊的歷史時刻，二者合力，催生了一個獨特的學術現象——作家排座次。在文學史的序列中，給沈從文以明確的崇高地位，金介甫是第一個。他在《沈從文傳》（時事出版社 1991 年 7 月中文版）引言中寫道：「在西方，沈從文的最忠實讀者大多是學術界人士。他們都認為，沈是中國現代文學史上少有的幾位偉大作家之一，有些人還說魯迅如果算主將，那麼沈從文可以排在下面。」金介甫反映的是包括他自己在內的西方漢學家的普遍意見。在這段文字中，「少有的幾位」、「偉大」的說法，以及和魯迅並列，都是極高的讚譽。1994 年，王一川主編的《20 世紀中國文學大師文庫》（分小說、詩歌、散文、戲劇 4 卷）由海南出版社出版，此文庫以「文學大師」標目，其小說卷將魯迅、沈從文、巴金、金庸、老舍等九位小說家的作品收入，卻把茅盾等排除在外，由此引起強烈反響。在文庫的小說家排名中，沈從文列第二位。編者給沈從文獲得如此地位提供了令人信服的理由：「他借湘西邊地風情而對中國古典詩意的卓越再造」；此外，近年對沈從文頻繁使用的「大師」稱號肇始於此。1995 年，錢理群、吳曉東推出了排在最前列的七位現代作家的名單。他們在〈「分離」與「回歸」——繪圖本《中國文學史》（20世紀）的寫作構想〉[1]一文中寫道：「在魯迅之下，我們給下列六位

---

[1]　載《文藝理論研究》1995 年 1 期。

作家以更高的評價與更為重要的文學史地位，即老舍、沈從文、曹禺、張愛玲、馮至、穆旦。」沈從文在全體現代作家中排名第三。1999 年 6 月，《亞洲周刊》推出「20 世紀中文小說一百強排行榜」，對 20 世紀全世界範圍內用中文寫作的小說進行排名，遴選前一百部作品。參與這一排行榜投票的是海內外著名學者、作家，如余秋雨、王蒙、王曉明、謝冕、王德威等。在這一排行榜中，魯迅以小說集《吶喊》位列第一，沈從文的小說〈邊城〉名列第二。但如果以單篇小說計，〈邊城〉則屬第一。上述產生於 90 年代的排名，有的針對作家沈從文，有的針對小說家沈從文，有的針對沈從文的個別小說，雖然範圍大小不一，卻都在二、三名之間。在 21 世紀的今天，我們有足夠的理由相信，沈從文的作品經受住了時間的考驗，成為經典。早在 30 年代中期，沈從文就頗為自信地寫道：「……說句公道話，我實在是比某些時下所謂作家高一籌的。我的工作行將超越一切而上。我的作品會比這些人的作品更傳得久，播得遠。我沒有方法拒絕。」[2] 應該說，沈從文的作品經受住了政治風雲和時間的考驗，沈從文的預言變成了現實。

　　沈從文一生到底創作了多少篇小說？要回答這個問題，首先要確立一個統計的標準，因為沈從文不少作品，文類界限本不易確定。如〈公寓中〉（1925）和〈遙夜〉（1925），都是自敘傳，都寫作者在北京的困苦絕望生活，但第一篇被當成小說，後一篇卻算作散文。我如此處理，一般是循《沈從文文集》和《沈從文全集》（北岳文藝出版社 2002 年版）中的慣例，以避免不必要的糾纏。但也有個別例外，如〈青色魘〉在《沈從文文集》中被列為小說（見第 7 卷），在《沈從文全集》中，卻當成散文（見第 12 卷），在這種矛盾情況下，

---

[2]　沈從文：《從文家書・湘行書簡》，上海遠東出版社 1996 年版，56 頁。

我依據自己的判斷,將它看成散文。此外,沈從文一些中長篇小說,或者以不同篇名在報刊上分別發表,如〈神巫之愛〉、〈阿黑小史〉[3]、《芸廬紀事》[4]、《雪晴》[5]、等;或者以同一篇名連載,如〈舊夢〉等。我在統計時,對它們只按一篇作品計算一次。《月下小景》是一部框架故事集,但其中各篇相對獨立,故按每篇獨立計算。依據這一標準統計的結果,沈從文從 1925 年 1 月發表第一篇小說〈公寓中〉,到 1947 年完成的《雪晴》,24 年間共創作小說 200 篇(部)。

---

[3]　《阿黑小史》各章節,按最初在雜誌上發表的時間順序為:〈雨〉(1928 年 11 月 10 日)、〈秋〉(1932 年 9 月)、〈病〉(1932 年 11 月 1 日)、〈婚前〉(1932 年 12 月 1 日)、〈油坊〉(1933 年 1 月 1 日)。1933 年 3 月,新時代書局出版《阿黑小史》單行本,目次為:「油坊」、「秋」、「雨」、「病」、「婚前」。這目次與故事情節線索多有不合。花城出版社的《沈從文文集》第 5 卷收入《阿黑小史》,其目次做了調整:「油坊」、「秋」、「病」、「婚前」、「雨」,但與情節仍有脫節處。《沈從文別集》和《沈從文全集》才把《阿黑小史》的目次調整到與情節完全一致,即「油坊」、「病」、「秋」、「婚前」、「雨」。但上述版本的《阿黑小史》都忽略了沈從文 1928 年 10 月發表的〈采蕨〉。這篇作品中的人物也是阿黑和五明,在報刊初次發表時,篇末注明「阿黑小史第五」;從情節順序看,它應是《阿黑小史》的首篇。因此,完整的《阿黑小史》包括:「采蕨」、「油坊」、「病」、「秋」、「婚前」、「雨」,共 6 節。我在統計沈從文小說篇目時,將〈采蕨〉歸入《阿黑小史》,沒有單獨計算。

[4]　〈芸廬紀事〉初載於 1942 年 10 月 15 日、1943 年 1 月 15 日《人世間》第 1 卷第 1、第 3 期,當時只發表了「第一」、「第二」部分,第三部分因觸犯禁忌被擱置。1947 年 2 月 1 日、16 日,3 月 1 日、15 日、29 日,天津《益世報‧文學周刊》重新發表本篇時,補充了「第三」部分。但這三部分是否〈芸廬紀事〉的全本?《沈從文文集》和《沈從文全集》對此的處理不同。《沈從文文集》(第 7 卷)把「《人世間》本」與刊登於 1943 年 12 月 8 日《文聚》第 2 卷第 1 期上的小說〈動靜〉合為新的《芸廬紀事》,《沈從文全集》(第 10 卷)則採用「《益世報‧文學周刊》本」,把〈動靜〉排除在外。依本人私見,完整的〈芸廬紀事〉應該有四部分:「陌生的地方和陌生的人」;「大先生,你一天忙到晚,究竟幹嗎?」;「我動,我存在;我思,我明白一切存在」;「動靜」,因為它們有很強的內在連貫性。

[5]　《雪晴》是一部包含四節的中篇小說,這四節的標題依次是:「赤魘」、「雪晴」、「巧秀與冬生」、「傳奇不奇」。

在這兩百篇（部）小說中，還有長、中、短篇之別。這種區別當然是相對的，我主要是依據篇幅長短、格局大小、內涵豐富與否，以及學術界慣常的認定等因素，綜合在一起加以確定。但相比較茅盾、巴金等人的長篇、中篇小說規模，沈從文的同類作品或許只能算中短篇小說了。統計結果為：長篇小說占 5 部：〈阿麗思中國遊記〉（1928）、〈舊夢〉（1928）、〈一個女演員的生活〉（1930-1931）、〈邊城〉（1934）、〈長河〉（1938-1942）。中篇小說 14 部：〈在別一個國度裏〉（1926）、〈篁君日記〉（1927）、〈山鬼〉（1927）、〈長夏〉（1927）、〈呆官日記〉（1929）、〈一個天才的通信〉（1929）、〈一個母親〉（1929）、〈神巫之愛〉（1929）、〈冬的空間〉（1930）、〈鳳子〉（1932-1937）、〈阿黑小史〉（1928-1933）、〈八駿圖〉（1935）、〈芸廬紀事〉（1942-1943）、〈雪晴〉（1945-1947）。短篇小說 181 篇。從篇數上看，沈從文在現代中國作家中排第一，無愧於「高產作家」的稱譽。

沈從文的兩百篇（部）小說發表於不同時期，其年代分布情況[6]為：1925 年 22 篇，1926 年 20 篇，1927 年 24 篇，1928 年 21 篇，1929 年 25 篇，1930 年 21 篇，1931 年 13 篇，1932 年 15 篇，1933 年 11 篇，1934 年 5 篇，1935 年 6 篇，1937 年 6 篇，1938 年 1 篇，1940 年 4 篇，1942 年 1 篇，1943 年 2 篇，1945 年 1 篇，1946 年 2 篇。這份統計顯示，沈從文的小說創作在第一年就進入噴發期，高產持續了六年。1931 年以後，產量雖然開始逐漸下降，但單個小說的篇幅呈增加趨勢，質量上更精益求精。學者們公認，小說是沈從文文學成就最重要的代表，小說是他奉獻給現代中國文壇最具特色的藝術成果，小說是他榮譽之冠上最耀眼的一顆明珠。

6　對於跨年代發表的作品，按首次發表的年代計算一次。

二、沈從文小說的思想價值

　　面對著這兩百篇（部）小說，注視著沈從文文學地位的冉冉上升，我在欣喜之餘，卻一次次陷入到困惑之中。沈從文是一個謎，這不僅有汪曾祺先生試圖解開的「轉業之謎」，[7] 更有他的文學創作之謎。記得我在華東師範大學師從錢谷融先生攻讀博士學位時，剛確定以沈從文小說為研究對象，發表了幾篇相關論文，反響不錯。一個師弟問我學位論文的思路，我頗為豪邁地一揮手，說：「我準備重新確立沈從文在中國現代文學中的地位！」這位師弟反問：「你以為沈從文在中國現代文學中應該佔據怎樣的地位？」我卻一時無言以對。後來，即使在通過博士論文答辯，圓滿完成學業後，很長時間裏，我仍然不能很好地回答這個問題。其實，沈從文的文學定位問題也困擾著其他現代文學的研究者，一些前輩學者如嚴家炎、凌宇都發出過類似的感歎。[8] 稱沈從文是一個「謎」，並不表示我們缺乏對沈從文的細部研究，相反，這方面的研究成果已經積累了十分可觀的量。[9] 要真正解開沈從文文學創作之謎，需要準確、全面地把握他的文學定位，還沈從文本來的歷史面貌。如前所述，對沈從文的評價有過大起大落，但即便在沈從文聲譽如日中天的近二十多年，無論對沈從文文學價值否定還是肯定，也都沒有很好地回答這個問題。

---

[7]　參見汪曾祺先生〈沈從文專業之謎〉一文，收入《長河不盡流——懷念沈從文先生》，湖南文藝出版社 1989 年版。

[8]　參見嚴家炎：〈為謎樣的傳主解讀〉（載《讀書》1993 年 5 期），文中多有「令人難以置信」、「奇蹟」、「神秘」等說法。凌宇在〈從苗漢文化和中西文化的撞擊看沈從文〉（《文藝研究》1986 年第 2 期）中說：「沈從文及其創作的本質是什麼？它反映了一種什麼樣的文化心理？卻是一個難解的文學之謎。」

[9]　請參閱劉洪濤、楊瑞仁主編：《沈從文研究資料》（天津人民出版社將出），其中收錄海內外出版的沈從文研究專著約四十四部，報刊論文約一千九百二十餘篇，國家圖書館及上海圖書館藏 1995-2003 年間博士、碩士學位論文二十五篇。

　　縱觀中國的沈從文評論史，即可發現造成這種結果的癥結所在。20 世紀 80 年代之前國內的沈從文評論，以否定者居多，論者以階級鬥爭為綱，將沈從文排擠到邊緣，甚至掃地出門，郭沫若、馮乃超的文章只是其中登峰造極之作。20 世紀 80 年代初，沈從文逐漸受到肯定性評價，但研究者的方法論，並未完全超出階級話語的藩籬。沈從文的政治立場，被套上「進步」的光環；他對人性的描寫，被抹上階級和社會的底色；沈從文的創作，被納入到現代左翼文學傳統中去。種種努力，都是在有政治保駕的「紅色文學傳統」中給沈從文尋找一個位置。事實上，沈從文根本不需要，也不適合這一位置。從 80 年代中期開始，擯棄了階級話語的沈從文研究者，又自覺或不自覺，試圖將他納入到現代文學中佔據主流地位的五四啟蒙文學傳統中去，或者從啟蒙文學的角度理解沈從文。[10]二十年

---

[10]　如凌宇在〈沈從文創作的思想價值論——寫在沈從文百年誕辰之際〉（載《文學評論》2002 年 6 期）一文中認為，沈從文的言說方式、話語方式及思想內涵，都顯示出「啟蒙特徵」，它隸屬於魯迅開創的啟蒙傳統，是「中國現代文學現代性的主要標識之一」。趙園在〈沈從文構築的「湘西世界」〉（《文學評論》1986 年 6 期）一文中，責怪沈從文在「城市世界」與「湘西世界」之間，沒有引入「歷史發展」的概念，只是將湘西和都市兩種文明類型作「靜態的比較」，是『『形態』的而非『動態』（演變過程）的比較，因而難免不是片面化了的比較。」她懇切地指出：「人類付出了如此沉重的代價，當然不是為了使自身停留在『自在狀態』。而沈從文筆下的『城市病』、『文明病』或多或少也是『歷史進步』的結果，——至少是為了『歷史進步』而必得付出的代價。至於更健全的社會，不消說也只能在跨越這弊病叢生的『文明時期』之後才會到來。」人類真正的進步依靠文明程度的進一步提高，而不是打倒它。現代文明弊端叢生，但弊端的克服仍需要文明的進一步發展。趙園基於這樣一種簡單明瞭的現實邏輯，樸素的社會進化和發展觀，否定了沈從文這一創新的思想和文學價值。在她眼中，沈從文如此處理湘西與都市的關係，甚至是落後於時代的：「20 世紀所提供的世界歷史眼光，完全有可能使沈從文以更寬闊的時空尺度度量湘西那一種文化，然而沈從文卻始終未能據有這尺度。」趙園對沈從文小說中湘西與都市關係的這一負面認識顯示了啟蒙話語的影響，這限制了她進一步挖掘其深邃內涵和意義的努力。

多來，啟蒙話語不斷豐富、深化、增生，形成了一個強有力闡釋系統，在沈從文研究的不少領域，取得了重大的進展。但同時，依靠這一闡釋系統，對屬於根本性的沈從文文學創作定位的問題，仍不能提供令人信服的答案，沈從文之謎依舊。

　　「人性」與「生命」的張揚，是沈從文小說根本性的立足點，也是解開沈從文之謎的關鍵所在。沈從文關於人性和生命的論述頗多，其中最著名的一段話是在〈《從文小說習作選》代序〉中說的：「我只想造希臘小廟。選山地作基礎，用堅硬石頭堆砌它。精緻，結實，勻稱，形體雖小而不纖巧，是我理想的建築。這神廟供奉的是『人性』」。[11]他還說自己創作〈邊城〉，是「要表現的本是一種『人生的形式』，一種『優美，健康，自然而又不悖乎人性的人生形式』」[12]他也勸戒別人要表現人性：「一個偉大作品，總是表現人性最真切的慾望」。[13]80 年代初，吳立昌的論文〈論沈從文筆下的人性美〉（1983）[14]拉開了系統研究沈從文文學創作中人性因素的序幕。吳立昌認為，「對人性的執意追求」，是貫穿沈從文世界觀的一條主線，也是解開沈從文創作之謎的「一把鑰匙」。作者著力強調了沈從文筆下湘西人物的人倫之善和詩情之美，以及沈從文把攝取人性美的焦點對準士兵、妓女、水手、女傭等下層人民，甚至革命者的政治意義。在吳立昌看來，沈從文表現的人性是人的階級性的補充，具有社會批判價值和功能。凌宇在 1986 年發表〈從苗漢文化和中西文化的撞擊看沈從文〉[15]，十六年後，於 2002 年又發表了〈沈

---

[11]　《沈從文文集》11 卷，花城出版社、三聯書店香港分店 1984 年版，44 頁。
[12]　《沈從文文集》11 卷，45 頁。
[13]　沈從文：〈給志在寫作者〉，載 1936 年 3 月 29 日天津《大公報・文藝》。
[14]　文載《文藝論叢》17 輯，上海文藝出版社 1983 年 7 月版。
[15]　文載《文藝研究》1986 年 2 期。

從文創作的思想價值論〉，[16]這兩篇文章凝聚了作者對沈從文「生命」之說的深入思考以及思考的進展。作者注意到沈從文作品中人性的不同層面。凌宇認為，人性更深邃、更基本的層面是包蘊著肉體和精神力量的生命，生命乃人性的主要存在形式，是人之所以為人的基本依據，是人之存在質量的根本保證，而信仰和表現生命是沈從文藝術創作的全部歸宿。作者從沈從文文學作品中提煉出四種「生命」形式，即原始的生命形態、自在的生命形態、個體自為的生命形態、群體自為的生命形態。這四種生命形態的表現，在沈從文創作中是一個發展過程，顯示出小說人物生命質量的漸次提高，也說明了沈從文對人性—生命理解的逐步深化。

　　人性乃「區別於其他動物的特質和基本屬性」，它包括人的自然屬性和社會屬性兩個方面；在階級社會裏，勞動和階級性是人性的最突出表現。對人性的這一理解被廣泛應用到沈從文研究中，卻沒有抓住問題的要害。文學根本上就是表現人性，這一點古今中外皆然。但具體到不同時代，不同作家，在人性的旗幟下，其實所張揚人性之目的、表現人性之內涵和範圍，都有極大差異。即使如中國現代文學中，表現人性也絕不是沈從文的「專利」，冰心、郭沫若、巴金等一大批作家都曾為人性張目。吳立昌、凌宇等學者以挖掘人性的理性取向、階級價值、社會內涵為旨歸，就沒有把沈從文表現的人性在本質上與其他現代作家區別開來，沒有真正呈現出沈從文表現人性的獨特性。因此，這一種學術進路，雖得到國內大多數學者的認可和追隨，卻未必是正確的方向。

　　沈從文人性—生命體系的本質是它的非理性，而不是社會性和階級性；這種非理性是感應西方非理性主義思潮的產物。非理性主

---

[16] 文載《文學評論》2002 年 6 期。

義思潮在現代中國的廣泛傳播是人所共知的事,現代文壇受非理性主義影響的作家也不在少數,其中包括魯迅、郭沫若、茅盾這樣的文壇巨匠。但將非理性真正內化為創作的基本精神、基本品格,將其內涵拓展到如此豐富的程度,使其具有廣泛的現實指涉性,並取得巨大成就,這樣的現代作家,沈從文是唯一的一個。事實上,一些在沈從文研究領域取得突出成績的學者,已經注意到沈從文創作中的非理性問題。如金介甫在其《鳳凰之子——沈從文傳》中,列舉了不少沈從文與非理性主義思潮關係的證據。[17]趙學勇在其《沈從文與東西方文化》[18]一書中,準確把握並肯定了沈從文筆下人性—生命體系的非理性特質和意義,較深入地挖掘了其內涵,還研究了它的中西文化資源及產生的背景。凌宇在〈沈從文的生命觀與西方現代心理學〉[19]一文中,梳理了佛洛伊德精神分析理論在沈從文創作中存在的痕跡。王繼志的〈沈從文美學觀念中的『超人』意識〉[20]一文指出:「1940 年前後,沈從文的詩歌、小說、散文和文論作品,明顯地表現出一種『超人』意識。尤其是他的文論,不僅在語言表達上帶有尼采、叔本華直覺感悟式的哲理意味,而且在思想內容上也可以聽到尼采、叔本華的有關『審美愉悅』的迴響。」

　　雖然學界在沈從文人性—生命體系非理性特質的研究中取得了一些進展,問題卻沒有完全解決。從已有的成果看,人們對沈從文人性—生命體系之非理性內涵的資源羅列過於寬泛,將道家、儒家思想與盧梭、華茲華斯的啟蒙主義、浪漫主義,當然也包括西方非理性主義思潮的影響等量齊觀,忽略了中西、古今文化形態本質上

---

[17]　《鳳凰之子——沈從文傳》是金介甫所寫《沈從文史詩》的第四個中譯本,也是最新的一個版本,由中國友誼出版公司 2000 年版。

[18]　蘭州大學出版社 1990 年版。

[19]　文載《南京大學學報》2002 年 2 期。

[20]　文載《南京大學學報》2002 年 2 期。

的差異，忽略了西方現代非理性主義時代思潮對沈從文創作的決定性、根本性的影響。其次，將非理性與原始性看成兩個沒有具體關聯的概念和話語系統，沒有意識到非理性以原始性為基礎，以原始性為最顯著的特色。第三，對人性─生命體系非理性特質的研究，還基本停留在現象層面上，對其在沈從文作品中豐富的呈現層次和系統表達缺乏更深入、透闢的分析。不僅如此，由於非理性主義作為一種思想體系，在中國的現實環境中生存和發展的空間極其有限，所以當涉及沈從文創作根本定位的重大問題時，非理性常常引出的是否定性評價。如吳立昌在上述〈論沈從文筆下的人性美〉文章的結尾，以批評的口吻指出沈從文人性表現中的這一點「瑕疵」：「忽略或否認人在階級社會所處的不同經濟政治地位及其在人物身上的影響，亦即抹去人的思想上的階級烙印，閹割人性中極重要的階級性因素，結果人物也勢必變成完全脫離社會現實的抽象的人，純粹自然的人。」二十多年後，我們仍能聽到如此極端的否定：

> 在人性結構中，本能高於文明、感性多於理性、自然屬性大於社會屬性，便是優美健全的人性；而如果本能受制於文明、感性屈從於理性、自然屬性從屬於社會屬性，便是「閹人」，是人性的扭曲與畸形。衝突的解決訴諸於武力的，具有旺盛的生命力和健全的人性；而借助於道德或其他社會規則的，則是怯弱，是元氣喪失。性行為的發生應該只是生理本能的表現，理性的精神的過濾越少越見出人性的優美健康。

劉永泰在這篇名為〈人性的貧困與簡陋──重讀沈從文〉的文章中，雖然敏銳地捕捉到沈從文創作中人性的根本特徵，卻完全抹殺了它的現代價值。上述引文是作者說的反話，他據此斥責沈從文

「表現的是人性的貧困和簡陋」。[21]綜上所述，由於啟蒙話語和階級話語的強大影響，沈從文作品中人性—生命體系的研究雖然積累了相當成果，卻沒有取得根本突破。我希望通過我的努力使這種局面有所改觀。我將證明，非理性精神是沈從文小說的思想價值的核心與基石，人物存在的根本依據；非理性精神打破了湘西與都市的分野，把沈從文小說在題材上的差異彌合起來。非理性精神又因空間、時間不同，形態亦有所不同，這既反映了非理性精神與多樣性現實結合的能力，也昭示了它廣泛的適用性。在後期的創作中，沈從文更著力將其表現的非理性精神加以提煉和昇華，塑造出閃現著「神性」光輝的理想生命人格。

沈從文小說中另一個令人眩目而且帶有根本性的重大命題是他對苗漢文化的態度及對現代民族國家的想像與認同。這一命題的產生基於湘西及中國的近現代歷史現實。這個歷史現實是：湘西從原始、半原始社會逐漸向現代社會邁進，從苗族的被孤立、隔絕到逐漸融入中華民族的大家庭；而中國從傳統的朝代國家逐漸向現代民族國家過渡。沈從文以獨有的造化，擁有了中國近現代歷史所提供的這一份最重要的文化資源；他以天才的筆墨，將這一份文化資源整合成卓越的文學形象。

最早注意到沈從文作品中苗漢文化衝突的國內學者是凌宇。他在〈從苗漢文化和中西文化的撞擊看沈從文〉一文中梳理了沈從文苗族意識產生的湘西歷史現實依據，並分析了沈從文若干作品如〈七個野人與最後一個迎春節〉、〈龍朱〉、〈邊城〉、〈從文自傳〉、〈湘西〉中對苗漢之間矛盾衝突的直觀表現，以及沈從文顯在的苗族本位立場。凌宇進一步指出，沈從文作品中鄉村與都市、鄉下人與城裏人

---

[21] 文載《中國現代文學研究叢刊》2000 年 2 期。

的對立，其實是苗漢民族對立的延伸和另一種表現形式。凌宇在此文中有意識地「甄別」沈從文創作中苗族文化存在的作法蘊涵了有價值的方法論，遺憾的是他沒有在此基礎上深化自己的論點。凌宇同樣沒有注意到沈從文作品中苗漢文化衝突的性質，在文本中更複雜的存在形式，發展變化過程及其最後歸宿。至於其他個別苗族學者因為沈從文身上有苗族血統，就把他的文學創作籠統地概括為苗族文化，並強調這種「苗族文化」較漢族文化的「優越性」及其二者間的對立性質，[22]這一思路不符合沈從文創作實際，也不具有學術價值。還有一些學者根據湘西有土家族，沈從文母親是土家族，沈從文小說中表現的民俗也與土家族相關等事實，將土家族文化也納入沈從文研究的視野，這也是不足取的。因為土家族在 1957 年之前還是未定民族，雖然它有自己的民族特徵，其來源也和苗族不同，但沈從文在 1957 年之前對這個概念甚至沒有聽說過，更遑論創作受其影響了。

　　我對沈從文創作中涉及的苗漢文化關係發生興趣是在 20 世紀 90 年代中期。1994 年，我發表了〈沈從文對苗族文化的多重闡釋與消解〉[23]一文，全面分析了沈從文不同時期作品中苗族文化存在的具體形態，探討了它的意義。我還注意到沈從文 1933 年以後作品中苗族文化被地域文化置換和消解的問題。受後殖民主義理論影響，我注重沈從文作品中苗族文化的獨立意義，認同沈從文的苗族立場，對沈從文 1933 年以後創作中民族立場的轉變表示了遺憾。1997 年底，我的《湖南鄉土文學與湘楚文化》[24]一書出版，強化、系統

---

[22] 參見吳曦雲：〈沈從文的創作與民族意識〉，載 1992 年《貴州民族研究》1 期。

[23] 文載《二十一世紀》（香港）1994 年 10 月號。

[24] 該書由湖南教育出版社 1997 年 12 月出版。

化了前文的觀點，充分肯定了沈從文作品中苗漢文化衝突所產生的藝術張力，還將這一衝突納入湘楚區域文化與國家主體文化的複雜關係中加以考察，並認為這是沈從文對中國鄉土文學的獨特貢獻。此後我的研究重點轉向〈邊城〉。沈從文這部代表作的文本不屬於艱深晦澀的那種，但若想讀出點新意來又異常困難。我為此斷斷續續努力了三年，以《〈邊城〉：牧歌與中國形象》（完成於 2000 年底）一書的出版而告一個段落。此前我的研究，只是將 1933 年以後沈從文創作中對苗族文化的消解現象加以粗略描述，沒有注意到它背後隱藏的更重大的價值，《〈邊城〉：牧歌與中國現象》一書彌補了這一不足。我在書中把關注的目光集中在〈邊城〉對詩化的中國形象的塑造上，而苗族文化被沈從文抹去族屬特徵後，成為「中華民族」特性的一部分，被整合進詩化的中國形象中。此外，我還嘗試在更宏闊的背景中去界定〈邊城〉中詩化的中國形象的意義，這一背景就是後發國家被動現代化的歷史進程。詩化中國形象與魯迅在〈阿Q 正傳〉中塑造的負面的中國形象相對，屬於近現代以降文化守成主義思潮在文學上的提煉，它為後發國家回應被動現代化，提供了經典的樣式和意緒。完成《〈邊城〉：牧歌與中國形象》後不久，我的探索又有了新進展。我發現，沈從文雲南時期的創作，尤其是《長河》和《芸廬紀事》中，現代民族國家的觸角已經全方位伸進湘西，對民族、國家的認同成為沈從文創作的主旋律。沈從文徹底放棄了苗族立場（這一立場始終是不堅定的），轉而自覺地探索湘西地方性資源（包括苗族資源）如何為中華民族在戰爭中浴火重生做出自己獨特的貢獻；他這一時期寫的一系列具有「抽象的抒情」特徵的散文中，還以自我投入其中的方式，發掘「重造」民族國家的內在源泉，在精神和品格上準備了新中國的誕生。在本書中，我將上述研究成果整合後全面呈現給讀者，讓讀者看到沈從文為一個東方民族

從傳統朝代國家邁向現代民族國家所提供的極其重要的精神資源和想像模式。的確，沈從文的作品是可以當成整個中華民族的寓言來讀的。

三、現代性與現代主義

中國現代文學的性質是什麼？沈從文在中國現代文學史上處在怎樣的位置？要解開沈從文文學創作之謎，這兩個問題同樣是無法迴避的。

從現代性的角度研究 20 世紀中國文學，目前在學術界蔚然成風。在眾多關於現代性與 20 世紀中國文學關係的研究成果中，我比較認同這樣的觀點：中國的現代性，「大體上以鴉片戰爭為明顯的標誌性開端，指從那時以來至今中國社會告別衰敗的古典帝制而從事現代化、以便獲得現代性的過程，這個過程涉及中國的政治、經濟、法律、教育、宗教、學術、審美與藝術等幾乎方方面面。」由於中國的現代性「不是從中國文化進程中原初地發生的，即不是原生性的，而是在西方現代性的強有力的介入下生成的」，因此，「中國的現代性問題，可以從中國文化對於其在現代化進程中遭遇的種種挑戰的應戰行動角度去考慮。」[25]王一川這段文字概括出中國現代性的二個顯著特點：其一，中國現代性是一個大致從鴉片戰爭開始的歷史過程，它「顯現為一系列推動和主導歷史變革發展的事件和運動」，[26]既有物質化的產品，也有上層建築和意識形態的成果。換句

---

[25] 王一川：〈現代性文學：中國文學的新傳統——兼談中國現代文學與文學研究〉，載《文學評論》1998 年 2 期。另可參閱他的《中國現代性體驗的發生》（北京師範大學出版社 2001 年版）一書。

[26] 陳曉明主編：《現代性與中國當代文學轉型》，雲南人民出版社 2003 年版，7 頁。

話說，中國近現代歷史上任何事件和運動都不能自外於現代性，都是現代性的產物。其二，中國的現代性不是原生的，而是被動的，外力強加的。王一川進一步將20世紀中國文學看成是中國社會追求現代化，以獲得現代性的過程中一個重要組成部分，也就是「現代性文學」。從這個意義上講，沈從文的小說創作無疑屬於中國現代性文學的一部分。

　　從現代性的角度考察沈從文文學創作涉及的前述兩個重大命題，其相互關聯和歷史面貌會變得更加清晰。在西方現代性強力介入下，中國從傳統朝代國家邁向現代民族國家的過程中，新的民族國家觀念和想像逐漸生成，與之相適應的國民素質問題擺在了每一位中國知識份子面前。由於近現代中國積弱的歷史，中國知識界、文學界形成了一個最普遍的共識，即人種和民族性需要改造，這也成為中國近現代文學的基本主題。在此問題上，以魯迅為代表的啟蒙作家，更多側重挖掘、暴露民族性格中由於封建宗法觀念、傳統積習、歷史慣性所形成的負面特徵，並且引申到對社會制度、國家制度的懷疑和否定上。沈從文則塑造了新的民族性格，即以湘西原始性為核心，融合了傳統儒道釋思想的非理性精神。在七十多年前，蘇雪林就已經指出，沈從文「就是想借文字的力量，把野蠻人的血液注射到老邁龍鍾頹廢腐敗的中國民族身體裏去使他興奮起來，青年起來，好在20世紀舞臺上與別個民族爭生存權利。」又說：「他屬於生活力較強的湖南民族，又生長在湘西地方，比我們多帶一分蠻野氣質。他很想將這分蠻野氣質當做火炬，引燃整個民族青春之焰。」[27]這一概括基本上是符合沈從文對新民族性格設計的。沈從文的創作，還客觀上呈現了中國由不同民族間的緊張對峙走向融合

---

[27]　蘇雪林：〈沈從文論〉，《文學》1934年9月3卷3期。

統一的「中華民族」的過程，以及新的國家形象的形成過程。而新民族性格的塑造，在創建現代民族國家的偉大實踐中找到了合理的和最後的歸宿。這是一般現代作家不曾涉及或涉及不深的領域。

在現代性思路的引領下，沈從文反現代文明的態度也有了合理解釋。現代文明是現代化過程的階段性成果，也是現代性的反映。在中國，它集中體現在都市的發展和由此形成的都市價值觀即對秩序、效率、利益的追求上，體現在都市生活的舒適、享樂、快節奏上，體現在對人的社會化（如從身分、職業、地位、黨派立場等角度看待人）程度不斷提高的要求上。沈從文認為，都市現代文明的直接後果是性的壓抑和扭曲，生命力衰竭。從這個意義上講，反現代文明，是沈從文張揚非理性精神的一個必然結果，是改造民族性格這一命題在反方向上的延伸。

承認 20 世紀中國文學的本質是「現代性文學」，沈從文小說創作是「現代性文學」的一個組成部分，問題仍然沒有完全解決。雖然同屬於現代性文學，沈從文與魯迅不同，與茅盾更不同。他們之間的差別有多大，只要對比一下沈從文的〈我的教育〉和魯迅的〈示眾〉以及茅盾的《子夜》，就可以看成其中端倪。我們顯然不能在現代性文學旗幟下，把這些作家混為一談，還應該有次一級文學思潮的劃分，將他們在意識形態上的區別標示出來。

沈從文小說的思想藝術資源十分龐雜、多樣。從思想上看，有中國道家、儒家、佛家影響的痕跡，西方哲學家、思想家如盧梭、尼采、叔本華、伯格森在沈從文作品中也能找到他們的回聲。從藝術上看，沈從文推崇楚辭、《史記》、魏晉文章、佛經故事，對《聖經》、莫泊桑、屠格涅夫、契訶夫、都德、喬伊絲、勞倫斯同樣傾心。在現代作家中，他受五四啟蒙運動浸淫，追隨過魯迅、周作人，學習過郁達夫、廢名，甚至還借鑒過張資平、穆時英。在 20 年代末左

翼文學興起之際，沈從文也嘗試寫過一些表現階級、黨派鬥爭的作品。沈從文沒有受過系統的現代教育，但這並未阻擋他廣泛借鑒、學習中外思想、文學成果。他的小說能取得傑出成就，與他擁有一般作家難以匹敵的吸收和消化能力有關。沈從文自己承認，很難說有哪一位作家對自己產生過支配性影響。[28]他吸收一切，卻不受任何人擺布。哪怕他吞下去的是砂礫、腐鼠，經過他的不可思議的胃的反芻，也一樣產生精美的藝術品，更不用說他經常手不釋卷閱讀的是世界一流的作品了。這神奇的本領，讓我們常常歎為觀止。

　　但問題也隨即產生。沈從文作品中如此龐雜的思想藝術資源，我們能否將其整合成一個統一的「態度」，納入到某種文學思潮中去？或者說，沈從文小說思想藝術在其形態上可以歸入哪一種類型？其特點是什麼？這涉及到對沈從文小說歷史定位的重要問題，是沈從文研究者無法迴避的。

　　學者汪暉在研究五四啟蒙運動時發現，構成五四啟蒙運動的思想資源包括了盧梭、托爾斯泰、馬克思、克魯泡特金、尼采、羅素等眾多西方哲學家的學說，這些學說之間常常有著巨大的時間跨度，且多數相互矛盾、齟齬。這使得五四啟蒙運動缺乏統一的方法論基礎，缺乏內在的歷史和邏輯前提。但作為一個統一的運動，又必須找到一種歷史同一性。為此，他在〈預言與危機——中國現代歷史中的「五四」啟蒙運動〉[29]中發揮了這樣一種觀點：「『五四』啟蒙運動是由千差萬別、互相矛盾的思想學說構成的，然而作為一

---

[28]　沈從文學在〈答凌宇問〉(《沈從文全集》16 卷)中說：「看得多而雜，就不大可能受什麼影響，也可以說受總的影響。」張兆和、金介甫都同意這種看法。沈從文小說中說話人出場向潛在聽眾饒舌，口頭故事形態，再有像〈龍朱〉、〈神巫之愛〉中丑角登場，它們的淵源，可以到歐洲敘事文學傳統中尋找，不大可能歸於某個人或某部作品的影響。

[29]　文載《文學評論》1989 年 3-4 期。

個統一的歷史運動，它實際上必須找到一種基本的精神力量或情感趨向，從而使得各種紛紜複雜的思想學說獲得某種『歷史同一性』。一切對啟蒙運動的歷史敘述，都必須在這種『歷史同一性』基礎上進行，因為只有這樣，才能找到打開個別學說和思想原則之迷宮的通道，才不至在觀念的大雜燴中不知所措。」汪暉將各種「紛紜複雜」、「互相矛盾」的學說整合在啟蒙運動的旗幟下，選取的是「態度同一性」這個角度。他引用胡適的說法：「據我個人的觀察，新思潮的根本意義只是一種新態度。這種新態度可叫做『評判的態度』……『重新估定一切價值』八個字，便是評判的態度的最好解釋」。[30]汪暉指出，「態度」是「人對於對象的一種帶有傾向性的比較穩定的心理狀態」，而五四啟蒙運動最核心的命題，最基本的態度是「對於中國傳統文化和社會的批判和懷疑」。汪暉的觀點啟發我們將沈從文小說思想藝術廣泛的來源統合在一個同一性之中，納入到某種符合歷史邏輯、有著廣泛思想基礎的思潮之中。這種作法符合現代文學發展的實際，是可行的。

　　然而，現代中國產生過哪些文學思潮？這在學界卻是一個眾說紛紜的問題。五四時期的作家學者們十分明瞭西方文學思潮的發展規律，加之受進化論思想影響，他們認為不同文學思潮的交替演進是時間流程中不斷進化的系列：浪漫主義戰勝古典主義，現實主義取代浪漫主義，然後進入新浪漫主義時代。新浪漫主義思潮既然是文學進化鏈條上最新的一環，也必然是最先進的，因此是現代文學追求的終極目標。不過，五四時期的一些學者作家認為，中國新文學剛剛發軔，還無法達到與西方文學思潮同步的程度，首要任務是「補課」，即學習在西方已經發生過的文學思潮，如寫實主義、自然

---

[30]　胡適：《胡適文存》4 卷，上海亞東圖書館，1022-1023 頁。

主義。因此，他們明明知道當下西方的文學思潮是新浪漫主義（現代主義），推介的卻是作為思潮已經潰散的 19 世紀寫實主義（現實主義和自然主義）。與五四作家試圖通過引進文學思潮而創造歷史不同，後來的研究者借助這一概念來進行歷史分析。他們看到了中國現代文學發展的特殊實際，認為文學思潮的出現可以是齊頭並進的，於是有了現代文學浪漫主義、現實主義兩大思潮的判斷。上個世紀 80 年代中期開始，隨著加在西方現代主義文學頭上的禁忌的解除，人們又開始普遍認可，在現代文學中出現過現代主義思潮。[31]

　　與上述著眼於文學思潮方法、技術層面的分類不同，另一種分類側重文學思潮的本體論和思想特徵。所謂文學思潮，指「在特定歷史時期一定社會思潮的影響下形成的具有某種共同思想傾向、藝術追求和廣泛社會影響的文學潮流」。對文學思潮的界定，一般可以從三個層次進行，即世界觀；觀察、認識、感受事物的角度與習慣；文本構建的藝術技巧。雖然一種典型的文學思潮應該是上述三者的有機統一，但這三者還是有層級之分，其中以世界觀，即對於世界的基本看法和信念最為重要。[32]一般認為文學思潮是時代和社會思潮綜合作用的產物，表達的就是這個意思。以第一層級為標準，我們看到了現代文學中的啟蒙文學、左翼文學、現代主義文學、民族

---

[31] 請參閱王佐良：《中國新詩中的現代主義——一個回顧》（北京師範大學比較文學研究組編：《比較文學研究資料》，北京師範大學出版社 1986 年版），樂黛雲、王寧主編：《西方文藝思潮與二十世紀中國文學》（中國社會科學出版社 1990 年版），呂周聚：〈西方現代主義文學中國化的內在規律探尋〉（《文學評論》2001 年 4 期）和駱蔓：〈論現代主義在中國新文學中的本土定位〉（《文學評論》2003 年 4 期）等著作和論文。

[32] 伍曉明：〈中國文學中的現代思潮概觀〉，載樂黛雲、王寧主編：《西方文藝思潮與二十世紀中國文學》，中國社會科學出版社 1990 年版，4 頁。

主義文學等思潮的劃分。[33]顯然，這一分類標準更科學，也更符合中國現代文學的實際。

沈從文「自覺地使自己的創作既從『五四』流行思想的影響下脫出，又由 30 年代的普遍空氣中脫出」，他的創作不屬於五四反封建的啟蒙文學，也不屬於 30 年代興起的「聯繫於社會革命運動的關於階級對抗」左翼文學。[34]趙園的這一判斷是敏銳的。就其思想根源來講，我認為沈從文小說屬於現代主義思潮。

現代主義是指 19 世紀末、20 世紀前半期在歐美蓬勃發展的，具有強烈反傳統傾向，藝術上刻意創新的各種先鋒文學流派的總稱。它是西方社會進入壟斷資本主義和現代工業社會時期的產物，是動盪不安的 20 世紀歐美社會的時代精神的反映和表現。它的哲學基礎是以叔本華的唯意志論，尼采的權力意志論、柏格森的直覺論、佛洛伊德的精神分析論為代表的非理想主義思潮。現代主義文學的主要思想特徵是表現人的異化和精神危機，反映世界的荒誕，並竭力探索人類的拯救之途。藝術上，現代主義文學在藝術上銳意創新，先後發展出象徵主義、未來主義、表現主義、超現實主義、存在主義、荒誕派、意識流小說等流派。有一些作家雖然不都能夠被納入到某一流派中去，如勞倫斯、紀德的小說，布萊希特、皮蘭德婁的戲劇等，但以其創作傾向同樣屬於現代主義。

西方現代主義文學思潮與中國現代文學幾乎是同步發展。柏格森、尼采、叔本華、佛洛伊德的非理性主義理論在現代中國得到廣泛傳播，象徵主義、表現主義、未來主義、意識流等流派被廣泛引

---

[33] 在中國現代文學研究中，文學思潮劃分所依據的標準常常是錯綜的，因此，中國現代文學史上到底出現過哪些文學思潮，各家說法差異很大。這四種文學思潮的劃分可參見魏紹馨：《中國現代文學思潮史》（浙江大學出版社 1988 年版）。

[34] 趙園：〈沈從文構築的「湘西世界」〉，載《文學評論》1986 年 6 期。

進，並影響了中國作家的創作。中國甚至還出現了現代主義文學流派，如新感覺派等。沈從文小說屬於這一現代主義思潮，主要取決於他小說的思想傾向而不是藝術手段。非理性主義重視人的本能、潛意識、直覺等非理性心理因素，反對人的理性以及社會屬性，反對現代文明，認為後者的發達是人退化的標誌。一些非理性主義理論還把非理性因素的充溢飽滿和非西方的原始人類聯繫起來，這種非理性及與原始生命形態的同構關係在西方現代主義文學中也有表現。西方現代主義文學通過異族想像建立起這樣的世界圖式：西方文明處於危機之中，而拯救的希望來自於原始狀態中的異文明，尤其是東方文明。沈從文對湘西原始性的描寫在這一意義上與西方非理性主義思潮相應合，他小說中的苗族想像和中國想像與西方現代主義的異族想像之間存在著荒原──拯救的同構、呼應關係。沈從文在其二十餘年小說創作生涯中，以連貫、持續的表達，深刻地體現了現代主義的精神和實質。國內有學者認為沈從文對現代文明的批判是傳統農業社會遺民情懷的反映，[35]這實在是極大的誤解。沈從文實際上超越了中國現代啟蒙文學奉為圭臬的進化論觀念和理性崇拜傳統，他是中國現代主義文學最傑出的代表。[36]

---

[35] 劉永泰：〈《邊城》：廢棄的反現代化堡壘〉，向成國等主編：《永遠的從文──沈從文百年誕辰國際學術論壇文集》（非公開出版物，2002 年印刷），242 頁。事實上，否定沈從文對現代文明態度的學者不在少數，劉永泰是其中比較極端的一位。

[36] 金介甫也持和我相同的看法。他說：「如果現代派可以廣義地指 19 世紀晚期西方興起的一種對生活採取全新的觀點，那麼就可以說沈從文的確受到過現代派的感召。」（《鳳凰之子──沈從文傳》，189 頁）他還著文〈沈從文與三種現代主義〉（收入《永遠的從文──沈從文百年誕辰國際學術論壇文集》），討論沈從文創作和現代主義的具體關係。

四、小說藝術的拓展與創新

　　將沈從文的創作歸納到現代主義文學思潮中去，並不能完全涵蓋他在小說藝術上的特殊貢獻。學者王德威曾經說，沈從文「浪漫激進的寫作姿態往往為他平淡謹約的文字所掩蓋」，[37]這句話形象地概括了沈從文小說精神、思想上的先鋒性與某些藝術手段看似樸素、平實之間所產生的奇妙張力。那麼，沈從文的小說藝術是否乏善可陳？我們又怎樣看待沈從文小說藝術的貢獻呢？

　　其實，沈從文對現代小說藝術的貢獻同樣是卓越的：他屬於現代文學第二個十年的作家，他超越了「五四」，把現代小說藝術扎扎實實向前推進了一大步。

　　五四一代作家進行文學革命，引進西方文學，向傳統文學宣戰，經過十年的奮鬥，有了可觀的成就，但缺陷也暴露出來。正如沈從文所概括的，五四一代作家把文學當成工具：「文學是一種力，為對習慣制度推翻、建設或糾正的意義而產生存在」，而且，其作品「用一個印象複述的方法，選一些自己習慣的句子，寫一個不甚堅定的觀念——人力車夫的苦，軍人的橫蠻，社會的髒污，農村的蕭條，所要說的總是太大，而所能說到的卻太小了。」[38]他透闢地指出了五四啟蒙文學的癥結所在：既要承擔啟蒙使命，又要與本土的文學傳統決裂，加之發展時間太短，致使五四文學在自身的完善和提高上不可能有大作為。沈從文的議論和創作，表現出對五四啟蒙文學的「修正」和反思。他極其重視文學的獨立性和自我完善，1930 年秋至 1931 年初，他在武漢大學任教，因教學需要，有機會對五四以

---

[37]　王德威：《小說中國——晚清到當代的中文小說》，麥田出版有限公司 1993 年版，253 頁。
[38]　沈從文：〈論中國創作小說〉，《沈從文文集》11 卷，164-165 頁。

來的文學創作進行系統的清理。這期間寫成的一系列批評文字，如
〈論施蟄存與羅黑芷〉、〈現代文學的小感想〉、〈郁達夫，張資平及
其影響〉，及 1931 年 4 月發表的〈論中國創作小說〉等，每論及小
說，無一不強調文字的錘煉、故事敘述和情節鋪排的重要性；因思
想、觀念或功利目的損害了作品的藝術性的，都要受到他的譴責。
創作上，他拋棄了五四作家奉為圭臬的啟蒙話語，轉而追求全新的
話語方式；在學習、借鑒古今中外優秀文學形式、技巧和語言時，
表現出開放、靈活的態度，兼收並蓄，不拘一格，不似許多五四作
家畫地為牢。他的作品，因而具有高度綜合性特徵，古老的故事和
現代的象徵主義，本土的方言俚語和歐化句法，通俗小說和凝重的
藝術沉思錄，……被他熔為一爐，完美地結合起來。

　　中國小說的現代轉型是一個誘人的研究課題。但衡量小說「現
代」的尺度是什麼？達到怎樣的標準才算是現代的？學界對此問題
一直眾說紛紜，莫衷一是。在這裏我並不打算提供現成答案，但有
二點需要明確：現代化是一個過程，需要經年累月的努力，才能接
近目標；研究者從五四小說中尋找表現主義、未來主義、象徵主義、
佛洛伊德精神分析理論——這樣的作品當然很多——把這些「浮光
掠影」的現代主義與現代化劃等號，是脫離實際的。五四啟蒙小說
的現代化程度，整體上還停留於初級水平。1928 年前後，小說現代
化進程轉入一個新的階段，對現代化的質量、深度、獨創性和整合
能力提出了更高的要求，沈從文應運而生。

　　沈從文許多作品，是最本色的故事。有從販夫走卒嘴裏講出的
故事，從民間挖掘整理的故事，從佛經中輯錄再生發而成的故事，
也有續接西方故事而成的故事。沈從文對寫故事的意義作低調處
理：「我想讓他（親戚張小五）明白一、二千年以前的人，說故事的
已知道怎樣去說故事，就把這些佛經記載，為他選出若干篇，加以

改造」[39]又說：「因為我想寫一點類乎《阿麗思中國遊記》的東西，給我小妹看，讓她看了好到在病中的母親面前去說說，使老人開開心。」[40]但寫「故事」的意義絕不像沈從文說得那樣簡單。十九世紀哈代、普希金講故事，20世紀的康拉德、毛姆也喜歡講故事，沈從文與這些前輩或同輩大師一樣，更新了這種人類最古老的藝術表達形式，使之與他筆下湘西原始生命形態完美地融合在一起。在一個貶低小說故事性且小說缺乏故事性的時代，沈從文強調寫「故事」，本身就包含了革新的意義。他從小說的基本面入手，卻開創了小說的新天地。

客觀化是18世紀以降歐洲小說發展的一個大趨勢，到20世紀，客觀化可以說愈演愈烈，而象徵是達到「客觀」最有效的途徑之一。沈從文提出了「客觀化」的口號，對象徵主義也情有獨鍾。早在北京時期，他就瞭解了象徵主義。上海時期寫的〈微波〉、〈誘─拒〉、〈蕭蕭〉等，學習使用象徵手法。〈邊城〉和〈長河〉在象徵的操作上已經達到十分純熟的程度。40年代，沈從文進入沉思與冥想的時期，可以叫作「抽象的抒情」的一系列哲理散文，如〈水雲〉、〈青色魘〉、〈燭虛〉、〈潛淵〉、〈長庚〉、〈生命〉等，系統闡述了他的象徵主義文學觀，創作上也在醞釀著重大突破。這一時期寫成的象徵主義小說《看虹錄》，和張愛玲的〈傾城之戀〉，錢鍾書的《圍城》，馮至的〈伍子胥〉一樣，都是40年代不可多得的傑作。

從文學史的經驗來看，儘管強調寫「客觀」的小說家不在少數，但沒有哪一個人做得到真正意義上的客觀，因為這是違背文學規律的。寫「客觀」更多的是一種敘述策略，對沈從文也不例外。認識到這一點，我們就不能忽略沈從文小說「非客觀」性的一面，這就

---

[39] 沈從文：〈《月下小景》題記〉，《沈從文文集》5卷，42-43頁。
[40] 沈從文：〈《阿麗思中國游記》（第一卷）後序〉，《沈從文文集》1卷，202頁。

是敘述人「蒙昧」的態度。這種「蒙昧」的敘事態度，一方面使沈從文小說表現的湘西生活「封存」在原始狀態中，另一方面，這「蒙昧」又是現代人的，因而是偽裝的。[41]就因為「偽蒙昧」的存在，那些看似樸素、貨真價實的故事，讓人們聯想到現代主義。敘述人情感遲鈍，智力低下，推理判斷能力喪失，殘存的只是當下的一點感覺，湘西世界充斥的暴力、劫掠、血腥就呈現在敘述人的這一「蒙昧」的視野中。這樣的敘述人，讀者在〈我的教育〉、〈佔領〉、〈會明〉、〈說故事人的故事〉、〈三個男人與一個女人〉中能見到。對其意義進行評估，將是我要完成的一個重要任務。

　　伊利莎白‧鮑溫說：「時間是小說的一個主要組成部分，我認為時間同故事和人物具有同等重要的價值。凡是我所能想到的真正懂得，或者本能地懂得小說技巧的作家，很少有人不對時間因素加以戲劇性利用的。」[42]沈從文正是一位極會利用「時間因素」的人。傳統小說的敘事時間主要謀求與事件時間的一致，即按自然時序敘述。現代小說普遍採用了倒敘、插敘、補敘、預敘等改變時序的敘述方法；受柏格森心理時間說和佛洛伊德精神分析理論影響，還有

---

[41] 沈從文的湘西小說，敘事態度並不全都是「蒙昧」的。他的第一篇湘西小說〈三貝先生家訓〉，以果戈里式的幽默，嘲諷外省內地的無聊沈悶生活，〈蕭子〉也有類似的傾向。〈夫婦〉、〈菜園〉有揭露鄉紳愚民凶殘無恥的意思。沈從文早年寫過一篇戲劇，叫〈劊子手〉，主角楊金標剛「榮升」劊子手之職，在家苦練「專業本領」，他老婆在旁邊指指劃劃，二人十分快活，敘述人也十分快活。事隔 8 年，到 1935 年，沈從文寫〈新與舊〉時，劊子手楊金標就沒有那麼可愛了，敘述人也是一腔悲憤。沈從文在多種場合，都說過這樣的話：「你們能欣賞我文字的樸實，照例那作品背後隱伏的悲痛也忽略了」(《《從文小說習作選》代序》)「只有少數相知親友，才能體會到近於出入地獄的沈重和親酸」(《《從文自傳》附記)。由此可見，「蒙昧的敘事態度」，與作家的人生觀、政治信念不能混為一談，前者屬於「技術操作」，有「偽裝」的成分。

[42] 伊利莎白‧鮑溫：〈小說家的技巧〉，中譯文見《世界文學》1979 年 1 期。

用回憶錄、直覺、夢境、聯想等心理活動任意切割、打亂自然時序的意識流小說。按照小說敘事時間的這種進化趨勢，沈從文是大大「落伍」了。他經常使用的是最原始的辦法：平鋪直敘，敘事順序和自然時序保持一致。但他把敘事時序向自然時序還原的結果，卻剔除了情節發展中的人為因素，啟蒙文學中人物的不幸和災難，與社會矛盾或階級壓迫之間的固定聯繫在這裏被切斷，時間成為主宰湘西人命運的「神」。對敘事時序的「無為而治」，反而凸現了時間的作用和意義。此外，沈從文對屬於敘事時間之「頻率」的「反覆敘事」有格外興趣。[43]像法國現代作家普魯斯特一樣，沈從文借助反覆敘事，深刻改變了他小說的整體面貌。小說中與強調故事性並行不悖的散文化、風俗化傾向，以及他的哲學觀念「常」，都可以從反覆敘事中得到解釋。看來，在藝術領域，「傳統」和「現代」是相對的，高明的作家向來不為甄別「傳統的」還是「現代的」而勞神，他能從任何位置出發，找到通往藝術極致的路。

　　沈從文在 50 年代，充滿感傷地寫下這樣一句話：「我和我的讀者，都共同將近老去了」。[44]現在看來，情況遠不是他設想的那麼悲觀。時間證實一切，沈從文是中國一流的小說家，而且是世界最傑出的小說家之一，他與契訶夫、莫泊桑、普魯斯特……這些卓越的人物並列，在世界文學之林中，佔據了一個顯赫的位置。

---

[43] 具體論述請參閱書第三章。
[44] 〈《沈從文小說選集》題記〉，《沈從文文集》11 卷，72 頁。

第一章　非理性與原始性

　　我在導論中已經指明，沈從文小說中，非理性是人物的本質屬性。雖然他的小說中有題材上湘西與都市的分野、區隔，對非理性的表現仍能將它們聯繫起來；非理性在不同空間、不同文明形態中的境遇不同，遂演繹出豐富的生命形式。沈從文不僅通過小說張揚非理性，他也把非理性精神昇華為帶有普遍性的「人性」、「生命」、「神性」觀念，在抽象的演繹或詩性沉思中，進一步挖掘其內涵，拓展其外延。縱觀沈從文的文學創作，我們看到的是一個以非理性為原型的生命體的成長、演變過程。這個生命體誕生於湘西帶有原始特徵的地理歷史文化土壤，受西方非理性主義思潮的滋潤，在沈從文持之以恆的呵護中，終於長成了一棵參天大樹，它以其卓越挺拔的造型，屹立於 20 世紀現代中國文壇。

一、非理性與原始性的關係及其根源

　　在沈從文的湘西小說中，非理性主要表現為原始性。因為非理性和原始性與沈從文小說創作關係重大，且它們之間的關係不易被學者注意，在這裏有必要對其基本內涵作出界定，對其流變和在文學史中的作用略加說明。

　　人的精神世界，可分為理性和非理性兩部分。理性是指受人的目的和意識支配的一切精神現象和活動，它具有自覺性、抽象性、邏輯性等特點。非理性是指不受人的目的和意識所支配的一切精神現象和活動，它具有自發性、非抽象性和非邏輯性的特點。人的精神世界中，

非理性因素包括情感、意志、本能、直覺、靈感、無意識等。西方非理性主義思潮產生於 19 世紀中葉，到 19 世紀後半期進一步發展，20世紀上半葉達到高峰。非理性主義強調人精神世界中非理性部分的作用，認為人的本能、意志、潛意識、直覺等非理性心理因素是世界的基礎和本原，人類的社會實踐和個體行為都是由這些非理性因素所決定的，人也只有憑藉非理性才能認識客觀世界。非理性主義思潮排斥人的社會屬性，強調人的自然屬性，認為在一個人身上，重要的不是他所從屬的那個階級、民族、時代，而是與生俱來的性、本能，其他一切都建立在此基礎之上。如叔本華認為，世界的本質是意志，而意志的核心是追求生存。意志與理性對立，所謂人受理性支配不過是表面現象，起決定作用的是理性背後的意志和慾望。尼采和柏格森亦把直覺、本能與道德、理性對立起來，把直覺、本能等人的非理性因素看成是生命的本質因素，而理性和道德則與生命的本質背道而馳。他們都認為現代文明與人為敵，社會歷史、人類文明的發展呈現墮落、退化的趨勢，最後必然要走向毀滅。佛洛伊德的精神分析理論與叔本華、尼采、柏格森的見解本同而末異，他在心理學層面上提供了現代文明的產物——理性、道德與本能衝突的模型，他把本能主要歸結為性，他還研究了性欲受到壓抑後的種種變態行為。佛洛伊德認為，文明會內化為人的「超我」，對本能、慾望起壓抑作用。上述哲學家、心理學家的這種將非理性與理性對立起來的看法，客觀上把現代文明送上了審判台。多少個世紀以來，人類一直把自身問題的解決寄託於理性和文明程度的不斷提高，而他們讓人看到了理性和文明本身的破綻。正如巴赫金所指出的：在非理性主義理論中，「人身上的非社會性、非歷史性的東西被抽象提出並奉為一切社會和歷史的東西的尺度和標準。」[1]

---

[1]　巴赫金：《佛洛伊德主義》，上海文藝出版社 1988 年版，8 頁。

　　考察各種非理性主義理論，人們會發現，它們都不約而同地在非理性與原始性之間建立起緊密聯繫。所謂原始性，係指從原始社會形態中[2]提煉出來的本質屬性，這種屬性可以超越特定的歷史時空和社會形態而獨立存在。原始精神的涵義與原始性相似，但更偏重於氣質和心理面貌方面。當原始社會形態需要用時間加以標記時，我們說原始時代；當這一概念則用來和異文明或現代文明對舉時，我們叫它原始文明。原始主義是將原始社會及其本質屬性理想化的理論體系。在本書中，因具體情況不同，對這些概念的使用也有所變化。

　　需要指出的是，19世紀後半期，文化人類學在歐洲興起，對原始文明的認識達到前所未有的高度，關於原始性的概念獲得了新的發展，這為非理性主義理論利用原始主義提供了更有利的條件。[3]文

---

[2] 原始社會是人類歷史發展的第一個階段。由於世界各民族進化歷程不同，原始社會出現和結束的時間參差不一，有些民族在19、20世紀仍然處在原始狀態；即使同樣處於原始狀態，不同民族間還有文化模式的差異。這就是所謂一般進化與特殊進化，文化普同性與文化特殊模式之間的關係問題。雖然如此，生產資料公有制、氏族公社制是原始社會的基本特點。原始社會本身也是發展的，它大致經歷了從舊石器時代（血緣家庭、以採集、狩獵為生）到中石器時代（從採集經濟向食物生產過渡），再到新石器時代（農業、畜牧業產生，使用陶器），最後到青銅時代（金屬使用，犁耕農業代替鋤耕農業，社會分工出現等）的轉變。

[3] 客觀地講，在原始社會，生產力水平極為低下，人在自然力面前無能為力，生命的質量無從保證。但在世界各民族的文化傳統中，將原始社會理想化卻是一個普遍的趨勢，並非非理性主義理論所獨創，這恐怕是人類最神秘、最深奧的現象之一。在流傳下來的古希臘神話中，就有黃金時代、白銀時代、青銅時代、黑鐵時代的說法，其大意是人類在經歷了一個漫長的發展後從理想狀態逐漸墜入現實場景，生命和生活質量等而次之，一代不如一代。「黃金時代」由此成了人類夢寐以求的美好家園。在基督教《聖經》中，有關於伊甸園的描述，那是受上帝庇護之所，人類的始祖亞當和夏娃生活於其間，無憂無慮，和諧美滿。由於亞當和夏娃偷食智慧果，被上帝逐出伊甸園，人類於是有了失樂園的悲哀，也有了複樂園的衝動。顯而易見，複樂園所寄予的人類理想是向後看的，是指向久遠時代的。這種黃金時代和樂園的遐想，

化人類學的開山之作是英國人類學派愛德華・泰勒（1832-1917）的
《原始文化》（1871）。這部著作系統研究了原始精神文化的各個方
面，確立了文化人類學研究的一般範式。泰勒還討論了文化的發展

不僅紮根於民族的集體記憶中，在作家個人著述中也連綿不絕。先秦諸子，
言必稱堯舜時代，對先賢所代表的原始時代無限神往。老子《道德經》有云：
「小國寡民，使有什伯之器而不用，使民重死而不遠徙，雖有舟輿，無所乘
之。雖有甲兵，無所陳之。使人復結繩而用之。」「甘其食，美其服，安其
居，樂其俗，鄰國相望，雞犬之聲相聞，民至老死不相往來。」把小國寡民
的原始社會理想發揮到了極致，它直接啟迪了陶淵明在其〈桃花源記〉中描
寫桃花源的勝景。

在西方，盧梭是將原始時代理想化，並以此建構自己哲學思想的重要代
表。他在《愛彌爾》一書中表述了這樣的看法：「出自造物主之手的東西，
都是好的；而一到人的手裏，就全變壞了。」他認為人性本善，只是在社會
環境中才變壞了。盧梭反現代文明的態度在其論著〈論人類不平等的起源和
基礎〉中發展成系統的歷史觀。他為人類的發展設定了一個處於「自然狀態」
之中，沒有任何社會聯繫的「黃金時代」，那時的人們在橡樹下飽食，在小
河裏飲水，生活單純、自由、平等、幸福。隨著人類的發展，文明時代來臨，
私有制產生並逐漸完善，而人類的理想狀態不復存在。人民只有推翻暴君統
治，才能達致更高階段的「自然狀態」。

16世紀初，由於哥倫布對新大陸的發現，歐洲文化中關於原始社會的想
像，出現了另一種形式，即從時間上的「過去」轉向空間上的「異域」。這
種轉變所帶來的歐洲人思維方式的變化是顛覆性的：歐洲人可以通過旅行等
方式親歷、見證截然不同的另一種文明，可以把自己成熟的文明與原始文明
進行平行對比。由此，原始文明以更廣泛、深入的形式參與到歐洲現代文明
的創造中去。《劍橋現代史》的作者 E・J・佩恩令人信服地指出，對新大陸
「野蠻民族」的想像啟發了湯瑪斯・莫爾寫出《烏托邦》，對蒙田的思想習
慣也產生深刻影響。在蒙田筆下，美洲土著人「是一個一直習慣享受著古代
詩歌中傳說的黃金時代的民族；他們不習慣於主要由文明生活所造成的勞
累、疾病、社會不平等、罪惡和欺騙；他們居住在公共的大房屋裏，儘管必
須嚴格遵守族規；他們工作很少或不工作，不愁未來，他們有人類生活所必
需的一切日用品和舒適條件，同時也沒有多餘的東西；他們愛好詩歌，家裏
講故事的人給他們朗誦經典的詩歌，這些詩歌對於他們來說簡直就是阿那克
裏翁的傑作，優雅和美好：主要用在追求人類的普遍樂趣和最高境界。」蒙
田由新大陸「野蠻人」的「自然生活狀態」獲得啟悟，對歐洲文明的正當性
提出了質疑（轉引自 G・伊里亞德・史密斯：《人類史》，社會科學文獻出版
社 2002 年版，129 頁）。

過程中的「進步、退化、倖存、復興和修正」現象。同時，泰勒也認識到，文化的發展不是在單一民族內部完成的，也不是單線索的，存在著多民族文化的發展和競爭。詹姆斯・弗雷澤（1864-1941）的《金枝》（1890-1915）是人類學史上另一部劃時代的巨著。弗雷澤在該書中廣泛收集了世界各地，尤其是地中海沿岸和中東地區的原始神話與民間習俗，用交感巫術原理對其加以研究，發現了巫術—宗教—科學這一人類原始文化發展的重要規律。弗雷澤根據同樣的原則，解釋了古希臘羅馬流傳下來的眾多神話、甚至《聖經》中耶穌死而復活的故事的本質和來源。他還認為不同文化的傳說與禮儀裏不斷有原始類型出現。列維・布留爾（1857-1939）在他的《原始思維》一書中，通過考察亞洲、非洲、南北美洲等原始民族的習俗、禁忌、圖騰，發現他們的思維受集體表像支配，是直覺的，相信通靈感應，具有生物時間感，他們把世界視為宇宙人體，把宇宙的各個局部和人體各個部位相對應。布留爾認為，原始人類的這些觀念表現的不是一種前科學，而是和歐洲「成年文明的白種人」完全相反的另一種世界觀。文化人類學揭示了域外原始文明的細節和本質，進而發展出兼顧文化普遍性與特殊性的人類多線進化思想，「文化圈」、「文化特質」、「異文化」等概念亦由此形成。

　　精神分析理論家佛洛伊德作為一個精神科醫生，他早期的研究對象是個體無意識，一般沒有超出病理學範圍。但在後期，他的興趣逐漸擴大到整個人類行為的心理學研究，還寫出了《群體心理學與自我的分析》、《圖騰與禁忌——蒙昧人與神經症患者在心理生活中的某些相似之處》等著作，對原始人類活動從心理學角度加以解釋，指出現代人類活動與原始人類的內在關聯。他得出結論說：「正像原始人潛在地存活於每個人體中一樣，原始部落可能會從任何隨機聚集中再次形成。在人們習慣上受群體形成支配的範圍內，我們

從中認識到原始部落的續存。」[4]佛洛伊德的弟子容格曾赴非洲和美國新墨西哥州考察原始民族的心理。他提出集體無意識學說，認為遠古人類反覆的生活經歷在心靈上留下印記和影像，這種所謂「原始模型」，會被人類集體無意識地世代繼承下來，並且在宗教、夢境、個人想像和文學作品中得到描繪。也就是說，現代人的本能、潛意識、民族記憶實際上是人類祖先原始性的積存。正如容格所說：「每一個文明人，不管他的意識發展程度是如何的高，但在其心理的深層他仍然還是一個古代人。」人類的心理「只要追尋至它的起源，它便會暴露出無數古代的特徵。」[5]佛洛伊德，尤其是容格的理論，把人類學研究的成果加以引申，在潛意識領域建立起原始人與現代人之間的聯繫。他們認為源於本能、直覺的非理性生活存在於其他原始民族當中；而現代人身上被壓抑的非理性，可以通過與原始文明的相遇或回到原始文明中去而被激發出來。也就是說，非理性與原始性之間其實是一種同構關係，非理性是原始性的積澱，而原始文明是非理性在文化上的歸宿和表現形式。有西方學者指出：「佛洛伊德迷戀原始生活和藝術品，在他的隱喻論文中，意識和無意識之間的關係反映了殖民主義的結構，並且將無意識作為需要被自我開拓和控制的殖民地。」[6]這裏所言「殖民主義結構」係指代表歐洲現代文明的宗主國和代表原始文明的殖民地之間所形成的一種關係。論者想說明的是，人的意識與潛意識的關係，與這種「殖民主義結構」相對應。這和我說的是同樣一個意思。

---

[4]　佛洛伊德：《群體心理學與自我的分析》，《佛洛伊德文集》6卷，長春出版社2004年版，91頁。

[5]　容格：《尋找靈魂的現代人》，貴州人民出版社1987年版，143頁。

[6]　邁克爾・萊文森編：《現代主義》，田智譯，遼寧教育出版社2002年版，29頁。

在以非理性主義為思想基礎的 20 世紀現代主義文學中，原始性扮演著更為積極、重要的角色。現代主義作家受精神分析理論影響，將人的潛意識看成是隱伏著各種原始本能和慾望的淵藪，極力進行挖掘和反映。正如美國現代戲劇家奧尼爾所說：「在我看來，人是具有同種原始情感、慾望和衝動的相同生物體。這些相同的力量和弱點可以被追溯到雅利安人開始從喜馬拉雅山向歐洲大陸遷徙的遠古時代。他已經對這些力量和弱點有了進一步的認識，並正以極慢的速度學著怎樣去控制它們。」[7]奧尼爾的著名劇作《瓊斯皇》就是一部展現人物潛意識中原始性的典範之作。隨著土著人的造反，這位篡位的皇帝開始逃亡。在此過程中，他潛意識中深埋的原始性被激發出來，人格一步步退化，最終回歸到以熱帶叢林中的圖騰崇拜為象徵的洪荒時代的非洲去。與這種挖掘潛意識中的原始性的作法相對應，現代主義作家往往喜歡給自己作品的情節套上一個神話框架，在更大的規模上將現代人和社會行為納入到人類遠古時代即已存在的某種原型中去，以凸現其盲動性和命定性。如喬伊絲的《尤利西斯》套用荷馬史詩《奧德賽》中奧德修斯返家的經歷，福克納的《喧嘩與騷動》套用《聖經》模式，T・S・愛略特的《荒原》套用亞瑟王傳奇中尋找聖杯的模式，都有同等效用。

　　現代主義文學中的原始主義另外一條更重要的發展向路，是對原始文明的直接表現。現代主義作家借助於文化人類學提供的資料，或自己的旅行體驗，將異域的原始文明引入作品中。在現代主義作家的想像中，原始人類擁有和現代人完全不同的生活方式：他們與大自然融為一體，崇信神巫，性愛赤裸坦率。這一類原始主義通常具有正面意義，它作為西方文明的對立面出現，是「反叛本土

---

[7]　Travis Bogard, *The Plays of Eugene O's Neill* (London: Oxford University Press, 1972), P179.

文化的一支進步和批判的力量」。[8]眾所周知，非理性主義理論對西方現代文明的批判是強有力的，如在尼采筆下，現代文明使人的生命機能退化，精神生活貧乏。他詛咒「這時代是一個病婦」，宣稱「今天的一切——墮落了，頹敗了：誰願保持它！而我——我要把它推倒！」[9]受非理性主義思潮影響，斯賓格勒的《西方的沒落》一書，把歷史看成是若干各自獨立的文化形態的輪迴交替過程。像生物有機體一樣，每一種文化形態必然經歷少年、青年、壯年、老年等時期，最後走向死亡，每一個輪迴約數千年。他據此認為，西方文明的衰落是必然的。[10]現代主義作家同樣對西方現代文明持悲觀、否定態度，他們筆下的世界也是一幅崩塌、毀滅、災難的末日景象。英國現代作家勞倫斯在他的《查泰萊夫人的情人》開頭就說：「我們根本就生活在一個悲劇的時代，……大災難已經來臨，我們處於廢墟之中」。在愛爾蘭詩人葉芝的象徵主義體系中，世界每兩千年一個輪迴。20世紀初，人類正處在一個舊輪迴行將結束的時刻，世界在毀滅中，到處充斥著情慾和暴力。艾略特則直接宣稱現代世界是一個荒原。在這樣的背景下，域外的原始文明就成了墮落腐敗的西方現代文明的校正劑，代表著人類的理想生活狀態。英國現代作家勞倫斯是一個典型的例子。他早期試圖啟動人的肉體，本能，慾望，血性等被文明所壓抑的生命本體衝動，並將其視為拯救人類的源泉。第一次世界大戰這人類歷史上最為殘酷的戰爭，使勞倫斯喪失了對歐洲文明的信心。1922-1925年，勞倫斯有一次環球之旅，經斯里蘭卡、澳大利亞，到達墨西哥和美國西部。這是他在歐洲之外尋

---

[8] 邁克爾·萊文森編：《現代主義》，田智譯，遼寧教育出版社2002年版，27頁。
[9] 轉引自周國平著：《尼采：在世紀的轉捩點上》，上海人民出版社1986年版，214頁。
[10] 斯賓格勒：《西方的沒落》，黑龍江教育出版社1988年版。

找新文明，尋找人類復活途徑的一次旅程，受此影響，這一時期的小說創作，始終保持著「朝聖小說」的套路：一個外來者為追求徹底的變化和全新的生活，從熟悉的環境出走，到遠方去尋找希望。最後勞倫斯的目光轉向美國西部的大荒野和印第安人的生活與宗教，把他一貫熱衷於表現的本能、慾望等非理性因素的充溢飽滿和非西方的原始人類聯繫起來，他筆下的人物也在這原始文明中找到了精神的家園。

二、沈從文為何表現非理性與原始性

沈從文表現非理性與原始性，主要是受非理性主義思潮與文化人類學的影響，還和他的湘西背景有密切關係。

非理性主義思潮在現代中國得到廣泛傳播，並給予沈從文以巨大影響。金介甫是最早注意到西方非理性主義思潮對沈從文產生影響的學者，他證實：「沈從文早就對哲學家 H・柏格森的生命論『創造性的演化』非常熟悉，這些知識是從林宰平處學來的。也許更早些時候從湘西聶仁德姨父處學來的。」[11]在 20 年代中期，林宰平任北京大學哲學教授，對西方哲學素有研究。他曾著文〈大學與學生〉，對沈從文的天才讚不絕口。後來二人相識，有過多次傾談。聶仁德是沈從文的三姨父，辛亥革命後曾任湘西第一任民政長，於國學、西學皆有深厚造詣。沈從文在「湘西王」陳渠珍手下當書記員時，曾逢聶仁德在陳渠珍處作客，使他有機會聆聽這位飽學之士談論「新學」、「舊學」。金介甫推測沈從文從他們那裏接觸到伯格森等所代表的西方非理性主義哲學，是有根據的。沈從文自己承認，他受過尼

---

[11] 金介甫：《鳳凰之子——沈從文傳》，326 頁。

采的影響。[12]至於沈從文與現代心理學，尤其是與佛洛伊德的聯繫，則更加廣泛深入。20 年代在北京時，他從周作人的介紹和研究中，知道了藹理斯的性心理學。他還讀過張東蓀性心理研究的著作《精神分析學 ABC》，朱光潛著的《變態心理學》，高覺敷翻譯的佛洛伊德的著作，以及董秋斯翻譯的奧斯本的《佛洛伊德與馬克思》（即《精神分析與辯證唯物論》）。在沈從文的朋友中，陸志葦曾任燕京大學心理學系主任，夏斧心在該系任教，都是心理學專家，沈從文和他們討論過佛洛伊德，也通過他們接受了佛洛伊德的影響。[13]沈從文在 1925 年寫的〈用 A 字記下來的故事〉中，首次使用了「下意識」這個詞，《早餐》中有這樣的句子：「英國的藹里斯說的有這樣一句話：戀愛是攙雜的有父性與母性兩種成分的。」沈從文將非理性看成文學創作的動力和源泉。他的〈水雲——我怎麼創造故事，故事怎麼創造我〉就集中闡述了創作是「被壓抑的情慾尋求宣洩」的文學觀。文章系統回顧了自己幾部重要作品的創作經過，表白自己寫的是「心和夢的歷史」。他說〈八駿圖〉「只是組織一個夢境。至於用來表現『人』在各種限制下所見出的性心理錯綜情感，我從中抽出式樣不同的幾種人，用語言行動、聯想、比喻以及其他方式來描寫它。」〈月下小景〉是「把佛經中小故事放大翻新，注入我生命中屬於情緒散步的種種纖細感覺和荒唐想像。」〈邊城〉則這樣誕生：「情感上積壓下來的一點東西，家庭生活並不能完全中和它消耗它，我需要一點傳奇，一種出於不巧的痛苦經驗，一份從我『過去』負責所必然發生的悲劇。換言之，即完美愛情生活並不能調整我的

---

12 沈從文：〈我的學習〉，《沈從文全集》12 卷，北岳文藝出版社 2002 年版，362 頁。

13 金介甫對此有廣泛、細緻的考證，見《鳳凰之子——沈從文傳》，188、223-224、228、352 頁。

生命，還要用一種溫柔的筆調來寫愛情，寫那種和我目前生活完全相反，然而與我過去情感又十分相近的牧歌，方可望使生命得到平衡。」[14]我在本書附錄〈沈從文小說中的幾個人物原型‧沈從文與張兆和〉中考證了沈從文與張兆和的婚戀，與高青子的婚外戀對他創作的影響，其細節在此不贅述。本章第三節的內容也證明了這一點。因此可以確認，情慾的壓抑和尋求發洩，既是沈從文絕大多數作品的表現對象，也是他創作的基本動因。佛洛伊德有關性欲昇華和白日夢的創作理論，廚川白村的「苦悶的象徵」說，在沈從文這裏有了很好的實踐和總結。這些都是受以佛洛伊德為代表的西方現代心理學影響的證據。

沈從文較一般西方現代主義作家優越之處，是他本人就出生在原始文明尚未完全解體的湘西。地理上的湘西，指武陵山、雪峰山和雲貴高原環繞的廣大區域。境內石灰岩分佈廣泛，岩溶發育旺盛，多險絕之峰巒、深谷、洞穴、森林；它還是沅水中上游及其支流——酉水、巫水、武水、辰水、橫水[15]滙聚之地。這比 1952 年後按新的行政區劃保留下來的湘西土家族苗族自治州大得多。這裏由於交通阻隔，處於相對封閉的狀態，其發展進化遠遠落後於外界。湘西籍的沈從文研究者凌宇證實：「在中國大部分地區經歷了兩千多年的封建社會的發展以後，湘西仍停留在原始或半原始的社會狀態。尤其是苗族聚居地，其內部實行的是一種稱為『合款』的社會組織，一種氏族家族制與部落聯盟。其經濟形態為一種原始的自由民經濟。形成『既無流官管束，又無土司治理』的局面，既不納糧當差，也

---

[14] 沈從文：〈水雲——我怎麼創造故事，故事怎麼創造我〉，《沈從文文集》10 卷，272、274、279 頁。

[15] 史稱「五溪」。最早的記載見於南北朝宋人范曄《後漢書》中的馬援、宋均和「南蠻」諸傳。但何謂「五溪」，眾說紛紜，我取其中較普遍的一種看法。

不輸賦供役，被統治者稱為『生界』。……在苗族地區，社會轉變的特點是從原始社會直接進入封建社會。而在『改土歸流』以後的一段長時期內，這種轉變又主要體現為政治體制的變更，即以『流官』制代替『合款』制。而社會意識形態與人際關係卻遠未完成這種轉變。……在苗族地區，更是保留著原始文化的活化石。」[16]正如凌宇所說，如果從經濟、政治形態上看，湘西大部分地區早已經跨入了封建時代，晚清民初，半封建半殖民地經濟也已經逐漸侵入湘西。但社會意識形態和人際關係的變化則遲緩得多，仍停留在原始、半原始狀態。20 世紀 40 年代凌純聲、芮逸夫著《湘西苗族調查報告》，以及石啟貴撰寫的《湘西苗族實地調查報告》對此有可靠的實地調查，沈從文研究者金介甫、劉一友、向成國等，都對沈從文創作所依據的這種湘西原始特徵作過廣泛、深入的考辨。可以說，這片神奇的土地塑造了沈從文具有原始特徵的人格，也為他表現原始性提供了得天獨厚的土壤。

　　但有一個問題隨即產生：既然沈從文筆下的湘西原始性有著可靠的歷史現實根據，我們應該採取何種方法對它們進行研究？金介甫在《沈從文筆下的中國社會與文化》一書中說明他的方法論是「通過文學而進行的地方史研究」，他認為把「沈從文的小說和其他作品當作社會歷史的附錄來讀，可得到雙重的報償。」[17]這是把文學當成社會歷史文獻資料的方法，金介甫採取這種方法，取得了突出成就。我在本書中採取的方法與金介甫不同。我把沈從文小說中的湘西原始性描寫看成是與客觀尺規無關的文化構造，是在特定觀念引導下產生的文學幻象。儘管我們不必過於輕信一些後現代理論大師

---

[16] 凌宇：〈從苗漢文化和中西文化的撞擊看沈從文〉，《文藝研究》1986 年 2 期。
[17] 金介甫：《沈從文筆下的中國社會與文化》，虞建華、邵華強譯，華東師範大學出版社 1994 年版，3-4 頁。

們所說的「觀念、語言創造了世界」等唯心的話，但顯而易見，沈從文對原始性的重視，正如他熱衷於非理性，是受到以叔本華唯意志論、尼采超人哲學、佛洛伊德精神分析學、柏格森生命哲學為代表的西方非理性主義思潮影響一樣，是受到了在中國傳播的西方文化人類學觀念的支配；更何況原始性本來就與非理性精神一脈相承。基於這一自覺，我除了要梳理沈從文熱衷於表現原始性的理論依據外，還把關注的重點放在了原始性在沈從文湘西小說中所呈現的內在結構、邏輯關聯，以及意義的自主生成上，而較少從現實材料出發鑒別和求證其描寫的客觀真實性。

　　目前沒有證據顯示沈從文閱讀過哪些具體的文化人類學著作，但沈從文通過多種途徑接受到文化人類學的影響，是可以肯定的。如上文所述，非理性主義理論對原始性的認識，本身就與文化人類學有莫大關係。此外，沈從文還受到周作人的間接影響。周作人熟悉泰勒的《原始文化》、弗雷澤的《金枝》等文化人類學的經典著作，著有大量介紹評論原始民族習俗、信仰的閱讀札記、感言、隨筆等。周作人還和劉半農、錢玄同、顧頡剛等人發起徵集民間歌謠活動，成立北京大學歌謠研究會，創辦《歌謠週刊》，這些活動在客觀上推動了中國知識份子對民間、邊遠地區原始文化的理解。周作人也吸收了文化人類學的觀點，用以解釋人的動物本性，解釋藝術、宗教、習俗的本質。沈從文初到北京時，的確是把周作人當成自己的精神導師，對其言行多有追隨。[18]同時，還應該看到，周作人的上述學術活動，是五四時期中國知識份子發動的新民間文學運動的一部分，而沈從文也參與其中。金介甫指出：「實際上，在 20 年代已經有許多學者，特別是周作人，都主張從人的生理學角度去找出人類

---

[18]　參閱金介甫：《鳳凰之子──沈從文傳》，188 頁、223-224 頁。

行為的根源，研究原始人文化和古代文化的機能來瞭解現代文明的奧秘。」[19]因此，沈從文對原始文化興趣的形成，在更大程度上也是在這樣一個時代氛圍浸淫的結果。例如 1925 年 1 月 4 日《歌謠週刊》第 75 號有「臘八粥」專欄，同年 12 月，沈從文寫了小說〈臘八粥〉，回憶家鄉吃臘八粥的習俗，恐怕就不能說是巧合。1926 年，他給民俗學家江紹原寫信，向他陳述自己家鄉麻陽石羊哨賽龍舟的習俗。端午賽龍舟在中國各地民間普遍存在，但沈從文在信中說，石羊哨在賽龍舟時，比賽雙方最後總要互相扔鵝卵石打架。沈從文問江紹原：「我可以寫一點關於那種架，打前打後的詳細情形給你個人看。不知道，這中亦有什麼書上或傳說來的意義不？」[20]他是想弄清楚這風俗有什麼根據。1926 年 12 月，沈從文發表了據稱是小表弟代為收集的四十一首「篁人謠曲」[21]，這舉動頗帶有點田野作業的味道。在〈篁人謠曲・前文〉中他說：「我還希望我在一兩年內……轉身去看看，把我們那地方比歌謠要有趣味的十月間還儺願時酬神的戲劇介紹到外面來。此外還有苗子有趣的習俗，和有價值的苗人的故事。我並且也應把苗話都學會，好用音譯與直譯的方法，把苗歌介紹一點給世人」。這些謠曲中的若干首，曾多次在他後來寫的小說加以利用，如〈蕭蕭〉、〈雨後〉、〈采蕨〉等。受自己收集的民謠影響，沈從文常在小說中插入擬民歌體式的唱辭，如〈邊城〉、〈神巫之愛〉中的儺辭，〈鳳子〉、〈龍朱〉中的對歌等，它們增加了小說的地方特色和民間趣味。沈從文對原始民間文化的興趣，可能還得益於他閱讀到的一些文學作品和電影。現代作家蘇雪林所寫的沈從文評論文章〈沈從文論〉中，曾將沈從文寫湘西「原始民族自由放

---

[19] 金介甫：《鳳凰之子——沈從文傳》，188 頁。

[20] 沈從文：〈通信〉，1926 年 3 月 6 日《晨報副刊》。

[21] 1926 年 12 月 25、27、29 日《晨報副刊》1498、1499、1500 期。

縱生活」的作品,與法國浪漫主義作家夏多布里昂描寫美洲未開化之印第安人生活的作品〈阿達拉〉、〈勒內〉進行比較。[22]夏多布里昂這兩部作品在 1928 年由戴望舒翻譯,以《少女之誓》之名出版(上海開明書店)。金介甫由此推測,沈從文可能閱讀過這兩部作品,也許由此「激發了沈從文寫土著人傳奇的願望」。[23]沈從文的小說中,還有多篇提及電影或電影人物,從其中描述的情節看,有些可能是好萊塢描寫美國西部、非洲、澳州、印度土人生活的電影。[24]沈從文自己當然熟悉這些電影。

美國學者道格拉斯・弗雷塞在〈原始藝術的發現〉一文中,令人信服地指出,西方人對原始藝術的愛好和興趣,並不是先天就有,對其態度也是變化的。他們在長時間裏看待原始藝術的方式是「根據它接近猶太基督教和西方經典的概念和程度作出判斷」。依據這樣一種方式,原始藝術處於低級水平,不值一提,所以藝術批評家羅斯金才會武斷地說:「在整個非洲、亞洲、美洲,根本不存在藝術」。弗雷塞指出,19 世紀中後期開始,觀察原始藝術的方式發生了重大變化。隨著人類學家提供越來越多的原始文化的物質和知識儲備,以及 1878 年以後在倫敦、巴黎舉行的展覽會中來自殖民地土人的器物和藝術品的展出,歐洲藝術家逐漸建立了對原始藝術的新觀念:「將對野蠻人藝術的持續已久的批判——它是魔鬼般的或無能為力的——與關於它的純潔、活力、理性或技術效率方面的新浪漫主義

---

[22] 蘇雪林:〈沈從文論〉,《文學》1934 年 9 月 3 卷 3 期。

[23] 金介甫:《沈從文筆下的中國社會與文化》,61 頁。金介甫提供的理據是沈從文的〈月下小景〉和〈阿達拉〉都寫到「一個土人藐視關於貞潔的社會習俗,並最終導致自殺。」

[24] 如〈誘—拒〉、〈長夏〉、〈老實人〉、〈平凡故事〉、〈芸蓳紀事〉等。蘇雪林在〈沈從文論〉中說沈從文對湘西原始民族的描寫,「許多地方似乎從⋯⋯澳洲非洲艷情電影抄襲而來」,聊備一考。

概念結合起來了。」他們也因此重新「發現」了原始藝術。從 19 世
紀後期開始到 20 世紀前半期，歐洲繪畫藝術的革命，以及高更、梵
谷、畢卡索等藝術大師的出現，在很大程度上都是對原始藝術重新
「發現」的結果。因此，弗雷塞認為，「原始藝術的發現與其說是一
種發現，倒不如說是一種意識的逐漸發展」。[25]同理可知，沈從文對
湘西原始性的「發現」，也是他從多種管道接受非理性主義、文化人
類學觀念影響的結果。

三、湘西原始文明形態

（一）

在西方現代主義作家筆下，原始文明存在於「異域」，它的意義
需要借助與西方現代文明的對應關係才能得到理解；同樣，沈從文
作品中的原始性以湘西為載體，它的意義則只有在與都市的複雜聯
繫中才能凸現出來。因此，在具體分析沈從文小說中的原始性之前，
在文化形態上為湘西與都市的內涵及其關係定性，是十分必要的。

應該認識到，沈從文小說中的湘西是一個文學形象，與地理和
行政區劃上的湘西，並不是一回事。最早把湘西作為一個文學形象，
對其內蘊進行系統闡述的學者是趙園，她的論文〈沈從文構築的「湘
西世界」〉的標題直接說明了這一點。但趙園並沒有劃定湘西形象在
沈從文作品中涵蓋的範圍。對此，王繼志的《沈從文論》一書略有
涉及。他在書中討論〈月下小景〉故事集歸屬時，寫道：「就故事本
身而言，這些佛經故事屬於異域文化，但就其對初民時代人生形態

25　道格拉斯・弗雷塞：〈原始藝術的發現〉，載《當代西方藝術文化學》，周憲、
　　羅務恆、戴耘編，北京大學出版社 1988 年版。

的描摹來說，又恰與湘西現存的原始宗教情緒相吻合」。「因此，沈從文依據佛經故事改作的這些小說，與其說記述的是異域的古老傳說，不如說是對湘西古老民族的再現。」[26]看來，作者意識到沈從文筆下的湘西世界是由若干具體的作品創造出來的，而〈月下小景〉故事集屬於湘西世界。我在吸收其他學者已有成果的基礎上，嘗試為沈從文營造的湘西世界劃定一個大致的覆蓋範圍。沈從文筆下的湘西，覆蓋範圍較地理和行政區劃上的湘西大得多，當然疆域也模糊得多。除了那些以地理上的湘西為背景的創作，尚有三類作品屬於這個世界：一類是發生在川黔兩地的故事，如〈獵野豬的故事〉、〈醫生〉、〈黔小景〉、〈旅店〉、〈山道中〉等。這些作品的氛圍、情調和人物生存狀態與〈夜〉、〈三個男人與一個女人〉、〈神巫之愛〉等一致，研究者不會提出異議。第二類是〈月下小景〉故事集。其中多數篇什，是對佛經故事的演繹，時間延續千年，地區橫跨印度、西域、北京。認它們為湘西小說，王繼志已經提供過理據。同時，我們還應該看到，這部相對完整的框架故事集的序曲〈月下小景〉寫到苗族特有的儺舞、習俗和苗族傳說，為整部故事集提供的是湘西背景。故事講述者集結的地點最初是虛指，結集時，改成具有湘西特色的金狼旅店，而類似的旅店，在〈旅店〉、〈野店〉、〈黔小景〉中，都曾出現過；同樣意味深長的是，序曲最初在雜誌發表時，有「傍了西藏橫斷山脈長嶺腳下」字樣，結集時，「西藏」刪去，用「XX」代替：作者的用意很明顯，這部故事集應該屬於湘西世界。其次，故事本身雖然是點化佛經故事而成，但二者在對原始初民生存形態和宗教情緒的描摹上，是相通的，可以說，沈從文借對佛經故事的演繹，創造了湘西神話和歷史，延長了湘西世界的時間跨度。第三

---

[26]　王繼志：《沈從文論》，江蘇教育出版社 1992 年版，171 頁。

類是〈知識〉、〈虎雛〉、〈第四〉、〈廚子〉這樣的作品，有的背景不清，有的發生在大都市，但可以看成湘西人生存形態在現代的延伸。若標準再寬泛一些，第三類還可算上〈都市一婦人〉。那婦人剛烈、怪戾的性情，傳奇般的命運，及苗人施毒放蠱行徑，只有放置進湘西世界，才有意義。以上四類作品，共同支撐起宏大、厚重的湘西世界。

與湘西世界相對的是都市世界。雖然與湘西世界比較，都市世界的形象要模糊、雜亂得多，但它仍有跡可尋。出現在沈從文小說中的城市，有北京、上海、武昌、青島、昆明等地，卻不能說它們都屬於這裏所言的城市空間範疇。像〈王嫂〉、〈看虹錄〉等作品，顯然超出了這兩個空間體系之外。沈從文小說中的都市形象主要出現在背景是上海、武昌和 1924-1927 年，1933-1937 年間的北京的作品中。此外，寫以東北錦州為背景的〈舊夢〉，也應該屬於沈從文的都市小說系列。在沈從文的構想中，它們是與湘西對立的另一個空間聯合體。

對湘西與都市之間文化關係的理解通常有兩種形式。其一是把這兩個世界當成同一文明鏈條上的兩個不同環節，同一文明類型進化過程中兩個不同的發展階段。凌宇在《從邊城走向世界》一書中，把湘西界定為一個「原始氏族遺風與封建宗法關係並存」的社會，一個「古老傳統正在急劇損蝕、崩潰」的社會，而都市世界是現代文明的代表。學界目前已經將這一觀點發展成一個周詳的闡釋系統，不論是鄉村─城市衝突說，文明─自然（或野蠻）衝突說，或歷史主義─倫理主義二律背反說，都屬於這一認識範疇。持這一觀點的論者還從盧梭、哈代、福克納、勞倫斯等作家有關「二個世界對立衝突」的觀念和創作中「發現」了與沈從文諸多契合之處，為

沈從文尋找到世界文學的支持。這一思路其實與西方文學中傳統的原始主義想像模式（單一文明進化）本質上一致。

　　對湘西與都市之間的文化關係還有另一種認識。沈從文在 20 世紀中國文學史上是一個異數，一個「絕對是獨特的」作家，有著「極其個別的姿態」。基於這樣一個判斷，趙園在〈沈從文構築的「湘西世界」〉一文中提出了不同「文明類型」說。她舉沈從文小說〈七個野人與最後一個迎春節〉為例，指出：「以往的批評曾糾纏於北溪村式的文化形態是否『真實』，現在人們已不再從這一角度發問了：決不只因為認可了關於文明類型的平行性與同時代性的理論，更重要的是他們重新發現了中國實實在在地有不同的文明類型並存這一事實。」她認為北溪村乃至整個湘西的生活狀態提供了一種嶄新的文明類型。趙園還從現實出發，為自己的「文明類型」說尋找根據：「『中國』之內不同民族、不同地域間文化也各呈異態」，而湘西正是「不同於漢民族聚居區文化形態的另一文化形態。」[27]趙園充滿智慧的見解提示了一個理解沈從文小說中湘西─都市世界性質的新思路：把沈從文所創造的兩個空間形象看成兩種不同的文明類型：湘西是原始文明的象徵，都市則代表現代文明；它們佔據不同的地域空間，處在截然不同的發展序列中；它們是自成系統的，是平行對等的。顯而易見，趙園的觀點具有更大的想像空間，更符合沈從文創作的實際。

（二）

　　人類學家、民族學家在長期的實踐中，摸索了許多有價值的調查方法，以確定原始民族和社會的特徵。[28]如果我們對照那些項目，

---

[27] 趙園：〈沈從文構築的「湘西世界」〉，《論小說十家》，浙江文藝出版社 1987 年版，113 頁。

[28] 在中國，早期有凌純聲撰寫於 1936 年的《民族學實地調查方法》，其中的「實

會發現沈從文湘西小說中，符合「原始文明」特徵的描寫比比皆是，如〈獵野豬的故事〉、〈夜漁〉寫漁獵，〈夜漁〉還提及部落戰爭，〈七個野人與最後一個迎春節〉寫到易貨貿易等。但這種拿沈從文小說中對「原始文明」的描寫與人類學、民族學者提供的調查項目加以對照的方法，我並不採用，因為沈從文並不是要對原始文明形態進行客觀描寫，他在其中融入了自己的原始主義想像。循著這樣的思路，我把注意力集中在自然、宗教、性愛三個方面，看它們如何構建出理想的「三位一體」原始生命形態。

所謂自然，包括自然環境和自然人性兩個層面，其實質是人對自然力、自然秩序的依賴、屈從，以至皈依，進而達到天人合一、物我相融的自然狀態。

湘西蠻荒偏僻，多峻嶺大坑，險灘急流，人類活動對環境影響相對微弱，這為原始生活形態得以保持提供了必要條件，而天險絕域也成為原始生活形態的重要組成部分。〈小砦〉寫到酉水中下游一個碼頭對岸的山崖半壁岩洞中，寄居著一些「洞穴人」，他們就過著原始的漁獵生活：

> 住在這種洞穴裏的人，多是一些似乎為天所棄又不欲完全自棄的平民。這些單身漢子，儼然過的是半原始生活，除隨身有一點生活所恃的簡單工具，此外別無所有。有些卻有妻兒子女和家畜。住在這種洞穴的人，從石壁罅縫間爬上爬下，

地調查問題格」，包括「地理與統計」、「住處與設備」、「飲食」、「裝飾與發飾」、「狩獵、漁業、畜牧、農業」等二十三大項，842 小項。（文章載凌純聲、林耀華等著：《20 世紀中國人類學民族學研究方法與方法論》，民族出版社 2004 年 3 月版）1956 年全國人民代表大會民族委員會頒布《社會性質調查參考提綱》，其中的「原始社會調查提綱」羅列的調查項目有「經濟」、「社會」、「生產與習俗」、「精神文化」等四大項五百多個小項。（該提綱載凌純聲、林耀華等著：《20 世紀中國人類學民族學研究方法與方法論》）。

上可在懸崖間以及翻過石樑往大嶺上去採藥獵獸，下就近到河邊，可用各種方法釣魚捕魚。

這些絕險之所在，成了「原人」的棲息地和維持原始生活的庇護所。沈從文在〈七個野人與最後一個迎春節〉中把這種原始生活作了浪漫化處理。北溪村人原先不知有官、有政府、有法律、有稅，只知道耕種漁獵，縱酒任性。官府的統治，改變了他們的生活方式，老獵人帶領六個徒弟，阻擋不成，於是遷進深山岩洞，以野人自居，保留即有的生活方式：

> 他們幾個人自行搬到山洞以後，生活仍然是打獵。獵得的一切，也不拿到市上去賣，只有那些凡是想要野味的人，就拿了油鹽布匹衣服煙草來換。他們很公道的同一切人在洞前做著交易，還用自釀燒酒款待來此的人。他們把多餘獸皮贈給全鄉村勇敢美麗的男子，又為全鄉村頂美的女子獵取白兔，剝氣給這些女子製手袖籠。

在沈從文湘西小說中，上述被封存在天險絕域之中，遺世獨立的原始生活形態畢竟罕見。更多的情況是，人在大自然中經受磨難，從大自然索取基本生存材料，在大自然中托身，與大自然融為一體，這種更為普遍，貫徹在湘西人的日常生活經驗中。例如沈從文的絕大多數湘西小說，都發生在橫貫湘西全境的沅水流域，河流就成了自然性的代表。

沅水的正源在貴州省都勻境內雲霧山雞冠嶺，在常德滙入洞庭湖，全長 1033 公里。它的最大支流酉水發源於湖北省宣恩縣西源山，在湘西沅陵縣沅陵鎮滙入沅水，全長 477 公里。湘西多山少平地，人們習慣於依沅水及各支流而居，有水處，必有人家；水的交

匯處，轉折處，因了這種地形，建起一個個碼頭和城鎮。在鳳凰的沱江畔，沈從文安置了自己的童年，〈屠桌邊〉、〈福生〉、〈玫瑰與九妹〉、〈瑞龍〉、〈在私塾〉、〈我的小學教育〉中的故事，都發生在那裏。他常從私塾翹課，三五夥伴相邀，跳到河裏游泳洗澡。這種快活遊戲，必不為大人所允許，他們一聽說家人來找，趕忙將整個身子浸入水中，單露一張面孔到水面上，免得被發現。同夥必幫著扯謊。(〈福生〉)若這條河漲了水，定會有木頭、傢俱，豬牛、南瓜等物，從上游沖下來。橋上會有人用長繩繫了腰身，看到有值得下水的東西浮來時，踴身一躍，傍近那物邊，把繩子縛定，自己游到岸邊，另外幾個人把東西拉上來。(〈草繩〉)在鳳凰縣有一條酉水的支流沱江，沿沱江上行，進烏巢河，便到了沈從文所說「中國最古老民族托身的地方」──苗區，〈鳳子〉等故事就發生在這裏。出現在青島海濱，那「身體背影異常動人，且走路時風度美極」，愛淺笑的鳳子，從小說設計的情節推測，她的民族之根，應該在這烏巢河畔。河水塑造了這個民族美麗動人容貌，堅韌、熱情的性格。沿酉水的另一支流花垣河上行，經花垣、龍山，在川湘交界湖南一側，有一個因〈邊城〉而聞名的小城──茶峒。一條小溪，擋住了由四川入湖南的官路，翠翠與爺爺在這裏為過往行人擺渡。這小溪，「繞山岨流，約三里便匯入茶峒的大河。人若過溪越小山走去，則只一里路就到了茶峒城邊。」茶峒城憑水依山築城，近山的一面，城牆如一條長蛇，緣山爬去。臨水的一面，則在城外河邊留出餘地設碼頭，灣泊小小蓬船。端午時節，茶峒人在長潭中賽龍舟，比賽結束，當地統領照習俗把鴨子放到河中，盡人去獵獲，作為娛樂，也作為獎勵。翠翠愛做夢，她夢見下游白雞關出老虎咬人。大老天保追求翠翠不得，一氣之下駕油船下行，運氣不好，在茨灘淹死。

　　沿沅水繼續上行，人跡越來越罕至，環境也越來越險峻。小說〈夜〉的故事發生在沅水某一條支流上源的無名溪澗上。敘述人「我」在和四個同伴到二十五里外的營部辦差途中迷了路，只能在荒山野嶺沿著溪澗上行。溪流迂迴曲折，山路也常常變化，「有時爬上嶺脊，兩面皆下陷無底，忽然又蜿蜒下降，入一個峽谷，在前面十丈彷彿即已到了盡頭。隨後是高聳的石壁同大而幽僻的樹林。」在這樣的大荒野中趕夜路，可謂艱險之至：「我們所走的是我生活經驗中最坎坷的路，一面是溪流，一面是荒山，路既高低不平，最難防備的還是那路旁的空陷處，多到不可思議。這空陷是陡然而來的，是一不小心就把人吃了的。」他們經過半夜跋涉，在幾近絕望之際，才看到遠處的微弱燈光，最後在一所茅屋中落了腳，結束了這段令人驚懼的旅程。

　　自然人性或許是自然更重要的一個層面，它的形成又和自然環境有密切關係。〈邊城〉中寫到翠翠的長養和命名：

> 翠翠在風日裏長養著，把皮膚變得黑黑的，觸目為青山綠水，一對眸子清明如水晶。自然既長養她且教育了她，為人天真活潑，處處儼然一隻小獸物。人又那麼乖，如山頭黃麂一樣，從不想到殘忍事情，從不發愁，從不動氣。平時在渡船上遇到陌生人對他有所注意時，便把光光的眼睛瞅著那陌生人，作成隨時皆可舉步逃入深山的神氣，但明白了人無機心後，就又從從容容在水邊玩耍了。

　　翠翠容貌之美受惠於自然，行動「儼然一匹小獸物」，在自然中長養，與大自然融為一體。甚至她的名字也是從自然物景中隨意採擷的：「為了住處兩山多篁竹，翠色逼人而來，老船夫隨便為這可憐的孤雛拾取了一個近身的名字，叫作『翠翠』。」這是一個純粹的自然人形象。

　　人的自然性是相對於社會性而言的。在現代文明社會，人通常是社會化的人，他承擔特定的社會角色，處於各種社會關係的聯結點上，用馬克思的話說，即「人是一切社會關係的總和」。人的自然性恰與之相反，它最大限度地剝離了各種社會關係，將自己還原到基本的生存層面，受本能支配，回復到赤子之身。〈虎雛〉在這方面是一個典型的例子，它生動地描寫了虎雛歸返其自然性的過程。虎雛原是六弟身邊的勤務兵，六弟在上海公幹時，把他帶在身邊。敘述人「我」看到這體面、聰明的孩子，起意留他在上海讀書，把他培養成一個有教養的人，以便將來成就一番事業。六弟起先不同意，和「我」爭執起來。六弟稱這小勤務兵是「小土匪」，認為，這樣一個「作了三年勤務兵在我們那個野蠻地方長大的人」，「民族積習稍長」，是不可能再如此造就了。「我」則堅信，「環境可以變更任何人性」。最後這勤務兵留在上海，由「我」為他安排最好的教育。一切似乎都很順利，但不久這小兵就如六弟所預料的那樣，身上的「民族積習」爆發了，他同王軍官的勤務兵一起外出，惹了命案，一走了之。我也終於明白，一個「野蠻的靈魂」，即便「裝在一個美麗盒子裏」，也仍然是野蠻的靈魂，他的根性是無從馴化的。或許是為了給這個人物的結局一個合理交代，沈從文寫於 1934 年的散文長卷《湘行散記》中，刻意安排了返鄉的「我」和這虎雛的「重逢」。虎雛註定了屬於「草木蟲蛇皆非常利害」的湘西山水，「只宜於深山大澤方能發展他的生命」，他的野性和靈動之氣在那裏得到盡情的展示。

　　就沈從文多數湘西小說所表現的現實生活場景來看，人際關係的自然性可說是最突出的特徵。〈邊城〉中的茶峒地處湘、黔、川邊境湖南一側，是一座邊城，城中駐紮一營綠營屯丁改編成的戍兵，另有五百家左右的住戶。綠營兵駐紮茶峒，是清朝統治者為鎮壓當

地造反的苗民。辛亥革命後其建制得到保留,但「戍邊」的功能已經廢棄,因此,這軍隊雖名為「戍兵」,卻從不打仗,除了號兵每日上城吹號玩,使人能夠聯想到這裏還駐紮著軍隊,「其餘兵士皆彷彿不存在」。小說中只空泛地提到戍軍統領也是當地行政長官,十餘年來主持地方軍事,「注重在安輯保守,處置還得法,並無變故發生。」從小說提供的描述看,這長官處理行政事務基本上奉行「無為而治」。他唯一顯示自己的存在,是端午節龍舟賽後,為與民同樂,增加愉快,把三十隻雄鴨放入河中,盡會泅水的人追趕鴨子。當地軍官、稅官以及有身分的人,「莫不在稅關前看熱鬧」,但沒有證據顯示龍舟賽由行政當局發起和組織。有一個釐金局,其「辦事機關在城外河街下面小廟裏,」掛一面長長的幡信顯示自己的存在,對往來貨物徵收關稅。釐金局事實上也是清代建制,在〈邊城〉故事發生的 30 年代初仍然存在並發揮作用,顯示這地方脫離時代進化之外。茶峒河街碼頭是當地商業、交通最為繁忙之處,但其管理一切靠習慣,有問題也用習慣方法解決,因此掌管這碼頭的不是行政官員,而是被眾人推舉出來的「高年碩德」人物,由他「運用這種習慣規矩排調一切」。小說中寫到的幾件茶峒公共事務,如渡船老人的安葬,白塔的重建,都沒有看出有行政當局出面安排的跡象。是順順、楊馬兵出於友情、道義張羅渡船老人的喪事,白塔的重建也是照習慣由民間推舉的首事人召集,「城中營管」和「稅局」只是捐了些錢而已。從上述情況看,茶峒社會基本上不具備現代社會行政、軍事、商業建制,維繫地方人際關係和日常生活的是由族群、地域、歷史傳統混合而成的鄉土觀念和地方習慣。

行政管制缺乏,人際關係單純,這在沈從文早、中期湘西小說中是一個普遍現象。〈山道中〉中三個行路人所歇腳的一個小小寨堡,是縣衙所在地。縣長審案要到三里外一個舊廟去,平時無事時

則和當地小鄉紳喝點酒,與縣警、科長下盤棋,或種種瓜菜。警備隊二十個名額,十枝槍,按縣公署科長的話說,只是「擺個樣子罷了。」縣城內有居民一百三十戶,全縣境內也不過五百人。當傳來路人被劫殺消息時,「縣長準備去驗屍,各處找轎夫找警備隊,好久還不能集中隊伍。」就家庭而言,你一般看不到巴金小說中常寫到的四代、三代滿堂的家庭,〈長河〉中長順一家父母、子女二代齊全的情況也極其罕見。〈邊城〉中的渡船老人和翠翠是祖孫二人,〈三三〉中是母女二人,〈張大相〉中是母子二人,〈山鬼〉中是母子三人,〈阿黑小史〉中是五明父子和阿黑父女兩家,都是典型的單親家庭。〈草繩〉、〈黔小景〉、〈牛〉等作品中,家庭成員甚至只有一人。如此簡單的家庭和社會結構,將其內部發生關係的可能性降到了最低限度,把人的社會性也降到了最低限度,人的自然性的一面則凸現出來。

(三)

宗教是與超自然力量有關的一整套態度、信念和習俗,[29]它存在於各民族當中,貫穿於人類歷史始終。與後來宗教的組織化不同,原始宗教是一種自然神教和多神教,以自然事物和自然力為崇拜對象。原始宗教是原始生活極為重要的組成部分。

在湘西原始宗教系統中,最受崇拜之神是天王。傳說中的天王是朝廷派來鎮壓蠻族起義的三兄弟。因他們作戰勇敢,殺敵眾多,引起皇帝忌憚,在一場慶功宴中,被皇帝用藥酒毒死。大哥因喝酒少,故臉發紅;二哥喝酒多,臉發黑;老三喝酒最猛,臉發白。三兄弟有怨在身,死後化為孽龍,大鬧金鑾殿,對皇帝不依不饒。皇

---

[29] 參閱C‧恩伯－M‧恩伯:《文化的變異──現代文化人類學通論》,遼寧人民出版社1988年版,466頁。

帝無奈，只得封三兄弟為王爺，下聖旨修廟供奉才算了事。天王崇拜在清初甚至明代即已存在，但其在18世紀末開始興盛，並達至狂熱狀態，卻與清朝統治者的刻意「抬舉」，湘西崇神信巫、尚武的傳統等有莫大關係。天王地位之高，作用之大，在沈從文《從文自傳》中有充分反映。《從文自傳》寫到湘西辛亥革命失敗後，大量苗民被捕。這些苗民不能全殺，又不能全放，他們的生死命運「便委託了本地人民所敬信的天王」。犯人被牽到天王廟大殿前，「在神前擲竹筊，一仰一覆的順筊，開釋，雙仰的陽筊，開釋，雙覆的陰筊，殺頭。」因為生死由神來決定，應死的也就無話可說。

　　霄神在湘西原始宗教系統中也赫赫有名。按專家的解釋，霄神即屈原在楚辭中寫到的山鬼，也叫山魈。傳說中的霄神「胎生，近人形，通人性，精明異常，」[30]在湘西民間信仰中，這妖精經常造訪人家，小氣，好淫，喜歡惡作劇，有不可思議之力量，來無蹤去無影。因此，霄神是一個與百姓日常生活關係密切，頗有人情味的妖精。沈從文在〈山鬼〉中說：「管理地方一切的，天王菩薩居第一，霄神居第二，保董鄉約以及土地菩薩居第三，場上經紀居第四。」由此可見天王與霄神在當地民眾生活中的支配性地位。沈從文早期兩個戲劇作品〈霄神〉和〈鴨子〉，都是利用霄神導演故事。小說〈山鬼〉伍娘的大兒子發了癲，按巫師的說法，是得罪了霄神的緣故，他「當神撒過尿，罵過神的娘，神一發氣人就癲了。」這含糊的理由，大家都深信不疑。更值得重視的是，這篇小說以「山鬼」命名，除了指霄神外，更指伍娘發癲了的大兒子。癲子屬於「文癲」一類，他居洞穴，飲甘泉，行蹤不定，「愛花，愛月，愛唱歌，愛孤獨向天」，活脫脫一個屈原在《九歌‧山鬼》中所描寫的山鬼形象。《阿

---

[30] 劉一友：《沈從文與湘西》，青海人民出版社2003年版，203頁。

黑小史》中的五明顯然因「花癡」而瘋癲，其造型，也屬於「山鬼」
一類。

　　除了天王和霄神，湘西原始宗教系統中其他不具名的神靈鬼怪
也很多，可以說到了無物不神，無物不信的地步。沈從文在《阿麗
思中國遊記》中寫到鳳凰人「拜石頭，拜樹木，拜橋樑，拜屠戶的
桌案，拜豬圈中的母豬，凡是東西幾乎便可以作乾爹乾媽」的現象
就是一個明證。神靈因信仰而生，沈從文小說中崇神信巫之事可以
說不勝枚舉。《雪晴》中的楊大娘，對神就抱了樸素的信仰，她「覺
得這世界上有許多事得交給神，又簡捷，又省事。」沈從文早期小
說〈哨兵〉中，寫鳳凰軍人信巫好鬼的執迷，他們不怕死，不怕血，
不怕一切殘酷的事。他們能心平氣和地看殺人；若運氣不好，被山
大王捉去，也能鎮定自若地受死。似乎這是「他們的義務」。但唯獨
敬畏鬼神，「他們怕鬼，比任何地方都凶。」人們的日常生活，完全
聽命於神巫。作者對此百思不得其解：

　　　怎麼樣就成了這樣一個民族？那是不可知的。大概在許多年
　　以前，鬼神的種子，就放在沙壩人兒孫民們遺傳著的血中
　　了。廟宇的發達同巫師的富有，都能給外路人一個頗大的驚
　　愕。地方通俗教育，就全是鬼話：大人們在孩子很小的時候，
　　就帶進廟去拜菩薩，喊觀音為乾媽，又回頭為乾爹老和尚磕
　　頭。家中還願，得勒小孩子在大紅法衣的大師傅身後伏著上
　　表，在上表中准許他穿家中極好的衣裳，增加他對神的虔
　　敬。縣裏遇到天旱，知事大人就齋戒沐浴，把太太放到一邊，
　　自身率子民到城隍大坪內去曬太陽求雨，仰祈鬼神。人民的
　　娛樂，是看打黃教時的「牛頭馬面」，「大小無常」。應當出

> 兵與否，趕忙去問天王廟那泥像。普通一般人治病的方法，
> 得賴靈鬼指示，醫生才敢下藥。

　　生活中的一切事情由神作主，離開了神，就無法可想了。沈從文此時對湘西人崇神信巫不甚了了，但在寫《湘西》的 30 年代後期，他已經能從理論的高度思考這一問題了，他認為這與邊地少數民族的原始宗教信仰有關：「苗族半原人的神怪觀影響到一切人，形成一種絕大的力量。大樹、洞穴、岩石，無物不神。狐、虎、蛇、龜，無物不怪。神或怪在傳說中美醜善惡不一，無不賦以人性。」[31]

　　正因為神靈在民眾日常生活中如此重要，能溝通人神關係的巫師才會有崇高地位，受人羨慕和供養。沈從文的〈神巫之愛〉中以浪漫的筆調極力鋪排了神巫被年輕女子愛慕追求的情形。聞知神巫要到雲石寨做法事，年輕美貌女子一早就聚在寨門外的大路上，等候著神巫的到來。她們把自己打扮得像一朵花，希望神巫能賜給自己愛情，哪怕只是一夜也好。因為她們「之所以精緻如玉，聰明若冰雪，溫柔如棉絮，也就可以說是全為了神的兒子神巫來注意！」當夜，在跳儺儀式上，年輕女子上場向神巫表心願，請神巫賜福，無一例外是希望神巫愛上自己，女子們大膽直率言語讓神巫吃驚。這是浪漫筆法。沈從文在〈我的教育〉中，寫到巫師在土著軍隊的地位和作用，語氣是樸實的：

> 雨已不落了，一個高個子師爺，搦長凳在長殿廊下畫符，用
> 黃紙畫，到後且口咬雞頭，將血敷到符上面。他原來正在為
> 昨天受傷那三個兵士治病。我們隊伍中是不可少這樣人物
> 的，有兵士被刀斲傷了，或者營長太太有了病，少年失魂夜

---

[31]　沈從文：《湘西》，《沈從文文集》9 卷，405 頁。

哭，卻不是軍醫的事，而非師爺畫符不可。這師爺若缺少卜
課本領也還是不成其為師爺的。大約「軍師」就是指的是這
樣人材，這人材的養成一半是天生一半還是由於地氣，因為
彷彿有三個全是辰州地方人。望到師爺畫符的神氣，彷彿看
到諸葛亮再生。

　　沈從文不少湘西小說，都寫到巫師作法情形。在《阿黑小史》
中，巫師被尊稱為「師傅」，他被阿黑的父親請來做法事，沖災消難，
因為阿黑病了。師傅在屋中貼了不少黃紙符咒，「把紅緞子法衣穿
好，拿了寶刀和雞蛋，吹起牛角，口中又時時刻刻念咒，滿屋各處
搜鬼。」五明跟著師傅走，據說小孩眼睛亮，可以看出鬼物所在。
五明胡亂指著，指一處，師傅就「樣子一凶，眼一瞪，腳一頓，把
一個雞蛋打去，鬼儼然就被捉了。」小說中第二次寫到這位神巫是
八月初四山神生日，他被當地人請來「幫山神獻壽謝神祝福」。沈從
文的〈逃的前一天〉同樣描寫了巫師作法：

　　　　求神保佑向神納賄的人家，由在神跟前當差的巫師，頭包了
　　　　大紅綢巾，雙手持定大雄雞，很野蠻的一口把雞頭咬下。主
　　　　人一見紅血四溢，便趕忙用紙錢蘸血，拔雞胸脯毛貼到大門
　　　　上，於是圍著觀看的污濁孩子，便互相推擠，預備搶炮仗。

　　跳儺或還儺願，是湘西少數民族中最為盛行的巫術活動，前面
提到的一些例子就屬於此類。它與一般巫事活動的區別在於：一般
的巫事活動是個體行為，直接與功利目的掛勾。跳儺或還儺願則是
群眾廣泛參加的集體活動，場面大，節目多，手續繁複，同時還行
使節慶娛樂的功能。沈從文的〈鳳子〉和〈長河〉中，都細緻描述
了儺舞和儺戲的全過程。〈鳳子〉中的儺事，由一個巫師主持，外帶

兩個助手，還邀請了一些和歌的民眾幫忙。三聲炮響，巫師披掛上場。第一場是準備迎神，第二場是迎神，第三場是獻牲、祭酒、上表。三場法事之後，是戲劇表演，分三段。第一段是愛情喜劇，第二段是小歌劇，第三段是戰爭故事。三段戲後，巫師又重新穿上大紅法服，上場獻牲獻酒，為主人和觀眾向神祈福。最後是送神，「巫師亢聲高歌送神曲，眾人齊聲相和。」〈長河〉中最後一章與〈鳳子〉最後一章寫於同一時期。其中上演的是儺堂戲。開場前，由首事人「在伏波爺爺神像前磕頭焚香，殺了一隻羊，燒了個申神黃表。把黃表焚化後，由戲子扮的王靈官，把一隻活公雞頭一口咬下，把帶血雞毛粘在台前臺後，臺上方放炮仗打鬧台鑼鼓。」第一齣戲是「象徵吉祥性質，對神示敬，對神送禧。第二齣戲與勸忠敬孝有關。下午唱戲時，觀眾可以再出一些分子錢，就可以在排定的戲目之外額外點戲。」夭夭也來參加了「人神和悅的熱鬧。」這是當地典型的儺堂戲。除開頭的儀式與儺事活動有關聯外，儺戲本身的娛神色彩也十分淡薄，主要在娛人。

　　從原始宗教信仰的表達中尋找詩意和美，是在〈神巫之愛〉和〈鳳子〉中。〈神巫之愛〉對跳儺宏大場面的詩意描寫，顯示了這一原始宗教活動特有的魅力：

> 松明，火把，大牛油燭，依秩序一一點燃，照得全坪通明如白晝。那個野豬皮鼓，在五羊手中一個皮槌重擊下，蓬蓬作響聲聞遠近時，神巫上場了。
>
> 他頭纏紅巾，雙眉向上豎，臉頰眉心擦了一點雞血，紅緞繡花衣服上加有朱繪龍虎黃紙符籙。他手執銅叉和鏤銀牛角，一上場便有節拍的跳舞著，還用嗚咽的調子念著娛神歌曲。

他雙腳不鞋不襪，預備回頭赤足踩上燒得通紅的鋼犁。那健全的腳，那結實的腿，那活潑的又顯露完美的腰身轉折的姿勢，使一切男人羨慕、一切女子傾倒。那在鼓聲蓬蓬下拍動的銅叉上圈兒的聲音，與牛角嗚嗚喇喇的聲音，使人相信神巫的周圍與本身，全是精靈所在。

圍著跳儺的人不下兩百三百，小孩子占了五分之一，女子們占了五分之二，一起在壇邊成圈站立，小孩子善於唱歌的，便依腔隨韻，為神巫助歌。女子們則只驚眩於神巫的精靈附身半瘋情形，把眼睛掙大，隨神巫身體轉動。

這如詩如畫的場面，讓沈從文想到了莎士比亞戲劇《仲夏夜之夢》：「一切方式令人想起《仲夏夜之夢》的鄉戲場面，木匠、泥水匠、屠戶、成衣人，無不參加。」[32]沈從文欣賞它的喜慶和隆重場面。

（四）

各種歷史典籍和實地調查都有力證明，婚前性行為缺乏禁忌，兩性關係鬆散是原始民族的一個普遍特徵，這一點在湘西邊民原始生活形態中也不例外。《湘西苗族調查報告》中說：「苗中青年男女婚前的兩性生活頗為自由。有時女引其情郎至家，父母常為殺雞款待。甚至設公共房屋，轉為青年男女聚會之用者……苗中有跳年、跳月、調秋之俗。青年男女，結隊對歌，通宵達旦。歌畢雜坐，歡飲謔浪。甚至乘夜相悅，而為桑間濮上之行，名叫『放野』。」[33]青年男女戀愛自由，他們被允許利用幾乎所有的娛樂場合尋找配偶，婚前性生活沒有太多禁忌，婚姻自主，婚後夫妻雙方的性約束較為

---

[32]　沈從文：《湘西》，《沈從文文集》9 卷，378 頁。

[33]　凌純聲、芮逸夫：《湘西苗族調查報告》，民族出版社 2003 年版，57 頁。

鬆懈，寡婦再婚不會受到非議。沈從文小說人物對情愛的自由、開放態度可以從湘西原始文化的這種特性中找到解釋。

青年男女之間交往，結果似乎只有一個，就是導向兩性關係。沒有矯揉造作，回環曲折，往往直截了當。沈從文的〈雨後〉中的男女，在山野採蕨菜之餘，因為天氣好，就想做點份外的事。女子趕走了在一旁唱歌戲弄的女伴之後，四狗就放肆起來。女子當然也是樂意的：「她卻笑，望四狗，身子只是那麼找不到安置處，想同四狗變成一個人。」他們沒有任何精神負擔，主動索取，慾望赤裸強烈。沈從文令人信服地揭示了邊地人的性開放態度，當性慾望需要滿足時，他們一拍即合，沒有什麼繁文縟節和禁忌。與這篇小說類似的另一篇作品是《阿黑小史‧採蕨》。五明和阿黑在山上採蕨，正當春日好光景，二人都不由心旌搖曳，都想做點份外之事。五明引阿黑來到老虎岩背後幽僻處，就放肆起來。阿黑欲拒還迎，終於讓五明行使了「夫的職責」。

沈從文的中篇小說〈鳳子〉中，總爺給外鄉來的工程師介紹鎮筸女子，她們是「用愛情裝飾她的身體，用詩歌裝飾她人格，」美麗而熱情。她鼓勵這年輕人去大膽尋找愛情，並把方法教給他：

> 你不妨去冒一次險，遇到什麼好看的臉龐同好看的手臂時，大膽一點，同她說話，你將可以聽到她好聽的聲音。只要莫忘記了這地方的規矩，在女人面前不能說謊；她問到你時，你得照到她要明白的意思……答應，你使她知道了你一切以後，就讓她同時也知道你對於她的美麗所有的尊敬。一切後事盡天去鋪排了。

〈旅店〉中，年輕的寡婦黑貓，獨自經營一家路邊小客店，因美麗及職業關係，總有各樣人等對她格外矚意，但她在寡婦生活中

過了三年，從未對什麼人動過心。愛，彷彿死去了。這一天，旅店住進了四個販紙的商人，見到他們的黑貓，性情突然變了，她感到需要「一種力，一種圓滿健全的，而帶有頑固的攻擊，一種蠢的變動，一種暴風暴雨的休息。」一直休眠在心中的情慾蠢動起來，尋找發洩，過去對任何人的追求無動於衷，現在主動去引誘紙客。她與紙客各在一種方便中會意、野合，全無半點負擔。黑貓後來生了個小黑貓，因為流言，旅店的幫手，老而醜的駝子做了黑貓的丈夫。黑貓的心理變化和選擇，初看不可思議，細想倒也不難理解，湘西人的率性任情、無拘無束，在這裏不是表現得很充分嗎？雖然有違人倫，不是很合乎自然人性嗎？湘西的歷史和風情，為沈從文在這方面發揮想像力提供了適宜的土壤。黑貓「守節」，敘述人替她惋惜，因為「一個二十多歲的婦人，結實光滑的身體，長長的臂，健全多感的心，不完全是特意為男子夜來享受的麼？」她獨守長夜之時，「不知正有多少女人輕輕的唱著歌送她的情人出門越過竹林！不知有多少男子這時聽到雞叫，把那與他玩嬉過一夜的女人從山峒中送轉家去！又不知道又多少人在那分別時流淚賭咒！」愛和被愛，是人間最美好的事情，黑貓終於明白了這一點。

在原始民族的各種婚戀習俗中，最富盛名，最讓作家矚意的是唱歌。自發即興的民歌在現代民族中已經湮沒無聞，而在湘西邊地民族中，唱歌卻是表達情感的主要方式之一。這裏男女社交的形式很多：遊方，跳月場，邊邊場，坐歌堂等不一而足。雖各地、各族中，細節名稱略有差異，但都是利用一些集體場合，如節日、集市等，年輕男女在一起跳舞，對歌。少數民族地區都是歌舞之鄉，人人喜歌善舞，每逢節慶，出口必歌，年輕人以歌談情說愛更是常有之事。沈從文在〈湘西苗族的藝術〉中說：

這個區域居住的三十多萬苗族，……「熱情」多表現於歌聲中。任何一個山中地區，凡是有村落或開墾過田土地方，有人居住或生產勞動的處所，不論早晚都可以聽到各種美妙有情的歌聲。當地按照季節敬祖祭神，必唱各種神歌，婚喪大事必唱慶賀悼慰的歌，生產勞作更分門別類，隨時隨事唱著各種悅耳開心的歌曲。至於青年男女戀愛，更有唱不完聽不盡的萬萬千千好聽的山歌。即或是行路人，彼此漠不相識，有的問路攀談，也是用唱歌方式進行的。許多山村農民和陌生人說話時，或由於羞澀，或由於窘迫，口中常疙疙瘩瘩，辭難達意。如果換個方式，用歌詞來敘述，即物起興，出口成章，簡直是個天生詩人。

歌聲比說話更能表達他們的思想感情，祖先的浪漫遺存使他們天生就是詩人。沈從文的〈山鬼〉中，這樣描述當地唱歌的習俗：

遇到唱山歌時節，這裏只有那少壯孤身長年（雇工）的份。又要俏皮，又要逗小孩子笑，又同時能在無意中掠取當場老婆子的眼淚與青年少女的愛情的把戲，算是長年們最拿手的山歌。得小孩子山莓紅薯供養最多的，是教山歌的師傅。把少女心中的愛情的火把燃起來，山歌是像引線燈芯一類東西（藝術的地位，在一個原始社會裏，無形中已得到較高安置了）。

〈山鬼〉中的癲子，就是一個唱歌好手，孩子們跟隨他，「可以學到許多俏皮的山歌」，他還「會用他的一串山歌制服許多年青人，博得大家的歡喜」。〈豹子‧媚金‧與那羊〉中，敘述人說，比詩更美，「更容易把情緒引到醉裏夢裏的，就是白臉族苗女人的歌。」而

熟悉苗族掌故的人,「可以告你五十個有名美男子被醜女人的好歌聲纏倒的故事,他又可以另外告你五十個美男子被白臉苗女人的歌聲唱失魂的故事。」豹子和媚金就是因唱歌成了一對,在唱歌中「把熱情交流」。〈龍朱〉中,白耳苗族族長的兒子龍朱,是在本族中享有盛名的歌師傅。因地位顯赫,相貌英俊威武,歌子唱得好,他被族中女子當神一樣敬奉著。小說中寫道:「白耳族男女結合,在唱歌慶大年時,端午時,八月中秋時,以及跳年刺牛大祭時,男女成群唱,成群舞,女人們,各穿了峒錦衣裙,各戴花擦粉,供男子享受。平常時,在好好天氣下,或早或晚,在山中深洞,在水濱,唱著歌,把男女吸引到一塊兒來,即或在太陽下或月亮下,成了熟人,做著只有頂熟的人可做的事。在此習慣下,一個男子不能唱歌他是種差辱,一個女子不能唱歌她不會得到好丈夫。抓出自己的心,放在愛人的面前,方法不是錢,不是貌,不是門閥也不是假裝的一切,只有真實熱情的歌。」龍朱的歌,最後征服了族中最美麗、最高貴的女子。情歌在兩情相悅的活動中,扮演了至高無上的角色,其他一切:相貌、財富、地位,都成了無足輕重的東西。小說以誇張的語言形容龍朱的歌:「這歌是用白耳族一個頂精粹的言語,自白耳族頂純潔的一顆心中搖著,從白耳族一個頂甜蜜的口中喊出,成為白耳族頂熱情的音調,這樣一來所有一切聲音彷彿全啞了。一切鳥聲與一切遠方歌聲,全成了這王子歌時和拍的一種碎聲,對山的女人,從此沉默了。」〈鳳子〉把苗鄉描繪成一個歌舞的海洋。情人愛戀,陌生人問路,節慶狂歡,都是歌。〈邊城〉中交代,茶峒在過去,唱歌的風氣聞名於川黔邊地,而翠翠的父親,又是茶峒唱歌中的好手,翠翠的母親也愛唱歌。白日裏,一個人在半山上砍竹子,一個在溪上撐渡船,二人對歌相愛。大老和二老為爭翠翠展開競爭。大老托人來做媒,爺爺不敢為翠翠作主,對來人說:「車是車路,馬是馬路,

各有走法。大老走的是車路，應當由大老爹爹作主，請了媒人來正正經經同我說。走的是馬路，應當自己作主，站在渡口對溪高崖上，為翠翠唱三年六個月的歌。」大老求人說媒不成，又不想割捨這份情，於是二老建議，兩個兄弟月夜裏一起去山上唱歌，不說誰是誰，只輪流把歌唱下去，誰得到回答，誰就算勝利。但二老一開口，大老自知不是對手，自動退出競爭，放船到下河去了。翠翠對二老的歌在心靈上有了共鳴，在深夜，翠翠夢中「靈魂為一種美妙歌聲浮起來了，彷彿輕輕地各處飄著，上了白塔，下了菜園，到了船上，又復飛竄過懸崖半腰——去作什麼呢？摘虎耳草。」

四、態度的「原始性」與原始精神

應該認識到，自然、宗教、性愛三位一體的原始文明形態，並不是原始性的全部內涵，非理性也不是只在這一層面展開，只是這一層面更好識別，更易被接受而已。使沈從文所表現的非理性備受爭議之處，也令一般讀者最感困惑的地方，是原始性與現代人無法容忍的「罪惡」、「愚昧」、「落後」事物之間的聯繫，以及沈從文對其所作的「讚賞性」描寫。例如關涉性愛，〈邊城〉中對妓女大加「讚美」：

> 由於邊地的風俗純樸，便是作妓女，也永遠那麼渾厚，遇不相熟的人，做生意時得先交錢，再關門撒野，人即相熟後，錢便在可有可無之間了。妓女多靠四川商人維持生活，但恩情所結，則多在水手方面。感情好的，互相咬著嘴唇咬著脖頸發了誓，約好了「分手後各人皆不許胡鬧」，四十天或五十天，在船上浮著的那一個，同留在岸上的這一個，便皆待

著打發這一堆日子，盡把自己的心緊緊縛定遠遠的一個人。尤其是婦人感情真摯，癡到無可形容，男子過了約定時間沒回來，做夢時，就總常常夢船攏了岸，一個人搖搖盪蕩從船跳板到了岸上，直向身邊跑來。或日裏有了疑心，則夢裏必見男子在桅上向另一方面唱歌，卻不理會自己。性格弱一點兒的，接著就在夢裏投河吞鴉片煙，性格強一點兒的便手執菜刀，直向那水手奔去。他們生活雖那麼同一般社會疏遠，但是眼淚與歡樂，在一種愛憎得失間，揉進了這些人生活裏時，也便同另外一片土地另外一些年輕生命相似，全部身心為那點愛憎所浸透，見寒見熱，忘了一切。

這些妓女，保留著邊地人純樸熱烈的愛情，和對待生命的莊嚴認真態度，她們為愛，為被遺棄，能做出感天動地的舉動，使讀者全然看不出她們是社會「醜惡現象」的受害者，也見不到作者對此感到什麼沉痛，有任何譴責。再如〈柏子〉中寫到的嫖妓。水手柏子把在船上辛苦勞作得來的錢，大多花在妓女身上，然後再回船上出苦力。他覺得這樣很合算。小說寫到妓女的職業特性，她「勞動」要有所得，於是把柏子身上帶的東西都搜了去。從他們打情罵俏的弦外之音看，這妓女不是「本分」的那一種，她要謀生，就不可能只對一個窮水手忠誠，顯然柏子也不相信妓女的話。但兩人在此時此刻卻是真誠的，雖然是赤裸裸的錢肉交易，各取所需，可照樣真情畢露，有血有肉。

上述現象是邊地居民逐漸受到現代文明的影響，而民性中的原始性並未減弱，二者交融匯合的結果。同樣，一方面由於情慾的飽滿、亢奮，另一方面有現代社會倫理道德強大的壓制力，再加上湘西多高山大坑，密林急流，三者遭遇，孕育出種種離奇詭異的奇情、

癡情、畸情、豔情，常常釀成酷烈的衝突場面，讓讀者目不暇給。例如〈三個男人與一個女人〉寫兩個男子因愛而去盜屍。女屍被所愛的男子陪伴七日，就能夠復活，這一湘西狎邪的傳說，也是〈醫生〉故事得以生發的基礎。〈長河〉中寫到湘西盛行的沉潭──對越軌的兩性關係中女子一方的懲罰。〈蕭蕭〉中，蕭蕭懷孕被發現後，按慣例，有兩條處置辦法，一是發賣，再就是沉潭。只不過蕭蕭的伯父心軟，沒有把蕭蕭送上這條死路而已。若遇上一個道德感極強，性情又特別頑固專橫，且對男女之事有特別的興趣族長，情形就糟了，而這是經常會發生的。〈長河〉中提到的族長就是這樣一個人。他發現族中有男女偷情之類事情發生，那女子，曾是自己動過非分之想，而遭到拒絕的。在一種複雜情緒支配下，他力主把偷情的族中女子沉潭。一群好事而無知的青年後生，皆被此事興奮著，迫不及待地把女子捉來，衣服脫光，用繩索捆起，人人都在方便中，把女子光鮮的肉體放肆地看個夠，族長也不例外。滿足了變態的慾望，而以一個美麗生命的犧牲為代價。〈雪晴〉中也有一個沉潭的實例。巧秀的母親年輕守寡，不安於眼前的生活，與一個打虎匠相好。二人關係被發現後，族長是堅決的「沉潭派」。沈從文這樣描述族長的情緒：「妒忌在心中燃燒，道德感益發強，虐待狂益發盛」，他也曾對這女子起過意，動手調戲時被拒絕了，此時，一種變態情緒作怪，要把女子送上死路。從某種程度上看，族長這舉動未嘗不是性慾極度壓抑的表現，果然，四年後，他發瘋自殺了。

　　〈夜〉是沈從文最驚險、最怪誕的一篇小說。敘述人執行公務趕夜路到很遠的營地去，在荒野中迷了方向，摸到一戶孤零零的人家暫且安歇。因要打發時間等候天亮，就與同伴講起了故事。一個故事是關於私情的：苗人巫師的妻子與兵士私通，為巫師察覺。一次，這兵士與情人有個約會，臨時有事，無法按時赴約，就叫同伴

代為傳話。同伴去了。等兵士辦完事趕去時，卻發現同伴與情人被巫師用長矛釘死在一棵大樹上。「那個兇手，那個頭纏紅布同鬼魔常在一塊的怪物，藏在林裏陰慘的笑了。像一個鴟鴞，用那詛人的口向他說：『狗，回到你的營裏去，告給他們，你那風情的夥伴，我給他一矛子永遠把他同婦人連在一塊了。這是他應當得的一種待遇。』」兵士明白，他的夥伴被誤認，代他死去。他連忙奔樹林找巫師時，已沒有了蹤影。他回到營地報告時，發現巫師家火光沖天。這火無疑是巫師放的。這故事讓大家激動。敘述人又請屋子的主人——看起來莫測高深、飽經事故、像有無數心事的老人——講一個故事。老人再三推脫不過，叫敘述人隨他進到裏屋，看床上躺著一個老婦人的屍體。原來這是主人相依為命的妻子，昨夜剛死去。老人剛死了妻子，卻不動聲色接待這一群人，且有耐心聽完半夜的故事。這極度的鎮定讓敘述人感到駭然，驚恐萬分。老人的行事、那些故事，與敘述人及其同夥一夜驚險萬狀的旅行交相輝映，給讀者留下深刻印象。

從上述例子中，我們可以發現，沈從文在描寫性愛無法正常宣洩導致的種種變態行為時，態度是溫愛的，沒有明顯的否定和譴責。沈從文同樣的態度，也用在描寫殺戮和暴力時。如〈夜〉這篇作品，小說開頭，敘述人津津樂道地說起土著部隊如何殺人取心肝的事情。敘述人意識到這一「殘暴」行為不能為現代文明社會所容忍，自己的「欣賞」態度可能引起現代人的反感和抵制，他於是作了這樣的解釋：「吃人並不算是稀奇事，雖然這些事到現在一同城市中人說及時，總好像很容易生出一種野蠻民族的聯想，城市中人就那樣容易感動，而且那樣可憐的淺陋，以及對中國情形的疏忽。其實那不過是吃的方法不同罷了。我是到現在，還是不缺少看到某一種人被吃的，所以我能夠毫無興奮的神氣，來同到一些人說及關於我所

見到的一切野蠻荒唐故事。」把湘西土著部隊「吃人」與現代社會中統治者、壓迫者對下層民眾的剝削和殘害聯繫起來，並不能化解讀者心目中「殘忍」的印象，也無法回答這樣的疑問：為何敘述人要取這樣一種態度？如何認識這種態度？

大凡對沈從文小說有所瞭解的讀者，都會注意到這一「欣賞」「罪惡」、「愚昧」、「落後」的態度，更有學者試圖從不同角度加以解釋。學者的意見歸納起來大致有三種。第一種是蘇雪林的，她這樣評價沈從文：「他愛寫湘西民族的下等階級，從他們齷齪，卑鄙，粗暴，淫亂的性格中，酗酒，賭博，打架，爭吵，偷竊，劫掠的行為中，發現他們也有一顆同我們一樣的鮮紅熱烈的心，也有一種同我們一樣的人性。哪怕是炒人心肝吃的劊子手，割負心情婦舌頭下酒的軍官，謀財害命的工人，擄人勒索的綁票匪，也有他的天真可愛處。」[34]蘇雪林將沈從文湘西小說中這一顯著特點直率地指了出來，並給予肯定，在沈從文評論史上，這是極其罕見的。但這種替沈從文辯護的方式又無法令人信服，因為憑常識我們就可以判斷，「炒人心肝吃」，「割負心情婦舌頭下酒」，「謀財害命」，「擄人勒索」在文明社會是罪惡，與「天真可愛」無論如何是扯不上關係的。

第二種意見走向另一個極端，全面否定了沈從文創作中張揚原始性的現代價值。范家進在《現代鄉土小說三家論》一書中，歷數了沈從文小說中「風俗美的另一面」，包括「自然環境的惡劣與生存的艱苦繁難」，「地方的閉塞、虔誠中的迷信以及習俗中時時顯露的野蠻與殘忍」，「妓女與水手的苦難和艱辛以及特殊風俗對於美好愛情的阻礙與戕害」等等。作者責備沈從文將湘西理想化、牧歌化，而使「猙獰與苦澀、陰鬱與無奈的」「現實」受到遮蔽或讚賞。[35]這

---

[34] 蘇雪林：〈沈從文論〉，載 1934 年 9 月《文學》3 卷 3 期。
[35] 范家進：《現代鄉土小說三家論》，上海三聯書店 2002 年版，186 頁。

種人道主義的立場據有道德優勢，卻迴避了沈從文創作的具體語境，無助於回答「為什麼」的問題。劉永泰的〈人性的貧困和簡陋——重讀沈從文〉一文，其中以諷刺的口吻羅列了沈從文作品所描寫的大量有悖於現代文明社會的「醜陋」現象：一個戴水獺皮帽子的朋友「五歲時就喜歡同別人打架」，25 歲時「大約就有一百個女人淨白的胸膛被他親近過」（《湘行散記》），妓女「全身壯實如母馬，精力彌滿如公豬，平常時節不知道憂愁，放蕩時節就不知道羞恥」，「每逢一個寬大胸膛壓到她胸膛時，她照例是快樂的」（〈廚子〉）。論者還把沈從文對原始性的展示概括為「活得膽大包天愛得無所顧忌，該出手時就出手該交歡時就交歡。社會秩序抵擋不住男兒的老拳鐵腳，道德觀念馴服不了女人騷動的情慾，生活的殘酷扭曲不了人的自然本能，年齡的增長絲毫不減少時的血性。」論者堅持理性高於非理性，文明優於「野蠻」的進化論立場，上述「醜陋」的「原始性」、「非理性」與社會性、文明、理性相齟齬，就成了沈從文的「罪狀」。

　　大多數學者對此並不單純地肯定或否定，還是試圖從學理上進行深入探討，凌宇是其中主要的代表。我在導言中即已指出凌宇的「生命」四層次說。凌宇認為沈從文的現代意識集中表現在「生命」學說上，而生命學說主要通過四種生命形態表現出來：其一是原始的生命形態，其二是自在的生命形態，其三為個體自為的生命形態，其四是群體自為的生命形態。生命形態之質量有高低之別，從「原始生命形態」到「群體自為的生命形態」，逐級上升。按凌宇的歸類，上述湘西「罪惡」、「愚昧」、「落後」現象應屬於第二種，即「自在的生命形態」，特點是「主體內部精神與外部行為與原始生命形態基本一致，但它面臨一個隨著社會的歷史演變而發生了質變的環境。這就帶來了主體與環境的嚴重失調。由於主體精神非理性自覺的蒙

昧狀態，生命主體便無從擺脫環境的擺佈，自主自為地把握自己的人生命運。」[36]在凌宇的歸納中，自在的生命形態是四種生命形態中較低級的一種，是鄉下人理性缺失和「悲劇性處境」的表現，而沈從文對這種生命形態是感到沉痛的，是有譴責和反思的。凌宇還規定出一個生命發展的最高目標，將「自在的生命形態」看成是向這個最高目標邁進的一個階段，這種描述保證了沈從文在「大方向」上的正確性。此外，凌宇在他所有的論述中，凡涉及「自在的生命形態」，舉例時只限於虎雛、柏子、貴生、黑貓、會明、蕭蕭等「蒙昧」型主人公，對蘇雪林所舉的那些「大惡」從來都是迴避的；他也迴避對沈從文的「欣賞」態度加以評論。

湘西原始文明形態在現代文明的侵襲和重壓下，失去了原初範型，是沈從文湘西小說中出現如此引人注目現象的現實基礎。但沈從文在描寫由於現代文明侵入所導致的屠殺、劫掠、童養媳制、賣淫、畸戀等所謂「醜惡」、「蒙昧」、「變態」現象時，卻仍然試圖從中提煉原始精神，如生命的元氣、野性、活力；在態度上，他秉承的是原始「價值觀」：不是把自己放在一個更高明的位置，去俯瞰它，批判它，而是以自身的「原始蒙昧」去接近它，認同它。[37]這類作品所表現的原始性正是在如此雙重作用下產生了。如〈蕭蕭〉就是這樣一篇從所謂「蒙昧」現象中提煉原始性的範例。蕭蕭十二歲嫁給一個三歲的丈夫，十五歲時被丈夫家的長工花狗引誘懷孕。事情敗露後有沉潭和發賣兩種選擇，蕭蕭只是僥倖存活下來。在等待發賣的日子裏，蕭蕭產下一子。在一種稀奇古怪的境況中，夫家重新接納了蕭蕭。蕭蕭與丈夫完婚時，兒子已經十歲；當這個兒子十二

---

[36] 凌宇：〈沈從文創作的思想價值論——寫在沈從文百年誕辰之際〉，《文學評論》2002 年 6 期。

[37] 關於「蒙昧」的敘事態度，本書第五章第三部分有詳細論述。

歲接親時，蕭蕭懷抱著與丈夫新生的孩子看熱鬧。生命被壓迫到最基本的生存層面，仍然充滿兇險和不測，除了「苦難」二字，似乎沒有更好的辭彙去形容蕭蕭的命運了。但蕭蕭的命運是否就引起讀者的同情或憤怒？恐怕沒有人會有如此感受。蕭蕭從未把自己的遭遇看成是「苦難」，敘述人也沒有從這樣的視角去理解蕭蕭的命運，因此，蕭蕭的遭遇就不是「苦難」；蕭蕭的生命形態不受現代文明社會一切秩序和觀念的界定，我們也就不能用現代文明的尺度來衡量它。蕭蕭的命運只能用原始性才能加以闡釋：這生命被本能慾望所牽引，在一種完全是自然的法則中生長、繁衍、淘汰、延續，從而呈現出生命強旺、自在、堅韌、彪悍的本質特徵。〈黔小景〉、〈旅店〉、〈三個男人與一個女人〉等作品中的描寫莫不如此。事實上，沈從文正是借助這種態度上的同一性，將原始精神提煉出來。

　　前述三種觀點之所以不論褒貶，都沒有觸到問題的要害，究其原因，是它們不自覺地以適用於現代文明社會的道德標準去理解沈從文看待問題的原始主義態度。這種情況其實在文學史上屢見不鮮。美國學者伊恩・瓦特在其著作《小說的興起》中闡述了一個很有意思的現象：一些 18 世紀英國作家對荷馬史詩的指責。如笛福認為，希臘聯軍對特洛伊的圍攻，只是為了「營救一個妓女」；史詩總是把「惡棍」變成「英雄」，在這方面，荷馬是罪魁禍首。蒲柏認為，《伊利亞特》中表現了「十分明顯的殘忍精神」，「它的道德世界所代表的價值觀，是愛好和平的社會裏的成員們所不見容和不歡迎的。」理查遜攻擊史詩「兇殘好鬥」，「宣揚虛假的光榮、虛假的榮譽」，「以及暴力、謀殺、劫掠」，「給世世代代造成了無窮的危害」。瓦特精闢地指出：18 世紀英國作家如此評價荷馬史詩，是「把整個事件歸結為一種簡單的道德判斷」，而之所以這樣做，是因為在中產階級的文學觀中，道德的考量佔據首要地位。18 世紀的英國，新興

資產階級已經掌握政權,所以啟蒙運動主要在新道德的建設方面發揮作用。這種新道德的最高境界是發乎「自然」的善,荷馬史詩受到粗暴的攻擊,正和它「違背」新道德有關。建設新道德本來無可厚非,但 18 世紀英國作家沒有想到,他們如此要求兩千多年前的荷馬史詩,是極其不公平的,因為在它所反映的那個遠古時代,「其生活內容就是英雄主義」。[38]當然,沈從文不是荷馬,他筆下的原始性也「絕不是原始藝術的真正等價物」。[39]但沈從文這類小說的遭遇,正與荷馬史詩在 18 世紀英國作家那裏的遭遇相似;而對沈從文這類作品的正確理解,也取決於是否能還原和接受沈從文的原始主義態度。

五、情慾在都市背景中展開的三個層面

沈從文都市小說與湘西小說一脈相承之處,是它們都貫穿著對人的非理性,尤其是情慾的表現。不同之處在於,情慾與湘西原始文明形態及精神相契合,是生命活力的象徵;而在都市現代文明中,它處於被壓抑的狀態,對其評價也變得複雜起來。

眾所周知,沈從文是都市現代文明的激烈批判者。在他筆下,都市現代文明的「罪證」之一,是情慾的被壓抑、被扭曲、被商業化。沈從文從普遍的人性觀念出發,把紳士看成有著人之正常慾望的一群,但他們又受到家庭、婚姻、社會身分的種種束縛,這和他們的自然慾望發生矛盾。紳士種種醜陋、卑劣、猥瑣行為,皆是這

---

[38] 參閱伊恩・瓦特:《小說的興起》,高原、董紅鈞譯,三聯書店 1992 年版,278-284 頁。
[39] 趙園:〈沈從文構築的「湘西世界」〉,載《文學評論》1986 年 6 期。

矛盾不能解決使然。沈從文把這些紳士們為滿足個人情慾而做出的種種傷風敗俗劣行，暴露在光天化日之下。

沈從文眼中的紳士，大致指在政府為官，在高校任教，或作寓公的顯貴們，他們高居社會上層，生活優裕，氣度不凡，談吐風趣，經常出入各種社交場合。沈從文對他們本來面目的揭露，一向不遺餘力。〈有學問的人〉寫一位紳士太太與男主人之間一次不成功的性引誘。男主人向來訪的紳士太太示愛，女子屬於那種家庭幸福，又希冀有點豔遇的人，正中下懷，準備在適當的防守後交出自己。但男子在即將成功時，膽怯了，不敢跨出最後的一步。電燈亮，妻子回，機會失，彷彿一切沒有發生。男子保住了紳士風度，沈從文卻把這所謂「風度」背後隱藏的虛偽、懦弱和盤托出。〈某夫婦〉寫一對夫婦合謀以色詐財，在設計程序時，二人意見不合，打作一團。女人吃了虧，欲報復丈夫，遂在引誘客人時，假戲真做。丈夫捉姦不成，反戴上綠帽，賠了夫人又折兵。小說情境安排頗得莫泊桑小說神韻，在冷靜、機智的敘述中，活畫了二人天良盡失，唯利是圖的醜態。〈紳士的太太〉寫盡了豪門巨族的情慾氾濫，道德倫喪。此紳士太太到廢物紳士家打牌，無意中發現廢物的三姨太與大少爺私通。擔心私情被揭穿的三姨太與大少爺合夥把此紳士太太拉下水，先是故意讓她在賭場贏錢，繼而又讓大少爺把她引誘。最後，三個人為滿足淫慾結成「統一戰線」。一年後，紳士太太為廢物的大少爺生養一子，而在此時卻傳來了大少爺將要結婚的消息。沈從文在小說的前文中說：「我是為你們高等人造一面鏡子」，這面鏡子真實地照出了紳士階層的醜陋嘴臉。沈從文的〈宋代表〉和〈平凡的故事〉還嘲諷了一群候補紳士，雖還是在校學生，但他們的虛榮、浮誇、趕潮和媚俗，絲毫不讓前輩，沈從文認為他們是一群缺乏個性、激情，只知道談情漁色的可憐蟲。在沈從文筆下，紳士雖有迷人的風

度，但內在生命力枯竭。顯然，非理性是沈從文行使都市批判的唯一價值標準；生命力衰竭，性愛畸形，是沈從文給紳士階層定的罪。

沈從文 1924 年從邊僻、原始的湘西來到現代都市北京。他長久不能適應都市生活，固然與他經濟上的窘迫有密切關係，但更值得重視的是他身上作為邊地居民所有的強旺情慾被都市時尚女性所喚起，而這情慾卻又不得不被壓抑，由此引起內心緊張和行為失範。從個人生活角度講，這是沈從文的磨難期，但對創作而言，卻成就了他一系列帶有自敘傳性質的作品。如〈用 A 字記下來的故事〉、〈篁君日記〉、〈十四夜間〉、〈長夏〉、〈老實人〉、〈煥乎先生〉、〈誘—拒〉、〈第一次作男人的那個人〉、〈元宵〉、〈微波〉、〈舊夢〉等，這些自敘傳作品無一例外都與性慾受到壓抑和追求發洩有關。這些自敘傳主人公因為在都市沒有正常的情慾宣洩管道，遂轉為病態。以下對其中主要幾篇略作分析。

先來看〈用 A 字記下來的故事〉。主人公應邀出席一個盛大的祝壽活動，在一片歡快氣氛中，他覺得異常孤獨和氣憤，幻想自己變成了工人綏惠略夫，那鐵錘把這些驕奢淫逸的紳士、貴婦人們砸個稀巴爛。這篇小說有著沈從文早期城市小說的慣有基調，以一個鄉下人的憤憤不平對城市的一切發洩怒火，對都市女性是一副色迷迷的面孔，他想使自己克服怯懦，去大膽接近女人。他坐在座位上，對前排的女子想入非非，被那頭髮脖頸和面頰引誘，他鼓勵自己「伸手過去撐那二寸以內的小圓臉一下」，「伸手過去將那一層薄紗內的小腰肢結實摟著」。但終於一切皆是幻想，散場後因為自己的卑微，回到窄而霉齋哭泣一通了事。

〈長夏〉提供的是一種低俗的「消夏」方式：第一人稱敘述人受到兩個女子的寵愛，他在其中左右逢源，哪一個都捨不得放棄。小說中，調情打趣及性雙關語比比皆是，有的只能被認為是色情描

寫:「大姐同六姐,這時正在一塊兒睡覺,大姐起身來,我就補了缺。」
敘述人也贊同六姐的話:「三個人愛下來也無妨於事。」這篇小說流
露出對《紅樓夢》中女兒國的庸俗嚮往。他聲稱:「我不要太太,所
要的只是浪漫的情人。」

　　〈中年〉是對於主人公些微變態心理的一次展露:他作客住在
北平某大學一處偏僻的房子裏,而房子周圍又是青年男女談情說愛
之所在。主人公躲在房中,有意無意看見或聽見許多「關於年輕男
女覺得極新鮮的事情。」敘述人津津樂道,如數家珍,從中得到一
種變態的滿足。有趣的是,敘述人的身分是一個紳士,年齡如題目
所示,是「中年」,已不便像〈誘─拒〉中那種赤裸裸的,有失體面。
但他雖裝腔作勢,把這種並不高雅的「窺視」,反覆頌之為「詩情」,
有「詩意」,仍去不掉其中的豔俗氣。

　　〈舊夢〉更是稀奇。主人公性格內向,行為懦弱,他去東北看
大哥,大哥為讓他大方一些,就安排旅店老闆娘款待他。老闆似乎
也十分樂意讓老闆娘引誘這位見女人就臉紅的主人公。小說就在老
闆娘反反覆覆開導的柔情蜜意中翻過一頁又一頁,但我們的主人公
似乎並不爭氣,他始終克服不了心理障礙,與老闆娘玉成好事。但
主人公對老闆娘的曲意逢迎也能憐香惜玉,沉溺於其中流連忘返。
這中間有大量的庸俗、色情描寫。

　　〈篁君日記〉是敘述人給妻子寫的一部懺悔錄。妻子在戰火紛
飛和饑寒交迫中帶三歲稚兒流離失所,而敘述人在北京卻行為放
蕩,過著偷香竊玉的生活。他對此時有良心不安,遂懺悔之。敘述
人的身分十分含混,似乎不貧窮,但有一個貧困中掙扎的妻子,後
來又莫名其妙做了山大王,統領一千多人的隊伍。這些都不重要。
主要是主人公充滿虛情假意的懺悔與壓抑不住的情慾之間的矛盾,
讓人忍俊不禁。小說記述的主要內容,是主人公與一個老爺的姨太

太，以及菊子二人的調情，進而私通，所過的淫逸、快活的生活。小說開頭寫主人公請算卦先生為自己占卜，說會「兩女爭一男」，自己會走桃花運，果然後來應驗。兩個女子像〈長夏〉中一樣，癡癡纏著主人公。主人公對女人有肆無忌憚的性想像，不斷挑逗、調笑她們：

> 她同菊子才洗過澡坐在菊子屋裏換襪子，聽到腳步聲，菊子從腳步聲聽出是我了，大聲嚷：
> 「二哥莫來，別人換衣裳！」
> 「換衣裳，難道就不准人進來麼？虧你到學校去演講女子的解放！」
> 另一個人就嘻嘻的笑。

把女性解放拿來為自己調情、嬉戲辯解，倒很方便，這只是漫不經心的藉口、趣話而已，三人在這種場合，這樣的話很多，說話本身就是快樂。我們可憐的主人公，在這時，又開始裝模作樣的懺悔了：

> 我忽然又記起妻來了，這時的妻不知如何在受苦，我卻來到這裏同一個婦人胡鬧。我搖頭自慚，但是我可不能離此而他去，我為眼前的奇蹟呆了。我不能一個人去空想分擔妻在故鄉的憂愁。……

那種道德的負罪感是輕描淡寫的，不是來自靈魂的震顫。

沈從文眼目所及，全是豐乳肥臀、鮮活可人的女子。在慾望無法排遣時，主人公也到妓院逛一逛。〈十四夜間〉寫子高第一次從妓女處獲得性經歷。他被慾望所支使，把異性的本質統統還原到性交易的層面上，為自己尋歡作樂打氣。他在這方面，照例是心比天高，

但怯於行動的。他情感的不定形和道德原則的搖擺，與其他同類作品並無二致。〈老實人〉中的老實人其實不老實，在公園中，他為兩個女子的美貌所引誘，跟蹤不捨，後被女子戲弄，又遭員警盤詰，帶進牢中數日。老實人本可以有機會在追隨中達到與女子結識甚至進一步的目的，因為兩個女子是文學愛好者，對他這個作家的作品十分喜愛。但他無論如何鼓不起勇氣，與她們搭話。在性體驗中，主人公更喜歡品嚐自虐帶來的快感。他反覆自責，從鄙視自己中得到滿足。

〈煥乎先生〉中，自傳性主人公在上海的亭子間樓居，一日，看到對面屋中搬來一個年輕女人，他的窺視癖和性幻想又一發不可收拾。他設想出種種情形與女子聯繫，但種種情形都與自己無關時，又痛哭悲傷。他是這樣一個人：「一個年輕男子的趣味，在女人的不拘某一事上，總比在許多事業傻瓜還固執。煥乎先生就是那麼一個年輕人。他把所應作的事全擱下不幹，一個下午全在一種聽隔壁戲中消磨了。」

沈從文的這類自敘傳作品大多寫於 1930 年之前，總體水平不高。沈從文身上帶有邊地山民的樸質，也混合了未經文明教化的蓬勃元氣和旺盛情慾，他很難克制自己對感官享樂的興趣。湘西山野培育出來的旺盛的情慾，無法在都市找到一個正常的發洩管道，沈從文成了情慾之魔的犧牲品。一些學者出於好心，分析沈從文城市作品時，把他這些境界不高的作品，說成是他是為賺錢寫的；或把其中對主人公種種荒唐幻想行為，劃到「批判紳士階級道德虛偽、放縱情慾」的帳上，這無益於問題的解決。從以上所舉例子中，我們會發現沈從文表現都市生活作品的一些特徵：以作家身分出場的自傳性主人公，頻頻出沒於公館、街道、影院、公園、妓院、旅館，像孤魂野鬼，尋找豔遇，放縱情感。方式也多種多樣：窺視、跟蹤、

私通、嫖妓、性幻想等，一切都不成功時，轉而用哭泣來自虐。情慾被文明社會用種種規則或戒律約束，用層層外衣包裹裝潢，此時還是一個土頭土腦鄉下人的沈從文，如何能夠給內心的慾望找一個正常的宣洩管道？同時，他也不具備正面肯定普遍情慾（不加「湘西區域」的限制）的信心和力量。

情慾、本能等人的非理性因素，在現代文明社會是否仍然具有價值？如何把這股情慾的洪流轉化為文學的存在？昇華它的意義？沈從文面對著這些問題。

事實上，沈從文諷刺情慾商業化，表現畸形、扭曲情慾的時間大約只延續到約 1930 年，此後他就在城市小說中正面展示情慾的力量了。〈若墨醫生〉的故事發生在青島海濱。敘述人與若墨醫生一起乘汽艇到海上玩，二人就政治問題展開熱烈的討論，若墨醫生懷疑一切形式的革命，敘述人的觀點與他相反，二人唇槍舌戰，互不相讓。這醫生三十多歲，為人和氣聰明，醫術極高明，一隻煙斗總不離口。敘述人和若墨經常在一起談論政治，但他總不談女人。敘述人終於有一天覺得奇怪了，問他：「是不是打量結婚，預備戀愛？」再三追問下，若墨才說：「女人有什麼好說？在你身邊時折磨你的身體，不在你的身邊時又折磨你的靈魂；她們是詩人想像中的上帝，是浪子官能中的上帝。但我們為什麼必須有一個屬於個人的上帝？我們應當工作，有許多事情可做，有許多責任要盡，為一個女人過分消耗時間和精力，那實在是無味得很。」敘述人不同意若墨的觀點，但他固執己見。有一天，敘述人的朋友介紹一個牧師的女兒到青島來養病，說是胃病。朋友還告訴敘述人，這女子有很多好處，可以從她身上得到幸福。醫生對此更不以為然，說：「這女人那就更讓人討厭。」這女子到青島後，見敘述人相貌很不體面，轉而對若墨很熱情。敘述人也覺得若墨與她是天生一對，就撮合他們。開始

時，醫生很勉強，不高興。但若墨事實上有點頂不住誘惑了，他說：「這女人的說話同笑，真是一種有毒的危險的東西。」這句話表明，若墨的心，已被女人擾亂。果然後來，醫生和那女人把敘述人撇開，單獨去發展關係去了。又不久，二人找藉口一起返回北京。幾個星期後，他們寄來了結婚喜帖，並附長信，把戀愛經過詳細說及，以為敘述人是個書呆子，什麼還蒙在鼓裏。敘述人卻象個老頑童，把自己記的五十頁日記寄給若墨，說自己其實為促成他們婚事，幫了大忙。小說寫得很美，佛洛伊德的味道也很足。敘述人拿自己的好朋友開了個玩笑，讓他受到小小奚落，告給他，本能的情慾不能壓抑，而要順其自然。作者認為若墨「有病」，他提供的藥方是讓情慾不被壓抑，使情慾得到自然宣洩。

他的小說〈八駿圖〉被一般學者理解為是對紳士偽善的批判，這是不錯的。青島某大學，有甲乙丙丁等七位教授同住在一棟樓上，這些教授對性都有異乎尋常的興趣。教授甲枕頭旁放一個舊式扣花抱兜，一部《五百家香豔詩》，蚊帳裏掛著半裸體香煙廣告美女圖。教授乙與敘述人一起在海灘散步，滔滔不絕議論女人，一隊穿浴衣青年女子從身旁經過，他「低下頭去，從女人一個腳印上拾到一枚閃放珍珠光澤的小小蚌螺殼，用手指輕輕的很情慾的拂拭著殼上沾附的砂子。」道德教授丙到主人公達士房間聊天，眼睛盯在牆壁上掛的希臘愛神照片上，看了又看，「好像想從那大理石雕像上凹下處凸出處要尋些什麼似的。」小說從達士先生的視角敘述故事，在他看來，這些教授「從醫學觀點看來，皆好像有一點病」。他很自負地認為，「在這裏我真有個醫生資格」。他為他們診治的結果，是他們的情慾未能獲得正常的滿足，只能尋找上述變態的形式發洩。「這些人雖富於學識，卻不曾享受過什麼人生。便是一種心靈上的慾望，也被壓抑著，堵塞著。」以「醫生」自居的達士其實也是病人。他

對其他教授性問題的格外關注，已證明他患性壓抑。後來他受到一個年輕美麗女子的引誘，終於在該離開海的時候，決定留下來。達士成了性屈服者，這是他患病的又一個證明？抑或痊癒的第一步？在小說結尾處，作者給讀者提供了答案，他寫道：「……這個自命為人類靈魂的醫生，的確已害了點兒很蹊蹺的病。這病，離開海，不易痊癒的，應當用海來治療。」

都市小說中，對健康性愛的禮讚，不只上述兩篇。此時的沈從文，早已不是上海時期，不知如何把湘西原始積習所賦予他的本性的東西安置一個合理的地方，使他獲得合理的解釋，並在現代人精神靈魂性格重建中，發揮作用，現在他可以理直氣壯申訴了，呼喚了。從讚美性本能，到到擴展為人性，這其間，走的路並不長。在〈薄寒〉中，沈從文安排了一位美麗女人，把她作為男性生命品格的試金石。一大群男人在追求她，用盡了種種以為能夠奏效的辦法：「客氣的行徑呀，委婉的雅致的書信呀，略帶自誇的獻媚呀，凡是用在社交場中必須具有紳士風度的行為，都有人用過」，卻全部失敗。作者說：「這個女人，她需要的是力，是粗暴，強壯」，「她的貞節是為這勇敢的、熱情的男子保留的」，而都市卻只生產萎靡不振，喪失活力的男子。

在沈從文作品中，情慾得到淨化，是 1933 年夏到北平以後的事。因為此時他加入了京派文人圈子，還受新婚的影響，〈邊城〉就寫得十分節制。但這並不說明，情愛在他身上降低了份量。在 1936 年前後，他開始對平靜的家庭生活流露出一絲倦怠和厭煩，他需要有新的刺激。〈主婦〉中討論了愛與驚訝的問題，認為在兩性關係中，能對另一方產生驚訝，才是美，才有愛。雲南時期，他的許多散文，探討了個體生命能量的問題。情慾在家庭生活中無法全部釋放，需要找到新的出路。他的〈自殺〉中，心理學教授劉習舜在大學心理

學班上講完了「愛與驚訝」的課，回到家，和美麗的太太大談社會上普遍流行的傳染病，即很多有身分有地位的人都想離婚，離婚不成，就想自殺。劉教授說：「目前似乎還無方法可以醫療這種怪病。」這時，教授拆開一封信，原來是一家雜誌約稿，叫他寫篇論文，題目是〈人為什麼自殺〉，又接到一個電話，同事叫他去公園例會。教授想到幸福的家庭生活，又想到不能陪妻子，有些不開心。到後來還是去開會了。聚會時，見到同事帶來一個十一、二歲女孩子，天真美麗。打聽時，知道她母親是一個極出名的美人，嫁給一個闊公子，二人感情很好，不料結婚七年後，女子突然自殺，原因有種種傳說，但不明確。又三年，丈夫抑鬱無聊，也自殺了，只留下這一個遺孤。晚上劉教授回家，在書房寫那篇論文〈人為什麼要自殺〉，設想了種種自殺行為，越想越心裏煩亂，末了自己也動了自殺的念頭。思緒轉到自己的家庭，妻子極美，她的肖像還上過雜誌的封面，曾有過一個大學生還為她自殺過。但這女子現在成了自己的妻子，劉教授想：「為什麼我同這女子那麼貼近，反而把她看得平平常常，從不驚訝？」太太很美，卻不能激動他的心。這想法讓他吃驚。「愛與驚訝是連在一起的，下意識中，教授愛的是已經逝去的和尚未長成的」，對當前的東西，反而覺得平凡了。產生不了驚訝，就產生不了美，愛於是消失了。一個幸福家庭，情感生活出現了小小波瀾，平靜的日常生活消磨了人的情慾，壓抑了生命活力。不再激動，不再狂放，生命萎縮了。

沈從文承認自己是個「血液裏鐵質成分太多，精神裏幻想成分太多，生活裏任性習慣太多」的男子。三年婚姻生活，那份當初的「驚訝」失去了，新生的慾望無從發洩，令他苦惱。所以，這篇〈自殺〉可以看成作者個人心緒的自白。它發表後，引起了個別人的敏感，以為在隱射自己。沈從文寫了一封信，公開發表，作為答覆。

信中斷定那人有病，勸他少看點書，不要太迂腐拘謹，他說：「如今任何書似乎皆不能幫助您，因為您有病。這種病屬於生理方面，影響到情緒發展與生活態度，它的延長是使您的理性破碎。」沈從文給收信人開的藥方是：「結婚」，同時「多接近人一點，用人氣驅逐你幻想的鬼魔」，並且「放肆的談話，排泄一部分鬱結」。[40]沈從文勸別人結婚，而已婚的他，卻「舊病」復發了，如〈自殺〉中描寫的那樣。看來，婚姻能緩解慾望一時，也解決不了根本問題。他借人物之口，提出了這個讓他無法解決的矛盾：「人生的理想，是情感的節制恰到好處，還是情感的放肆無邊無涯？生命的取予，是昨天的好，當前的好，還是明天的好？」他如何取捨？40 年代的〈看虹錄〉中有了答案。這篇 40 年代的小說代表作，是沈從文在都市背景中讚美性愛的標誌性成果。它比〈自殺〉向前又進了一步，將精神探索的結論付諸行動。其中對情慾之美，作如此熱情的讚頌，在中國現代文學史上是不多見的。我們當然不是說，小說中的主人公，以充分的自信去享受因偶然機緣獲得的一次情感出遊與冒險，就比其他的寫都市情慾作品在思想境界上更高明。事實上，「婚外戀」這一潛在的道德判斷，仍然冥冥中對敘述人的潛意識起著支配作用，他只是對此無所顧忌而已。〈看虹錄〉標示出沈從文都市情愛描寫所能達到的限度，也反映出非理性精神在現代文明背景中，當它直接付諸實踐時，所能展現的深度和高度。事實上，情形並不理想：一方面，非理性精神的豐富性，被壓縮到只剩下情慾；即便是情慾本身，沈從文的探索也不像英國現代作家勞倫斯那樣深刻。

---

[40] 沈從文：〈給某教授〉，《沈從文全集》17 卷，195 頁。

六、非理性精神的延展與變異

在沈從文小說中，非理性精神與其他思想體系之間的關係是一個特別值得重視的問題。非理性精神源自非理性主義思潮，其他思想體系則包括佛家、道家、儒家、基督教等中外傳統思想，以及啟蒙主義和階級鬥爭等現代理論。這些思想體系有的與非理性精神有著天然的親和力，對非理性精神起到歸納、中和、提煉的作用，拓展了非理性精神的適用性和表現範圍；有些則相反，與非理性精神相齟齬，阻滯了非理性精神現實功用的發揮。趙園曾經批評沈從文「始終沒有為自己的創作找到更有力的思想支點」，[41]這實在是極大的誤解。非理性精神源自沈從文的生命經歷和體驗，受到非理性主義思潮的激勵和引導，貫穿在沈從文小說創作的始終。其他思想體系的作用是輔助性的，它們或者最終被排斥，或者被吸納進非理性精神之中，拓展了非理性精神的幅員和縱深。以下分而論之。

沈從文與佛經文學的淵源很深，[42]但他用佛家思想點染湘西的原始精神，只限於有限的幾篇作品，如〈知識〉、〈醫生〉、〈慷慨的王子〉等。〈醫生〉中的醫生有一次聽法師講道，領悟到犧牲的美麗，於是，想自己也吃點苦，從中感受到犧牲的快樂。正巧他經過一個穿珠人的門前，見穿珠人的手被針扎傷，急前去救治。穿珠人此時正為國王穿一珠飾，受傷後，一粒碩大珍珠暫放於盤中。醫生穿一件紅衣，映於珠上，光輝奪目。一隻白鵝從此經過，見到映紅的珠子，以為是可吃之物，遂吞於肚中。穿珠人返回時，不見珠子，問醫生。醫生怕說出真相，致白鵝遭殃，就不說。穿珠人懷疑珠子為醫生所竊，毒打他。醫生感到自己在拯救白鵝，為信念犧牲，雖血

---

[41]　趙園：〈沈從文構築的「湘西世界」〉，《文學評論》1986 年 6 期。

[42]　沈從文不少作品從佛經故事取材，本書第四章對此有深入論述。

流滿面，仍十分從容欣慰。這時白鵝又來，火氣正盛的穿珠人嫌白鵝礙事，一腳把白鵝踢死。醫生見白鵝已死，才說出真相。穿珠人後悔不迭，企求醫生寬恕自己。醫生在酷刑中體驗到犧牲的可貴，「因這次犧牲，他自己也才認識到自己生命的價值。」〈慷慨的王子〉為王子須大拿安排了一系列不幸，來考驗他的慈悲，慷慨和忍耐力。須大拿王子樂善好施，慷慨奉獻，幾近成癖。他無所不施：衣物、珍寶、白象、兒女，甚至妻子。這是一種變相的犧牲，他雖付出了慘重的代價，卻保持了自己的信念，經受住了神的考驗，得到了神的讚許。〈知識〉裏，知識者旅途經過一個村莊，見到青年男子樹下閑坐，而老者在田間下力幹活。他心有不平，問老者緣由，老者說，樹下是他的兒子，他剛被毒蛇咬死了。老者請他路過家門口時，順便告知家人此事，送飯時少送一份。結果，知識者又一次目睹了那青年男子之死在其親人中間引起的異乎尋常的反應——平靜、漠然。由此他看破紅塵，參悟宇宙大道，一把火燒盡了所藏的全部書籍，給自己導師寫了一封措辭嚴厲的信，聲稱所學一無用處，然後與那死去男子的弟弟結伴遠遊，不知所終。在沈從文上述作品中，對苦難的承擔和命運的忍受被看成是一種至高的境界，就這一點而言，它們與沈從文其他湘西作品如〈蕭蕭〉、〈翠翠〉本質上並沒有差別，只是，湘西初民對命運的順從和在災難面前可驚的忍耐力，被吸納進佛家「犧牲」、「果報」、「因緣」的思想範疇。

　　道家和儒家思想帶給沈從文小說的影響極其顯著。就道家思想而言，老莊哲學中的泛神論色彩、自然觀念、自由精神和詩性氣質與沈從文筆下的原始性本來親和力就極強，接受其影響幾乎是必然的。沈從文寫於 1928 年的小說〈夜〉，其中的老者，孤燈寒夜，枯守老妻的屍體，吟詠《莊子》，對險惡的環境表現出驚人的遷就、超然態度。1931 年的〈山道中〉，當地的縣令在荒野孤堡中，朗聲吟

讀《莊子》，一副仙風道骨，全然不顧兵荒馬亂，盜匪橫行。在〈邊城〉中，渡船老人、二老身上洋溢的詩意，順順的豁達，邊城世界中人與自然的和諧，〈顧問官〉、〈張大相〉、〈王謝子弟〉等作品中人物的奇趣、任性和怪僻，〈芸廬記事〉中主人公的灑脫、超越，等等，都深合道家意境。儒家思想在中國文化中居於支配性地位，影響無所不在。有學者指出：「把理想的道德和倫理意識作為衡量處世作人的價值標準」是儒家哲學的基本特徵，受此影響，「以表達倫理情感為中心及追求倫理情感的和諧的審美趣味」為中國文學之所長。沈從文小說中，「明顯地體現著儒家文化思想體系的把理想道德和倫理意識作為衡量處世作人的價值標準和審美取向。」沈從文筆下各類人物，無論是悍匪、兵士、漁夫、妓女、鄉民、商人、水手，還是知識者、紳士、官僚等，都有較明確的道德面貌，作者也自覺或不自覺地從道德的角度對人物加以評價。倫理道德有善惡之分，美醜之別，沈從文頌揚美善，鞭撻醜惡。[43]此外，儒家的入世思想，有所作為，自強不息的精神，在沈從文小說中也有反映。如〈邊城〉中，渡船老人為成全翠翠的婚事四方奔走，他用「要硬紮一點，結實一點，才配活到這塊土地上！」以及「怕什麼？一切要來的都得來，不必怕！」這樣飽含意志力量的話語，激勵翠翠，也鞭策自己。〈貴生〉中的貴生，雖赤貧，但為人硬朗自重，有所持守。他看上了橋頭鋪子老闆的女兒金鳳，卻被地主五爺奪走所愛。原本安分、忠厚的貴生，終於忍無可忍，一把火把雜貨鋪子燒掉，自己也不知所終。儒道相濟、互補，構成了中國傳統文化極其重要的一個特點，體現在理想人格的構成方面，即所謂出世和入世，腳踏實地和高蹈超越的融合。沈從文的許多小說中，儒道思想也同樣並行不悖。

---

[43] 趙學勇對此有全面論述，見他的《沈從文與東西方文化》，蘭州大學出版社1990年版，59-61頁。

1932 年以後，儒道家思想在沈從文思想體系中的分量大幅度上升，對其小說中原始性的浸染、歸納也呈現越來越普遍的趨勢。對於這種現象，一些學者持否定態度。趙園認為，這種變化催生出一個「更合於『士大夫化』了的審美趣味、合乎中國傳統的文化思想、審美理想的藝術世界。」趙園承認自己不喜歡這種變化，因為它「減損了點兒批判的力量」，有些作品太「刻露」、「陳腐」，「不只同現實人生不諧調，更同沈從文自己的藝術世界不諧調」。[44]王曉明同樣認為，在〈邊城〉之後，隨著世俗理想的實現，反進化的歷史觀的喪失，沈從文的審美趣味逐漸變了質。[45]學者們的看法當然有一定道理，但他們過分看重自己的趣味，沒有注意到，沈從文小說創作中的這種變化，與他創作中始終積極演化著的民族想像和國家認同過程是同步的：湘西原始性因素通過儒道思想的「浸染」和「歸納」，逐漸脫離了用以和都市現代文明對抗的格局，而將其轉化為中華民族民族精神資源的一部分，為「中國形象」的產生鋪平了道路。[46]

相比之下，非理性精神與基督教思想的接觸，很難說是正面的。沈從文早期寫過一部宗教劇《蒙恩的孩子》，頌揚耶穌基督，但其宗教情感未必虔敬。沈從文熟悉《聖經》，受此影響，他早期詩歌散文如〈我喜歡你〉、〈西山的月〉、〈呈小莎〉等，常從《聖經‧雅歌》選取意象，歌詠自己的戀人，但感情略顯浮誇和矯揉造作。就小說而言，在〈第二個狒狒〉、〈篁君日記〉等作品中，沈從文喜歡用《聖經》意象渲染情慾。如〈第二個狒狒〉寫主人公對老爺、老爺家的武士以及老爺的小妾的觀感。主人公是寄居在老爺家一個寶裏寶氣

---

[44] 趙園：〈沈從文構築的「湘西世界」〉，《文學評論》1986 年 6 期。
[45] 王曉明：〈「鄉下人」的文體與「土紳士」的理想——論沈從文的小說文體〉，《王曉明自選集》，廣西師範大學出版社 1997 年版。
[46] 關於儒道思想對沈從文〈邊城〉的影響，詳見本書第二章。

的鄉下人，他不滿老爺的窮奢極欲，卻又控制不住自己對女人肉體的慾望。他在受了狒狒一頓惡氣之後，「慢慢地沿著一條花石路走去，左手夾了一本《聖經》，到了橋邊，便不動了。」他正在念〈雅歌〉第一章〈新婦之言〉，一群裹在粉紅水綠絲綢裏的美麗肉體從橋上過來了。就這樣，《聖經》中聖潔的愛情與現實中大膽、貪婪、放肆的妄想極不協調地交織在一起，呈現出十分扎眼的景觀。小說寫到官老爺領著兩個小妾來看戲，被主人公看見，於是，他心中又念起〈雅歌〉：「女王呵，你的腳在鞋中何其美好！你的大腿，圓潤好像美玉，是巧匠的手作成的。」主人公在詠完〈雅歌〉後，對眼前兩個美豔女子就想入非非，把她們比作〈雅歌〉中描寫的人物，來滿足自己的性妄想。〈篁君日記〉中的男主人公在兩個「夏娃樣子的女人」的溫柔陣中纏綿，又時時記起遠方的妻兒，感到內心不安。故每到快樂的高潮，他就會懺悔。懺悔本身是一種虔誠的宗教情緒，而沈從文的這位自敘傳主人公，他的懺悔是裝模作樣的，是一帖機會主義的靈丹妙藥，只要一懺悔，他馬上就原諒了自己，隨後故態重萌，繼續與女人鬼混，如此反覆。小說結尾處，從兩個女子身上討了很多便宜的主人公又搬出〈雅歌〉來吟唱：「我的妹子，你身如百合花，在你身上我可以嗅出百合花的香氣……」，「我輕輕唱著一首所羅門的歌，頌我對神的虔敬。」基督教的整個教義建立在人類原罪的基礎之上，主張人在現世要克制慾望、洗滌罪孽，信仰上帝，才能得永世之福。雖然基督教在兩千年的發展中歷經變革，這個禁欲主義的基礎沒有動搖，因此，它與情慾的狂放張揚是南轅北轍的。雖然〈雅歌〉中寫到了愛情，甚至肉體，但情感何等謙恭聖潔！可是在沈從文小說中，《聖經》意象卻是以如此「不雅」的面貌出現，我們從中看不到作者的虔敬態度和皈依情緒，觸目皆是浮躁和造作。這說明，沈從文身上來自湘西原民原本粗鄙、樸質、本色的慾

念，不僅沒有被基督教思想征服，相形之下，反而顯得怪誕、委瑣。沈從文這類作品品位不高，這算一個很好的注腳。

在現代文壇，啟蒙主義、階級分析一直是佔有壓倒性優勢的話語體系，受此巨大的挾裹和誘惑，沈從文的非理性主義價值體系不斷發生動搖和游移，寫了相當數量的「趕潮」作品。最能說明這一狀況及其後果是〈新與舊〉、〈夫婦〉、〈菜園〉等作品。〈新與舊〉寫一個劊子手楊金標跨越晚清和民國的職業砍頭生涯。在晚清時，殺人要執行嚴格的儀式：殺人後，劊子手要迅速跑到城隍廟向菩薩叩頭，隨後，由縣太爺對他進行審判。在「確鑿」證據面前，劊子手認罪，被判罰 40 大棍。這一切當然都是象徵性的，其意在表明，即使是為朝廷效力的職業劊子手，殺人也是有罪的，讓他接受「懲罰」，是對死者負上一些責任。斗轉星移，進入民國 18 年，已經 60 歲的楊金標突然被帶到當地軍部，讓他將兩個共產黨砍頭示眾。糊裏糊塗的楊金標完成「任務」後，照清朝慣例跑到城隍廟去「認罪」，結果被民眾當成瘋子，險些亂槍打死。他不久也真的發瘋而死，在當地傳為笑柄。楊金標這類人物，本質上與會明、柏子、醫生（〈醫生〉）、老歐（〈代狗〉）、得貴（〈草繩〉）、蕭蕭等屬於同類，殺人是他的職業，無論哪朝哪代，無論所殺何人，他只是履行職責而已。但由於這篇小說所設定的「啟蒙」視角（小說敘述人認為清朝的殺人儀式是「邊疆僻地種族壓迫各種方式之一種」，又稱這是「一場悲劇」，兩個不同時代的對比等）、階級眼光（所殺之人是共產黨），楊金標的行動顯得昏昏噩噩，進退失據，成為悲憫和同情的對象。〈夫婦〉中的璜是一個有地位的城裏人，他到空氣清新，風景美麗的鄉下暫住，卻目睹了一樁醜陋之事：一對年輕夫婦行路時觸景生情，有親密舉動，被當地人「捉姦」拿住，要動以私刑。璜聞訊趕來，瞭解內情後，利用自己的特殊身分，營救了這一對年輕人。他保護這一

對年輕人安全離開，也失去了再在鄉下住的興趣。小說中的鄉民其實與〈我的教育〉、〈夜〉並無二異，但由於敘述人取諷刺、對比、俯瞰的態度去講述故事，這些鄉民的行為讓讀者感到的只是愚昧。〈菜園〉中，玉太太因種一園好白菜，有一個俊秀、有知識、有教養、待人和藹的好兒子而被當地人敬慕。這兒子長到二十二歲時，去北京讀了書，三年後攜美麗的妻子回到家鄉度假。母親尚未來得及高興，兩個年輕人即為縣上「請」去，當成共產黨砍了頭。母親為這意外不幸暈倒過多次。又三年後，在兒子生日那天，母親也上吊死去。小說以 20 年代末蔣介石清黨事件為背景，以階級黨派作為劃分善惡是非標準。在此標準下，主人公的遭遇是階級迫害的結果，湘西地方統治勢力是十惡不赦的敵人。〈新與舊〉、〈夫婦〉、〈菜園〉一類作品，在沈從文創作總量中不占多數，被認可的程度卻很高。在 20 世紀 80 年代，一些學者為沈從文張目時，這些作品就成了他「進步性」的表現。的確，這些作品自有它們特殊的價值，但不可否認，啟蒙話語和階級話語的侵入，使它們失去了非理性、原始性的本質，連帶失去的還有沈從文一貫的溫愛、從容語氣，以及自己的個性。

七、非理性精神的昇華與生命熔鑄

沈從文小說中，因時間與空間不同，所受薰染和制約的思想體系不同，非理性精神從原型到延展、變異，色彩紛呈，氣象萬千。同時，沈從文對非理性精神也有自覺的體認，這種體認還有一個發展過程。大致 1937 年〈鳳子〉最後一章發表為界，沈從文言說、概括非理性的用語前後是不同的。1937 年之前，沈從文多以「人性」概括自己小說中非理性的獨特性。在〈習作選集代序〉中，沈從文

寫道：「我雖明白人應在人群中生存，吸收一切人的氣息，必貼近人生，方能擴大他的心靈同人格。我很明白！至於臨到執筆寫作那一刻，可不同了。我除了用文字捕捉感覺與事象以外，儼然與外界絕緣，不相粘附。我以為應當如此，必需如此。一切作品都需要個性，都必需浸透作者人格和感情，想達到這個目的，寫作時要獨斷，要徹底的獨斷！」[47]沈從文以一種決絕的姿態，將自己的創作擺在所謂「潮流」的對立面。緊隨這段文字後的就是那一段關於「造希臘小廟」，以供奉「人性」的名言。1937 年之後，他對非理性的描述多冠之以「生命」和「神性」：「不管故事還是人生，一切都應當美一些！醜的東西雖不全是罪惡，總不能使人愉快，也無從令人由痛苦見出生命的莊嚴，產生那個高尚情操。我們活到這個現代社會中，已經被官僚，政客，肚子大腦子小的富商巨賈，熱中尋出路的三流學者，發明燙髮的專家和提倡時髦的成衣師傅，共同弄得夠醜陋了！一切都若在個貪私沸騰的泥淖裏輾轉，不容許任何理想生根。這自然是不成的！人生應當還有個較高尚的標準，也能達到那個標準，至少還容許在文學藝術上創造幾個標準……競爭生存故十分莊嚴，理解生存即觸著生命本來的種種，可能更明白莊嚴的意義。」[48]這是〈《看虹摘星錄》後記〉中的一段話，他把表現「生命的莊嚴」和本質作為自己創作的使命，用以對抗惡俗的現實。在沈從文的術語體系中，人性說和生命說都是指人的非理性，是對自己創作經驗的總結。其區別在於，人性說是對非理性在現象層面的還原，是將其與人的社會屬性區隔開來；生命說把非理性提升到本體論的高度，直指人之目的本身，也擴展到宇宙萬物。而所謂神性，正是對非理

---

[47]　沈從文：〈習作選集代序〉，《沈從文全集》9 卷，1-2 頁。
[48]　沈從文：〈《看虹摘星錄》後記〉，《沈從文全集》16 卷，342-343 頁。

性在生命層面的準確描述,指其單純、神聖、莊嚴、靈異和從容,
與宇宙之間具有感應,與大自然和諧。

「人性」與「生命」、「神性」之說,都是將非理性精神的多樣
性納入到具有統攝性的觀念之中,但表述上的前後變化,也說明了
沈從文對非理性精神認識的深化,這昇華了其品格和境界,並帶給
他小說創作以新的氣象。例如同樣寫神巫,〈神巫之愛〉(1929)強
調在人與神之間起橋樑溝通作用的巫師身上具有的人性──神巫開
始時拒絕女色,後來被一個清純女子打動,半夜到那女子屋前,爬
窗與她幽會。同年,沈從文還有一篇〈道師與道場〉,寫巫師經不住
女色的引誘,與徒弟滯留旅店偷歡,耽誤了到另一個地方去做另一
場法事。〈阿黑小史〉(1928)中的巫師,並不太受人尊敬,給人做
法事,只是一種職業,他辛苦賺來的錢,常常被奸滑的主人家又打
牌贏了回去。〈夜〉裏的巫師是一個惡魔,他把與人私通的妻子用長
矛活活釘死在大樹上。這些作品都寫於 20 年代末 30 年代初,作者
力圖洗掉這些與神交接的人身上的神氣,把他們還原為普通人。寫
於 1937 年的〈鳳子〉最後一章〈神之再現〉則凸現了儺事活動的神
性。沈從文強調湘西邊隅,未承受現代文明染指的民眾的自然狀態
生活,與神接近,與神一體;還突出法事的現實效力,以及民眾和
神巫的真誠參與,場面的盛大莊嚴。那位城市來的工程師,起先對
湘西這種人神共娛、人神一體的生活頗有異議,在參觀了酬神的儺
事活動後,繼而信服,並大加讚譽,他大發感慨:「我剛才看到的並
不是什麼敬神謝神,完全是一出好戲。是詩和戲劇音樂的源泉,也
是它的本身。聲音顏色光影的交錯,織就一片雲錦,神就存在於全
體。在那光影中我儼然見到了你們那個神。」

沈從文不僅在儺事活動中發現神性,他也從個體生命和大自然
中挖掘神性。〈看虹錄〉中的主人公從日常生活軌跡中「出逃」,去

進行一次小小的情感冒險，從而體驗到生命的奇異和美麗，他的結論是：「神在我們生命裏」。在這篇後期的小說中，隨處可見「神奇」、「離奇」、「天堂」、「上帝」一類字眼，訴說著作者對生命神性的敬畏和膜拜。《雪晴》寫不同宗族因一點負氣引起的仇殺經過。故事起因是高枧一個叫巧秀的姑娘，與一個吹嗩吶的中寨人私奔；不久同村的冬生在護送煙土時被鄰村田家兄弟劫持，而吹嗩吶的中寨人也是田家兄弟的同夥。高枧大戶滿家咽不下這口氣，召集民團壯丁，把田家兄弟眾人圍在老虎峒中，盡數殲滅。所寫的事件本身異常兇悍暴戾，但敘述人卻始終被個體生命在離奇經歷中呈現的熱情、活躍、多方、豐滿所感動。他猜測巧秀「那雙清明無邪的眼睛，在整個萬山環繞不上二百五十戶人家的小村落中看過了些什麼事情？那張含嬌帶俏的小嘴，到想唱歌時，應當唱些什麼歌？還有那顆心，平時為屋後大山豺狼的長嗥聲，盤在水缸邊碗口大黃喉蛇的歇涼呼氣聲，訓練得穩定結實，會不會還為什麼新鮮事情而劇烈跳躍？」敘述人猜不透巧秀的生命軌跡，對冬生、中寨人、乃至田家兄弟等一個個生命體的持守和信念，又何嘗能夠把握？但他承認，在高枧耳聞目睹的人事，使自己陷入到對生命的絕對信仰之中。同樣，敘述人對大自然的瑰麗、幽深和靜謐，有所頓悟和皈依：「對於面前景物的清寂，和生命的律動相揉相混所形成的一種境界，已表示完全的皈依。」沈從文從中發現了神蹟。因為神的存在，自然萬物有了奇異的，人無法洞察其中奧妙的生命律動：

> 我明白，靜寂的景物雖可從彩繪中見出生命，至於生命本身的律動，那份象徵生命律動與歡欣在寒氣中發抖的角聲，那派表示生命與狂熱的犬吠聲，以及在這個聲音交錯重疊綜合中，帶著碎心的惶恐，絕望的低噪，緊迫的喘息，從微融殘

雪潮濕叢莽間奔竄的狐狸與獵兔，對於憂患來臨掙扎求生所
抱的生命意識，可絕不是任何畫家所能從事的工作！

沈從文不僅在小說中捕捉、感受生命的神性，1938-1946 年雲南
時期，沈從文除創作了〈長河〉、〈雪晴〉、〈看虹錄〉等小說外，還
寫了〈燭虛〉、〈潛淵〉、〈長庚〉、〈生命〉、〈水雲〉、〈綠魘〉、〈黑魘〉、
〈白魘〉等系列散文。在這些散文中，沈從文以各種人事物象營造
出一個個脫離具體時空的情境，思想和情緒運行於其間。在敵機轟
炸和跑警報的戰爭背景中，沈從文以這樣的方式進入詩性沉思，而
從自然、下層民眾及沉思者的內心尋找「生命」能量，熔鑄出「新
我」，是他思慮凝聚的中心。

在沈從文的這一組散文中，最活躍的是沈從文自己作為深思者
的形象。沈從文專注於沉思：徜徉湖畔，案頭獨坐，陽光下，或面
對星空，在大自然恬靜、和諧的懷抱裏，沈從文的思緒隨時會離開
眼前的經驗世界和世俗社會，進入抽象的精神王國；任何一點小小
觸發，都會立即喚起沈從文的回憶、聯想、獨白、辯難。靈魂異常
敏感，彷彿一個安裝就緒的機括，一觸即發。「我之想像，猶如長箭，
向去空射去，去即不返。長箭所注，在碧藍而明靜之廣大虛空。」[49]
沉思是感知世界的方式，更是本體的生存方式。所謂心無旁騖，了
無芥蒂，全為「虛空」、「彼岸」敞開，個體生命亦在沉思中得到
昇華。

為進入沉思，沈從文祈求寧靜。他說：「我需要清靜，到一個絕
對孤獨環境裏去消化生命中具體與抽象。」「我實需要靜，用它來培
養『知』，啟發『慧』，悟徹『愛』和『怨』等等文字相對意義。」[50]

[49]　沈從文：〈生命〉，《沈從文文集》11 卷，295 頁。
[50]　沈從文：〈燭虛〉，《沈從文文集》11 卷，280 頁

他遠離塵囂，沉浸在恬靜、孤獨的情緒中。沉思的專注、持久，常使沈從文墜入白日夢中，「行」與「思」一體化，沉思成了本體存在的方式。這給他帶來頓悟的喜悅，感到有神性附體。

沈從文的沉思對象是人和自然的生命：生命的形式，生命的質量，生命的意義。〈綠魘〉中描寫了一個普通下層民眾，年近 70 歲的老太太形象。她是沈從文在昆明居住時的房東，閱盡人世滄桑，仍保持著一顆簡單樸素的心，一雙勤勞的手，以及明朗豁達的性格，沈從文稱道她是「一個本世紀行將消失，前一世紀的正直農民範本」。抗戰時期，她在昆明的古雅精緻大房子，深受過往旅人喜愛，房客絡繹不絕。有大學教授、大學生、青年畫家、弄樂器的女孩子、藝術家夫婦、商人、軍官、工程師等居住在此，匆匆來，又匆匆離去。戰爭環境中，人的生命「彷彿受一種來自時代的大力所轉動，無從自主」，如一葉浮萍，輾轉漂泊。不斷有這些從前房客的消息傳來，有的陣亡了，有的病逝了，有的發了一筆小財，有的愛情失意了⋯⋯老人對這些人的不幸命運、離奇經歷照例同情、驚異和惋惜，可是這一切變化，對這老人內在生命，似乎毫無影響，她仍然在平靜中打發走一個個日子。房客們流轉遷徙與老太太心性堅定形成強烈對比，在動與靜之間，生命質量的高低立判。沈從文感歎道，這樣一個普通下層民眾「不信一切，惟將生命貼近土地，與自然相鄰，亦如自然一部分的，生命單純莊嚴處，有時竟不可彷彿。」他從中看到了生命的強韌和力量。

沈從文更多的時候，是從大自然中領悟生命的真諦。他相信萬物有靈，自然界草木花卉，魚蟲走獸，陽光白雲，相互之間，無不大有關係。一隻兔子，其生命「精巧處和完整處」，並不比人類遜色；一群白色蜉蝣蚊蠓，在陽光下旋成一個柱子，享受著「暫短生命的悅樂」；一隻小甲蟲，其生命形式體現著造物的鬼斧神工，令人「無

限驚奇」；長腳蜘蛛，為吸引異性，施展技藝，「可見出簡單生命求生的莊嚴與巧慧」。宇宙萬物，生命取予形式有萬種風儀，「彷彿若有神蹟在其間」[51]（〈水雲〉），有所暗示、有所希冀，背後潛藏著那「抽象」、「虛空」和秩序，或者說，宇宙的終極意義。沈從文相信，人穿遊於這萬方生命中，並不是萬物主宰或什麼「靈長」，不擁有支配、調度一切的特別權力。人類與其他綠色生物的區別，「不會比……斑鳩與樹木的區別還來得大。」這並不是對人的辱沒，人與自然的和諧、統一，可以造就一個健康、誠實的生命。

　　沈從文以大自然為尺規，將「沉思的人」、下層民眾與城市中人，尤其是一般知識階層區別開來，將「生活」和「生命」區別開來。自然是生命力之源泉，普通下層民眾與自然為鄰，因此有著強健的生命力。而沉思者通過沉思，就能與自然對話，與下層民眾心靈契合，也就能實現向堅實生命的跨越，能夠創造一個新我：「生命或靈魂，都已破破碎碎，得重新用一種帶膠性觀念把它粘合起來，或用一種人格的光和熱照耀烘炙，方能有一個新生的我。」[52]這個「帶膠性的觀念」就是詩性的沉思；通過沉思，一個灌注了非理性精神的新我被創造出來。

---

[51] 沈從文：〈綠魘〉、〈黑魘〉、〈水雲——我怎麼創造故事，故事怎麼創造我〉，《沈從文文集》10 卷，85、108、290 頁。

[52] 沈從文：〈燭虛〉，《沈從文文集》11 卷，281 頁。

第二章　民族想像與國家認同

　　沈從文身上有苗族血統，但又是在主體民族──漢族的文化語境中寫作，苗族與漢族之間歷史上和現實中的複雜關係，極大地激發了他的想像力。在創作初期，苗族形象作為「他者」和「異類」進入沈從文的作品。其後，他取苗族本位立場，寫出了一系列浪漫的苗族傳奇，把苗族文化作為他筆下湘西世界的存在依據和支撐，並演繹了苗漢文化之間豐富而有張力的對話與衝突。1933 年以後，沈從文逐漸放棄了苗族立場，苗─漢文化二元對立的格局解體；他上升到全體的「中華民族」的高度，力圖對近代以降，文化守成主義思潮中滋生的本土立場和民族意識進行詩性的概括和整合；「匿名」借用了苗族資源後，他在〈邊城〉中塑造了嶄新的「中國形象」。30 年代末及 40 年代，現代民族國家的力量已經完全控制了湘西，沈從文遂由文化想像發展到現實認同，同時，也認真思考湘西能夠為現代民族國家做出什麼貢獻。在戰爭背景中，沈從文還以主體投入其中的方式思考民族和國家的命運，從下層民眾、自然及沉思者的內心找到「生命」的能量，為民族和國家的浴火重生提供精神資源，對「中華」實現了徹底的歸依。

一、王朝體制與沈從文早期小說中的苗族

　　苗族在中國歷史上是一個極富傳奇色彩，又十分不幸的民族。苗族起源的說法不一，其中一種說法認為，苗族起源於 5000 年前長江中下游和黃河下游一帶名為「九黎」的原始部落聯盟。這個部落

在與崛起於黃河上游的黃帝部落交戰中落敗，被迫向南遷徙，退守長江中下游。在這個過程中，它吸收、兼併了一些新的部落，形成了一個叫「三苗」的部落聯盟。在堯、舜、禹三代，北方華夏集團的日益強大，不斷擴充疆域，與南部的近鄰三苗集團時有戰爭。這戰爭持續了幾百年，在禹的時代，三苗集團的力量被徹底削弱，聯盟瓦解。其殘部被迫放棄江淮和洞庭、彭蠡之間的廣闊平原，開始向西南遷徙，最後困居在湘、黔、川、鄂、桂五省毗鄰的山區。春秋戰國時代，楚國興起，其勢力在擴張的過程中，進一步擠壓了苗人的生存活動空間。從秦漢到唐宋的許多個世代裏，漢族中央封建王朝的力量不斷加強，苗人受到征討，不得不遷往更遙遠的地方，離政治、文化的中心地帶越來越遠。這部分三苗後裔（湘西苗族就是這些殘餘苗族的一部分），由於深居大山密林河澤，其發展緩慢起來，在相當長的歷史時期，過著原始氏族部落制的生活。

從元代到清代中葉，歷代王朝在湘西的大部分地區推行土司制度，即由土著首領擔任地方長官，處理轄區政務，土司可以世襲。這實際上是唐宋「以蠻夷治蠻夷」的羈縻州郡制度的延續和發展。但是在湘西與川、貴交界的臘爾山為中心，「北至永順、保靖土司，南至麻陽縣界，東至辰州府界，西至四川平茶、平頭、酉陽土司，東南至五寨司，西南至貴州銅仁府。經三百里，緯百二十里，周千二百里」[1]的「生苗」[2]聚居區，在同一時期「既無流官管束，又無

---

[1] （清）方顯：《辦苗紀略》，載民國《貴州通志·土民志二》。這一地區含今天的鳳凰、吉首、花垣及貴州松桃等縣、市。

[2] 「生苗」是一個與「熟苗」相對的概念，一般認為最早出現在明代，到清代以後開始廣泛使用，是漢人對苗族態度和中央王朝對苗族政策的具體反映。居住在邊僻地區，語言習俗與漢人迥異，不受中央王朝和地方官吏管制，維持自主獨立狀態的苗人稱「生苗」；反之，居住在鄰近漢人地區或與漢族雜居區，講漢話，被納入戶籍，受官吏管轄，繳納賦稅，接受徭役的苗人稱「熟苗」。隨著中央王朝不斷加大開闢苗疆的力度，「生苗」變成「熟苗」，其據

土司治理」，通行的則是「合款」自治組織，有款首管理行政事務，「硬手」作軍事首領，「巫師」掌管神人溝通，自成一體。土司制度和「合款」制度比較有效地維持了苗漢之間關係的基本穩定和苗區內部相對平靜與獨立的生活。

清代雍正初年，清王朝在湘西開始大規模的「改土歸流」。「改土歸流」的政策包括兩個方面：「一是在土司統治地區，裁革土司土官，設置府、縣，代之以流官治理；一是以武力『開闢』『生苗』地區，改變其自立自主的狀態，消除『化外』，建官設治。」[3]這一制度實質上是加強對苗區開闢和同化的力度，結果激化了苗族與滿漢統治者之間的矛盾，導致湘黔川邊地以臘爾山為中心的多次苗民大起義，尤其是乾嘉起義，給統治者以沉重打擊。為鎮壓苗民起義，清王朝在湘西的統治者推行「苗防屯政」，一方面把明代已有的邊牆修復、擴展，並增建汛堡、屯卡、碉樓、哨台、炮臺等設施，把生苗驅趕回苗疆，圈圍、隔離在有限的保留地中；另一方面，為解決戍守軍隊的給養問題，實行均田屯丁政策。即把各戶所有田畝，十分之七徵為公田，分給戍守兵丁耕種。兵丁皆來自本地，是漢人或熟苗，他們戰時打仗，平時耕田。清王朝解體之後，「苗防」功能雖然已經廢棄，「生苗」已經可以走出邊牆到熟苗和漢人地區進行貿易，但「屯政」體制一直到 1938 年，在龍雲等苗族領袖率眾發動革屯抗日運動之後，才最終廢除。

歷史上，苗族作為一個弱勢民族，在不斷受到中央王朝軍事征討的同時，也持續出現在漢族文人詩文以及史志的言說中。各種典

守的區域也逐漸縮小。歷史上兩大塊相對穩定的「生苗」居住區，一塊在貴州現黔東南自治州，另一塊就在臘爾山及其周邊地區。這裏的「生苗」屬於「紅苗」，又叫「臘爾山苗」。沈從文筆下的「生苗」就屬於這一支。可參閱伍新福、龍伯亞著：《苗族史》，四川民族出版社 1992 年版，221-229 頁。

[3]　游俊、李漢林著：《湖南少數民族史》，民族出版社 2001 年版，177 頁。

籍對苗民的描述，與對待其他少數民族一樣，存在兩個極端的傾向：其一是把苗民看成「蠻」，是「化外之人」，甚至是畜類。這可以從清人對苗族的分類和命名中得到證明。《黔苗圖說》所載黔中苗民八十二種，其名稱多加「犬」字旁，或比照動物之名稱之。苗民在和中央王朝發生衝突時，他們更是「逆苗」、「匪苗」、「癲苗」、「賊苗」、「悍苗」。上述兩類蔑稱在古代典籍中可以說俯拾即是。另一方面，漢族文人又有從苗族生活中「採風」、獵奇的傳統。文人們認為，楚人有崇神信巫、率性縱情的特點，湘西土著居民尤甚。清代以降，隨著苗疆開闢加劇，苗族和漢族接觸的增加，對苗人習性風俗的記錄驟然增多。這種描寫，多突出苗人服飾之奇異、性愛之放肆、歌舞之嗜好、以及尚武、「淫祀」之風盛行。請看如下描寫：

> 婦女，銀簪項圈手鐲皆如男子，惟兩耳皆貫銀環兩三圈，衣服較男子略長，斜領直下，用錫片紅絨或繡花卉為飾。富者戴大銀梳，以銀索密繞其髻，腰不繫帶，不著中衣，以洞錦為裙，而青紅間道，亦有釘錫鈴、繡絨花者。……未嫁者額發中分，結辮垂後，以錫鈴藥珠為飾。
>
> ——乾隆《湖南通志》（卷四十九）

> 乃吾鄉有所謂還儺願者……必以羊一豕一致祭，刻木偶男女二神像，呼為儺公儺娘。公赤面長鬚，娘粉面珠冠，皆有頭無身。祭時取衣裳結束之，謂之安儺。巫則法冠紅袍，執環刀，鳴牛角，群擊彭鉦以助其聲。巫跳舞神前，祝之，拜之，歌唱之……其事或三日七日而始竣。竣則重酬巫師而送神歸焉。
>
> ——《永綏廳志》（清乾隆二十八年刻本）卷十

男女婚嫁，不須媒妁。女年及笄，行歌於野。遇有年幼男子，互相唱和。彼此心悅，則先野合，而即隨之以奔，父母不之問也。

——《苗疆見聞錄》

孟春，合男女於野以擇偶，名曰跳月……自正月初三至十三，皆跳月之期。兩男對跳，四五女聯臂圍之。滿場凡數百圍。男跳易乏，須互換之。笙聲沸天。兩相諧，則目成心許矣。十三日跳畢，男吹蘆笙於前，女牽帶從之，繞場三匝，相攜入叢菁間。

——《苗俗記》

苗之悍者，性喜修怨，同類相忤，則聚眾執械攻劫不已，名曰打冤家。

——《小琅環園詩錄‧蠻笑錄》

隨著中央王朝對苗疆同化的加劇，苗族傳統社會逐漸解體，習俗也在不斷變化之中，有些已經湮滅，但漢族文人的上述傳統始終保持著。甚至是在王朝體制已經解體的民國時期，對苗族的上述兩種態度也沒有根本性變化。一位現代苗族知識份子石啟貴提及湘西漢人對苗人的語言侮辱：「凡見醜陋之對象，動輒以『苗』為比擬。如粗碗粗筷，漢人謂之『苗相苗形』。不僅出於輕言，實乃有心有形。……住所簡陋，亦呼『苗房』。衣裳臭汗，多稱『苗氣』。甚有苗胞不諳漢語，出言略帶苗音者，往往就為漢人輕視。甚至再學帶苗音之話，故意形容而譏之。」[4]石啟貴於 1933 年 5-8 月曾陪同人類學家凌純聲、芮逸夫在湘西作過實地調查，他的《湘西苗族實地

---

[4] 石啟貴：《湘西苗族實地調查報告》，湖南人民出版社 1986 年版，208 頁。

調查報告》主要是這一調查的產物。這段文字，真實地記錄了苗族在現實生活中所受到的輕蔑和歧視。而在 1935 年 1 月出版的《國聞週報》12 卷 4 期上，登載了一篇〈黔竹枝詞〉，作者仲番聲稱「曾隨其先人宦遊黔省」，對苗疆「山川風土，悉其梗概」，故作三十二首竹枝詞以記之。其中〈猓玀〉寫猓玀的彪悍：「九姓烏蠻短角齊，慕魁黑乍走征鼙。環營頭尾休輕擊，玀鬼傳聞駐水西。」〈鴉雀苗〉寫苗人的服飾和語言：「空山躡蹻健如飛，短衣新裁白袷衣。啁唧禽語渾不解，夕陽村落散場歸。」〈狗兒龍苗〉寫苗人的婚戀習俗：「狗耳了鬌馬鐙冠，竹樓深鎖瘴雲寒。儂心自綰同心結，莫向東風問鬼竿。」竹枝詞在中國作為一種文類，本來就與文人在荒蠻地區採風有關，上述竹枝詞對苗族的浪漫描寫，就不脫對苗族「妖豔」、「神秘」、「魅惑」的印象。

　　沈從文出生和度過童年的湘西鳳凰縣城，原名鎮筸城，在清朝是辰沅永靖兵備道所在地，湘西防範、鎮壓苗民的軍事、政治中心。這座城池建在苗疆邊緣，為沈從文提供了接觸苗人的機會，也提供了觀察苗人的視角。沈從文在〈我的小學教育〉中寫道：「在鎮筸，一個石頭鑲嵌就的圓城圈子裏住下來的人，是苗人占三分之一，外來遷入漢人占三分之二混合居住的。雖然多數苗子還住在城外，但風俗，性質是幾乎可以說已彼此同錫與鉛樣，融合成一鍋後，彼此都同化了。時間是一世紀以上，因此，近來有一類人，就是那類說來儼然像罵人似的，所謂『雜種』，就很多很多。起初由總兵營一帶，或更近貴州一帶苗鄉進到城中的，我們當然可以從他走路的步法上也看得出這是『老庚』，縱然就把衣服全換。但要一個人，說出近來如吳家楊家這兩族人究竟是屬於哪一邊，這是不容易也是不可能的！」沈從文此處說的是熟苗，與漢人已經混居融合，在習俗、裝束上已無區別。引起童年沈從文注意的，是語言、裝束、生活方面

與自己迥然有別的「生苗」。這些「生苗」大多居住在流經鎮筸城的沱江上源烏巢河等地的苗鄉，他們從那些神秘之地來到城裏趕場、做工，或者被抓來殺頭。沈從文自己也偶爾從這條路走過，到苗鄉去玩耍。以鎮筸這座城池的歷史功能，以沈從文作為「城裏人」的身分，城裏人對「生苗」的普遍輕蔑態度不會不影響到沈從文。更重要的是，以沈從文的身分和處境，他無意識中繼承了中國歷代王朝處理民族關係的遺產：在國家的主體民族漢族人看來，苗族是未開化的野蠻人，他們與漢族之間，是一種主從關係，中心和邊緣的關係，甚至是人和非人的關係。對其所做的描述，或輕蔑，或獵奇。當然，王朝體制中的漢族在處理與其他少數民族的關係時，都是本著「我為中心，他為蠻夷」的心態，就這一點而言，苗族並無受到特殊對待。我所要強調的是，這種思維定勢影響了沈從文早期對苗族的態度。

沈從文早期小說中出現的苗族形象全部來自鳳凰縣城這樣漢人和熟苗占人口主體的區域。故事中的苗族人，都是來自苗鄉的「生苗」，作為漢族的敘述人要把他們格外指出來，彷彿異類，使「我們」這個地方多一點點綴和異域情調。沈從文第一篇以如此式樣寫苗族的作品並不是小說，而是散文〈市集〉，其中提到「花樸頭大耳環風姿雋爽的苗姑娘」，作者不無炫耀地告訴讀者，在他的家鄉，「有機會可以見到許多令人妒羨，讚美，驚奇，又美麗，又娟媚，又天真的青年老奶（苗小姐）和阿妍（苗婦人）。」這篇散文得到徐志摩的激賞，譽為「多美麗多生動的一幅鄉村畫」。[5]想必是從徐志摩的讚賞中受到鼓舞，沈從文很快又寫了數篇路數相同的小說。〈福生〉中的福生因為讀不好書，挨了私塾先生責罰。放學後心中委屈，對平

5　1925 年 11 月 11 日《晨報副刊》1305 期。

日興趣盎然的街景和遊戲也失去了興趣。他見到「許多小孩，正在圍著那個頭包紅帕子當街亂打筋斗、豎晴蜒的代寶說笑」，竟不駐足，也不願意聽幾聲「從代寶口中哼出會把人笑得要不得的怪調子。」「代寶」、「代狗」是苗語，指男孩子。這是苗族男孩在場坪上表演，成為當地一「景」。〈瑞龍〉中，道台衙門口的大坪壩上的菜市，經常有「扛著大的南瓜到肩膊上叫賣的苗代狗滿坪走著」。〈在私塾〉是沈從文早期小說中，對「異類」狀態下的苗族描寫較充分的一篇。它追憶敘述人少時的翹課生活，苗人在縣城附近鄉場上的出現，無不給敘述人留下極為強烈的印象。這裏能看到苗人乘坐的船隻，篙槳精美，船身雅致。能夠看到頭纏長帕，手拿包金鑲銀煙斗的苗族「酋長」。還能看到美麗的苗族姑娘，敘述人稱她們是「酋長女兒」，她們「頭上的帕子多比斗還大，戴三副有飯碗口大的耳環，穿的衣服是一種野蠶繭織成的峒錦，裙子上面多安釘銀泡（如普通戰士盔甲），大的腳，踢踏著花鞋，或竟穿用稻草製成的草履。男的苗兵苗勇用青色長竹撐動這筏時，這些公主郡主就銳聲唱歌。」敘述人被這美麗新奇的景致打動，以致不無矯情地感歎道：

> 君，這是一幅怎樣動人的畫啊！人的年齡不同觀念亦隨之而異，是的確，但這種又嫵媚，又野蠻，別有風光的情形，我相信，直到我老了，遇著也能仍然具有童年的興奮！望到這筏的走動，那簡直是一種夢中的神蹟！

苗人就這樣被「獵奇」進他的作品。苗人處在「被看」的位置，是一道浪漫的風景，供「我們」欣賞。敘述人也將此風景推薦給對異域情調感到新鮮好奇的都市朋友，宛如獻寶一樣。此種情形，顯示沈從文以漢人自居，將苗人和「我們」作了區隔；它也能說明沈從文潛意識中對苗族所抱的歧視態度。沈從文早期小說中，人物經

常從嘴邊溜出一些對苗族含貶意的稱謂，如〈畫師家兄〉中，寫到自己在家鄉染上賭錢的惡習。在擲骰子的喊話中，就有「槍打苗崽崽，六紅快來了」的順口溜。〈伐狗〉中有「插死這偷柴的苗崽崽」的罵人話。〈草繩〉中，得貴伯叫二力去賒一葫蘆酒，又擔心老闆娘缺斤短兩，說：「那老苗婆──我想她只會占這些小便宜」。〈屠桌旁〉有「如張公館買菜那苗子是常同志成蹲到屠桌邊喝過包穀燒（酒）的句子。〈逃的前一天〉中有罵人話「苗狗入的」。「苗老咪」、「苗崽崽」、「老苗婆」、「苗子」、「苗狗」是鳳凰城中漢人或熟苗習語中對生苗的蔑稱，在現實場景中，沈從文對此等蔑稱不加區別地使用，是可以和他所炫耀的「苗人秀」對照來讀的。它們反映了沈從文以漢人身分，在鳳凰這樣一個現實場景中對待苗族的兩種態度，本同而末異，殊途而同歸，都是湘西歷史文化的真實折射。

二、苗族傳奇：背景轉換及其功能分析

1928 年 1 月，沈從文離開清王朝的廢都北京，來到現代商業大都會上海。1931 年 8 月，他應楊振聲之邀，到青島大學任教。其間約三年半時間，沈從文除了 1930 年 8 月至 1931 年 1 月在武漢大學任教外，基本上都在上海。所以把這一段時間稱為沈從文的「上海時期」，應該是恰當的。沈從文在青島大學的時間約二年（1930 年秋～1933 年夏），之後重返北京。在上海時期和青島時期，沈從文創作了一系列的苗族傳奇：〈豹子・媚金・與那羊〉、〈七個野人和最後一個迎春節〉、〈龍朱〉、〈神巫之愛〉、〈鳳子〉、〈月下小景〉等。

在這些苗族傳奇中，沈從文想像苗族的模式發生了根本性變化。如前所述，古代中國人相信自己處在宇宙天地的中心，而天遠地偏之處，乃蠻夷們的居所。這一觀念是中國歷代王朝和主體民族

漢族處理與其他民族關係時信奉的金科玉律，它在宋人石介那裏得到形象的表述：「居天地之中者曰中國，居天地之偏者曰四夷。四夷外也，中國內也。」[6]這一觀念的要害是文化上的等級制，卻不涉及種族意識。對此馮友蘭精闢地指出：「『中國』或『華夏』與『夷狄』……這種區分是從文化上來強調的，不是從種族上來強調的。中國人歷來的傳統看法是，有三種生靈：華夏，夷狄，禽獸。華夏當然最開化，其次是夷狄，禽獸則完全未開化。……人們或許說中國人缺乏民族主義，但是我認為這正是要害。」[7]正是在這種觀念支配下，清王朝視湘西一隅的苗族為蠻夷，對其進行掠奪性開發和強制性同化。上節所敘沈從文早期小說中的苗族想像就是這種「王朝模式」潛移默化影響的產物。晚清以降，隨著中國由傳統朝代國家向現代民族國家過渡，中國人開始摒棄信守了數千年的宇宙中心觀念，逐漸開始承認中國只是地球上眾多的民族國家之一，承認國家內部各民族間的平等相處。這是新的現代民族國家觀念。沈從文能寫出全新的苗族傳奇，這是一個不可忽略的大背景。

但是，為什麼恰好 1928-1932 年在上海和青島時期發生了這種轉變？研究表明，這與沈從文受到上海充溢的異國情調[8]的刺激有一定關係。[9]沈從文在一篇〈記一大學生〉的小說中，塑造了一個上海

6　石介：《徂來石先生文集》，卷 10。

7　馮友蘭：《中國哲學簡史》，塗又光譯，北京大學出版社 1985 年版，221-222 頁。

8　英文為 exoticism。約斯特在《比較文學導論》中認為，「異國情調來源於種種心理感受。它通常表達人們要躲避文明的桎梏，尋找另一個外國的和奇異的自然社會環境的願望。」「他們都採用同樣的手法：把讀者所熟悉的某些景象或地方變成一個遠在天邊的新背景，變換成一個沒人知道的、料想不到的迷人境地、變換成世界上令人神往的美麗而神秘的地方。」（湖南文藝出版社 1988 年版，138、141 頁）這些意見供參考。

9　從沈從文留下來的文字看，他對上海從來沒有好印象。這裏遠離自然，吵鬧擁擠，充斥著商業欺詐和腐化墮落。剛到上海一星期的沈從文，自認為所受教育，「比在老窖而霉齋中一年的還多」。他不無誇張地說：「我儼然遊過地

洋派詩人形象，說他「對中國一切不如意，對外國不拘如何總覺得非常合式」。沈從文把這個崇洋詩人稱為有「異國情調」的人，其實並不恰當，但這反映出沈從文深深受到上海十里洋場「異國情調」的刺激。外國人蜂擁到這座遠東大都市，於是上海處處裝點著經過「典型化」的「東方韻味」，以滿足外國人追尋「異國情調」的嗜好；同時，上海又匯聚了各國文化：形形色色的洋人招搖過市，有著各種洋名的馬路、高樓、機構比比皆是，好萊塢電影裏有表現文明人馴化野蠻人的「人猿泰山」，大學裏的學生們穿戴、談吐、舉止處處都透著洋派。對中國人而言，這也是一種異國情調。沈從文在上海強烈感受到雙重異國情調的魅力和神奇之處。能夠佐證這一背景的，是他這一時期頻繁和在美國的友人王際真通信。他希望王際真把自己的作品翻譯給美國人看，為此，作品就需要有「東方趣味」。他對王際真說：「我可以特來寫幾個在中國看來無意思，在美國人看來或可代表一點東方趣味的作品，不在中國發表，單來由你譯給美國人看。」[10]異國情調生成的基礎是現代民族國家觀念，它與西方資本主義國家在海外殖民擴張和建立世界市場的過程中，對不屬於基督教文化體系的異民族，尤其是東方民族的想像有密切關係。正是受到上海雙重異國情調的直接刺激，沈從文筆下的苗族形象發生了轉型。

　　沈從文苗族形象轉型與上海異國情調關係的一個更重要證據，是 1928 年完成的長篇小說《阿麗思中國遊記》。這部奇特的小說，

　　獄看過一切羅剎變形了」，並得出結論：「我想我是不適宜住上海的人」。沈從文的評價如此，我們卻沒有必要單純去附和或發揮作家對城市的批判所含的道德價值與政治寓意，就苗族想像模式轉變這一點而言，這座城市帶給作家的影響絕對是良性的。

10　見沈從文 1931 年月 13 日給王際真的信，《沈從文全集》18 卷，北岳文藝出版社 2002 年 12 月版，137 頁。

係採用戲擬的手法，續寫英國作家加洛爾的奇幻小說《阿麗思漫遊奇境記》和《阿麗思鏡中奇遇記》的故事而成。加洛爾的原作分別於 1865 年、1871 年出版，講述阿麗思在鏡中世界的奇幻經歷。[11]沈從文套用其「奇境漫遊」的格局，讓阿麗思和兔子儺喜到中國旅行。小說沿用了原作中的二個主要形象：阿麗思和兔子，沈從文為後者取了一個有湘西特色的名字「儺喜」；兔子在原作中只是一個信使，在續作中，他成了伴隨阿麗思到中國旅行的主要人物。沈從文沒有依靠夢境，而是採用基督教上帝萬能的概念，動用意念把阿麗思和兔子送到中國。阿麗思與儺喜先結伴去上海，但很快阿麗思就對這座大都市感覺乏味。於是，通過九妹的介紹，阿麗思又到苗鄉參觀，耳聞目睹了「另一個國度」的奇異景象。

　　就本章論題而言，《阿麗思中國遊記》最值得重視之處是阿麗思和儺喜的西方人身分與視角，「洋人在中國」敘事模式的構建，以及對中國物景進行的「典型化」和「陌生化」處理。儺喜在來中國以前，先去拜訪「中國通」哈卜君，從他那裏知道了中國茶、中國菜、中國古版書，並且得到一本《中國旅行指南》，其中為西洋人指名到

11　在中國，商務印書館 1922 年 1 月出版有趙元任的譯本，上海北新書局 1924
　　年 4 月出版有程鶴西的譯本。1922 年 3 月 12 日《晨報副刊》刊登有周作人
　　〈阿麗思漫遊奇境記〉一文，讚趙元任的譯本是「一本很好的書」。至於沈
　　從文創作這樣一部小說的目的，據他在序言中交代，是想寫類似於《阿麗思
　　漫遊奇境記》的兒童故事給九妹看，也讓她把故事講給生病的母親聽。九妹
　　在 1928 年是 16 歲，剛隨同母親來北京投奔二哥沈從文不久。我們知道，沈
　　從文為謀生路在 1928 年初去上海，不得不把生病的母親和年幼的九妹暫時
　　留在北京。因此，給寂寞中的母親和妹妹以安慰，是寫這部小說一個十分真
　　實的理由。此外，沈從文的《阿麗思中國奇遇記》在 1928 年 3 月剛剛創刊
　　的《新月》雜誌上連載。這份以徐志摩、胡適、梁實秋、葉公超等留英留美
　　派為核心的雜誌，有明顯英國紳士趣味，並且十分重視介紹英美文學。作為
　　「新月派」成員，卻沒有英美留學經歷的沈從文，續寫英國文學作品，不失
　　為一個融入其中的聰明辦法。

中國應看之物，應注意之事項。隨後他和阿麗思到中國旅行，也專揀能代表中國特色的物景賞閱，陶醉於「異國情調」。這種西方視角，使沈從文筆下的苗族形象由「王朝」模式，轉換成「西方人想像東方」的模式，苗族形象也由此具有了國際背景，被納入到回應西方文學關於東方想像的格局中。儘管小說實際上動用現實場景顛覆了西方人關於中國的想像；小說中的苗人，也沒有作浪漫化處理，他們處境悲慘、苦難深重，毫無詩意和新奇可言。但這種想像模式的轉換，借助「西方眼光」實實在在地發生了。

正是在轉換了的背景下，沈從文陸續推出這一批豪邁、張揚的苗族傳奇。在這些作品中，沈從文把苗族看成是一個和漢族不同的獨立民族。他展示苗族風俗，謳歌苗族英雄，表彰苗族生活形態和道德的優越性，把苗族生活形態當作現代文明社會業已不復存在的理想範型提供給讀者。

沈從文從兩個角度表現理想的苗族生活範型。上述除〈鳳子〉、〈神巫之愛〉之外的其他作品，追溯久遠時代的苗族生活。〈龍朱〉如上所述，寫的是「死了百年另一代的白耳族王子」龍朱的故事。《月下小景》提到的時代，儺佑所屬部族，還在漢人大國之外。作者以讚歎的口吻，寫到第一個 XX 人（儺佑的祖先），從遙遠的地方，追逐太陽月亮而來，最後英雄雖追上了日頭，卻為它的熱力所烤炙，在西方大澤中渴死了。作者用這個改頭換面的夸父追日神話解釋苗族起源，把儺佑和女孩子戀愛悲劇古典化。〈媚金・豹子・與那羊〉中的故事是敘述人「我」聽大盜吳柔講的，而吳柔是當年承受豹子與媚金遺下那一隻羊的後人，他的祖先又是豹子的拳棍師傅。時間都非常久遠。這些作品，在「過去」的前提下，對時間作了模糊處理，用意在把苗族生活形態推移到社會進化之外，賦予其永久性和普遍適用性。當然，它的虛構性和不可靠性也隨即產生。沈從文顯然意識到這一點，

故在〈七個野人和最後一次迎春節〉中，給這個「黃金時代」的神話打上了句號。他把原因歸於漢人在苗區設置土司，氏族部落向封建時代過渡原始、自然狀態的自由生活被壓迫和奴役取代。

〈鳳子〉和〈神巫之愛〉則是在荒疆僻地構築苗族神話的成功嘗試，沈從文想通過這類作品，給讀者描繪當代人可以參與、體驗、觸摸的理想苗族生活。現實存在較歷史傳說具有較大的可信度，因而，苗族文化才能夠在與漢文化對抗中發揮更大作用。沿著沅水上行，經常德、桃源、辰州，北入酉水，到花垣、保靖一帶，就進入苗鄉，從辰州（沅陵）到瀘溪進入峒河過鳳凰北上，同樣深入到苗區。沈從文設想，在那裏，由於山嶺疊嶂，交通阻絕，文明不易侵入，「當前」（最近的過去）還有符合理想的原始狀態的生活。〈鳳子〉寫一個城裏來的工程師，到苗鄉鳥巢河畔開礦，他原先對苗族生活存有誤解，後來卻被深深打動進而同化。小說採用倒敘式結構，因此，儘管這部作品沒有完成，我們仍有機會看到晚年的工程師在青島海濱的隱居生活。顯然是苗鄉之行改變了他的世界觀和生活方式，他離群索居，觀潮漲潮落、雲起雲飛，和自然交融，在回憶中打發餘生。〈神巫之愛〉連一個含混的時間概念也沒有提供，因小說中涉及鎮、土保、屯長等行政建制，敘述時態又是現在式，我們把它劃入〈鳳子〉一類。

我在第一章研究了沈從文湘西小說展示的原始文明形態，事實上，苗族文化在原始文明形態的營造中扮演相當重要角色。首先，它為這種文明形態增添了無限魅力和風情。〈神巫之愛〉裏盛大的跳儺還願場面：月夜、火燎、歌聲，美麗女子魚貫走到神巫前，表達她們的愛情，接受他的祝福。這如夢如幻的場景很像莎士比亞的〈仲夏夜之夢〉，野性而優雅、熱烈而清純，情感的放縱與節制處理得無不恰到好處。同樣令讀者傾心的是苗族情歌。沈從文把苗鄉描繪成

詩鄉歌海，〈鳳子〉中的苗族男女出口成章。〈龍朱〉所寫的白耳族，「一個男子不能唱歌他是種羞辱，一個女子不能唱歌她不會得到好丈夫。」而龍朱本人，除了貌美，他的歌也是「全族人引作模範的歌」。也正是如此，他才備受全族女子愛慕；最後他用動人的歌聲，俘獲了全白耳族最美的女子的心。許多年以後，當友人就自己表現草原生活的作品向沈從文請教時，他介紹自己的經驗：「值得選一二節（唐藏情歌──引者注）放在你那故事中，可增加草原遊牧人抒情空氣」，要「作些不同風景畫描寫，……還得記住要處處留心，將廟中單調沉悶宗教氣氛和廟外自然景物鮮明對照。」[12]這正是沈從文苗族故事賴以成功的看家本領。

其次，苗族文化是湘西原始文明的「特色」所在，是與外部都市文明抗衡的中堅力量。湘西世界主要是一個文化、文明的概念，但卻是借地域存在。從地理角度看，苗區位於湘西的後方和腹地，距漢文化的空間距離也最遠。其實，沈從文的作品可以按地域分排：在沅水流域，從常德起，到桃源、辰州、瀘溪、保靖、茶峒、鳳凰，最後是苗鄉。讀者如果細心閱讀沈從文的作品，會發現沿河上行，都市文明的種種表現漸弱，而自然原始氣息卻越來越濃烈。〈丈夫〉的故事只能發生在辰州，不可能搬到〈邊城〉的發生地茶峒，儘管那裏也有吊腳樓，也有妓女從事人類最古老的職業。〈邊城〉的背景與〈鳳子〉的背景──烏巢河苗鄉也不能混淆。苗鄉、苗族文化是抵禦外來文明入侵的最後堡壘和根本保證。當現代文明之風已吹入湘西，「當地農民性格靈魂被時代大力壓扁曲屈失去了原有的素樸所表現的式樣」，[13]苗鄉卻仍有火燎號角的酬神歌舞，健康的生活與大地神靈一體；當文明移風易俗，湘西面臨被外界同化的危險時，苗

---

[12]　沈從文：〈新廢郵存底〉第二十五則，《沈從文文集》12 卷，70-71 頁。
[13]　沈從文：〈《長河》題記〉，《沈從文文集》7 卷，4 頁。

族文化成了沈從文作為湘西代言人與外界對話的依據和支撐。沈從文意識到，湘西原始文明的核心和真正特色是苗族文化，儺事活動、對歌、狩獵、龍舟、放蠱、行巫、落洞……加強了湘西原始文明形態的獨特性和異質性，使之有實力與都市文明抗衡。沒有苗族文化的存在，沈從文所構築的湘西原始文明形態將土崩瓦解。

　　沈從文在這一時期的苗族傳奇中，還將苗族與漢族的對立提到了突出位置。在沈從文看來，苗族具有天然的道德優勢，生命充滿活力和激情；而漢族，則完全是一個道德墮落，富於侵略性的民族。〈龍朱〉中，敘述人讚美白耳族族長的兒子龍朱「美麗強壯像獅子，溫和謙遜如小羊。是人中模型。是權威、是力。是光。」〈媚金・豹子・與那羊〉中提到苗族人曾經具有的道德優勢日漸沒落，越來越像漢族：「地方的好習慣是消失了，民族的熱情是下降了，女人也慢慢的像中國女人，把愛情移到牛羊金銀虛名虛事上來了，愛情的地位顯然是已經墮落，美的歌聲與美的身體同樣被其他物質戰勝成為無用的東西了」〈月下小景〉中的儺佑和他心愛的女子，為躲避族中的初夜權禁忌，本想到要逃到南方去，但想到「南方有漢人的大國，漢人見了他們就當生番殺戮」，也就不敢去了。〈七個野人與最後一個迎春節〉中，沈從文寫道：苗人的口「除了親嘴就是唱讚美情慾與自然的歌，不像其餘的中國人還要拿來說謊」。北溪村苗人擔心外來的漢人的侵入會使本民族的道德墮落，好風俗消失：「道義與習俗傳染了漢人的一切，種族中直率慷慨全會消滅」。他們更擔心無休止的壓迫和剝削：「將來的北溪，也許有設官的一天吧？到那時人人成天納稅，成天繳公債，成天辦站，小孩子懂到見了兵就害怕，家犬懂到不敢向穿灰衣人亂吠，地方上每個人皆知道了一些禁律，為了逃避法律，人人全學會了欺詐，這一天終究會要來吧。」苗人把漢人的到來看成一場災難，而事實上，漢人也的確帶來了災難。

北溪村在廢土司，派流官之後，廢止了苗民中許多習俗，捐有了，稅也有了。七個獵人不願「歸化」，躲進山洞，在迎春節來臨時縱酒狂歡，結果被官府以「圖謀顛覆政府」的罪名，割去了頭顱。

三、苗族形象的消解與「中華民族」歸屬感的產生

沈從文寫苗族傳奇的熱情從 1928 年持續到 1932 年，這一年，他完成最後一篇苗族傳奇〈月下小景〉，遂告別了這類浪漫抒情之作。

其實，沈從文在創作上述苗族傳奇故事的同時，也在創作另外一些「苗族」故事，這些故事的背景顯而易見是在苗區，或苗漢雜居地區，所涉習俗、服飾為苗族所有，但作者並不在作品中把這類「苗族」特徵格外指出來，不去用「苗族」的標籤涵蓋它們。如沈從文 1931 年完成的小說〈三三〉，寫鄉間小女子三三對一個城裏年輕人朦朧的愛情。其中提到三三的裝束，說她穿一件「新圍裙，裙上還扣了朵小花，式樣秀美。」這是典型的苗族裝束。小說中還提到嫁女前唱歌：「母女兩人一吃了晚飯，不到黃昏，總常常過堡子裏一個人家去，陪一個將遠嫁的姑娘談天，聽一個從小寨來的人唱歌。」新娘唱哭嫁歌，伴娘唱伴嫁歌、勸嫁歌，此起彼伏，常常通宵達旦，這也是苗族獨特的婚俗。但問題是，小說中並沒有把這些苗族服飾和習俗格外指點出來，而是混同於一般湘西地方特色。

1933 年以後，這種以區域性取代苗族性的作法成為普遍現象，其中以〈邊城〉最為典型。〈邊城〉故事的發生地茶峒所在地屬花垣縣（舊稱永綏縣），據 1935 年人口統計材料，[14] 全縣十五個鄉總計人口 116,146 人，苗族人口 101,514 人，占 86%，除茶峒鎮、花垣鎮，

---

[14]　石啟貴：《湘西苗族實地調查報告》，湖南人民出版社 1986 年版，3 頁。

吉峒鄉三個鄉是苗漢雜處外，其餘十二鄉皆是苗鄉。即使苗漢雜處的茶峒鎮，總人口 6,825 人，苗族 4,550 人，也占 66%。茶峒城是舊時為鎮壓苗民而修築的城池，漢人比例大一些，它是苗族汪洋大海裏的一隻漢人孤舟。〈邊城〉的故事發生在 1930 年左右，那時人口比例估計與 1935 年的統計不會有太大出入。如此的人口分布結構，很難設想〈邊城〉會與苗族沒有任何關係。

在〈邊城〉中，楊馬兵和翠翠的父親都列身軍籍，駐紮在城裏；爺爺沒有過從軍記錄，他和女兒，也就是翠翠的母親住在城外；翠翠的父母隔河對歌相愛。從地方史志著作的相關記載中可以判定，這種格局說明了翠翠爺爺的苗族身分。一個更有力的證據是翠翠父母的自殺身死。翠翠母親懷了身孕，這使翠翠父親面臨要麼逃走，要麼自殺的二難選擇。是什麼禁忌使年輕人因輕率造成的過失面臨如此嚴峻的局面？異族婚姻使然！苗族學者石啟貴在《湘西苗族實地考察報告》中也說：「……苗漢不通婚，情理無往來。間有漢娶苗婦者，情必特殊，實非正式婚姻可比。」[15]這是因為苗族「在過去某一時，是一律被人當作蠻族看待的。雖願意成為附庸，終不免視為化外。」[16]種族歧視使翠翠父母的婚姻面臨巨大的壓力，這是他們婚姻悲劇的根本原因。有苗族學者在研究〈邊城〉時，甚至完全把這部小說看成苗族文化的反映。這立論雖然存在缺陷，但研究者的直覺是敏銳的。朱光潛曾說：「〈邊城〉表現出受過長期壓迫而又富於幻想和敏感的少數民族在心坎裏那一股沉憂、隱痛。」[17]這個判斷是準確的。

---

[15] 石啟貴：《湘西苗族實地調查報告》，208 頁。

[16] 沈從文：〈湘西〉，見《沈從文文集》9 卷，414 頁。

[17] 朱光潛：〈從沈從文先生的人格看他的文藝風格〉，《花城》1980 年第 5 期。

　　〈邊城〉中也涉及到苗族習俗。小說中人物活動的主要背景是三次端午節。端午節是苗民最重要的節日之一，龍舟競渡是端午節期間舉行的盛大活動。在苗族歷史上，這一節日及其慶祝活動的起源和形式，有種種傳說，與漢族的端午節和龍舟競渡大有區別。比如在河中捉鴨子的習俗，可以長達十五日的節期等。〈邊城〉中還有一個場景：端午節期間，團總母女到順順家相親，翠翠本能中感到了威脅，她唱起當地神巫在還儺願時演唱的儺辭。這儺辭雖出於沈從文杜撰，其苗族背景卻是確實的。翠翠下意識中在扮演神巫的角色，她動用了本土最莊嚴，也最有效力的形式，為自己的愛情祈福。再就是〈邊城〉中對歌求愛的習俗：翠翠的父母在對歌中相愛，如今，大老二老又要通過唱歌競爭愛情。二老的自信一部分來自他對自己歌聲的自信。大老在唱歌上遜色，他的豐厚的嫁妝和殷實的家境也幫不了他的忙。對歌求愛不為苗族所獨有，但在苗族中最盛行。可是同樣，沈從文沒有從苗族性的角度去概括它們。

　　〈長河〉的故事發生在現麻陽苗族自治縣境內呂家坪，小說細緻而不作誇張地描繪了苗族特有的為酬神還願而表演的儺堂戲，如何籌資，如何請戲班子，演出的場次、時間、劇目都寫到了，比〈神巫之愛〉所寫儺儀表演逼真、確切得多。〈長河〉中還多處寫夭夭的打扮：「夭夭一身藍，蔥綠布圍裙上扣了朵三角形小小黃花」，「穿了件蔥綠布衣，月藍布圍腰，圍腰上還扣了朵小花，用手指粗銀鏈子約束在背後」。這是典型的苗族服飾。但同樣，對這些服飾和風俗，作者不在族屬上給予分辨、確認。

　　在對以〈邊城〉為代表的這一類作品中的苗族背景作了一番甄別後，一個重大的問題擺在了我們面前。在苗族人口占壓倒多數的地區，在一個苗族文化起支配作用的地方，作為有苗族血統的作家，〈邊城〉等作品中涉及的人物身分和風俗，沈從文卻未在族屬上給

予分辨、確認，也不給讀者一個說法；我們在其中也找不到一處昭示其苗族身分的文字，一切掩飾得天衣無縫。若非我們的追根尋底，讀者恐難發現其中的線索。可以看出，「隱瞞」民族身分，在沈從文中後期作品中是一個普遍存在的現象，決非偶然為之，且愈到後來，這種現象愈突出。在沈從文採取的策略是用地域性消解民族性，用地域的存在瓦解民族的存在。讀者見到的是湘西人，鄉下人，而不是苗族人。你可以替沈從文辯解，說他這樣做，本來就符合湘西的歷史事實：苗漢雜處，相互融合，不分彼此。這裏有兩個問題需要澄清：第一，他接受、同意了這種「融合」，把他當成合情合理的現實而不予重視。第二，顯然這一辯解把沈從文那些發生的苗鄉，卻被作者「漢化」（人物說漢語、著漢服）的故事也包括在所謂「融合」之內。即使夏多布里昂式、吉卜林式寫異域的小說，不同種族的人物相遇時，還要有一個語言翻譯的程序，沈從文沒有。苗漢文化本有嚴格區分，沈從文卻完全排除了兩者之間的障礙和差異，使它們能夠自由置換，進而融合。這不是求全責備！在一個苗族人口占相當大比例，苗族風俗對區域文化產生強大影響的地方，忽視這個民族的獨立存在，是一件非常有意味的事情。為什麼？

對這一問題作進一步追究，我們發現，沈從文對苗族文化的消解，與苗族的現實境遇、沈從文的教育背景以及文化選擇有著密切關係。其實沈從文張揚或消解苗族文化與他強調或遺忘自己的苗族身分是聯繫在一起的。眾所周知，沈從文身上有苗族血統，但在創作的早期，他並沒有意識到自己的苗族血統，也沒有利用自己的苗族血統。沈從文首次承認自己有苗族血統，是在 1929 年。這一年發表的〈龍朱〉前，有一段「寫在『龍朱』一文之前」的文字，發出了這樣的浩歎：

這一點文章，作在我生日，送與那供給我生命，父親的媽，與祖父的媽，以及其同族中僅存的人一點薄禮。

血管裏流著你們民族健康血液的我，二十七年的生命，有一半為都市生活所吞噬，中著在道德下所變成虛偽庸懦的大毒，所有值得稱為高貴的性格，如像那熱情、與勇敢、與誠實、早已完全消失殆盡，再也不配說是出自你們一族了。

你們給我的誠實，勇敢，血質的遺傳，到如今，向前證實的特性機能已蕩然無餘，生的光榮早隨你們已死去了。皮面的生活常使我感到悲慟，內在的生活又使我感到消沉。我不能信仰一切，也缺乏自信的勇氣。

我只有一天憂鬱一天下來。憂鬱占了我過去生活的全部，未來也仍然如骨附肉。你死去了百年另一時代的白耳族王子，你的光榮時代，你的混合血淚的生涯，所能喚起這被現代社會蹂躪過的男子的心，真是怎樣微弱的反應！想起了你們，描寫到你們，情感近於被閹割的無用人，所有的仍然還是那憂鬱！

　　沈從文感慨，由於都市現代生活的惡劣影響，自己身上的本民族健康血液已經中毒，已經不配再作本族的傳人。這當然是他欲揚先抑的辦法，意在表彰本民族更有生機、更富活力的生活。龍朱的故事就是在這種「追憶祖先榮光」的氣氛中開場的。1930 年，沈從文寫了〈我的二哥〉一文，[18] 其中說，「地方多苗民，……故從他處

---

[18] 此文收入大東書局 1934 年版《沫沫集》，以沈從文妹妹沈岳萌的口吻寫成，但據金介甫證實，作者應是沈從文自己。參閱《沈從文傳》272 頁，湖南文藝出版社 1992 年 2 月版。

戌來的我們的祖先，母系應屬於黔中苗族已經有兩次：第一次為曾祖母，姓劉，第二次為祖母，也姓劉。」另一處記載在 1931 年寫的《從文自傳》中：「祖父[19]本無子息，祖母為住鄉下的叔祖父沈洪芳娶了個苗族姑娘，生了兩個兒子，把老二過房作兒子。照當地習慣，和苗族所生兒女無社會地位，不能參預文武科舉，因此這個苗女人被遠遠嫁去，鄉下雖埋了個墳，卻是假的。我照血統說，有一部分應屬於苗族。」沈從文這兩段自述中所提的曾祖母和祖母，毫無疑問屬於「生苗」。正因為是「生苗」，才格外指出來。沈宏富沒有子嗣，他過繼來的兒子沈宗嗣是弟弟沈洪芳與屬於「生苗」的女人所生。讀者只要稍加留意就會發現，沈從文關注並承認自己苗族身分的時間是在他掙脫「王朝體制」影響（1924-1927）之後，與他寫苗族傳奇的時間（1928-1932）大致重合。1932 年，沈從文完成最後一篇苗族傳奇《月下小景》，此前此後，都不見他有昭示自己苗族身分的文字。這說明，承認自己苗族身分與寫苗族傳奇，二者之間在精神上是相互支撐的，他承認的只是與虛構的龍朱等苗族傳奇人物和英雄之間的血脈聯繫，卻迴避現實生活中進鳳凰城趕場或為一點因由就被牽來殺頭的鄉下苗人之間的血緣聯繫。因為現實中的苗人，就同沈從文的母系祖先一樣，是深受歧視的。

　　我在本章第二部分呈現了現代民族國家觀念影響下，沈從文想像苗族的方式和結果。這裏應該提醒讀者注意的是，現代民族國家

---

[19] 根據《貴州通志・前事志》（三）（貴州省文史研究館點校，貴州人民出版社 1988 年 10 月 1 版）輯錄的史料（主要為大臣奏章、朝廷諭令及《平黔紀略》、《東華錄》等志志著作）推算，沈宏富試署貴州提督的時間約在 1863 年 8 月，正式奉旨署理（代理）的時間是 1863 年 11 月。在 1864 年 5、6 月間，沈宏富受到彈劾，被雲貴總督勞崇光收回提督印信，同年 8 月，貴州巡撫張亮基上疏為沈宏富開脫。1864 年 11 月，聖諭以總兵趙德昌署理貴州提督，沈宏富正式去職。沈宏富在代理貴州提督任上的時間約 15 個月。

觀念的影響，並不必然導致民族間的平等相待。事實上，異國情調作為一種跨民族、跨國家、跨文明的精神體驗，它本身就不是以平等的眼光看待異族的；現代世界各民族間的相互歧視、偏見更是比比皆是。具體到苗族在清王朝崩潰以後的現實境遇，雖然在「五族共和」的口號下，它被作為一個民族平等對等，可是這種口號要落實到日常生活體驗的層面，仍有相當長一段路要走。我在本章第一節中所列舉的民國時期苗族所受歧視的例子就是很好的證明。

沈從文身上雖然有苗族血統，但他生長在鳳凰這個漢人和熟苗占主體的縣城裏。在兒童時代，他又受的是純粹的漢文化教育，私塾裏供奉著孔夫子的牌位，讀《幼學瓊林》、《論語》、《詩經》、《尚書》，他在〈我的小學教育〉、〈在私塾〉、〈瑞龍〉、〈福生〉、《從文自傳》等作品中，詳細敘述過這一切。當然，與「五四」一代作家一樣，他對正統教育取對抗姿態，如何翹課、如何搗蛋，都寫到了，但你不能否認，漢文化對他有決定性的影響。

關於苗族文化，沈從文從生活經歷和觀察中得到的感性知識多，來自系統的典籍教育則少。沈從文在《從文自傳》中提到了清人嚴如煜（1759-1826）撰寫的《苗防備覽》一書，說：「有一部《苗防備覽》記載了些官方文件，但那只是一部枯燥無味的書。」這說明他讀過此書。嚴如煜是湖南漵浦人，曾在岳麓書院就讀。清乾嘉年間，湘黔邊境苗民起義時，他是湖南巡撫姜晟的幕僚。《苗防備覽》是他窮十數年心力完成，數十萬言，對湘西苗區山川地理、苗族來源種類、風俗物產、民情民性等作了詳盡、細緻的描繪。嚴如煜撰寫此書的本意是供統治者治理苗疆之用，無意中卻留下了一部珍貴的苗族研究歷史文獻。除此之外，沈從文可能還讀過一些清代漢人撰述的史志和遊記作品。但僅此而已了。苗族口頭文學相當發達，有全面反映其歷史、政治、經濟、文化生活習俗的《苗族古歌》、《苗

族史詩》等，但 20、30 年代尚未整理成書，沈從文可能對此一無所知。由於苗族知識有限，他在寫苗族傳奇時，有些細節就與現實不符，甚至有牽強附會之嫌。如〈月下小景〉中寫到的苗族祖先神話和初夜權習俗。祖先神話是關於「英雄追趕日月的故事」：「第一個 XX 人，用了他武力同智慧得到人世一切幸福時，他還覺得不足，貪婪的心同天賦的力，使他勇往直前去追趕日頭，找尋月亮，想征服主管這些東西的神，勒迫它們在有愛情和幸福的人方面，把日子去得慢一點，在失去了愛心為憂愁失望所齧蝕的人方面，把日子又去得快一點。結果這貪婪的人雖追上了日頭，因為日頭的熱所烤炙，在西方大澤中就渴死了。」這其實是一個改頭換面的夸父追日的神話。苗族神話傳說中，並沒有類似的情節。[20]〈月下小景〉還寫到儺佑與白衣女孩愛情悲劇的根源，即本族中的初夜權禁忌：「本族人的習氣，女人同第一個男子戀愛，卻只許同第二個男子結婚。」「習俗的來源極古，過去一個時節，應當同別的種族一樣，有認處女為一種有邪氣的東西，地方族長既較開明，巫師又因為多在節慾中生活，故執行初夜權的義務，就轉為第一個男子的戀愛。」初夜權禁忌雖然在許多原始民族中存在，但把它附會給苗族，卻沒有任何根據。[21]沈從文在一些作品中提到的苗族不同分支，也缺乏事實根據。如〈龍朱〉中提到白耳、烏婆、傈傈、花帕、長腳等族，〈媚金·豹子·與那羊〉中提到白臉苗、鳳凰族，〈旅店〉中提到花腳苗，〈神巫之愛〉中提到花帕族。這些族名，除「傈傈」一名，與清人所作《黔苗圖說》等著作中所記載的「猓玀」同音外，其他名稱從來未

---

[20] 夸父追日的神話，見《山海經·海外北經》。沈從文在〈水雲〉中回憶青島時期創作〈月下小景〉時的情形：「照習慣我是對準日出方向，沿海岸往東走。夸父追日我卻迎趕日頭，不擔心半道渴死。」這段話可以佐證我的推斷。

[21] 金介甫對此有深入分析，見《沈從文筆下的中國社會與文化》，華東師範大學出版社 1994 年版，243 頁。

在各種史志、遊記著作中出現過，出自沈從文自己的杜撰，是無疑的。沈從文在 20 年代後半期，曾表示過要學會苗語，但顯然沒有結果。可以肯定地說，沈從文對苗族文化的瞭解，只停留在極其一般的知識上。

沈從文沒有對苗族文化作深入的研究，更不用說在血統和文化上的真正體認。因此，我們不能因為沈從文有苗族血統就以為他是苗族文化傳人。雖然苗族文化在沈從文創作中佔據頗為重要的位置，雖然他在上海和青島時期一度表白自己是苗族，雖然他同情苗族的歷史遭遇，但他始終沒有把苗族文化真正當成自己的文化，他的苗族立場是策略性的，他本質上是站在他者的地位看待苗族的。他沒有像美國黑人作家那樣，真正地去尋自己文化之根，他也沒有出現過強烈持久的民族本位意識。美國黑人作家正是基於對自己黑膚色的體認，與白人文化對抗，如理查·懷特、佛里德里克·道格拉斯、托尼·莫里森等。沈從文1928-1932 年間對苗族文化的處理方式，類似於美國白人作家寫印第安人的作品。優勢文明總是按照自己的理想、希望對劣勢文明重新塑造和闡釋，在邊疆開發中，這是一種不可逆轉的格局。美國在西部開發的數百年歷史中，關於印第安人的題材一直源源不斷進入文學作品，他們時而象徵野蠻、狂暴、不可理喻，時而又代表善良、純樸、真誠；時而是需要改造的劣等民族，時而又代表回歸自然的理想……觀察的視角從未超越西方文明的範疇。沈從文站在湘西原始文明的角度與都市文明對抗時，拉苗族文化做自己的同盟軍；反過來，當他站在都市現代文明的立場時，苗族文化又是處於劣勢的「他者」。所以，沈從文才會把苗族故事處理成浪漫傳奇。難怪蘇雪林在論及沈從文苗族故事時說：「記得從前讀過法國十九世紀大作家夏都伯里陽（今譯夏多布里昂）的名

著《阿達拉》、《海納》等關於美洲北部未開闢時土人生活的描寫，頗感此等妙趣。」[22]

　　沈從文消解苗族文化，以上的分析只揭示了潛在的可能性。沈從文離開上海之後逐漸產生了新的文化歸屬感，才使消解苗族文化變成現實。這個新的文化歸屬感指向「中華民族」。[23]也正因為如此，沈從文在抒寫苗族傳奇的激情過後，終於超越了苗漢之間的對立命題，向更有意義的方向發展了。

　　1931年秋，沈從文離開上海，赴青島大學任教。離開上海的浮華與喧鬧，在青島這樣清寂古雅環境中，他像〈鳳子〉中那個隱者，在藍天白雲下，海風落日中，沉思生命的玄秘。環境顯然對他發生了重大影響。佛家思想就是這一時期開始大規模地有機地融入他的作品，對生命的原生態進行了初步歸納。1933年夏，三十一歲的沈從文來到北京。北京不同於浮華喧鬧的上海，與清寂古雅的青島也有諸多差異。這裏是中國文化之都；在沈從文來到北京之前，周作人、廢名等京派作家已經開拓出一片「自己的園地」，京派趣味隱然成形；北京地處日本侵略中國的前線，民族危機感在此處體驗得會更加強烈。就沈從文個人而言，他的婚姻大事已定，開始接編《大公報・文藝副刊》，並與楊振聲等一起受教育部委託，編中小學語文教材，這一切顯示，無論是私人生活，還是社會身分，都在將沈從

[22] 蘇雪林〈沈從文論〉，見1934年5月《文學》3卷5期。
[23] 王一川在《中國現代性體驗的發生》（北京師範大學出版社2001年版）中指出，「中國」作為一個民族國家看，很長時間裏沒有自己的「國名」。因為「『中國』自覺不是一個一般的民族國家，而就是『天下之中央』，所以這一名稱本身不是民族國家的國名，而只是『天下之中央』的稱謂。這『天下之中央』之意是原初地超越了全球性和區域性概念的，即既非指全球性也非指區域性。」（61頁）作為一個民族國家的名稱，「中國」以漢文本形式最早出現在1842年與英國簽訂的《中英南京條約》中。所以，「中華民族」對包括沈從文在內的近現代作家來說，是一種嶄新的現代性體驗。

文強力地納入到「體制」之中,使其承擔相應的責任。由此,而立之年的沈從文邁入了人生一個新的階段。

上述外部環境的變化直接反映到他的創作中來。在青島時期,沈從文喜歡用佛家思想對湘西生命的原始形態進行了歸納。在北京時期的作品中,佛家思想逐漸淡出,儒家和道家思想的影響上升到主導地位。在佛家思想使野性的湘西受到初步的文明教化後,儒家思想把倫理情感,民族前途的思考,自強不息的精神,道家把詩性人格推到了沈從文視野中。隨著沈從文在創作方面從張揚原始野性到皈依教化文明,隨著苗族捍衛者的身分弱化,整體上的中華民族意識和認同感增強,他開始頻繁地發表時論,談論民族復興和國家再造。在 1933 年秋冬,沈從文先後發表了〈文學者的態度〉、〈勸人讀經〉、〈知識階級與進步〉、〈打頭文學〉等文章,雖是在議論文壇不良習氣以及社會政治弊端,而用意是警示「民族特性的消失」和「國家政治制度的不良」,並探索「民族出路」,他關注的是一些涵蓋性很大的命題。如他在〈打頭文學〉中說:「我們正需要打頭文學」,如此,「方能把這個民族目前的危機與未來的恐懼揭發出來」。[24]

1934 年初,他接連發表〈論「海派」〉和〈關於海派〉兩篇文章,繼續就他引發的有關海派的論爭進行答辯和發揮。有趣的是,他附屬於「海派」的主要說辭,卻是針對「民族」劣根性的;也就是說,它把「海派」的地方性上升到民族劣根性的高度看待。如〈論「海派」〉中說:「一個民族是不是還有點希望,也就看多數人對於這種使民族失去健康的人物與習氣的態度而定。」[25]〈關於海派〉中說:「這種人對於妨礙這個民族文化的進展上,已作過了許多討厭的事情」。他強調知識份子要「為了這個社會秩序的維持與這個民族

24 《沈從文文集》12 卷,157 頁。
25 《沈從文文集》12 卷,159 頁。

精神方面的健康上著想」,「使這個民族健康一點,結實一點」,「為民族復興」,「為民族生存著想」。[26]這是沈從文集中發表對文學、知識份子等問題看法的時期。此前在上海,這些文章涉及的一些觀點也行諸過文字,如寫於 1931 年的〈論中國創作小說〉[27]就批評了海派的商業競賣和趣味低俗,但卻是就文學談文學。而現在,他看待問題的角度發生了變化,不是從個人好惡和感受力出發,而是從整個民族的前途,國家利益的角度批評文壇時弊,把文學的創新和誠實與民族的復興聯繫起來,視野更見開闊。

從 1933 年夏天沈從文來北京,到他完成〈邊城〉,這種聯繫是他言論的主旋律。因此,沈從文才會在〈邊城〉出版時的題記中鄭重宣布,他的這本註定要落伍的書,是給那些「極關心全個民族在空間與時間下所有的好處與壞處」的人去看的,他給他設定的讀者提出很高的要求:「我的讀者應是有理性,而這點理性便基於對中國現社會變動有所關心,認識這個民族的過去偉大處與目前墮落處,各在那裏很寂寞的從事與民族復興大業的人。這作品或者只能給他們一點懷古的幽情,或者只能給他們一次苦笑,或者又將給他們一個噩夢,但同時說不定,也許尚能給他們一種勇氣同信心!」[28]

如前一節的分析,沈從文本來並沒有對苗族文化堅定的歸屬感,選擇苗族身分,多半是出於敘述策略。當他越來越認同「中華民族」,苗族的身分就成了障礙。於是,此後發生的一切就順理成章了。到北京後的沈從文成功地完成了自己的身分轉換,由苗族到漢族,由關心國家內部的民族對話,轉而充當整體上的「中華民族」形象的代言人。〈邊城〉作為這種變化的產物和集中體現,顯示出沈

---

[26] 《沈從文文集》12 卷,165 頁。
[27] 文章收入《沈從文文集》11 卷。
[28] 《沈從文文集》6 卷,72 頁。

從文正走出在地域對比中表現湘西地方優勢的格局，唱出了中華文化的頌歌。它以牧歌這種優雅的抒情方式，重塑了中國形象，為後發國家回應被動現代化，提供了經典的樣式和意緒。從沈從文自己的創作發展來看，他的抱負和思考的格局此時已經上升到一個宏闊的高度，特定地域皈依整體的「國家」，特定的民族被整體的「中華民族」取代。

四、〈邊城〉：牧歌與中國形象

（一）

上文論及沈從文 1933 年以後小說中對苗族性的消解和「中華民族」歸屬感的生成。這一傾向導致的一個重大後果，就是〈邊城〉中詩化中國形象的誕生。

〈邊城〉作為塑造詩化中國形象的範本，與其牧歌情調和樂園圖式的建構有密切關係。牧歌（pastoral）是一個取自西方的文學術語，中國現代文學研究者多用它和「情調」、「氣息」等一類辭彙搭配，對那些迴避現實矛盾，抒情氣息濃郁的鄉土文學作品作印象性的描述。在這個意義上，沈從文的長篇小說〈邊城〉被冠以「牧歌」的機會特別多。劉西渭在〈〈邊城〉與「八駿圖」〉一文中說：〈邊城〉是「一部 idyllic 傑作」。[29]汪偉的〈讀〈邊城〉〉提到〈邊城〉有「牧歌風」和「牧歌情調」，「〈邊城〉整個調子頗類牧歌」。[30]在中國現代文學研究中，牧歌的意義通常是有爭議的，上面舉的是較肯定的

---

[29] idyllic 意為「田園詩的」，引文見劉西渭：〈〈邊城〉與「八駿圖」〉（1935 年 6 月《文學季刊》2 卷 3 期）。
[30] 汪偉：〈讀〈邊城〉〉，1934 年 6 月 7 日《北平晨報・學園》。

例子。有些研究者的態度則顯得矛盾，如夏志清，他讚賞沈從文有些作品「是可以稱為牧歌型的」，有「田園氣息」，其「玲瓏剔透牧歌式文體，裏面的山水人物，呼之欲出；這是沈從文最拿手的文體，而〈邊城〉是最完善的代表作。」但又批評沈從文「完全沉溺於理想主義的境界。結果是，寫出來的東西與現實幾乎無關。我們即使從文字中也可以看出他這種過於沉溺於迷戀牧歌境界與對現實不負責任的態度。」[31]在文革前 30 年的中國大陸，〈邊城〉及沈從文的其他湘西作品受到冷遇，其「罪名」之一，也與牧歌情調有關。[32]但無論褒貶，研究者都看到了〈邊城〉的特殊品質——「牧歌」，並粗略涉及到它的基本涵義。沈從文自己對〈邊城〉的牧歌屬性同樣有著相當的自覺，他說：「我準備創造一點純粹的詩，……完美愛情生活並不能調整我的生命，還要用一種溫柔的筆調來寫愛情，寫那種和我目前生活完全相反，然而與我過去情感又十分接近的牧歌，方渴望使生命得到平衡。」[33]

　　雖然牧歌這個文學術語在評價〈邊城〉時頻繁使用，在中國現代文學研究的其他領域也多有出現，但作用是依附性的，學術上的界定一直付諸闕如，更遑論把它提升為一個詩學範疇，對其功能和價值作深入研究了。

　　在西方，牧歌是一個有悠久傳統的文學品種。遠在古希臘時代，詩人們用它表現牧羊人在村野和自然中的純樸生活，歌詠愛情和死亡。古羅馬詩人維吉爾的《牧歌》是牧歌史上的一座高峰，他給牧

---

[31] 夏志清：《中國現代小說史》，友聯出版社有限公司 1979 年版，162、176 頁。

[32] 參閱王瑤：《中國新文學史稿》（上海新文藝出版社 1954 年版），丁易著《中國現代文學史略》（北京作家出版社 1955 年版），唐弢主編：《中國現代文學史》（人民文學出版社 1979 年版）等有關章節。

[33] 沈從文：〈水雲——我怎麼創造故事，故事怎麼創造我〉，見《沈從文文集》10 卷，279 頁。

歌注入了政治寓言的成分，以希臘的阿卡迪亞地方為原型，創造了理想化的樂土，並預言了一個新黃金時代的到來。維吉爾給牧歌定了型，對後世產生深遠的影響。在文藝復興時期，牧歌出現繁榮局面，斯賓塞、德萊頓、錫德尼、密爾頓等，都創作了傑出的作品。牧歌作者將鄉村和城市刻意對立起來，鄉村生活是純樸的、自然的、寧靜的，而城市生活則是複雜和敗壞的。儘管許多牧歌的描述與城市和鄉村的實際生活相去甚遠，但這種二元對立的模式，極大滿足了詩人逃避現實，追尋樂土的理想。牧歌的傳統在 18 世紀後發生了很大變化，受盧梭回歸自然的理念及浪漫主義重視自然和民間因素的影響，鄉村與城市衝突的傾向加劇；田園風光由於其脆弱和古舊，往往受到城市更便利的生活的侵擾和破壞，因此，田園風光的描繪中注入了苦澀的現實感，矯揉造作的風氣逐漸被摒棄。這樣的作家有彭斯、華茲華斯、喬治・桑等。早期的牧歌通常由牧羊人扮演其中角色，抒發感懷，形式主要是詩和劇。18 世紀以後，牧羊人角色已少見，牧歌被用來泛指一切美化鄉村生活的作品，包括小說。由於牧歌處理死亡、命運、理想的鄉村生活的式微一類主題，它的情調常常是感傷和憂鬱的。文學中的現實主義興起後，牧歌沒有因為它缺乏紀實性而走向消亡，而是在崇尚經驗和寫實的環境中生存下來。理性主義和社會批判也逐漸滲透到牧歌中來，「鄉村」被看成傳統、鄉土、自然和宗法制社會的守衛者，「城市」則囊括了一切外來的，墮落的資本主義因素。

　　值得一提的是，隨著西方的殖民擴張，牧歌也滲透到西方文學的異族想像中，並且影響了後發國家的文學表現。牧歌具有重新召喚起民族記憶的功能，它有助於作家找回遭到重創的精神傳統，找回未受任何劫掠的田園詩般的過去。作家們努力將他們所經歷的文化分裂通過牧歌轉化為撫平裂痕的家園夢想，治癒創傷的民族神

話。正如西方學者所說的：「文類的僭越蘊涵著價值重估的巨大勢能。歐洲人對新世界的聯翩浮想，或動員移居殖民地的虛誇宣傳等，一經民族主義者從自己的歷史地位出發加以重新改造，那些原先用以界定他們的刻板形象和文類規則便轉化為塑造正面形象的源泉。僭用和轉化的技法有兩類（如異國故事和田園詩等）同粗獷不羈的自身文化經驗結合起來。就這樣，本土文化以歷史重述，宗教復興，輓歌和懷舊詩歌等形式，發展成為啟發民族主義情緒的重要前沿。為此，從殖民者那裏繼承來的文學程式和文學話語被挪用，轉用，調離中心，雜交混合。」[34]

　　牧歌最初是文類的一種，但在發展過程中，它的涵義極大地豐富了。現代學者已不再只限於從類型、品種的層面上理解它，燕卜遜在他的著名的《牧歌的若干形式》（1935）一書中認為，「牧歌並非由傳統特徵和慣例構成，它是一種特殊的結構關係，這種關係超越形式的限制，並得以存在下去。」「如今，牧歌仍然具有體裁名稱的功能，然而它同時獲得一種引申意義，這種引申意義與批評家追尋文學的神話和原型的努力直接有關。術語『牧歌』的這一用法體現了一種熱衷於探討和研究文學中的各種常見結構的傾向。」[35]學者們認為，構成牧歌的最本質的因素，可以超越文體的限制，永久地生存下來，因為它和人追求回歸自然，回歸鄉土，回歸單純樸質生活的本性聯繫在一起。這展示了牧歌廣闊的發展空間和彈性。

　　中國其實很早就產生了與西方牧歌相近的文類[36]——田園詩，它是始於晉代陶淵明，在唐代王孟詩派中得到發展，有宋代范成大等

---

[34]　有關論述可參閱艾勒克・博埃默：《殖民與後殖民文學》，盛寧等譯，遼寧教育出版社、牛津大學出版社 1998 年版。

[35]　轉引自羅吉・福勒主編：《現代西方文學批評術語詞典》，袁德威譯，四川人民出版社 1987 年版，198 頁。

[36]　英文裏的 Pastoral，漢譯成兩個詞：田園詩和牧歌。

承其餘脈，歌詠田野鄉村生活的一種詩歌類型。在 20 世紀 80 年代以後的中國現代文學研究中，一些學者注意到現代鄉土小說中魯迅和廢名分別代表的兩種不同傾向，試圖在文體的層面上給予確認。因此，他們把「田園」與「小說」聯屬，派生出「田園小說」一詞，用來指有別於魯迅，「始於廢名，大成於沈從文」[37]的一種小說類型。

　　在中國現代文學範圍內，「田園小說」和「牧歌」在內涵和外延上有交叉，但又有很大不同。「田園小說」用來描述文學類型。這是一個帶有濃烈本土承傳色彩的術語，它的意義主要在文類的甄別和劃定，並修復與本土文學傳統的關係。牧歌特指以理想化筆墨處理鄉土題材的各類作品中能夠反映其本質因素的抒情傾向和品格，它在田園小說中有突出表現，但又不受此文類的限制。由於牧歌是一個有深厚西方背景、豐富內涵和廣泛的跨文化實踐經歷的詩學概念，它比田園小說更能反映中國現代文學中鄉土抒情的本質，揭示這種抒情品格的源泉和意義。

　　當我們把目光移出文類的狹隘界限，在更廣闊的背景上審視中國現代文學乃至當代文學時，一條牧歌的抒情線索呈現在我們面前。它在五四時期的鄉土作品中已見萌芽，如周作人的散文，廢名的小說，表達了作家對地方傳統、文化和習俗的眷戀與依賴。進入 30 年代，京派作家更以流派的規模，對鄉土作詩意詮釋。無論是在鄉愁的發酵，傳統意象的挖掘，以及原始人性的塑造等諸多方面，京派作家都有很好的建樹，如何其芳、李廣田、蘆焚的作品。尤其是沈從文，他把牧歌這種鄉土抒情的方式推向高峰。此後數十年，牧歌還在汪曾祺、劉紹棠、孫犁、周立波、何立偉、賈平凹等作家

---

[37] 楊義：《中國現代小說史》第二卷，人民文學出版社 1993 年版，604 頁。關於田園小說的認定，還可參閱吳中杰編：《廢名：田園小說》序言，上海譯文出版社 1993 年版。

的一些作品中延續著。在 20 世紀中國文學更廣闊的領域裏，牧歌還超越了具體作家作品的制約，代表著對鄉土和家園的守望，對民族身分的追尋，對民族形象的詩性想像。

（二）

　　牧歌將鄉土生活理想化，因此，構築樂園圖式就成為必然的選擇。牧歌的非寫實性使它必須在空間和時間上離開「此地」和「當前」，才能馳騁對樂土的想像，並對現實起到反襯效果。〈邊城〉中那一方樂土安置在湘西的偏僻小鎮茶峒，時間上做模糊化處理，就收到了這樣的效果。沈從文在〈邊城〉中寫道：「一個對於詩歌圖畫稍有興味的旅客，在這小河中，蜷伏於一隻小船上，作三十天的旅行，必不致於感到厭煩，正因為處處有奇蹟，自然的大膽處與精巧處，無一處不使人神往傾心。」一個與讀者身分相同或相近的遊客，要「作三十天的旅行」，才能到達那裏，是名副其實的邊城。讀者可以設想沿著這條路線，到湘西去。小說的開頭，就出現了「路」的意象：「由四川過湖南去，靠東有一條官路」。這條官路翻山越嶺，涉溪過河，從外界走進湘西，走向茶峒。路是橋樑，是紐帶，也是分界和阻隔。空間的阻隔和距離生成了兩個世界。將背景置於當代讀者無法經驗的「過去」和「異域」，空間和時間的陌生化，離開「當前」和「此地」的序列，提供了阻隔和示範的效果。因此，沈從文才會說，這裏「水陸商務既不至於受戰爭停頓，也不至於為土匪影響，一切莫不極有秩序，人民也莫不安分樂生。⋯⋯中國其他地方正在如何不幸掙扎中的情形，似乎就還不曾為這邊城人民所感到。」

　　沈從文聲稱，他要在〈邊城〉中表現「優美，健康，自然而又不悖人性的人生形式」。[38]他的樂園構想，建立在人性善的基礎之上，投射到人物性格、人際關係、茶峒社會與習俗、甚至自然環境等各個層面。例如渡船老人，他勤勞、善良、本分、敦厚，凡一切傳統美德，他都不缺少。他管理渡船，無論風吹雨淋，寒暑春秋，皆忠實於自己的義務職責。因為食公家糧祿，過渡人出於感謝送給他的錢物，他一概極力退還；不得已得來的好處，總想法超量報答。翠翠人小責任少，但乖巧心善勤快，是爺爺的好幫手。順順是地方上有頭臉、有身分人物，他的美德自然比渡船老人來得大氣、豪邁。他「大小四隻船，一個妻子，兩個兒子」，算不上豪門大戶，但仗義疏財，扶弱濟困，正直公平，亦使他深受當地人尊敬。他的兩個兒子皆結實如虎，豪勇爽直，與人博鬥敢挺身而出，吃苦出力不畏縮。沈從文並不滿足於在主人公身上堆砌美德，這種美德不是個人修養的結果，而是本地風尚習俗使然，並為「安輯保守」的地方當局勉力維持著。邊城民風純樸，沈從文為了強調這一點，將妓女接客這種極端的事例也理想化了。地方小而事少，主持者處置得法，所以無大的變故發生，一切平和安祥，井然有序。這些情形正如批評家劉西渭所說：「這些可愛的人物，各自有一個厚道然而簡單的靈魂，生息在田野晨陽的空氣。他們心口相應，行為思想一致。他們是壯實的，衝動的，然而有的是向上的情感，掙扎而且克服了私慾的情感。對於生活沒有過分的奢望，他們的心力全用在別人身上：成人之美。」[39]

　　沈從文除對邊城人和社會善的一面濃彩重抹外，還處處展示邊城人詩性的品格。詩性（超功利性，非社會化，自然性）與世俗、功利、務實相對，代表了人生的兩個方面，也代表了社會的兩種價

---

[38]　沈從文：〈《從文習作選》代序〉，見《沈從文文集》11 卷，45 頁。

[39]　劉西渭：〈《邊城》與「八駿圖」〉，1935 年 6 月《文學季刊》2 卷 3 期。

值取向。渡船老人年輕時愛唱山歌，會吹笛子。在夏日夜晚的滿天星斗下，柔和月光中，他為翠翠唱歌吹笛子，浸潤了翠翠的心，也深深感動了讀者。在小小邊城，老人是一個著名人物。他做人極其認真，迂闊甚至到不盡情理的地步。物質財富的極度匱乏且需求低下，但本色平和，享受分內生活。他去買肉，因受人尊敬，屠戶有意照顧他，惹來他的不滿。這不滿致使他聲稱喜歡吃低品質的肉；強迫屠戶數錢；威脅說要到別的攤子去買肉——老人的憨態、固執和天真在這個小小細節中展露無遺。芥微小事，與老人的莊嚴凝重反應，形成強烈反差，突出了他的不合時宜。他身上的詩性，與誠懇也世故的態度對比中，顯出可笑，令讀者哂噱。老人的詩性品格，在對話中更有集中體現。小說中人物對話是小說藝術構成的重要組成部分，從功能上講，大致可分為兩類，即現實層面的資訊交流與詩性層面的言語逗趣或抒情。例如小說第九節，渡船老人和二老互相稱許的對話就堪稱抒情的典範。蘇雪林在〈沈從文論〉中，曾敏銳地提到沈從文小說中人物的身分與其談吐不協調的問題，她覺得〈神巫之愛〉、〈龍珠〉等作品中那些如詩如歌的人物對話「完全不像腦筋簡單的苗人所能說出。」[40]蘇雪林受現實主義原則束縛，以所謂「像」與「不像」提出要求，但沈從文作品中人物談話並不受此限制，他追求對話的詩意。

　　翠翠之所以愛二老而拒絕大老，除二老第一次出場就承擔起翠翠的保護人外，他眉眼秀拔出群，「像岳雲」，為人聰明且富於感情，「有詩人氣質」，也是很重要的原因。二老對翠翠的追求充滿詩意和浪漫。他的出場是抓鴨子。第三個端午節，二老受父親之託，來給渡船老人送酒葫蘆，這「年紀輕輕的臉黑肩膀寬的人物」進門就「望

---

[40]　蘇雪林：〈沈從文論〉，1934 年 5 月《文學》3 卷 3 期。

著翠翠笑」。到後來他「言歸正傳」，對渡船老人說：「伯伯，你翠翠像個大人了，長得很好看！」臨走，二老又一次「盯著她」，要同翠翠說話。翠翠把他送到對岸，過河後回頭望時，「只見那個人還正在對溪小山上，好像等待著什麼，不即走開。」這樣眉目傳情的詩意場合，話語成了多餘之物。第三次龍舟比賽中，翠翠正坐在順順家吊腳樓上，為閒人議論二老的婚事而苦惱，二老又一次「站在翠翠面前微笑著。」那麼含情脈脈，給了翠翠愛的勇氣。為了公平，他為處於下風的哥哥出了一個浪漫的主意：同去為翠翠唱歌，因為大老不善於唱歌，輪到大老時仍由二老代替，誰得到回答，誰就贏得愛的權利。讓命運來決定幸福，這念頭只有充滿詩性的頭腦才能想得出。與他形成鮮明對比的是大老。大老「代表了茶峒人粗魯爽直的一面」，務實，行事穩重。他看重翠翠，當然包含美貌的成分，但美貌無法當飯吃，他對渡船老人的一番話透露了功利考慮：他要的是「照料家務的媳婦」，這才是「正經事」。他是直率的，相中了翠翠，就託人說媒。大老最後落敗，顯示了詩性與世俗的較量中，詩性原則的勝利。

湘西山水靈秀，〈邊城〉人物的詩意造型再輔以自然勝景，讓人有美不勝收之感。新加坡學者王潤華說〈邊城〉的敘事方法體現了「中國山水畫的結構」，[41]其實整座邊城，也恰如一幅淡彩輕抹，煙雨朦朧，意境悠遠的水墨畫。樂園圖式中的自然崇拜與刻意展示，在〈邊城〉裏是發揮得淋漓盡致的。

沈從文在〈邊城〉中對道德之善和詩性之美的描繪，有著豐富的傳統文化內涵，這突出反映在和道家、儒家文化的密切關係上。我在本書第一章中已經論及道家、儒家思想對沈從文小說的融入，這種融入在〈邊城〉中達到一個新的境界。

---

[41] 王潤華：〈論沈從文〈邊城〉的結構、象徵及對比手法〉，載《從司空圖到沈從文》，學林出版社 1989 年版，161 頁。

　　沈從文聲稱要建供奉人性的希臘小廟，[42]這人性在〈邊城〉中其實深深地打著儒家倫理道德觀念的烙印。此前沈從文的大部分湘西作品，著重凸現湘西世界蠻荒狀態和原始初民的強力、元氣和野性，但〈邊城〉中人物，如前文所述，都堪稱道德楷模，教化的風範。而在倫理道德的層面上塑造人物，從現實關係的層面上評價他們，正體現了傳統儒家的倫理道德意識。〈邊城〉也有道家思想影響的痕跡：作者所看重的邊城人的詩性品格，如渡船老人的迂闊，順順的放達和灑脫，二老的浪漫等，都承繼了道家思想的衣缽。儒道相濟，構成〈邊城〉人物性格的內在支撐。

　　傳統文化，尤其是儒家思想促使〈邊城〉審美情趣發生了變化。如對性愛的態度。沈從文寫於上海時期的作品，熱烈地讚美無拘無束的原始性愛，到青島後的作品中，情慾開始接受考驗和約束。〈八駿圖〉是一段精神煉獄的真實記錄，情慾與理性、道德構成衝突。這時期的作品，雖然在結尾總是情慾占上風，本能得到肯定，但衝突的格局本身已經能說明問題。〈若墨醫生〉、〈八駿圖〉、〈月下小景〉中的一些篇什，都讓標榜心性堅定，信仰執著的男子經受考驗，受窘或露出呆相。這是求愛期的沈從文，他被自己身上洶湧的愛慾推動著，寫出一篇篇讚美愛慾的文字，但同時，他也在約束自己，為自己的投降尋找美麗的藉口。在上海時期，他的作品狂野奔放，自由舒展，但求婚期的沈從文，面對名門閨秀，給情慾找到一個合適的理由，使它受到約束，都反映了沈從文作為一個「有教養的」求婚者的自我期待。另外，離開上海，到清寂的青島，在大學的任教生涯，無疑加深了古典文化的修養。到北京結婚後的沈從文，作品中情慾的成分逐漸消退，代之以更節制的愛情表現。如〈邊城〉的

42　《沈從文文集》11 卷，42 頁。

愛情模式，與寫於上海時期的〈三個男人與一個女人〉在素材上沒有多大差別，但已經變得如此優雅、克制，濾盡了情慾色彩，兩性相愛不是隨意的野合，毫無擔待和責任，而是對社會責任的追求，以婚姻和家庭生活為最後的歸宿，婚前的兩性遊戲沒有了，放肆的調情打趣消失了，這其中的差別是巨大的。〈邊城〉處理的是愛情，不是情慾，一切深合傳統道德，深合「發乎情，止乎禮儀」的古訓。沈從文的創作風格也因此發生了變化，上海時期的作品張揚、駁雜、雄邁，到〈邊城〉轉向精巧、雅致、敦厚。如此，浸潤著古典文化的意象紛至杳來：白塔、竹林、小溪、渡船等，構成一幅絕妙的山水畫卷，其意境和風致流瀉著典雅、清麗、圓潤的古典美。

（三）

　　牧歌其實並不限於表現鄉土喜樂，它本身也含有悲劇成分。在西方早期牧歌中，牧羊人經常面對各種挫折：失敗的愛情、暴虐的主人、死去的朋友等等，牧羊人對同伴傾訴憂傷，感懷身世。後來，牧歌更發展出一個分支──哀歌。英國 18 世紀的格雷是著名的哀歌詩人，他的《墓園哀歌》中，詩人在夕陽西下，倦鳥歸林的田園景色中，低首徘徊，沉思死亡的玄秘。19 世紀後期英國小說家哈代的小說，尤其是早期小說，牧歌氣息十分濃郁，他滿懷溫愛，寫到鄉土人物、田園情調、古老習俗在城市現代文明的衝擊下的衰敗。從牧歌史上的實例可以看到，牧歌不僅不拒絕衰敗和憂傷，並且牧歌的美感和詩意在很大程度上依賴這種格局和情緒。同時，在中國被動現代化的進程中，輓歌也最能明示本土文化所遭遇的挫折，並切合展現這種文化之魅力和潛在希望的努力。

　　〈邊城〉中彌漫著憂傷和淒婉的氣氛。劉西渭說：「作者的人物雖說全部良善，本身卻含有悲劇的成分。惟其良善，我們才更易於

感到悲哀的分量。這種悲哀，不僅僅由於情節的演進，而是自來帶在人物的氣質裏的。」[43]憂傷和淒婉無處不在，卻也是可以分析的，它來自三個層面：現實的層面、命運的層面、象徵的層面。

現實因素對田園景觀的滲透，在〈邊城〉中表現為碾坊所代表的金錢交換關係對純潔愛情的破壞。翠翠與二老相識兩年後，碾坊介入了他們的關係，給二人本來純潔的愛情抹上一層陰影。小說第十節，老人去看龍舟，卻被一個熟人拉去欣賞新碾坊，其實熟人的目的是替大老的親事探老人口風。探口風為什麼要選擇在碾坊？這其中的蹊蹺細讀後便能見出分曉。熟人知道這碾坊的分量，渡船老人當然也知道。熟人很機巧地讓碾坊在老人心頭加上這分量，然後故作含混地提到這碾坊是團總女兒的陪嫁，接著話題轉向翠翠，試探老人的意思。熟人把握著談話的過程。合乎邏輯的聯想是，此人知曉了翠翠與二老之間的關係，它想借碾坊暗示二老已經另有所屬，以打消翠翠與二老相愛的念頭。老人的心機沒有媒人那麼縝密，但他含糊的答話不是媒人所要聽的；老人說的是實話，媒人卻以為是托詞。他功利的心機，把現實關係還原為商品交換關係，難以想像長輩會決定不了孩子的婚姻大事。

這邊媒人拿碾坊施壓，那一邊在吊腳樓上，順順以家長的權威，在兩個候選兒媳之間排出座次：團總女兒「占了一個最好的位置」，而翠翠只能靠後邊。順順更喜歡二老，出於這點「私心」，他希望將碾坊所代表的財富帶給兒子，在他看來，這是對兒子最大的愛。在第十九節，碾坊和渡船再度交鋒。沈從文在此處將中寨團總女兒與二老婚事還原成赤裸裸的金錢關係：中寨人來打探消息，「想明白二老是不是還有意接受那座新碾坊」。本來二老和父親的談話並沒有暗

<hr />

[43]　劉西渭：〈《邊城》與「八駿圖」〉，1935 年 6 月《文學季刊》2 卷 3 期。

示他將選擇團總的女兒，但二老的氣話卻被中寨人利用：既然二老同意父親可以替他選擇，順順的態度本是明擺著的，事情就有眉目了。中寨人經過渡口，把他曲解的意思變成了置老人於死地的利器。他編造了二老同意婚事的謊話，隨即將碾坊與渡船的對立挑釁性地呈現在渡船老人面前，打擊老人的希望和信心。正因為財富在順順心中，也在一般邊城人心中的有效性，它所代表的金錢交換關係對老人的心靈產生了很大的影響。我們可以回憶一下第一次大老提親時，老人不無自卑地對來人說翠翠是個「光人」，一無所有，但他對翠翠的「優勢」還保持著信心。回家後，他向翠翠談起碾坊的事情，不無得意地說：「有人羨慕二老得到碾坊」，「可是二老還稱讚你長得美呢。」自信和喜悅溢於言表。這次，老人被中寨人的暗示震撼了。老人最後死去，意味著金錢交換原則在現實關係中的勝利，鄉土詩情嚴重受挫。

命運感是〈邊城〉憂傷與悲情的另一個來源。從〈邊城〉當事人的性格和行動看，金錢關係對翠翠、二老愛情的破壞是有限的。翠翠的愛情，萌生得簡單，來得爽快，第一次見到二老，一顆芳心就為之傾倒。二老對翠翠也是一見鍾情。爺爺對二人的愛情更是極力促成。唯一的反對者是順順，可他的態度並不堅決，除在看龍舟競渡時，為團總女兒安排最好的座位這種暗示性舉動外，再就是與二老的一次談話。他希望大老娶翠翠，讓二老娶團總的女兒，但話不投機，二老一氣之下，下了辰州。這並不算過激之舉。後來擺渡老人死去，順順表示要接翠翠到家中住，等二老回來完親，說明他對自己過去的作法有所悔悟。可見，在翠翠與二老愛情的道路上，並沒有多少人為障礙。讀者都會認為，翠翠無論如何應該有一個好的結局，贏得愛情和幸福。但是，事情終於沒有成功。為什麼？

　　悲劇發生的最顯見的原因是一連串誤會。首先在爺爺與大老之間：大老唱歌敗北，爺爺卻以為那優美的歌聲出自他之口，恭維不對頭，討了一鼻子灰。其次是和二老之間。大老死後，爺爺在街上遇到二老，把話頭往婚事上引，卻被二老看成「做作」，不予積極回應。二老往川東辦貨經由渡口，爺爺迫不及待而又詞不達意地討近乎，二老以為他「彎彎曲曲，不利索，大老是他害死的。」二老心中對翠翠的感情並沒有因一系列變故而動搖，他只是為難以捉摸翠翠和爺爺的心思而苦惱，他從川東押貨回茶峒，在渡口喊船，鬼使神差一般，翠翠害羞跑掉，爺爺卻以為正好讓兩個人敘談，故遲遲不露面，二老喊得心頭火起，以為對方有意為之，又一次機會失去了。再次是與順順之間。爺爺眼看翠翠婚事無望，厚起老臉去找順順撮合。本來順順對二老愛翠翠，並不準備過分反對，「但不知怎的，老船夫對於這件事的關心，使二老父子反而有了一點誤會。船總想起家庭間的近事，以為全與這老而好事的船夫有關。」因為這誤會，順順斷了老船夫指望婚事成功的念頭。把翠翠護送到幸福彼岸，是渡船老人活動的中心，他盡自己最大的力量，四處穿針引線，急切地想完成這一任務，但誤會時時發生，最終導致不幸的結局。為了凸顯誤會的存在和作用，沈從文甚至有意使人物的心智幼稚化，並斷絕人物之間通過言語交流或釋疑的可能，藉以維持誤會的局面。因為誤會的頻繁發生和非合理性，它成為「天意」、「造化」的顯現形式。渡船老人的行動是悲劇性的，每到關鍵時，他的努力就被造物主化解得乾乾淨淨；他越是急迫，情勢向那預設的結局發展得越快。人與命運的衝突，產生了震撼人心的力量。

　　命運在〈邊城〉中具象化的另一種形式，是翠翠父母的愛情和死亡。〈邊城〉第一節，作者在交代翠翠身世時，提到過她父母的故事。十五年前，老船夫的獨生女，背著爸爸，同一個茶峒兵士，發

生了曖昧關係。有孩子後，軍人名譽在身，不願逃去，就服毒自殺。女子生下翠翠後，也吃了許多冷水，隨兵士而去。這個故事，一直埋在爺爺心裏，沒有讓翠翠知道過。他守著這個秘密，以為有自己的緘默，就可以關住那隱藏著兇險的潘朵拉盒子。翠翠被大老、二老同時追求，她所愛的二老又受父親順順羈絆時，爺爺有了不祥的預感。前世的冤孽要在今世報應，父母的不幸要在兒女身上重演，爺爺開始想到翠翠的母親，隱痛與憂懼一齊襲來，他「覺得翠翠一切全像那個母親，而且隱隱約約便感到這母女兩人共同的命運。」爺爺也向翠翠提起過父母的事，不止一次，在月光下，在岸邊的岩石上。爺爺是在提醒翠翠前途坎坷，還是心裏承受不住記憶的重壓，想一吐為快？不得而知。翠翠從這個故事中是否受到什麼啟悟？作品中沒有交代。沈從文強調這個故事的預設性和先驗性，往昔記憶一次次重現，對當前事件的結局起框範作用。不僅如此，當這個故事反覆出現時，死亡的陰影也濃重起來，顯現著故事中潛伏的危機和破壞力量。翠翠莫名其妙地做起白日夢，夢裏爺爺懷揣一把刀子，搭下水船去追殺她；爺爺仰望星空，會想：「七月八月天上方有流星，人也會在七月八月死去吧？」一直到那個電閃雷鳴之夜，故事在現實中完全應驗，爺爺承受不了它的打擊，撒手西去。

〈邊城〉的輓歌也在象徵的層面展開。他套用中國古典文學中桃花源的意象，並借用《聖經》中大洪水意象，從而構築起〈邊城〉象徵層面的悲劇，是完全可以理解的。東晉詩人陶淵明的〈桃花源記〉是中國最早詳盡描述樂園圖景的文學作品，它將《詩經》中「適彼樂土」的理想具體化了。在陶淵明的桃花源中，時代是錯位的，那裏的人為逃離戰亂，才避居一隅。他們「不知有漢，無論魏晉」，從而達到與歷史的發展進程脫節這樣灑脫放達的境界。另外，桃花源是一個與現實世界迥然不同的地方。夾岸的桃花和洞穴，分隔出

兩個世界，桃花源因而置於個人日常生活經驗之外，其田園情調與現實形成對照。同時，〈桃花源記〉也有悲情成分。可遇而不可尋，兩岸撲朔迷離的桃花和再次踏尋不得而引出的不確定性，亦真亦幻，宛如夢境，引出感傷和惆悵。〈邊城〉在時間和空間上的處理，以及樂園—失樂園的結構，都與〈桃花源記〉相映成趣。

《聖經》中的創始紀，同樣描述了一個樂園—失樂園的圖式，其中，那場大洪水扮演了關鍵角色。洪水被看成神對當時那個邪惡、墮落的時代所施行的審判，它預示著樂園時代的結束。〈邊城〉中也有一場洪水。暴雨之夜，爺爺死了，渡船跑了，白塔坍塌了。這意味著詩性人格在現實面前所遭受的重創，邊城所象徵的樂園的傾頹。就像《聖經》中有諾亞方舟拯救上帝的選民一樣，〈邊城〉也提示了新生的可能性：翠翠虔誠地等待，二老「也許明天回來」，白塔的重建都暗含了希冀。

沈從文竭力追求概括性，桃花源圖式與大洪水圖式，使〈邊城〉的輓歌超出了「此時此地」的範疇，具有了整體和普遍的意義。

（四）

樂園與輓歌，共同搭建起牧歌的基本框架結構。當〈邊城〉的牧歌框架指向一個文化隱喻時，詩意的中國形象誕生了。我在這裏使用「形象」一詞，因其作用重大，特作一些說明。我們知道，一般文學理論意義上的形象分析傾向於個別的典型人物，而在50年代比較文學的一個分支形象學興起後，「形象」一詞的使用被泛化了，它與特定國家、民族，或某一類人等具有高度概括性的名詞聯屬，形成其獨特的研究對象，如「美國形象」、「俄國人形象」、「留學生形象」等。這一形象的範圍不限於人，它還可以包括風物、景物描述，甚至觀念和言詞，總而言之，它是存在於作品中的相關的主觀

情感、思想、意識和客觀物象的總和。一般文藝理論強調形象的個性與獨創，而形象學研究的重點，是形象背後國家和民族之間的文化差異和衝突的文本形式。同時，形象學不去從史實和現實統計資料出發，求證這些形象像還是不像，而認為它只是一個幻象。由於不同國家、民族在文化上的巨大差異，相互間的曲解、誇飾和想像是必然的，恆常的，因此，形象服從的不是寫實定律，而是民族想像的有效性和合乎邏輯性。[44]我們在〈邊城〉研究中引入這一概念，是為了把牧歌的文化隱喻置於中國被動現代化，以及現代民族、國家觀念生成的背景中來考察。

像所有形象學意義上的形象一樣，中國形象也是一個極具統攝意味的概念，它是中華民族在整體意義上對自我看法的具象表達。〈邊城〉的牧歌情調充分展示了鄉土與傳統的詩意，以最為貼切和概括性的形式，將 30 年代的中國想像——有悠久歷史的泱泱大國，它的苦難，它的文化優勢——凝聚成可感的藝術造型。這形象是嶄新的，文壇被「國民性話語」和「階級話語」支配多年後，一個焦慮中的民族渴望借助文學的形式，展示自己文化的魅力及生命力，〈邊城〉應運而生。

一部文學作品，其文化隱喻被提升到民族、國家形象的層面上，除藝術品質的精湛外，高度的概括性和相當的容量是必不可少的。中國現代文學中，能當如此評價的作品十分罕見，而魯迅的〈阿 Q 正傳〉和沈從文的〈邊城〉是其中最有代表性，文化隱喻又完全相反的兩部。

已經有研究者從民族的整體形象的角度將這兩部作品進行對比：「五四時代文化論戰中討論國民性問題時就有一種傾向，把國民

---

[44] 請參考拙作〈對比較文學形象學的幾點思考〉，載《北京師範大學學報》1999 年 2 期。

性等同於國民劣根性。魯迅先生寫了〈阿 Q 正傳〉，最後把阿 Q 槍
斃了。其文學象徵意義很清楚，就是要把中國人的國民性槍斃，脫
胎換骨，建立新的國民性。我認為國民性中不僅有劣根性的一面，
還應該包括姑且稱為優根性的一面。沈從文的小說大約與魯迅同時
代，不過一個寫浙東一個寫湘西。在沈從文的小說中可以看到另一
些中國人，他們非常安詳、和諧、善良，恰恰就沒有魯迅小說中劣
根性的東西。把兩位文學大師的小說放在一起談，可能會幫助我們
得到國民性的完整形象。」[45]研究者把民族的雙重根性確立為一個
毋須求證的事實，指出〈阿 Q 正傳〉遮蔽了民族性的另一面，以此
來動搖對民族形象的權威認知。但作者沒有意識到民族形象的建構
性和被闡釋性，它依附於不同的知識體系。魯迅的〈阿 Q 正傳〉是
啟蒙話語的傑作，沈從文的〈邊城〉的文化隱喻則要放到近現代文
化守成主義思潮中去理解。

　　啟蒙主義和文化守成主義是後發國家對被動現代化的兩種主要
回應模式。按照美國漢學家艾愷所下的定義，「現代化」指「一個範
圍及於社會、經濟、政治的過程，其組織與制度的全體朝向以役使
自然為目標的系統化的理智的運用過程。」[46]艾愷的定義最大限度
地剝離了西方經驗與現代化根本原則之間的必然聯繫，同時更多考
慮到亞洲的後發國家，因此，這個解釋性的定義對分析〈邊城〉十
分有效。現代化進程給它的誕生地──西歐帶來了國力的強盛和人
民的富足，因而受到廣泛的歡迎，並被群起效仿。另一方面，現代
化對任何事物唯一的價值標準就是功利性和效率，這使它必定強調

[45] 葉德政：〈從凝固走向開放──對於國內現代文學史教材有關沈從文評論的
嬗變軌迹的述評〉，《吉首大學學報》1989 年 1 期。
[46] 艾愷（Guy S. Alltto）：《世界範圍內的反現代化思潮──論文化守成主義》，
貴州人民出版社 1991 年版，5 頁。

結果的評價，也預設了道德的相對性甚至道德真空，人的工具化和物化也就成為必然之事。由於其與人性的目標相悖，與歷史所衍生的諸多文化和道德價值相悖，現代化又不斷受到激烈的批判。

　　非西方的後發國家，如中國，現代化進程不同於西歐，它是一個被動的、外來的和強加的過程，並伴隨著殖民者的軍事入侵和經濟掠奪，同時，又與本國傳統發生劇烈的衝突。因此，現代化及其衍生的觀念在喚起民眾空前的皈依熱情的同時，也激發了民族的屈辱感和自尊心，引發了民族文化的認同危機。文化上的啟蒙主義和守成主義是這種現代化進程在思想上的必然反應，在中國近現代，文學成了這種反應的重要表現形式。以魯迅為代表的啟蒙主義作家，以改造國民性為己任，一路高歌猛進，創造了輝煌的五四新文學。魯迅的中篇小說〈阿Q正傳〉將啟蒙主義的核心命題—國民性批判—推到極致，塑造了阿Q形象。由於「國民性」命題的特定指向，加上魯迅高度的藝術概括和提煉，阿Q形象成為國家和民族形象的代名詞。它的價值判斷是負面的。

　　被動現代化，如在其他非西方國家一樣，在中國也激起了相反的文化守成主義思潮，從辜鴻銘、梁啟超，到梁漱溟、學衡派人士等，有眾多的知識精英為本土和傳統文化張目。他們不約而同選擇了「體與用」、「精神和物質」、「中與西」等對立的二分法，在強調差異中凸顯中國傳統文化的優越性，和對人類文明的獨特貢獻。文化守成主義在文學上的表現，萌芽於五四時期的鄉土抒情之作。作為尋求民族文化認同的一個組成部分，20年代周作人的散文，廢名的小說，表達了作家對地方傳統、文化和習俗的眷戀與依賴。進入30年代，京派作家更以流派的規模，對傳統和鄉土作詩意詮釋。1933年夏天沈從文到北京前後，漢園三詩人卞之琳、何其芳、李廣田的詩歌和散文創作開始進入全盛時期。沈從文接編《大公報‧文藝副

刊》後，把這份副刊變成京派的堡壘，與已經嶄露頭角的作家續上了聯繫，培養了更新的一代作家，如蘆焚、蕭乾、方敬等。建築學家林徽因也時常捧出讓人耳目一新的作品。史家把沈從文 1933 年來到北京，看成新一代京派作家批評家進行整合的契機，這是十分準確的。京派文化氛圍，由於周作人、廢名等人經營多年，已初具規模；而沈從文的加盟，把京派的發展推向高峰。沈從文與其他京派作家相互呼應，相得益彰。五四主流文學中的鄉土與城市對抗在京派時期獲得新的闡釋和意義，並且得到昇華；此外，在「鄉愁」的發酵，「古都」的回眸，「原始人性」的塑造，及「古典意象」的挖掘等表現新的民族形象的多角度嘗試，京派作家都有很好的建樹，如何其芳《預言》和《畫夢錄》中的眾多篇什，林徽因的〈鍾綠〉[47]，以及李廣田、卞之琳、蘆焚、林庚的作品。可以說，沈從文的巔峰之作〈邊城〉發表前後，一個整合、提升新的中國形象的外部環境已然成形。

（五）

　　〈邊城〉的牧歌圖式及其文化隱喻──中國形象，為後發國家的民族抒情提供了可貴的範本。我們通過如上分析，對其形式、內涵、成因等問題有了初步的認識。同時，我們還應該注意到，〈邊城〉文本內外，有諸多矛盾交織著，種種情形，關涉民族想像的性質和發展前景。對其進行研究，有著同樣重要的意義。

　　當我們再一次把目光集中到〈邊城〉文本內部，加以更深入的探究時，牧歌的破綻暴露出來。我們注意到促成渡船老人之死的最後誘因──中寨人的奸詐。他歪曲二老的意思，又引發老人的負罪感，在

47　林徽因這篇小說的主人公雖是異國人，但作者卻使她具有中國古代美女造
　　型，小說的意境也不脫「紅顏薄命」的窠臼。

旁敲側擊中殘酷地斷送了老人殘存的信心。還有翠翠在吊腳樓下聽兩個水手議論賣唱的妓女：「她的爸爸在棉花坡被人殺了十七刀。」需要多大的夙怨，要將仇人殺十七刀！這觸目驚心的事件儘管以如此平淡的調子談論出來，對現代讀者仍是一個強烈的刺激。在黃昏的河邊，當翠翠暫時一個人在岸上時，她猛然想到：「假若爺爺死了？」她莫名其妙地害怕起來，大叫爺爺，執意讓爺爺上岸來。翠翠，當然還有爺爺，這種對當前和未來的不祥預感，在小說中十分強烈。再就是老人在順順一家面前有揮之不去的自卑感，他的赤貧，龍舟賽上勢利的觀眾對二老婚事的議論，頻繁的自然災害，經商環境的險惡等等。牧歌並不排斥現實矛盾的介入，輓歌就是明證。但牧歌中的矛盾經過了精心修飾，調子可以是憂鬱的，哀傷的，卻不能過分嚴峻，牧歌追求理想化，因此拒絕殘酷的現實主義描寫。〈邊城〉中的這些因素顯然超出了抒情輓歌的範圍。沈從文雖然為彌合牧歌文本中的破綻，作了不少工作，這可以從他頻繁使用的一些讚譽性辭彙中看出來。在小說開頭三節，這類辭彙比比皆是，如「淳樸」、「渾厚」、「安靜和平」、「極有秩序」等。而如果拿這些肯定性評價與邊城人日常生活經驗對照，讀者會發現它們常常是是矛盾的。是敘述人的聲音「在一定程度上控制了讀者對文本的理解和接受」，[48]而不是事件本身令讀者信服。因此，掩飾的結果實在是加強了這種不和諧感。

　　〈邊城〉的牧歌屬性還受到來自外界的質疑。自這部小說問世以來，「失真」的說法就沒有停止過。且不說全面否定〈邊城〉的研究者，即便是積極評價〈邊城〉的人，對沈從文沒能「真實地把握現實」，也心存芥蒂，不敢輕易苟同。如劉西渭先生說：「沈從文先

---

[48]　方長安：〈論〈邊城〉敘述者性格及其功能〉，載《吉首大學學報》1997 年版 3 期。

生在畫畫，不在雕刻；他對於美的感覺叫他不忍分析，因為他怕揭
露人性的醜惡。」[49]

〈邊城〉的文本破綻與湘西和中國的現實情形之間當然有密切
聯繫，它提示著牧歌現實資源的匱乏。同時，它也有沈從文創作中
話語轉換留下的痕跡，因為原始文明和原始精神能包容劫掠、血腥
和災難，被文明教化浸染的牧歌則難以化解它。這種話語轉換留下
的痕跡清楚表明了牧歌的建構性及建構過程。研究者多注意並強調
作品與現實之間，詩化改造與素材之間的矛盾所造成的緊張關係，
這種思路的產生另有原因。它反映了研究者的立論深受啟蒙話語和
階級話語顯在或潛在的影響。魯迅通過阿Q的不幸遭遇批判國民的
劣根性，左翼文學從統治者身上追究民眾苦難的責任。啟蒙話語和
階級話語在現代文壇的壓倒性優勢使牧歌的生成環境變得艱難起
來。甚至沈從文自己，也不得不沿著與現實比附的思路為自己辯護，
提醒讀者注意他作品中的另一面。他說：「你們能欣賞我故事的清
新，照例那作品背後蘊藏的熱情卻忽略了；你們能欣賞我文字的樸
實，照例那作品背後隱伏的悲痛也忽略了。」[50]似乎這被忽略的另
一面才真實地反映了現實。

苗族問題對〈邊城〉的民族抒情同樣產生了不可估量的影響。
沈從文用來表現牧歌情調的一個重要資源是苗族文化（賽龍舟、儺
辭、渡船老人和翠翠母親的苗族身分等），但正如我在前一節已經分
析過的，這苗族文化卻有實無名。沈從文「匿名」繼承了苗族文化
的遺產，用整體意義上的中華民族概念置換了苗族文化。苗族的存
在被忽視，成為強化中華民族特異性策略的一部分。在 1928-1932
年間，他以苗族代言人的身分自居，當他需要表達「中華民族」的

---

[49] 劉西渭：〈《邊城》與「八駿圖」〉，載 1935 年 6 月《文學季刊》2 卷 3 期。
[50] 見〈《沈從文習作選》代序〉，《沈從文文集》11 卷，44 頁。

聲音時，苗族就被他歸化為中華民族的一個天然的組成部分，苗族特色自然成了中華民族的特色。中華民族本是中國各民族的集合，苗族是其中的組成部分，但考慮到漢族的主體地位，湘西苗漢之間歷史上的緊張衝突和主屬關係，這種對苗族文化的有意識消解和遮蔽，顯然不能等閒視之。當沈從文在處理苗族與整體上的「中華民族」的關係時，這種被西方學者稱為「內部東方主義」的情況發生了。東方主義通常是指西方文化中有關東方的知識體系，但在後發國家被動現代化進程中，東方主義也會與東方國家內部主體民族對少數民族的傳統認知模式合流，並相互作用。在民族形象的詩意創造中，利用少數民族文化資源幾乎是不由自主的選擇。正如一位美國學者指出的：外來文化的衝擊和人為的破壞，使得在「民族主義的核心裏留下一個空白」，這就促使文化製作人「轉向少數民族文化，把這些文化當作現存的真實性的源泉，這種做法給原始的和傳統的東西……增添了浪漫主義色彩，同時也把他者內在的和與過去聯繫在一起的那些特點加以提煉。」「通過把他者『當作一種替代物和暗藏的自我』加以對比從而『獲得力量和認同』的同時，所代表的事物卻一言不發」。[51]

　　也正是沈從文在處理主體民族和少數民族關係上的文學實踐，促使我們把〈邊城〉中的中國形象與西方文學中的異族想像聯繫起來。移用苗族文化，說明主體民族文化資源的有限性；又由於中國形象產生在被動現代化的歷史過程中，它的成型體現了與西方有關異族想像的同謀關係。異族想像是西方文學史上的一個常數，早在古希臘荷馬史詩《奧德賽》中，就已經有了對異域風情的描寫。在文藝復興以後的數百年時間裏，西方文學掀起一輪又一輪表現異族想像的熱潮。約斯特在解釋異國想像何以在歐洲文學中發達時說：

---

[51]　路易莎・沙因：〈中國的社會性別與內部東方主義〉，載《社會性別與發展譯文集》，三聯書店 1997 年版，101 頁。

「在文學上，異國情調產生於特定的歷史事件，這些歷史事件是試圖實現某種理想而發生的。例如宗教理想促成了伊斯蘭軍隊的對外擴張，十字軍的征戰和傳教士的活動；而一種建築在經濟和政治基礎上的文化理想，推動了西歐國家採取殖民和帝國主義政策。這種頻繁的宗教、軍事、商業和外交活動的結果，就是使得各個文明體發生衝突並相互混合，而這種現象必然在民族文學和國際文學中反映出來。」[52]在近現代，殖民主義是西方文學中異族想像發達的最重要原因。

作家們熱衷於表現異族形象，並不單純為了志異獵奇，常常有深刻的思想動機和文化背景。一般而言，文學作品中的異族想像受作家所在國整體社會想像力的制約，而這種社會想像力不是統一的。當作家依據在本國占統治地位的文化範型表現異族，就會對異族文明持貶斥否定態度；當作家依據具有離心力的話語表現異族，向本國社會秩序提出質疑並試圖對其進行顛覆時，異族形象就成了他的烏托邦。我們可以從夏多布里昂、吉卜林作品中的異族形象中看到作家的自我優越感，而伏爾泰的《老實人》批判了本國文明的腐朽和墮落，把理想寄託在異域文明上。

隨著殖民主義的擴張，西方文學中異族想像的兩種模式深刻影響了後發國家文學對自我民族的表現。學者劉禾在她的研究中證實，啟蒙話語與西方傳教士炮製的中國形象有密切關係。如亞瑟‧斯密斯的《中國人氣質》，英國人麥多士的《中國人及其叛亂》等著作，都熱衷於歸納所謂中國的國民性。幾十種對中國人劣根性的概括，幫助西方人建立起其種族和文化優勢，也決定了中國啟蒙知識

---

52 路易莎‧沙因：〈中國的社會性別與內部東方主義〉，載《社會性別與發展譯文集》，三聯書店 1997 年版，101 頁。

分子對自我民族取負面認識。[53]中國的文化守成主義者同樣受到西方文學中的異族烏托邦激勵，並在文學中找到了詩意的民族形象的表現形式。一個證據是梁啟超，他在《歐遊心影錄》中，異常興奮地向國人報告西方人焦灼地期盼從中國獲取精神支持的情形。另外，我們還可以把美國作家，諾貝爾文學獎獲得者賽珍珠的長篇小說《大地》與沈從文的〈邊城〉來一個對比，也許對二者之間的互文關係認識得更清楚一些。在賽珍珠《大地》的第一個中譯本出版後數月，[54]沈從文開始寫〈邊城〉。《大地》一掃西方作家描寫中國現實生活時慣用的貶損態度，塑造了嶄新的中國形象，被公認為是「對中國農民生活史詩般的描述，這描述是真切而取材豐富的」。[55]《大地》中王龍的妻子阿蘭是一位典型的中國女性，她忠於傳統賦予女性的一切責任和壓力：操持家務，生兒育女，照料老人，輔助丈夫，兢兢業業，最後精力慢慢耗盡而死。賽珍珠帶著滿腔的同情和愛心寫到這一切。三部曲表現的是與大地和解的主題，作者顯然欣賞宗法制度下中國農民日出而作，日入而息的生活方式，賦予那種生活方式以無限的詩意。她反對中國社會踏上現代化進程，所以在第二部中，把向現代轉型時期的中國描述成軍閥割據，戰亂不已。這與中國五四啟蒙文學的主旋律相悖，迎合的是其本民族近代以來，在海外擴張中形成的對落後民族的浪漫幻想。而且，作為美國作家，中國形象始終是作為他者來處理的，她的本民族意識在小說

---

[53] 劉禾：〈一個現代性神話的由來——國民性話語質疑〉，載陳平原主編《文學史》第 1 輯，北京大學出版社 1993 年版。

[54] 賽珍珠：《大地》的早期中譯本有 1933 年 6 月北平志遠書店初版本，張萬里、張鐵笙譯，分上中下三冊，共 495 頁。胡仲持的譯本，上海開明書店 1933 年 8 月初版，326 頁。

[55] 見諾貝爾文學獎獲獎評語，轉引自《賽珍珠研究》，雲南人民出版社 1992 年版，53 頁。

的藝術構成中，起著決定性作用。例如她對中國習俗的濃厚興趣：小說第一部情節的推動，基本上是一連串儀式和禮數的展開，作者不厭其煩地介紹（潛在的讀者是西方人）主人公如何平生第一次洗澡，如何娶親，怎樣喝茶，多子多福的意識，染紅雞蛋，買地的衝動等等。人物的每一個行動，敘述人都把它處理成亙古如斯的習慣和風俗，並格外指點出來。賽珍珠在給林語堂的《吾國吾民》一書所作的序言中說：「（幾年前的中國小說）整個格調有些暗淡，並且不符合中國的實情。今天的文學和藝術中，這些東西仍然不少，然而健康的東西逐漸產生了，它們描寫普通人在自己國土上平凡而堅毅的生活。年輕的知識份子開始重新認識自己的人民。他們發現在農村小鎮，小村莊裏的生活才是真正的中國人自己的生活，所幸的是還保持著自己的特點，未曾被那個曾經使他們自己的生活變得不健康起來的現代主義所侵蝕。……這真是新的發現，那麼迷人而富有幽默感……總之，它是純粹中國式的。」[56]這番話是理解她作品中中國形象的很好注腳，同時，她對一些中國作品的稱讚又簡直就是針對〈邊城〉。兩部作品面世的時間相差不過數年，其中的中國形象有著驚人的相似之處。儘管沒有證據顯示，沈從文讀過《大地》並受其影響，但我們仍能看到，西方文學中有關東方的想像如何被本土作家加以重新改造和轉化。

　　後發國家在被動現代化進程中，文學中的民族想像就以這樣豐富的形式，走進讀者的視野。它展現了永恆的困惑，也開啟了無限的希望，因為它滿足了一個民族對自我認同的渴望，是可信而切題的。由於〈邊城〉誕生在歷史上的特定時期，它的世界意義很長時間被遮蔽著。斗轉星移，隨著中國文學的世界化進程加速，一個民

---

[56]　轉引自《賽珍珠研究》，雲南人民出版社 1992 年版，470 頁。

族越來越渴望向世界描繪自我形象，〈邊城〉或許能在這方面給我們許多有益的啟示。

五、〈長河〉及其他：走向國家認同

1934 年 10 月，也就是沈從文第一次重返湘西後九個月，紅軍長征過境湘西，被國民黨軍隊圍追堵截。1936 年初，湘西苗民因不堪壓迫，在龍雲飛等率領下，揭竿而起；隨即國民黨軍隊開進湘西，對起義殘酷鎮壓。主要由於這兩次事件，湘西原先相對封閉、平靜的「自治」氣氛被打破，陷入到極端的混亂之中。

1937 年 7 月 7 日，盧溝橋事變，全國抗日戰爭爆發。隨著戰事的發展，國民黨政府退守西南。湘西以其所處的地理位置，成為守護後方極其重要的關口和防線。大敵當前，國民黨政府被迫在湘西採取懷柔政策，而各股政治力量也開始匯聚在抗日的旗幟下。對湘西而言，它已經在時代大力的牽引下，越來越與全民族結成了利益共同體，不可能再回復往日封閉、獨立之存在。這就使湘西處在了一個十字路口：是繼續混亂下去，隨波逐流？還是以此為契機，自覺地融入到中華民族的大家庭中去？

1937 年 7 月 12 日，沈從文與北大、清華的友人逃離北京，南下西進，經長沙，輾轉前往昆明。1938 年初，他經過湘西時，在沅陵大哥新居中逗留了三個月。隨後又上路，在 4 月 30 日到達昆明。這次旅程，對沈從文是一次精神的大洗禮。他目睹了湘西在混亂中開始「革舊布新」，他有深深的憂慮，也滿懷著希望。正是在這樣一種局面下，沈從文小說創作中的民族想像出現了重大轉折。沈從文在〈長河〉題記中寫道：

中日戰事發生後，1937 年的冬天，我又有機會回到湘西，並且在沅水中部一個縣城裏住了約四個月。住處恰當水陸衝要，耳目見聞復多，湘西在戰爭發展中的種種變遷，以及地方問題如何由混亂中除舊佈新，漸上軌道，依舊存在一些問題，我都有機會知道得清清楚楚。還有那個無可克服的根本弱點，問題何在，我也完全明白。和我同住的，是一個在嘉善國防線上受傷回來的小兄弟。從他和他的部下若干小軍官接觸中，我得以知道戰前一年他們在這個地方的情形，以及戰爭起後他們人生觀的如何逐漸改變。過不久，這些年青軍官，隨同我那傷癒不久的小兄弟，用「榮譽軍團」名分，帶了兩團新兵，重新開往江西前線保衛南昌和日軍作戰去了。一個陰雲沉沉的下午，當我眼看到十幾隻帆船順流而下，我那兄弟和一群小軍官站在船頭默默的向我揮手時，我獨自在乾涸河灘上，跟著跑了一陣，不知不覺眼睛已被熱淚浸濕。因為四年前一點杞憂，無不陸續成為事實，四年前一點夢想，又差不多全在這一群軍官行為上得到證明。一面是受過去所束縛的事實，在在令人痛苦，一面卻是某種向上理想，好好移植到年輕生命中，似乎還能發芽生根，然而剛到能發芽生根時又不免被急風猛雨摧折。[57]

　　這就是〈長河〉（1938）和《雲盧紀事》（1942）創作的背景：從 1934-1937 年間，國家力量不論在意識形態還是上層建築層面，都呈現快速增長趨勢，湘西不可挽回地被納入到國家一體化的進程中。在戰爭臨近的局面下，這種國家力量能夠獲得湘西人道義上的

[57] 沈從文：〈《長河》題記〉，《沈從文文集》7 卷，4-5 頁。

支持，並被寄予希望；而在現實層面，國家力量又帶給湘西人太多痛苦記憶：他們處在一種矛盾的情緒中。

〈長河〉以辰河中部小口岸呂家坪，以及河下游約四里的楓樹坳、呂家坪對岸的蘿蔔溪三處地方為背景，以老水手滿滿擔憂新生活運動、商會會長和長順一家與保安隊長周旋為主線，交織著摘橘子、沙洲觀鳥、以及酬神儺戲表演等活動，表現了湘西納入國家體制的過程，以及由此喚起的憂懼和希冀。

在〈長河〉中，國家意識、國家想像、國家建制已經滲透到呂家坪方圓之內的各個角落，甚至當地人的思維和意識深處，湘西正在成為國家不可分割的組成部分。

我們僅從詞語層面上就能夠感受到國家力量的強大存在。出現在人物談話中的地名和國名相當密集，且分布廣泛，不僅涉及湘西地區，而且及於其他省市，甚至遠達外國。屬於湘西的地名和行政區劃單位有辰溪、浦市、芷江、洪江、麻陽、桃源、常德、辰州，屬於湖南其他地區的地名和行政區劃有長沙、湖南、益陽等，其他省市涉及北京、上海、南京、天津、雲南、湖北、漢口、武昌、河南、貴州、寧波、奉化等，其他國家如美國、日本以及籠統的外國同樣在湘西人的視野之中，「中國」一詞也是多次出現。值得注意的是這些地名、國名不純粹是地域名稱，相當一部分具有行政區劃單位的內涵；人物談到這些地名和國名時，大多與湘西的實際利益糾纏在一起。體現現代國家經濟、文化、教育、傳媒力量的詞語也相當多，如火車、輪船、電光燈、新式油業公司、機器、電影、百代公司、英美煙草公司、英美公司、學校、大學堂、第三中學、洋學堂、《申報》、《大公報》、《中央日報》。還有代表國家行政力量的詞語：中央、省裏、縣裏、團防局等各級行政建制用詞一應俱全；主席、委員長、委員、縣長、鄉長、公事人、秘書科長、員警、保安

團等行政職務用詞更如同走馬燈一般紛紛登場。詞語反映人物思維的幅員和縱深，上述詞語代表了現代國家力量的各個組成部分，它的頻繁出現表明，湘西人逐漸在思維層面上把自己和國家連成一個整體。〈邊城〉故事的發生地茶峒和〈長河〉故事的發生地呂家坪都是水陸碼頭，貿易往來孔道，各方旅人、商賈、消息的匯聚之地，但如果我們把〈邊城〉和〈長河〉作一個同類對比，會發現其中驚人的變化。〈邊城〉涉及的行政、文化、商業建制、物產、地理名稱相當有限，輻射面也極其狹窄，這顯示了邊城的封閉性。沈從文正是借助邊城的天遠地偏，虛構了一個理想的文化中國形象。〈長河〉中的同類辭彙十分豐富和廣博，交互性極強，它反映出此時的湘西不再是化外之地，「獨立」王國，它已經納入到國家體制之中，成為了「中國」的一部分。

　　在〈長河〉中，國家軍事、行政、傳媒力量在現實層面上也發揮著重大作用。龍雲飛率苗民起義後，蔣介石調一個軍的兵力開進湘西，一方面鎮壓苗民起義，同時也趁機剪除陳渠珍的地方勢力。陳渠珍被迫下野，苗民起義卻如火如荼。蔣介石調兵遣將，加大討伐力度，湘西隨即陷入混亂狀態。與此同時，抗日戰爭一觸即發。小說中的呂家坪，就處在這時代大變局的前夕。鄉下人弄不明白，既然國家要抗日，為什麼還把兵力派到上游來。但不到三更天，保安隊就開始戒嚴，各種謠言滿天飛。湘西命運與國家的軍事部署聯繫在一起，牽一髮而動全身。隨船回來的夥計向商會會長報告下游軍隊正在向上游進發，時局不穩。會長起初打算把上行貨囤集到辰溪縣城，好騰出船來運桐油、橘子及其他雜貨到常德，即刻又改變主意，讓上行貨繼續駛到麻陽縣城，因為「縣城到底是大地方，又有個石頭城，城中住了個縣長，省裏保安隊當不至於輕易放棄。」而且，一旦有事，河上運輸中斷，城裏各家商號一定缺貨，自己的

貨物更好出手。他準備另外找船運桐油、橘子等下行。會長的縝密打算，即反映了對國家體制力量的依賴，也有對軍事行動可能導致動亂，下游軍隊將會強征民夫、民船的憂慮。

國家力量還體現在新生活運動中。新生活運動由蔣介石於 1934 年初在江西發起，進而推進到全國，持續十五年。按照蔣介石在《新生活綱要》中的設計，新生活運動以「禮儀廉恥」為行為準則，以「衣食住行」日常生活為實行起點，以軍事化為最高要求，最後達致「重整道德、改造社會風氣」，實現「中國之現代化」的目的。其實蔣介石的真正用意，是用封建固有倫理道德整治人心，加強國民黨對地方的控制。新生活運動在〈長河〉中第一次登場，是在楓樹坳路人的閒談中。老水手對新生活運動不明就裏，把一個跑江湖的耍猴人誤當成「『新生活』的先鋒」，從問話中得到似是而非的消息，更加深了他的疑懼。老水手出於一片好心，開始繼續打探消息，並傳播著消息。由於湘西人從歷史上所積累的對於外部世界、軍隊、政府的印象，他們對新生活運動的判斷是負面的，以為不過是拉捐、勒索、慰安隊一類事情。最後當他們明白新生活運動不是「銅頭鐵臂」，不會吃人時，則開始嘲笑它在湘西的不宜施行，也不可能施行。

國家傳媒力量對湘西的影響是潛在的，卻也是巨大的。〈長河〉中，出現的傳媒有《申報》、《大公報》、《中央日報》等。稅局中人、商會會長、橘子園主人長順是《申報》的直接讀者，他們都篤信報上所說的一切。儘管《申報》到當地一般要 11、12 天，「會長還是相信國家重要事總會從報上看得出。報上有的才是真事情，報上不說多半不可靠。」他不相信中日會馬上開戰，是因為《申報》上沒有講。長順受了保安隊長的氣，會長安慰他，也舉《申報》的例子：「中國在進步，《申報》是說得好，國家慢慢的有了中心，什麼事都容易辦。要改良，會慢慢改良的！」長順和人辯論，認為中央要處

理國家大事:「日本鬼子為了北方特殊化,每天和他打麻煩,老《申報》就時常說起。」而地方事務,中央無暇顧及。老水手是《申報》間接的讀者,「用耳朵從會長一類人口中讀消息,所以比船長似乎開通一些。」有研究者在研究了〈長河〉中的傳媒符碼後指出:《申報》一類傳媒,在構建湘西人的國家意識、國家想像,塑造國民素質,「輔助集權國家在具體的行政權力之外實施新聞與輿論的控制,傳播國家主義的意識形態」諸方面,發揮著重要作用,它「使湘西這一少數民族聚居的偏僻角隅得以把自己與民族國家這一想像的共同體聯繫起來」。[58]這的確是精闢之見。

　　相比較湘西人對國家傳媒力量的信任,對國家軍事力量的敬畏、惶恐,對國家意識形態宣傳的困惑和拒絕,他們對國家的行政管制力量,因遭受壓迫、剝削太多,則只感到痛苦和無奈。鄉里出了個蘿蔔大王,好事的鄉下人拿去縣上請賞,縣上又辦公文報到省裏。請賞批准,縣裏有人下鄉要去四塊錢,說是「來報喜信,應當有賞。」隨即省裏委員下鄉,讓百姓出分子供他大吃大喝不算,還帶走菜種若干,蘿蔔一擔,火腿兩隻,又捉了十餘隻肥雞說回去「研究」。一場巧取豪奪的遊戲就在光天化日之下上演了。保安隊長的職責本是保境安民,其實日常「工作」卻是如何撈錢。逢趕集他擺攤設賭抽頭,平日在牌桌上賭錢。他剛從商會會長那裏弄了一筆錢,乘興又去找橘子園主人長順,想從那裏再敲詐一船橘子。因一船橘子代價太大,長順不得不婉轉拒絕。這惹惱了隊長,要命人把他的橘子樹砍光。幸得商會會長居中調停,才化險為夷。其他官員莫不如此,不把錢撈夠,是不會走人的。長順是蘿蔔溪的富戶,半年裏被派了二、三十回捐,錢出了近五百,還沒有到頭。商會會長需要

---

[58] 吳曉東:〈《長河》中的傳媒符碼——沈從文的國家想像和現代想像〉,《視界》2003 年 12 期。

應付的各類派捐招待更多。這些國家行使行政管制力量的形式和結果，給民眾帶來的是深重的災難和貧困，它是異化於自身目的的。

〈長河〉中，雖然湘西民眾對現實多有不滿，但他們的國家意識和國家認同感卻在增強。例如小說中老水手和幾個人在水邊閒談，一個當過中學教員的客人隱晦地談到陳渠珍下野之事，談到地方與中央的衝突。他說本地老總（實指陳渠珍）是「自己家邊人」，是想「做事」的。省裏怕他得人心，成了勢，逼他下野。在這客人眼中，本地老總下野是顧全大局、服從「中央」：「你們老總不怕主席怕中央，不怕人怕法，怕國法和軍法。以為不應當和委員長為難，是非總有個公道，就下了野。」這客人雖然是外鄉人，說話卻反映了一般湘西人的態度：同情雖在本地，立場卻和國家站在一起。對於貪官污吏，湘西人將其歸咎於國家太大，「中央」管不到鄉下這些「小事情」；一方面寄希望於國家出面治理，另一方面也替國家開脫。例如會長說：「這幾年總算好，政府裏有人負責，國家統了一，不必再打仗了，大家可吃一口太平飯，睡覺也不用擔心。……出幾個錢，罷了。」長順的想法與會長如出一轍：

> 長順……目擊身經二十年的變，雖然不大相信官，可相信國家。對於官，永遠懷著嫌惡敬畏之忱，對於國家不免有了一點兒「信仰」。這點信仰和愛，和他的家業性情相稱，且和二十年來所得的社會經驗相稱。他有種單純而誠實的信念，相信國家不打仗，能統一，究竟好多了。國運和家運一樣，一切事得慢慢來，慢慢的會好轉的。

出於對國家的信仰和認同，會長、長順暫時容忍了貪官污吏盤剝的現象。而中日戰爭迫在眉睫，湘西人更是表現出同仇敵愾，與國家和民族同呼吸共命運的決心與意志。如有夥計向商會會長提起

省裏正在下游調兵遣將，由此說到抗日之事，不由得發願心，希望
「好好地打一仗，見個勝敗。」會長也表示：「中國和日本這本帳，
一定要算清楚！」另一次說到抗日，一個扁臉水手讚賞福音堂神甫
的勵志之言「有道理」，表示「要打鬼子大家去！」這些都表現了湘
西人樸素的國家觀念和感情。

　　從〈長河〉中我們看到，湘西成為中國的一部分，已經是一個
事實。但湘西的地方性和區域精神如何納入國家體制之中？它能否
成為其中一個積極活躍的組成部分？能否為現代民族國家做出自己
的貢獻？沈從文在〈長河〉中沒有給出明確的答案。正是因為如此，
小說中對國家力量進入湘西流露出遠慮和近憂。從這個意義上講，
《芸廬紀事》可以看成〈長河〉一個合理的尾聲：國家認同從意識
的層面轉化成了實際的行動。小說以抗日戰爭爆發後的湘西現實為
藍本。國難當前，湘西從「化外之境」、「獨立王國」迅速變成戰略
大後方，湘西人在為抗戰服務中找到了自己的歸宿，其區域精神也
有了皈依。

　　沈從文的民族想像和國家認同在小說中的表現到此為止，但他
的探索仍在繼續，只不過轉換成了散文形式。在本書第一章最後一
部份中，我論述了沈從文在 1938-1946 年雲南時期所寫的一批哲思
散文，如何通過從下層民眾、自然及沉思者的內心挖掘「生命」的
能量，熔鑄新我。而新我的熔鑄為民族和國家的浴火重生提供了精
神資源，它標誌著沈從文對民族和國家的認同實現了一次新的昇華
和飛躍。

　　需要強調的是，沈從文新的民族國家觀念的長成，與文化界在
戰爭中增強的民族主義思潮有很大的關係。戰國策派鼓吹民族主
義，鼓吹國家至上，民族至上，因為大敵當前，「國家民族是生存競

爭唯一團體」，[59]「此時社會上的意識，最注重國與國間之區分」，「國籍乃成人們最基本的標誌」。[60]陳銓、林同濟等的許多觀點雖然因其黨派背景以及偏激幼稚而受到垢病，但也的確在某些方面反映了知識份子在戰爭中普遍增長的民族國家意識。為強化這種意識，林同濟從湯因比、斯賓格勒那裏搬來了「應用一種綜合比較方法來認識各個文化體系的『模式』或『形態』的歷史形態學理論，以圖「取得一個民族文化的『全觀』」或「整個體相」，即從整體上，從不同文化體系的比較中獲得民族和國家意識。[61]這似乎就是對沈從文塑造中國形象的一個理論總結。還應該看到，這種對民族國家的認同與現實的國民黨政權無關，它主要是觀念上和意識上的整體把握與皈依，也包含了對未來的憧憬和希望。

---

[59]　陳銓：〈政治理想與理想政治〉，1942 年 1 月 28 日《大公報‧戰國》（重慶版）9 期。

[60]　林同濟：〈民族主義與二十世紀〉，1942 年 6 月 17 日、6 月 24 日《大公報‧戰國》（重慶版）29、30 期。

[61]　林同濟：〈民族主義與二十世紀〉，1942 年 6 月 17 日、6 月 24 日《大公報‧戰國》（重慶版）29、30 期。

第三章　沈從文小說中的時間形式

在一篇叫〈副官〉的小說裏，沈從文寫到鄉下人對現代計時機器鐘錶的印象：

> 他把頭稍微一抬，看到鐘的白磁面，看到十二個羅馬字，看到一長一短兩根尖而瘦的針。這時兩針的尖端，正合併攏去朝上指。他知道時候到了，忙把錢擲到桌上，走出辦公室。

那傻裏傻氣、不明就裏的眼光，距現代文明該有多麼遙遠！更多的時候，計時對於他們根本失去了意義：

> 至於如同七老一類人，七（日）也是鋸木，八（日）也是鋸木，即或就九（日）就十（日）也仍然是拖鋸子，……所不同的只是一個半日在上頭俯著拖，一個半日在下頭仰著拖，管日子幹嗎？
>
> ——〈初八那日〉

沈從文筆下，遍是這些缺乏時間觀念的鄉下人，他們航船、從軍、種地、為娼、做匪，各以不同方式，把一大堆日子打發過去。對他們產生實際影響的，是節氣變化，寒暑更替，時間以此等赤裸、本真的形式，支配著他們的生活，帶給他們生老病死。在時間的長軸上給一個精確的刻度，標明這些事件發生在某年、某月、某日，似乎近於奢侈、毫無必要。還是那句話：「管日子幹嗎？」。

然而，在缺乏具體時間認定的沈從文小說中，我們仍然有許多關於時間的話題可談。沈從文對敘事時間的把握，這包括時序、時

距、頻率三項內容；當然還要談到沈從文的時間哲學。在我精細的
文本分析之後，讀者或許能從混沌的自然時間流之下，發現中國現
代小說史上對時間最出色的感受和處理方式。而對時間日益深刻的
感受和把握，正是 20 世紀世界小說發展的一個重要標誌。

一、敘事時間與〈邊城〉結構和人物的自由意志

　　敘事涉及兩個時間序列：被講述的事件的時間和敘事的時間。
前者指事物存在的客觀形式，是一個由過去、現在、未來構成的單
向度連綿不斷的系統；後者是對這個系統的控制。敘事得以發生，
依靠的正是「控制」，它改變時序（如順敘、倒敘、預敘等），改變
時距（指敘事速度，包括省略、停頓、場景等），還關係到頻率（敘
事的重複能力）。[1]法國批評家讓一伊夫·塔迪埃指出，敘事時間「處
於小說藝術的頂峰，並將人們所看不見的東西創造出來。在作品中
創造時間，這是小說的特權……它是想像力的勝利。」[2]沈從文就是
通過敘事時間創造了奇蹟的人。

　　讚賞〈邊城〉的人，很少注意到沈從文對敘事時間的巧妙安排，
而這一點，恰恰是作品獲得成功的重要保證。[3]小說情節開始啟動，

---

[1] 熱拉爾·熱奈特把敘事時間分解為三項內容：時序、時距、頻率，讀者可參
　　閱他的《敘事話語·新敘事話語》一書，王文融譯，中國社科出版社 1990
　　年 11 月中文版，13 頁。

[2] 讓一伊夫·塔迪埃：《普魯斯特和小說》，桂裕芳、王森譯，上海譯文出版社
　　1992 年 8 月中文版，284 頁。

[3] 〈邊城〉對各處時間的計算和安排，並不是沒有紕漏，人物年齡就破綻百出。
　　〈邊城〉最初於 1934 年 1～4 月在《國聞週報》連載時，交代翠翠母親十五
　　年前與一個茶峒軍人發生關係，現在翠翠十三歲，順順的兩個兒子天保十六
　　歲，儺送十四歲；楊馬兵年輕時追求過翠翠的母親，他現在「是個五十歲的
　　人」。這年齡安排，很難經得住推敲。因為小說寫了 3 個端午節，前 2 個端午
　　節採用倒敘，第 3 個端午節時，翠翠十三歲，那麼第一個端午節她只十一歲，

在第 3 節，日期是農曆五月初一，端午節前，兩艘龍舟在長潭試水，鞭炮和牛皮鼓的聲響把翠翠喚回到兩年前同一個節日。四、五節，借翠翠名義，倒敘前年和去年兩個端午節上，翠翠分別認識了二老和大老。三個端午節期間，是兩年空白，連盛大的中秋、新年，記憶中也散漫、模糊，少留痕跡。作者敘事的速度相當快，概要交待過必要的事件人物後，不再駐筆留連。第六節，追憶結束，回到現時，即今年五月初一，敘事速度明顯放慢，敘事密度增大，事件紛繁疊出。作者用三、六、七、八、九、十共六節篇幅敘述從初一到初五這五天裏的情形。從第十一節，大老托人說媒，到第二十節，爺爺之死，花去十節篇幅，時間約兩個月。最後一節（二十一節），寫爺爺安葬，白塔重建，時間由夏至冬，歷時半年，敘事速度重又加快。

而那時天保和儺送分別是十四歲、十二歲。如此稚幼的孩子就發生戀愛，而且寫天保儺送已是放船販貨好手，似乎有些離譜。1934 年 10 月上海生活書店出版此書時，天保儺送的年齡改為十八歲和十六歲。1981 年的「百花洲文庫」本中，天保儺送的年齡沿用十八歲和十六歲；翠翠母親與軍人戀愛的時間推到十七年前，現在翠翠十五歲。這樣合理多了。另外，這個版本修正了過去版本在時間安排上的又一個漏洞：過去版本在第十一節，寫翠翠「心中便印著三年前的舊事」，這「舊事」指第一個端午節翠翠與儺送相識，「百花洲文庫」本改為「2 年前」，是對的。但這個版本也有畫蛇添足之筆，它把楊馬兵年齡從過去的「五十歲」增至「近六十歲」。楊馬兵年青時，追求過翠翠的母親，初版本交代翠翠母親死於十四年前，那麼，楊馬兵追求的時間不會早於二十年前，那時他已三十歲；若按現在六十歲算，二十年前是四十歲，更不對了。沈從文對記時十分馬虎，甚至糊塗，這是他心智結構中一個很重要的特點。金介甫曾說：「沈從文的時間記憶常常是靠不住的」（《沈從文傳》中譯本，湖南文藝出版社 1992 年 2 月版，264 頁）。張兆和與沈虎雛也同意此說（見《吉首大學學報》1991 年 1 月 1、2 期合刊，216 頁）。但計時馬虎，在〈邊城〉是缺點，在其他方面未必不能轉化成優勢。沈從文在《從文自傳》中說：「現在還有許多人生活在那個城市裏（指湘西鳳凰），我卻常常生活在那個小城過去給我的印象裏。」對回憶的執著和時間的遺忘是沈從文心智結構中一對突出矛盾，前者形成他創作的主要源泉，後者卻使回憶的精確度和還原率大大降低，這一矛盾對他的湘西小說產生過許多良性影響。

　　如果把時間比為一條大河（用濫了的比喻在這裏卻十分恰當），這段歷時兩年半的故事就恰恰位於河流的迴旋處、轉彎處。湯湯河水從無涯的傳說中平靜流淌過來（前兩節決不是可有可無），在這裏遭遇攔阻，變得狂暴起來，波浪齊天，洶湧澎湃；闖關奪隘之後，又陷入無言沉默中，靜靜向不可知的未來流去。沈從文筆下的湘西故事極少有這樣的迴旋和一波三折。小女子調動神祇為愛情而戰，爺爺徒勞卻相當固執地四方奔走，一般湘西人所沒有的「自由意志」，在〈邊城〉主人公身上有上乘表現。它把時間從混沌的狀態中分辨出來，縮小了時間的計量單位，由星河紀年轉為分秒計時，讓我們注意到一日一時的人物命運。

　　時間的敘述，在〈邊城〉中不是取單向進展，它也頻繁地回溯。分兩種情形：一種為補敘情節，如第四、五節，對前兩個端午節的回憶。另外還有第七節開頭，祖父和翠翠在端午節前三二天的對話，他們議論即將到來的端午節，使用過去時態。再就是第七節末尾，講「前幾天」天保大老過溪時向爺爺表達對翠翠的好感。這個「前幾天」，指第三節提及的五月初一，「天保恰好在這一天應向上行，隨了陸路商人過川東龍潭送節貨」的那一次。前後時間銜接得天衣無縫。實際上，第三個端午節期間，大老一直缺席，但由於不斷回溯，給讀者造成大老在場的錯覺。作者要的恐怕正是這種錯覺——以最緊湊、最簡約的文字，處理人物情感糾葛。另一種是爺爺和楊馬兵對翠翠父母戀愛悲劇的回憶。它反覆出現，對當前事件產生影響，「現在」被「過去」先驗決定，「現在」是「過去」一種必然的、無可奈何的延續，當前的人總是生活在往昔「情結」、「原型」的陰影裏。

　　小說結尾的「這個人也許永遠不回來，也許『明天』回來」，對矛盾的解決，不作時間保證，留下許多期冀，也憑添不少哀愁。

這種充分利用敘事時間在時距和時序上的變化之潛在能量的作法，使整部小說在結構上顯出極強的節奏感：疏密有致，張弛得法；同時，它使時間安排服從或受制於情節變化，隨情節發展需要壓縮或延伸。在沈從文小說中，這一點有特別意義：它暗示人的行動對時間的支配作用，以及人的主觀能動性。〈邊城〉中的人物都在為自己的目標執著地行動著，在其他湘西小說中，這一點極其罕見。[4]

二、敘述時間與命運的呈現形式

沈從文多數小說的敘事時間，並不像〈邊城〉這樣。它們在時序上追求與事件時間的一致性，即平鋪直敘，把一個故事原原本本講出來。故事躺在時間的懷抱裏，跟著它向前漂，有放任自流的意思。文論家從來對這類憑本能就能掌握的辦法詆毀頗多，以為是記流水帳，不足為訓。古希臘時代荷馬史詩《奧德賽》，已經知道從奧德修斯返家說起，早先的海上冒險故事通過倒敘和盤托出，為後世提供了敘事範例。沈從文反而倒退了不成？

當然不是。對事件時間的順從恰恰表明沈從文對敘事時間的重視。當小說情節進展動力剔除了因果律和邏輯關係時，時間就成了決定性因素。「順其自然」，才得以讓情節發展接受時間的約束和制裁，或者說，情節進展只是一大堆日子的延續，而時間的堆積產生出意義。湘西小說中的人物屈從於命運，受制於造化，時間就成了命運和造化的顯在形式。

例如《阿黑小史》。小說分「油坊」、「病」、「秋」、「婚前」、「雨」共五節，時間歷春、夏、秋、冬、春五季。季節的一個輪迴，人物

---

[4]　參看本書第二章有關〈邊城〉的論述。

經歷了戀愛、結婚、生病，死亡或發瘋的生命歷程。自然界萬物春華秋實，生生不息，人卻由興旺走向衰敗，不可挽回。兩相對照，反襯出人生的無常。時間在這裏是神，他把人物置於自己的掌握之中。阿黑和五明的悲劇，根源不在社會惡勢力破壞，也沒有雙方家長干預，它純屬天意，是時間支配的結果。

沈從文另外一些小說，如〈蕭蕭〉、〈一個女人〉，截取人物生命中相當長的一個時間段落，演示她（他）們的命運。〈蕭蕭〉寫小女子蕭蕭十二歲過門做了拳頭大丈夫的童養媳，十五歲被人引誘，十六歲生子牛兒，二十六歲與丈夫圓房，二十八歲時又為牛兒接親，前後時間跨度有十六年。這期間，蕭蕭遭受了種種磨難，一度性命都岌岌可危。很多論者從中尋找宗法制度的罪惡，他們忘記了剛才還在用湘西的溫情和詩意對抗都市資本主義罪惡！這種機會主義的批評態度於研究無補。時間才是這篇小說的主角、支配蕭蕭命運的核心力量。是時間和成長給了她應該得到的一切，並沒有什麼惡勢力格外的饋贈。〈一個女人〉的構思同〈蕭蕭〉相似。三翠十三歲給苗子哥做童養媳，十五歲圓房，十六歲生養兒子，十八歲時，爹病死，丈夫被抓了壯丁。兒子長大娶親。三翠三十歲時，抱上了孫子。生活裸露在時間裏，十七年的日子就這樣流水一般過去了。蕭蕭對自己的悲劇沒有自覺，三翠也沒有自覺，但作者在二篇小說結尾，給她們的下一代安排又一個生命輪迴時，卻分明感到並渲染了時間的殘酷和分量：「這一天，蕭蕭抱了自己新生的月毛毛，卻在屋前榆蠟樹籬笆看熱鬧，同十年前抱丈夫一個樣子。」[5]個體生命按命定的形式，周而復始，卻不產生意義。

5　沈從文：〈蕭蕭〉，《沈從文文集》6 卷，235 頁。

〈我的教育〉是一篇很有意思的作品，可以和卡繆的〈局外人〉參照來讀。小說按日記體鋪排，記的是流水帳，今天如何，再一天又如何，不外是軍營裏千篇一律的生活：出操、罰跪、看審匪、看殺頭、趕場、吃狗肉……。敘述人「我」和默爾索相似，智力平常甚至略有缺陷，從這一切當中，得到膚淺的快樂，從不追究背後的含義。時間日積月累，持續的單調和煩悶得到昇華，有了荒誕意味。

汪曾祺很稱讚沈從文小說的收尾，以為精妙異常。[6]促成這一結果的主角，仍是時間。〈旅店〉、〈第四〉、〈石子船〉等，都讓結尾——主人公最終情況的簡介——與敘述的核心部分，在時間上有一個間隔，這結局常常是不幸的突然降臨，或暴卒，或被殺，或失敗。時間帶給人命運以突兀的劇變，與前邊主人公的上升、得意，形成鮮明對比。人力在時間面前，顯得微不足道。

沈從文小說中，對自然時間的信任以至放任，並非總是有利。短篇猶可，處置中長篇時，卻常常捉襟見肘。〈邊城〉之所以十分緊湊、精緻，原因是敘事時間根據情節需要安排，具有自我生成性。〈神巫之愛〉、〈鳳子〉、《長河》等篇，純粹依賴外在自然時間，又不像〈阿黑小史〉，服從某種宇宙輪迴觀念，因此，容易給小說帶來不良後果。沈從文這三部作品，都沒有寫完。〈鳳子〉前九章完成於 1932 年，事隔 5 年，至 1937 年，才加了第十章「神之再現」，沈從文是想給這部被金介甫譽為「中國的《追憶逝水年華》」[7]的神奇之作一個收束。從格式上看，似乎可以結束了，但情節可以說還沒有開始，因為起頭三節，在青島海濱，交代這部小說的女主人公是美麗少女鳳子，她必是苗鄉某女子的後代，且與那採礦工程師有一段傳奇經歷，但事先的伏

6　汪曾祺：〈沈從文和他的〈邊城〉〉，載《晚翠文談》，浙江文藝出版社 1988 年 3 月版。

7　金介甫：《沈從文傳》，時事出版社 1991 年 7 月第 2 版，218 頁。

筆在後來的回憶中沒有任何回應。〈長河〉算得上宏篇巨製，就現存的第一部看，規模也超過沈從文其他任何作品。完整的〈長河〉，沈從文預備寫三部，只是後兩部遲遲沒有動筆。至 80 年代，沈從文訪問美國時，別人問他，如果寫，這兩卷多久可以完成，沈從文滿懷信心說：「半年」。我看未必！這三部作品，在敘事時間安排上，都有先天不足之感。小說情節推進速度十分緩慢，時序維持在同一個方向上，一天一天拖下去。就像〈神巫之愛〉中的幾個標題：「第一天的故事」，「第二天的故事」，「第三天的故事」，情節線索本來就薄弱，加之風俗描寫的消解，如此拖延，即或勉強草就，必冗長累贅。

三、反覆敘事與「地志小說」的生成

　　按通常對敘事時間的分解，第三項涉及頻率，即講述一個事件的次數。敘事時間是小說敘述的最基本層面，又是小說形式中最尖端的操作專案，在頻率問題上也不例外。

　　日常言語中，事件發生的次數與講述的次數存在兩種對等關係：

A　　事件發生一次，講述一次
　　　舉例：昨天，我六點起床。

A　　事件發生 n 次，講述 n 次
　　　舉例：星期一，我六點起床。
　　　　　　星期二，我六點起床。
　　　　　　星期三，我六點起床。

也存在兩種不對等關係：

B　　事件發生一次，講述多次
　　　舉例：昨天，我六點起床
　　　　　　昨天，我六點起床

　　B　　事件發生多次，講一次

　　舉例：我天天（經常）六點起床。

　　在小說敘事中，最常見的是 A，熱奈特稱它為單一敘事。B 這種「一次敘述從整體上承受同一事件的好幾次出現」[8]的敘事方法，被稱為「反覆敘事」。我們下面將討論沈從文小說中的反覆敘事。用單一敘事作對照。

　　在傳統小說中，反覆敘事從屬於單一敘事。作品開頭或人物第一次登場裏，用得著這樣的句子：「林淳先生和他的女兒常常走到收割者中間去」（艾米麗·勃朗特《呼嘯山莊》），「我們照往常那樣喝酒」（普希金《別爾金小說集》），「又有同年兄弟 6 人，時常催促同行。」（《醒世恆言》）。它描摹物景，介紹人事，為人物活動提供環境和背景，為故事開場做準備。反覆敘事此種功能的發揮，在一般小說中已成慣例，除非有作者想格外借重它來達到特殊的敘事效果，否則，沒有必要引起過多注意。

　　第一個使用反覆敘事，使之成為占主導地位的敘事方式，並在主題實現、藝術構思上發揮史無前例作用的，是法國現代作家普魯斯特的《追憶逝水年華》。「在很長一段時間裏，我都是早早就躺下了」，這開頭的名句，奠定了全篇反覆敘事的基調。通過反覆敘事，普魯斯特找到了「現時」與往事頻繁聯繫的入口處，並最終找回了消逝的往日時光。能夠和普魯斯特比肩的是沈從文。

　　我們從實例說起。

　　六月嘗新，必吃鯉魚、茄子和田地裏新得包穀新米……，七月中元節，作佛事有盂蘭盆會，必為亡人祖宗遠親近戚焚燒

8　　熱奈特：《敘事話語·新敘事話語》，75 頁。

> 紙錢……。八月敬月亮,必派人到鎮上去買月餅,辦節貨,
> 一家人團聚賞月。
>
> ——〈長河〉

　　這是一個並列關係複句,副詞「必」表示肯定,不可更改。三個分句分敘的 6、7、8 月農家主要生活樣式,在「必」的約束下,變成鐵打一般不可動搖的規律,凝固在生生不息的時間流動之中。

　　再看幾個單句:

> 人則各以其因緣爬到高空或沉入地下,在方便中也吆喝歌呼著,且常常用著那最道地的話語辱罵著他的助手。
>
> ——〈建設〉

> 照例到這些時節,年輕人便紅著臉一面特別勤快地推磨,一面還是微笑。
>
> ——〈三個男人與一個女人〉

> 燈柱下的一團人影使他生了一點照例要生的氣了。
>
> ——〈腐爛〉

　　副詞在句中起著關鍵作用,「常常」、「通常」、「照例」,意味著敘述的是一種習慣性狀態,而不是具體單個動作。敘事是一次,而事件發生過若干次;敘事是單數,事件卻是複數。

　　事實上,反覆敘事所說的「反覆」,只「是思想的構築,它是除去每次出現的特點,只保留它與同類別其他次出現的共同點,」是「一種抽象」,嚴格意義上講,「同一事件的複現」,只是「一系列相似的僅考慮其相似點的事件」的複現,[9]若照顧到每一次的特點,事

9　　熱奈特:《敘事話語‧新敘事話語》,73 頁。

件就不可能重複發生，所謂「一個人不可能兩次踏進同一條河流」，講的就是這個道理。上面我舉的例三，雖然都是生氣，但今天生氣和昨天生氣肯定不同。

這裏不是搞繁瑣哲學！因為沈從文小說中更多見的是綜合了同和異的反覆敘事的亞型：既寫經過抽象的「同」，又強調個案的「異」。當然，這樣的句子中，「異」本身也是更細範圍內的概括。再看例句：

> 大白天，船上住的骯髒婦人，見到天氣太好了，常常就抱了瘦弱多病的孩子到船邊岸上玩，向太陽取暖。或者站到棺材頭上去望遠處，看男子回來了沒有。又或者用棺材作屏幛，另外用木板竹席子之類堵塞其另一方，盡小孩子在那棺木間玩，自己則坐到一旁大石條子上縫補敝舊衣褲。
>
> ——〈夜的空間〉

第一句是總括，後兩句分敘婦人抱孩子玩時的兩種具體形式（更細的概括）。這種總與分結合的雙重概括的反覆敘事句型，在沈從文小說中，覆蓋率相當高，且增生性極強。它對人事在特定情形中的種種可能性形成了最大限度的概括。沈從文追求的正是這種概括力！借此，將人事由特殊的「這一個」，上升到一般，從個別中提煉出慣例。

反覆敘事由句型延伸開去，擴展成段落，充斥章節，以致組成整篇小說。〈腐爛〉、〈夜的空間〉、〈菌子〉基本上通篇都用反覆敘事，單數的場景僅成了點綴。如〈菌子〉敘述菌子三年來在邊城小縣做科員每日都要經歷的事情。一進辦公室，同事就拿他的相貌作談資，接著開始競猜他籍貫何處，照例又會有人找他幫忙起草公函。刷牙用無敵牌牙粉；午飯在食堂吃，雷打不動；連做夢也是老一套。三年裏，這世界上有許多事情發生，菌子房東家二小姐，原先是個大

姑娘，如今已是兩個孩子的守寡母親了，公署裏也換了五任縣長，菌子的生活內容、節奏仍一如既往。小說很少提供特例，把這平庸、卑微、雷同的生活具象地佈置在幾個場景裏，讓讀者從特殊的「這一個」中，窺見他日常生活概貌。反覆敘事的應用，使菌子的每一個動作、行為都被提煉成習慣和普遍現象。〈長河〉開頭兩節，〈邊城〉開頭兩節，〈小砦〉開頭一節，用反覆敘事，規模也相當可觀。而像〈丈夫〉、〈柏子〉、〈黔小景〉、〈建設〉、《雪晴》、〈會明〉、〈一個女人〉等作品中，反覆敘事應用得十分靈活，可以在作品任何部分出現。例如〈丈夫〉開頭一句「落了春雨，河水漲大了」，這是單數敘事。接下來是反覆敘事。若干段落後，再過渡到單數敘事。〈柏子〉也採用這樣的招數。洋洋大觀，構成沈從文小說中獨特的敘事風景。

反覆敘事在沈從文小說中，滲透性和擴張性極強，傳統上屬於單數敘事範圍的場景對話，也常轉為複數：

> 在橘園旁邊臨河官路上，陌生人過路，看到這種情形，將不免眼饞口饞，或隨口問訊：
> 「噯，你們那橘子賣不賣？」
> 坐在橘子堆上或樹椏間的主人，必快快樂樂的回答，話說得肯定而明白，「我這橘子不賣」。
>
> ——〈長河〉

這類對話，頗有中國古典小說中「眾人齊聲說道……」的流風餘韻。從技術角度講，後邊單數的直接引語不可能由眾人「齊聲」說出。同樣，我們所引〈長河〉中的這段對話，合理的情形，應該是單一場景中兩個人的對話。但文學作品經常使用這種修辭上的破格以實現藝術目的。沈從文此處用了「必」和「將」幾個副詞，破

壞了對話場面的一次性消費，使之成為在特定情境下反覆發生的行為。

還有反覆敘事在同一故事情境中對單數敘事的取代。如〈黔小景〉。它寫兩個商人在一個陰雨霏霏的傍晚投宿一家小客棧，第二天一早起程。下邊是他們起程後沿途所見：

> 在這條官路上，有時還可碰到二十三十的士兵，或者什麼縣裏的警備隊，穿著不很整齊的衣服，各把長矛子同發鏽的快槍扛到肩膊上，押解了一些滿臉菜色受傷的人走著。……有時這些奏凱而還的武士，還牽得有極膘壯的耕牛，挑得有別的家裏雜用東西。
>
> ——〈黔小景〉

連詞「或者」和時間副詞「有時」的使用，使主語的「二十三十的士兵」、「縣裏的警備隊」及「這些奏凱而還的武士」不能一次性出現在同一個場景裏，謂語所完成的動作，也具有了反覆發生和連續性的特點。問題恰恰就在這裏：這官路上常見的景觀，依然是那兩個商人「這一次」所見，採用的是他們個人的視角。只是由單數敘事轉入反覆敘事，過渡得天衣無縫，不易察覺而已。解釋其「失真」、「反常」的原因，理由只有一個，就是沈從文追求普遍性、概括性的渴望。

在頻繁使用的反覆敘事中，因追求概括性和整體圖景，輕視了個體特徵，造成沈從文小說中，句子主語的承擔者通常變得游移不定，模糊或不確指。前邊列舉的一些例子中，句子主語多是「女人」、「水手」等，指一類人，而不是某個人。下面的例子更明顯：

> ……不拘誰個願意花點錢，這人就可以傍了門前長案坐下來，抽出一雙筷子到手上，那邊一個眉毛扯得極細臉上擦了

白粉的婦人就走過來問：「大哥，副爺，要甜酒，要燒酒？」
男子火焰高一點的，諧趣的，對內掌櫃有點意思的，必裝成
生氣似的說：「吃甜酒？又不是小孩，還問人吃甜酒？」那
麼，釅冽的燒酒，從大甕裏用竹筒舀出，倒進土碗裏，即刻
就來到身邊案桌上了。

——〈邊城〉

這是反覆敘事。「不拘誰個」和「這人」作為主語，本身就十分
模糊。「婦人」前邊所加的「眉毛扯得極細」，「擦了白粉」作限定性
定語，並不能使這婦人從眾多婦人中區分出來，因為沈從文作品中
的湘西婦人，幾乎都是這樣裝扮。他還喜用「嘴尖毛長」、「白臉長
眉」等一些固定詞語形容男女主人公，所指雖為單數，用意卻在凸
現「這一群」。在上述例子中，婦人的問話：「大哥，副爺，要甜酒，
要燒酒？」其中又隱含了對第一個句子中主語「不拘誰個」和「這
人」的顛覆：「大哥」指商人或水手一類人，「副爺」用以稱呼列身
軍籍者，它使前邊的主語由任意選擇的單數變成複數，所指更加含
混。「男子火焰高一點的，諧趣的，對內掌櫃有點意思的」，又是對
「大哥」或「副爺」的一次篩選，看似範圍進一步縮小，事實上並
不能讓主語更明確一些。一個短促的買賣過程，主語數次游離、置
換，表現出沈從文對人物個性的冷漠。他把單個的人還原到他所屬
的類，再把群體的人還原回泥土和大地，人物成了風俗、物景的一
個組成部分。

沈從文小說中，一般的情況，單數敘事依靠時序與內時距的調
節交替得以完成。而反覆敘事，其進展的動力和秩序感則主要來自
空間的有機安排。例如〈夜的空間〉，用夢作連線貫穿統領全篇：婦
人的夢、工人的夢、水手的夢……讓我們見識了下層勞動者艱辛但

又元氣充盈的生活。〈長河〉第一節，敘事從岸上移到水上，從男人轉到女人，井井有條。〈腐爛〉靠的是地域上的相鄰關係：由空場坪到旅店，再到街道，最後移到河船上。

在空間秩序之上還有一個外時距統攝著。這是一個邊界比較模糊的大的時間段落：「許多年」、「幾年裏」、「在春天」、「數日以後」，「夜間」等等。經過綜合的事件置於這個時間段落中，再按空間關係徐徐展開。如〈菌子〉的外時距是三年，在這三年裏，他的生活天天重複著。〈腐爛〉的反覆敘事限定在一個夜晚，由黃昏開始，到黎明結束。〈一個女人〉的外時距並不確指，大致從三翠十三歲到三十歲這十七年。反覆敘事受外時距框範，按空間秩序展開。

在對沈從文小說中獨特頻率現象作了一番描述後，由此反映的作者的哲學玄想和文體特徵就看得較清楚了。熱奈特指出普魯斯特使用反覆敘事的目的是「對無時間性的醉心」，「對永恆的冥想」，[10]沈從文也是這樣。他通過反覆敘事，把個體還原到類，從現象發現規律，把特殊提升到普遍。經驗與人事通過這樣的抽象，從流動時間的沖刷侵蝕中解脫出來，演化成習慣、風俗、文化，實現了永恆。六十年前，有評論家注意到沈從文小說〈貴生〉的概括化特徵：「一個人的形象性格的具體刻畫，怎樣被一種朦朧的風貌的描摹所代替」，「動作、對話都是一般化的」。可惜，評論者對此持批評態度：「什麼都寫不明白，寫不具體」。[11]倒是他不明白，這正是沈從文所刻意追求的。〈丈夫〉中，講完那位丈夫的故事，敘述人要格外交待一句：「像這樣的丈夫黃莊多著呢！」這與他喜愛引用《聖經》中的一句名言「陽光下頭無新事」[12]用意相同。他筆下的湘西，就這樣

---

[10]　熱奈特：《敘事話語·新敘事話語》，105 頁。
[11]　凡容：〈沈從文的「貴生」〉，載 1937 年 5 月《中流》2 卷 7 期。
[12]　此語出自《聖經·傳道書》1 章 10 節，沈從文在〈看虹錄〉等作品中引用。

靜靜臥在時間之外，歷史之外：「這些人根本上又似乎與歷史毫無關係。從他們應付生存的方法與排泄情感的娛樂看上來，竟好像今古相同，不分彼此。這時節我所眼見的光景，或許就和兩千年前屈原所見的完全一樣。」[13]「一切設計還依然從漁獵時取得經驗，且充滿了漁獵基本興奮」，「好些情形都和荷馬史詩上所敘戰事方法相差不多。」[14]這就是沈從文確立的「常」，[15]也是湘西的本質所在。它由同一地域人的共同生活凝聚而成，亙古如斯。

反覆敘事也可以從一個側面解釋沈從文小說的文體特徵。金介甫說：沈從文小說「融合了抒情詩與『地方誌』的寫法」，[16]林蒲說：〈長河〉是「史詩性的鄉土小說」，[17]黃裳認為：「從文先生的小說也無一例外的孕育著濃重的散文因子」。[18]這些議論，與沈從文自己的意見可以互相印證，他承認自己的一些作品，「在憂鬱情調中見出詼諧的風致，把一個極端土地性的人物，不知節制地加以刻畫」，「文章更近於小品散文」。[19]這所謂「地志小說」、「鄉土小說」、「散文化小說」，得以成為可能，反覆敘事起了相當大的作用。因為依靠它，才「製造出」相對靜態的「環境」和「風物」。[20]

---

[13] 沈從文：〈湘行散記‧箱子岩〉，《沈從文文集》9 卷，281 頁。

[14] 沈從文：〈雪晴‧傳奇不奇〉，《沈從文文集》7 卷 396 頁、392 頁。

[15] 沈從文：〈長河‧題記〉，《沈從文文集》7 卷，5 頁。

[16] 金介甫：〈沈從文論〉，載《我所認識的沈從文》，岳麓書社 1986 年 7 月 1 版，24 頁。

[17] 林蒲：〈重讀《長河》〉，載《我所認識的沈從文》，318 頁。

[18] 黃裳：〈憶沈從文〉，載《八方文藝叢刊》(香港) 11 期，1989 年 2 月版，35 頁。

[19] 沈從文：〈「石子船」後記〉，《沈從文文集》3 卷，90 頁。

[20] 我在第三章著重討論了被人們忽略的沈從文小說文體中「故事性」、「情節性」的一面；散文化和抒情化同樣存在，二者並不矛盾，「反覆敘事」是使它們統一起來的重要手段之一。

四、時間意識：歷史思考和生命體驗的維度

現代中國作家中，沈從文或許是對時間最敏感且議論最多的一個。他的作品裏，到處散落著對時間的感喟，愈到後來，這種感喟愈強烈、深沉。

對計時頗糊塗的沈從文，對時間的殘酷性卻有刻骨銘心的體驗。在一首叫〈囚人〉的詩中，他這樣寫道：

> 報時大鐘，染遍了朋友之痛苦與哀愁，
> 心戰慄，如寒夜之荒雞，
> 捉回即忘之夢。

〈無題〉中他又吟詠：

> 時間是如龐大的水牛，
> 在地球上走著，踏碎一切的青春。

對時間的驚懼，借奇崛的意象，生動地傳達出來。沈從文又說：「要說明時間的存在，還得回過頭來從事事物物去取證，從日月來去，從草木榮枯，從生命存在去找證據。」[21]這證據在沈從文作品中並不缺少：前後對照，撫今追昔，時間挾變化之力，給萬事萬物留下深深傷痕，作者與讀者同聲一哭。〈雨後〉中的阿姐明白：「女人只是一朵花，真要枯，知道枯比其他快。」青春苦短，韶華轉眼即逝，一場風，一陣雨，就會落紅滿地，不堪收拾，因此，她明白「便應當更深的愛」，及時享受神賜予的美麗容顏和肉體，不使它空付流水。

---

[21]　沈從文：〈時間〉，《沈從文文集》10 卷，59 頁。

時間消融生命，製造離奇；在長久的時間段落中，歷史滋生了。沈從文沉浸在湘西往昔和現實的對比中不能自拔，他的時間觀跨越了個人情感生活範圍，進入對民族歷史的反思。

他的小說中，凡涉及湘西人物對時間、歲月的無知無覺混沌狀態時，有一句特色語言：「糊糊塗塗把一大堆日子打發過去」，或「便呆著打發這一堆日子」，把人在時間面前無依無助狀態描摹得淋漓盡致。對於時間，人又能夠做點什麼？生命處在湘西那樣劇烈離奇變動世界中，若一切都向上發展，或許會給人寬慰，無奈一切皆在衰退中，「一切都表示生物學的退化現象」。[22]〈湘行散記〉寫到當年絨線鋪那個少女，曾引動作者靈感，〈邊城〉主人公翠翠，就以她為原型。她如果還活著，也一定會慘不忍睹吧？當年發誓要娶她為妻，後來如願以償的那位男子，如今憔悴不堪了。作者聰明，沒有把當年美好印象破壞殆盡，他為那女子選擇了死，死比美的喪失似乎更容易接受一些。這中間只隔了十七年。

在沅水一個小小碼頭客棧，〈湘行散記〉敘述人行經此地，短暫的停留，發現了不少名片，有士兵、軍官、商人、差吏，無所不包。一、二十年間，這些人中間，恐怕大多數都死掉了，「水淹死的，槍打死的，被妻子用砒霜謀殺的」，而這些名片因偶然機緣保留在這小小客棧裏，任人把玩憑弔。或許就是這些有意無意留下的名片，是亡人們在世間尚存的唯一痕跡吧？

沈從文在昆明時，租住呈貢鄉下一所宅院裏，有機會見到各色人等，匆匆來，又匆匆去，各以自身的獨特處，引起作者記住各人的身分、相貌、性格，並關心他們後來的命運。消息不斷傳來，不長的時間，他們各以不同的方式，在世界上分得了各自的不幸。其

---

[22] 沈從文：〈燭虛〉，《沈從文文集》11 卷，259 頁。

實，人類最大的敵人就是時間！張愛玲在〈金鎖記〉中有一個著名場景：七巧照鏡子。時間大幅度跳躍、間隔，就在這種最不經意的瑣事上發生，它動輒就消耗掉一個人十年、二十年的生命。20 世紀最卓越的小說之一，普魯斯特的《追憶逝水年華》，就讓時間充當了主角，觀察隨時間流逝，人物在相貌、性格及相互關係上前後的巨大差異。沈從文對時間的嘆惜一如張愛玲、普魯斯特。他把一切現實矛盾社會矛盾充分淡化，讓生命赤裸裸暴露在時間之下，接受它的捉弄。「我被『時間』意識猛烈的地摑了一巴掌」，[23]他在〈湘行散記〉中這樣寫道。〈阿黑小史〉寫毛伯「頭是在搖擺中，已白了一半了」，[24]一個單句隱伏了時間前後的巨大跨越，讓人觸目驚心。難怪沈從文會堅決地說他「不相信命運，卻相信時間，時間可以克服一切。」[25]

　　沈從文在〈龍朱〉、〈月下小景〉、〈媚金・豹子・與那羊〉、〈七個野人與最後一個迎春節〉等作品中，追溯了久遠時代湘西的生活，他憑常識和想像，把它描繪成性愛、宗教、自然三位一體的伊甸園。20 世紀的湘西歷史，在沈從文個人經驗之中。他親眼目睹了漢人對苗民的圍剿，各路軍閥的征戰廝殺，國民黨的侵奪。幾十年風雲變幻，湘西生靈塗炭。在當下與遠古對照中，沈從文認同了退化論，一切都在走向沒落，連沅陵盛產的肥人肥豬，今天也蹤影全無了，沈從文對此感慨：「浦市地區屠戶也那麼瘦了」。[26]沈從文在他的〈湘行散記〉中，記錄了重返湘西的所見所聞，他說：「我這次回來，原是翻閱一本用人事組成的歷史。」[27]這歷史帶給他的是深長的歎息。

23　沈從文：《湘行散記・老伴》，《沈從文文集》9 卷，300 頁。
24　沈從文：《阿黑小史・雨》，《沈從文文集》5 卷，238 頁。
25　雷平：〈沈從文先生在美西〉，載《我所認為的沈從文》，257 頁。
26　沈從文：《湘行散記・辰河小船上的水手》，《沈從文文集》9 卷，279 頁。
27　沈從文：《湘行散記》，《沈從文文集》9 卷，305 頁。

　　沈從文喜歡用彩虹比時間，就像他喜歡用彩虹和星子比喻美麗女人一樣。[28]女人燦爛的容顏易逝，生命中那麼多值得駐足的時刻，也往往是驚鴻一瞥，「時間帶走了一切，天上的虹和人間的夢」，[29]「時間在改造一切，星宿的運行，昆蟲的觸角，你和人，同樣都在時間下失去了固有的位置和形體」。[30]與時間抗衡，留住生命歡娛的時光，傑出的作家無不為此處心積慮。張愛玲乞靈於超驗神性——女人性[31]。她把戲曲人物的神性、不朽性移植到小說女主人公身上，使她們成為女人性的化身，進而與時間抗衡。〈傾城之戀〉中的那堵牆，正是女人性的象徵，香港戰爭，模擬的是任何時代的任何一場戰爭，漫天戰火、金戈鐵馬，都不曾損傷這堵牆毫毛，它永久地存在下去。《怨女》裏，銀娣身上女人性的勝利，更是針對時間而言的。小說結尾，銀娣超越了時間，站在時間之外，看時間裏著別人的歲月，從眼前飄逝，她發現：「時間永遠站在她這邊，證明她是對的。日子越過越快，時間壓縮了，那股勁真大，在耳邊嗚嗚吹過，可以覺得它過去……但是，那種感覺不壞。」回憶童年，木匠的呼喚，使時間倒流，帶她返老還童。同樣，沈從文在〈綠魘〉中，寫到昆明鄉下一個老太太，賦予她的品性就是持久性和超時間性，也就是沈從文經常說的「常」，身邊的芸芸眾生死去活來，充滿流動性，卻全然對她的生活沒有影響。

28　沈從文：〈水雲——我怎樣創造故事，故事怎樣創造我〉，《沈從文文集》10卷，296 頁。
29　沈從文：〈水雲——我怎樣創造故事，故事怎樣創造我〉，《沈從文文集》10卷，296 頁。
30　參閱沈從文〈水雲〉、〈看虹錄〉、〈新摘星錄〉、〈三個男人與一個女人〉等作品。
31　參見拙作〈張愛玲小說中的戲曲意象〉，載《香港文學》，1994 年 8 月，116 頁。

總體而言，沈從文更像普魯斯特，他相信回憶的力量。在小說〈堂兄〉中，他說：「堂兄可愛的面容，必能在我的追憶中再生」。[32]而〈鳳子〉正是在回憶中復活了現實中業已不復存在的美好人事，「時間使樹木長大，江河更改，天地變色，少壯如獅子的人為塵為土，……，不過有多少事情，……在我們記憶上，卻永遠年青」。又說：「若果一個人在今天還能用他的記憶，思索到他的青春，這人的青春，便於這個人身上依然存在，沒有消失。」於是，那個二十年前曾在烏巢河畔苗鄉有過傳奇經歷的老年紳士，講了一個長長的故事給年青人聽，回憶「讓這一道行將枯竭的河流，愉快的重新再流一次。」[33]

一般來說，沈從文並不刻意為他筆下人物戰勝時間尋找什麼途徑，他甚至欣賞人物面對時間壓力時所取的漠然態度。沈從文更關心自己如何從時間侵蝕中獲得拯救。進入 40 年代，沈從文在文壇的地位已經確立，人也步入中年，心靈進入玄想沉思時期，創作上在醞釀新的突破。此時他更頻繁地思考不朽、傳世、永生等問題。他的思維運作已經脫離了鄉下人的粗獷豪邁，越來越具有古典風度。他強調「立言」，以立言求永生。由此，他對生命和生活有所界定區分：為活而活，謂之生活；能夠意識到生存，並思考生存之意義，才能進入生命層次。掌握了生命的人，也就掌握了時間。他意識到自己作為作家、思想家的存在，他喜歡談論智者：「智者明白『現象』，不為困縛，所以能用文字，在一切有生陸續失去意義，本身亦因死亡陸續失去意義時，使生命之光，煜煜照人，如燭如金。」[34]因為他們能在後人追憶中再生。沈從文推崇釋迦摩尼，孔子、耶穌，也

---

[32] 沈從文：〈堂兄〉，《沈從文文集》8 卷，84 頁。
[33] 沈從文：〈鳳子〉，《沈從文文集》4 卷，325、327-328 頁。
[34] 沈從文：〈燭虛〉，《沈從文文集》11 卷，265 頁。

是為著「他的觀念，他的意見，他的風度，他的文章，卻可以活在
人類的記憶中幾千年。一切生命都有時間限制，這種人的生命又似
乎不大受這種限制。」[35]為進入這些不朽者的行列，沈從文下決心：
「我覺得我應當努力來寫一本《聖經》。」[36]寫「《聖經》」當然是個比
喻性的說法，但的確沈從文通過他的作品，達到了「不朽」的目的。

---

[35]　沈從文：〈時間〉，《沈從文文集》10 卷，58 頁。

[36]　沈從文：〈沉默〉，《沈從文文集》10 卷，64 頁。

第四章　沈從文小說中的故事形態

一、「故事」和「情節」在現代小說中的地位

　　按照一般文學理論所下定義，故事指敘事性文學作品中「一系列有因果聯繫的生活事件。這種生活事件，往往有曲折生動的衝突，環環相扣、有頭有尾的發展過程。」情節與故事密切相關：「如果這種生活事件的發生、發展和結局是由人物與人物之間或人物與環境之間的錯綜複雜的關係中產生的，並能影響與展示人物的性格，這就產生了具有吸引力的情節。」[1]從這兩個定義，我們可以看出，故事和情節都是對生活事件加以組織和提煉的結果，都屬於小說的敘事性因素。理論上，故事和情節這兩個概念有所區別，故事「把事件的發展過程作為描寫的重點」，情節則重視與人物、環境之間的互動；前者初級，後者高級，但實際應用中，人們常常習慣於將它們並稱或混用。

　　小說是敘事的藝術，因此，故事情節永遠是小說最基本、最核心的因素。在中外小說發展的早期，故事情節是結構的中心。18 世紀西方具有現實主義傾向的小說和19 世紀前半期的浪漫主義小說，使故事情節的獨尊地位發生動搖，作家們對生活風俗的描寫、個人情感的抒發、社會體制的批判，發生了越來越大的興趣。19 世紀中後期的現實主義小說中，人物和環境愈加受到重視，其地位進一步上升，終於和故事情節平起平坐，並稱小說的三大要素。進入 20 世

---

[1]　鄭乃臧、唐再興主編：《文學理論詞典》中「故事」詞條，光明日報出版社 1989 年版。

紀，西方小說經歷了從傳統向現代的轉型，小說的三大要素也隨之發生了新的變化。就人物而言，性格刻畫被內心活動的表現所取代；就環境而言，對現實生活具象、仿真的描寫被超驗的神話圖式和象徵框架所取代。西方小說的這一新變化，使一些作家、學者開始對故事情節的作用發生懷疑。E·M·福斯特作為 20 世紀一位有現代主義傾向的小說家，在其《小說面面觀》中，儘管承認「小說的基本方面是講故事這一面」，「如果沒有這個方面，小說就不可能存在了」，但同時他又認為故事是小說中較為原始的因素，是「低級的，次要的」。[2]與福斯特同一時代的現代主義小說家伍爾夫更直接反對故事情節，她認為，人為編造故事情節背離了生活真實，「遮蔽了思想的光芒」。[3]20 世紀小說理論家塞米里安也指出：「對情節的崇拜，部分地是由於對生活的天真和過於簡單的理解，以及迴避內心世界這一現實的表現。」[4]

但我們應該認識到，故事情節在 20 世紀一些西方作家和學者那裏受到質疑，並不代表 20 世紀西方小說的發展以消解、拋棄故事情節為代價。正如新小說家羅布·格里耶所說：「小說首先是一個『故事』。一個真正的小說家，是善於『講故事』的人。」「如果認為現代小說裏不再有任何故事情節也是錯誤的。……我們不應該把小說新結構的探索等同於對一切事件、一切情感、一切歷險的單純取消。」[5]福斯特的《看得見風景的房間》、《霍華德別業》、《印度之行》，羅布·

---

[2]　E·M·福斯特：《小說面面觀》，方土人譯，《小說美學經典三種》，上海譯文出版社 1990 年版，220-221 頁。

[3]　佛吉尼亞·伍爾芙：《論現代小說》，《論小說與小說家》，瞿世鏡譯，上海譯文出版社 2000 年版，7 頁。

[4]　塞米里安：《現代小說美學》，陝西人民出版社 1987 年版，134 頁。

[5]　羅布·格里耶：〈關於幾個過時的概念〉，載《從現代主義到後現代主義》，中國社會科學出版社 1994 年版，394、396 頁。

格里耶的《嫉妒》、《橡皮》哪一部沒有精彩的故事情節？伍爾芙的小說《達羅衛婦人》、《奧蘭多》的故事情節也是顯而易見的。即便她的《海浪》這種「詩化小說」，也包含著伯納德、西西弗等 7 個友人之間的愛怨糾結，以及他們從童年到老年乃至死亡的生命歷程。卡夫卡、喬伊絲、福克納、博爾赫斯等 20 世紀小說大家，個個也都是營造故事情節的聖手。

那麼，為什麼會出現作家學者的言論與小說創作上的自相矛盾現象？其實，20 世紀西方小說家反對的只是以 19 世紀傳統現實主義手段編織的故事情節，他們認為這種故事情節對生活事件的敘述過於明晰、肯定，因果律太強，人為編造痕跡過於明顯。20 世紀西方小說家並沒有拋棄故事情節，相反，他們採用種種現代手段對故事情節進行拆解、化合、延遲、乃至重新組織，使之更加精密和複雜。讀 20 世紀許多現代主義小說，讀者往往感到故事情節不可捉摸，其實並不是它們沒有了，而是被拆解和重新組織了，讀者需要通過「復原」才能弄清其來龍去脈。另外，用來評價 19 世紀現實主義小說的術語「故事情節」已經與這種敘事的精密化、複雜化不相適應。對故事情節的批評，包含著重建小說敘事的願望和努力在裏邊，卻絕對與拋棄故事情節無關。在 20 世紀後半期，各種總結現代主義小說經驗的著作紛紛出籠，「限制敘事」、「客觀敘事」、「敘事時間」、「象徵」等成為其中的關鍵字，這些術語都與敘事的複雜組織和建構密切相關。這也從一個角度反映出 20 世紀小說對故事情節的重視，對敘事的重視。

反觀中國小說的現代化進程，在 1918-1927 年這關鍵 10 年，走的卻是和西方小說截然不同的道路。中國傳統小說被看成「引車賣漿者流，街談巷語之小道」，其民間性、娛樂性的價值取向，基本上完全依賴故事情節的鋪排和演繹。到近代以降，小說承擔了變革社

會之使命，地位也大幅度提高。小說功能的這種新變化使五四以來中國小說的現代化進程，把消解故事和情節作為突破口成為一種必然。如果要把西方小說和中國小說在 20 世紀初葉的變化作一個比較，西方小說是將故事情節陌生化，而中國小說則是努力將故事情節淡化或消解。[6]

　　五四一代作家的確對講述故事明顯缺乏興趣，這與「五四」作家篤信進化論和文學為人生命題有關。如茅盾在〈評《小說彙刊》〉中指出的：

> 中國一般人看小說的目的，一向是在看點「情節」，到現在還是如此；「情調」和「風格」，一向被群眾忽視，現在仍被大多數人忽視。這是極不好的現象。我覺得若非把這個現象改革，中國一般讀者鑒賞小說的程度，終難提高。[7]

　　茅盾把讀者對小說情節的重視，看成是一種低俗不良現象，認為要提高鑒賞小說的水平，必須革除之。他在《小說研究ＡＢＣ》中，闢專章講西洋小說史，把單純講故事，作為小說的初級形式，留給了古代，以為當前趨勢，情節隸屬於人物，使命在表現性格發展變化，其自身不具備獨立審美價值。[8]持同樣意見的還有郁達夫，他說：「在近代小說裏，一半都是在人物性格上刻畫，一半是在背景上表現的。」不提情節。[9]直到 40 年代有人堅持這樣的看法：「嚴格地說來，一本小說中根本不應有故事或情節，因為這些都是人生所沒有的。」[10]

---

[6] 楊聯芬持這樣的看法，請參閱她的《中國現代小說中的抒情傾向》，北京師範大學出版社 1996 年版。

[7] 文見 1922 年《文學旬刊》43 期。

[8] 文載《茅盾全集》19 卷，人民文學出版社 1992 年版。

[9] 郁達夫：《小說論》6 章，《郁達夫文集》5 卷，34 頁。

[10] 林海：《小說新論》，中華書局 1949 年版，45 頁。

　　五四以後的中國現代小說總體上脫離了古典小說、近代小說以情節、故事為中心的傳統，趨向於「非情節化」，這也是 20 世紀 80、90 年代中國學者的一個基本判斷。凌宇是最早注意到中國小說這種現代轉型的當代學者這一。他在〈中國現代抒情小說的發展軌跡極其人生內容的審美選擇〉[11]一文中認為，在魯迅的《狂人日記》之前，中國「多是注重故事完整性的『情節小說』」。對於轉型之後現代小說的特徵之一，凌宇借用周作人使用過的「抒情詩的小說」[12]一詞，提出了「抒情小說」的概念。凌宇的文章從文類這樣一個相對狹小的範圍來認識現代小說中出現的新質；同時，他不認為「抒情小說」是中國小說現代轉型中出現的唯一品種。儘管沒有展開論述，他還是用「寫實傳統」來與抒情小說相對，這顯示了他謹慎的態度。陳平原在《中國小說敘事模式的轉變》一書中，把情節納入到「敘事結構」的範疇。他擴大了「去情節化」的適用範圍，指出現代小說敘事結構的轉型就是「去情節化」。他把「抒情化」和「心理化」看成敘事結構現代轉型的兩個方向：「五四作家正是主要從這兩個不同的角度來淡化小說情節，實現中國小說結構重心的轉移。」[13]但在補充說明中，陳平原還提到背景、環境描寫等因素同樣起到了「消解」、「淡化」情節的作用。比較上述兩位學者的看法，楊聯芬在《中國現代小說中的抒情傾向》一書中闡述的觀點指涉更廣，牽連更深。

---

[11]　文載 1983 年《中國現代文學研究叢刊》2 期。凌宇指出：自《狂人日記》「以其大膽的內心剖析、直抒胸臆的憤激吶喊，徹底剝脫了情節的束縛，以一種嶄新的面貌出現在中國文壇上」之後，一種嶄新的小說品種──現代抒情小說出現了。這種小說「明顯地融入詩歌、散文因素，具有鮮明的藝術意境，偏重於表現人的情感美、道德美，彌漫著較濃鬱的浪漫主義氛圍。」凌宇並在論文中勾勒出一條現代抒情小說發展的線索，添列其中的作家有魯迅、郁達夫、廢名、沈從文、艾蕪、汪曾琪等。

[12]　周作人：〈晚間的來客‧附記〉，《新青年》7 卷 5 號。

[13]　陳平原：《中國小說敘事模式的轉變》，上海人民出版社 1988 年版，131 頁。

她從本質論的高度理解現代小說的「去情節化」，把抒情化看成現代小說普遍的總體的趨勢：「從總體來看，中國現代小說普遍具有抒情化傾向。這是現代小說與中國古代小說截然不同的地方。」[14]

去情節化是中國小說現代發展的一個重要趨勢，是相當多現代作家的自覺追求。對於後世的研究者，認識到這一客觀事實，是非常可貴的。但問題是，捨棄了故事、情節，小說如何來維持自身絕對必要的趣味與可讀性？如何在體裁上與散文、詩歌相區別？不少「五四」小說，雖然非常「現代」，卻味如嚼蠟，難以卒讀，是否能將其作為小說的常態來接受？「五四」作家對這些涉及小說根本的問題沒有提供令人信服的答案，後世的研究者也沒有對去情節化引起的偏差進行反思。

探討五四以來中國小說現代化進程，「故事性」同樣是一個十分有用的概念。因為它要求小說回歸本體，給敘事性和情節鋪排演繹予以突出關注。事實上，也有一些現代作家、學者強調故事性，而對現代小說的去情節化提出批評。梁實秋說：「一個良好的故事，乃是一部成功的小說之基本條件，一個好故事不一定是一部好小說，但是一部好小說一定要有一個好故事。」他認為「現今中國小說，什九就沒有故事可說。」[15]常風在〈論老舍的《離婚》〉一文中說：「我們的新小說家大都是憑一時的心血來潮提起筆舞弄一氣，隨意許多故事都是很好的隨筆小品文字，而不是小說。一篇小說不一定著重故事，至少也必有點『故事』，在處理、敘述給我們故事時，小說家就顯示出他的本領。」[16]

[14] 楊聯芬：《中國現代小說中的抒情傾向》，北京師範大學出版社1996年版，5頁。
[15] 梁實秋：〈現代中國文學之浪漫的趨勢〉、〈文學講話〉，分別收入梁實秋《浪漫的與古典的》，1927年8月新月書店出版，和《梁實秋自選集》，臺北黎明文化事業股份有限公司1981年10月3版。
[16] 文載1934年9月12日《大公報·文藝副刊》。

在現代作家中，沈從文是強調小說故事性最用力，對去情節化傾向批評最激烈的一個。沈從文提及自己的小說創作時，「故事」一詞使用的頻率相當高。讀者只要稍加留意，會發現他不僅用「故事」指稱〈邊城〉、〈長河〉、〈月下小景〉等代表作，林林總總 200 來篇小說，皆在「故事」名目下出現過。[17]在沈從文，「故事」是小說的一個基本尺度，他不僅拿這個標準衡量自己，也以此為依據，表彰或批評別人。他稱許施蟄存「能以安祥的態度，把故事補充成為動人的故事」，[18]讚揚凌叔華能「從稍稍近於樸素的文字裏，保持到靜謐，毫不誇張的使角色出場，使故事從容地走到所要走到的高點去。每一個故事，在組織方面，皆有縝密的注意，每一篇作品，皆在合理的情形中發展與結束。」[19]對那些不擅長「講故事」的小說家則直率地給予批評。他說穆時英「組織故事綜合故事的能力不甚高明」。[20]又諷刺新小說的寫作，「還多隻停頓到『敘述』上，能敘述故事編排故事已為第一流高手，一切理論且支持了並敘述故事還無能力的作家」。[21]又嘲笑「中國人會寫『小說』的彷彿已經有了很多人，但很少有人來寫『故事』」。[22]

沈從文高揚「故事」大旗，有借此反思「五四」小說傳統的意思在裏邊。故事和情節是小說的基本要素，沒有故事情節，或故事情節不成功，則小說無論如何不算成功。「五四」新小說處於初創期，更應在此處用力，才算腳踏實地。把現代化與重視情節、故事對立

17　參見沈從文：〈《看虹摘星錄》後記〉，〈《沈從文小說選集》題記〉、〈我的寫作與水的關係〉等，以上文字收入《沈從文文集》11 卷。

18　沈從文：〈論施蟄存與羅黑芷〉，《沈從文文集》11 卷，108 頁。

19　沈從文：〈論中國創作小說〉，《沈從文文集》11 卷，177 頁。

20　沈從文：〈論穆時英〉，《沈從文文集》11 卷，204 頁。

21　沈從文：〈新廢郵存底〉第 25 則，《沈從文文集》12 卷，75 頁。

22　沈從文：《沈從文文集》5 卷，42-43 頁。

起來，對於自覺斬斷了與有悠久敘事傳統之古典小說聯繫的五四小說，並非什麼幸事。沈從文的遠見卓識，對熱衷於在現代小說和「現代」之間劃等號的研究者，也是一個警醒。

同時，還應該看到，小說的去情節化傾向，只是一個特殊歷史時期的暫時現象。古典小說寫帝王將相、才子佳人傳奇，那種悲歡離合的故事套路，不能滿足五四作家關注普通人日常生活狀態下的喜怒哀樂，注重作家個性發揮、感情張揚的要求。近代鴛鴦蝴蝶派小說、偵探小說，是在西方世紀末通俗小說大量翻譯的背景下產生的。「《福爾摩斯包探案》的變幻」，「號稱科學小說的《海底旅行》之類的新奇」，哈葛德小說中「倫敦小姐之纏綿和非洲野蠻之古怪」，[23]這些情節光怪陸離的作品給「新小說」家們以震撼，也帶動了他們仿寫的熱潮。其作品，因定位在消遣娛樂，缺乏嚴肅的思想寄予，真摯的感情投射，只一味追求情節的「哀感頑豔」、曲折離奇，所以也被五四作家所唾棄。如此一來，五四作家「把淡化情節作為改造中國讀者欣賞趣味並提高中國小說藝術水準的關鍵一環，自覺擺脫故事的誘惑，在小說中尋求新的結構重心」，[24]就可以理解了。

沈從文自覺打出「故事」大旗的 1928 年，是新文學發生重大轉折的一年。小說追求抒情性和思想的直觀表達，作為一種矯枉過正的權宜之計，有其時代的合理性。但小說畢竟是敘事的藝術，脫離了故事和情節，小說不可能走得更遠。現代小說經過第一個 10 年的發展，正醞釀著一個新的飛躍。使小說正常化，回到基本面和本體，在此基礎上進一步發展的主張，適應了新時代的要求。

---

[23]　魯迅：〈祝中俄文字之交〉，《南腔北調集》，上海同文書店 1934 年版。
[24]　陳平原：《中國小說敘事模式的轉變》，上海人民出版社 1988 年版，125 頁。

二、小說情節設計的多種類型

蘇雪林認為沈從文是一個「說故事的人」,[25]這話語帶諷刺,卻也道出了實情:沈從文的大多數湘西小說,都是在說故事,他也擅長講故事。

講故事必然以敘事為中心,但沈從文小說情節的演繹方式卻算不上複雜、機巧,一般看不到謀篇布局的處心積慮、刻意雕琢。一個事件、一處場景、一種人生,沈從文總是平鋪直敘,原原本本道來,極少用倒敘、插敘、補敘等手段破壞內容的自在性和原生態;也很少安排不同力量間的較量,動作與反動作,或戲劇性衝突。人物生活際遇和處境的變化,不受因果關係的影響,而受制於時間與造化,隨時間消逝和造化給就的機緣,看生活流轉不息,周而復始。如〈蕭蕭〉、〈三三〉、〈柏子〉、〈會明〉等,都是這樣的作品。

這是最本色的故事,它的魅力主要不在結構本身的放任,而來自事件的非凡性與人物身心反應的平和之間的反差所形成之張力。沈從文面對的是湘西,是屈原乘一葉扁舟,尋芷訪蘭的湘西,陶淵明安置他的桃花源的地方;古苗民被一路追殺,潰敗至此,漢人修城牆、築碉堡,把他們圈在有限的保留地裏,兩族人朝夕相見,世代為仇。謠曲、神話在這裏還是活鮮鮮的,支配著居民的心理和生活方式;現代戰爭沒有放過這片荒蠻之地,各路軍閥龍爭虎鬥,造就無數土匪和英雄。沈從文在這荒疆邊地,搜新捕怪、志異獵奇,所寫種種,皆在普通人的生活經驗與閱歷之外,讓讀者感到新鮮和刺激。沈從文對此是自覺的。他在 1930 年給友人王際真的信中,說自己近來準備再寫一些苗族故事,「好像只要把苗鄉生活平鋪直敘的

25　蘇雪林:〈沈從文論〉,1934 年 9 月《文學》3 卷 3 期。

寫，秩序上不壞，就比寫其他文章有味多了的。」[26]。意思是說，只是湘西苗民「原汁原味」的生活，即可敷衍成出色的故事。在 40 年代後期，他在給初學寫作者介紹小說創作經驗時，還舉邢楚均所寫的西南地方性故事為例，說那些作品「帶點原料意味，值得特別注意。」[27]平鋪直敘湘西歷史和現實的原生態，的確是沈從文寫故事的重要法門。他那些最本色的故事，由於題材方面的特異性而大放異彩。

　　偶爾，沈從文也會借用通俗小說技法，在有限範圍內，布置一些神秘的巧合，暗含深意的伏筆和懸念，於緊要處賣個關子，把氣氛渲染得撲朔迷離。如〈三個男人與一個女人〉，寫磨豆腐的年輕人與商會會長女兒戀愛，因身分懸殊，只能秘密進行。敘述人「我」注意到，每一次那女子在門口出現時，豆腐老闆都在「板看那石磨，檢查石磨的中柚有無損壞。這事件似乎是第三次了。」這大約是兩人幽會的暗號。不久，女人突然吞金自殺，原因未作解釋，但文本暗示的思路不外是懷孕或隱情敗露。小說還寫到二個男人潛伏的盜屍動機，號兵對這女子患單相思如醉如癡，女子埋葬後，更是喪魂落魄。號兵對敘述人「我」坦白說了他想盜屍的動機：「因為聽人說吞金死去了的人，如果不過七天，只要得到男子的偎抱，便可以復活。」號兵去墳墓兩次，第一次是想像他到了墳邊，如果聽到呼救聲音，便作一次俠義之事，從墓中把人救出。第二次真的深夜冒雨去盜屍，卻發現那女子的屍體已被其他人盜走。後來，赤裸的女屍在五里外山洞裏發現，豆腐老闆又不知所終。〈漁〉中的故事發生在華山寨。吳姓兄弟的祖父被甘姓仇人所殺，父親臨死時以寶刀相贈，要兄弟兩個用刀「流那曾經流過你祖父血的甘姓第七代屬於朝字輩

---

[26]　沈從文 1930 年 1 月 3 日給王際真的信，《沈從文全集》18 卷，36 頁。
[27]　沈從文：〈新廢郵存底〉（二十三），《沈從文文集》12 卷，68 頁。

仇人的血」。兄弟二人深夜捕魚休憩，來到山上小廟，與和尚交談。從和尚口中，知道甘吳兩姓先人許多往事，包括甘姓第七代中尚有人在世的消息。從文本的暗示可知，那和尚與甘姓第七代一定有莫大的關係，而且和尚的身分也引起了吳姓兄弟的懷疑。但沈從文卻留下這個謎，讓讀者去猜，小說在吳姓兄弟捕魚勞作中戛然而止。〈神巫之愛〉設了一個謎：那白衣美目女子是誰？神巫在跳儺儀式上對眾多向他示愛的女子無動於衷，唯獨這不吐一言的女子撼動了他的心。後來他打聽到這女子住處，夜裏去翻窗幽會，誰知摸到床前，意外發現有姊妹兩個睡在一起。〈都市一婦人〉講述的是「一個很不近人情的故事」。一個經歷極複雜的風塵女子，把自己的後半生託付給了一個年輕、富有、英俊，大有前途的軍官。後來這男子突然被人用藥把眼睛揉瞎了，不久從報章上得到消息，在鄰省捉到了一個行使毒藥的人，只須用少許密藥，就可以使人雙目失明。當這消息講給女子聽時，她「臉色全變」，手裏的磁片也掉在了地上。這風塵女子是否那下藥的人？她擔心男子變心，才下此毒手？讀者可以作合理的猜測，但敘述人同樣沒有揭開這個謎。這眾多小說中，沈從文布疑而不解疑，情節的設計還原為湘西生存狀態，充滿詭異、兇險、神奇、浪漫，令讀者大開眼界。

　　本來，這片非凡的土地，可以安置智勇雙全的英雄，神出鬼沒的大俠，茹毛飲血的巨匪，爭財產、救美人，演出一場生死搏鬥。但活在沈從文小說中的，卻是一群再普通不過的人物：販夫走卒、農人水手、兵士妓女，間或也有土匪強盜，但不是青布包頭，穿夜行衣，會飛簷走壁的那種，一樣的家常打扮和並不特殊的靈魂與肉體。他們的行為並不鋪張場厲，也無豪言壯舉，只在風裏日裏，各按本分把一大堆日子打發過去；環境的嚴酷、時運的不濟，隨時會有災難降臨，他們卻處之泰然，心安理得。那份超常的從容不是故

意做出來遷就某種信念或宗教，它發乎天籟地籟，與生俱來。道理很簡單，外人看來不堪忍受的重負，湘西人卻以為是生活的常態，他們像接受陽光、空氣那樣，接受了劫掠、屠殺和暴虐。

有人把沈從文比作夏多布里昂，[28] 也有人認為他像莫泊桑。[29] 我想，準確的說法，應該是二人的結合——充滿異域情調的浪漫傳奇與日常狀態下的凡人瑣記的結合，看似形同水火，其實充滿藝術張力。對於讀者慣常的審美經驗來說，這是一個挑戰，也正是這一點，極大激發了讀者的想像力與閱讀興趣。

在沈從文此類作品中，情節的逆轉顯得相當突出。亞里斯多德在《詩學》中，就十分重視情節的逆轉，「好人由順境轉入逆境」，他以為是悲劇情節的最佳模式。「逆轉」可以由具體的因素（如性格缺陷、社會力量等）促成，於是有了性格悲劇、社會悲劇；也可以是超自然的力量或天意，這是命運悲劇。沈從文在他的小說情節設計中，充分發揮了「逆轉」的作用。〈旅店〉寫荒野小店的老闆娘黑貓和過路商人的匆匆雲雨情，純粹的生理衝動中展現了生命的剛健和強力，但是不久，客商突然得急病暴亡，原來生命竟也如此脆弱！〈石子船〉寫船老闆與雇工八牛之間小小的衝突，這衝突，凸現的不是階級對立和敵視，而反襯出八牛的任性、單純、可愛。但就是這樣一個鮮活、充滿朝氣的生命，跳下河游泳，一個猛子紮下去，再也沒有浮出水面。〈山道中〉寫兩批行路人先後途經小橋，一批要停下歇氣，另一批堅持趕路，僅僅這一念之差，休息的人即遭搶劫，身首異處。此類作品很多。「逆轉」意味著死亡、失敗或事與願違；「逆轉」的發生，並非什麼人處心積慮的預謀，純粹出於偶然和巧合，惟其偶然，才更顯荒謬、乖戾、殘酷，它在不經意間突然襲來，

28　蘇雪林：〈沈從文論〉，載 1934 年 5 月《文學》3 卷 3 期。
29　侍桁：〈一個空虛的作者〉，載 1931 年 3 月《文學生活》1 卷 1 期。

使人的種種努力、掙扎甚至生命本身瞬間瓦解、消滅。觸目驚心的前後對照給湘西世界憑添了悲涼氣氛。

三、民間故事與佛經故事

我在本書第一章已經列舉了沈從文搜集整理湘西民謠、民間故事和民俗的情況，這為他對其加以利用創造了條件。

沈從文早年創作過一組短劇作品，其中一些篇什從湘西民間取材，如〈鴨子〉和〈霄神〉。在〈鴨子〉中，一個痞子常到食攤前騙吃喝，這天遇到賣鹵鴨的販子葛喜發，又想如法炮製。鴨販急忙把鹵鴨藏在寬大的衣襟裏，哄痞子說可能是霄神拿走了。痞子聽到這話，頓時一機靈，說：「好，好，我們莫談這個吧，那東西靈敏極了，也許聽到。」隨後抱怨自己「運氣太糟了。到手了的東西偏為霄神搶去」，只好悻悻離去。鴨販敬畏霄神，所以只敢暗示，不能明言；痞子也對霄神敬畏有加，才不敢繼續糾纏。〈霄神〉的故事正好相反，寫外甥借霄神欺騙舅舅獲得成功的故事。舅舅正在祭祀霄神，外甥眼饞供桌上的酒肉，就躲在樓上，裝霄神說話，支開舅舅，把滿桌酒肉收入囊中。這些戲劇作品詼諧幽默，的確深得湘西民間「還儺願時酬神的戲劇」──儺堂戲的真意。

沈從文也從湘西搜集民間人物逸聞、故事，在作品中加以利用。散文〈生之記錄〉中記載了一個關於笛子故事，作者明言是「家中一個苗老阿玗」所講。這故事說，一個皇帝得了瘋病，每日大笑不止。皇后懸出賞格，誰治好皇帝的瘋病，就把公主嫁給他。許多人想出種種辦法，甚至有當著皇帝面把兒子四肢砍掉的，皇帝還是笑。到後一個鄉下模樣的人，把笛音向瘋皇帝吹出，只一出聲，皇帝就不笑了。治好了皇帝的瘋病，公主也歸了鄉下人。但後來公主學會

了吹笛子，皇后就把鄉下人殺了。從此笛子傳了下來，其聲悲，是因為有這樣一段悲慘的故事。其實這種民間故事類型在西南地區各民族中十分常見，非苗族獨有。小說〈三貝先生的家訓〉仿古代蒙學讀物《顏氏家訓》，把鄉紳三貝先生的若干「家訓」記錄在案。這些有趣的「家訓」「流傳於 C 城老一輩人口中」，極具民間色彩。此外，一些民間人物在沈從文小說中也不經意出現，如〈豹子·媚金·與那羊〉中，提到故事的來源是大盜吳柔，他「是當年承受豹子與媚金遺下那一隻羊的後人，他的祖先又是豹子的拳棍師傅」。〈長河〉中，師爺從橘子園返回時摔了一跤，被隊長嘲笑時，師爺說：「我學過武藝，跟有名拳師吳老柔磕過頭，不要小看我！」吳柔和吳老柔的身分一個是大盜，一個是拳師，實有相似之處，或許就是同一個鳳凰民間傳說中的人物。

　　沈從文上述對湘西民間文化的利用，大多停留在題材的層面上。更值得重視的是他對民間故事敘事技巧的借鑒，如〈阿金〉、〈媚金·豹子·與那羊〉、〈知識〉，以及《月下小景》中的絕大部分作品。這些作品超越了題材層面，借用了民間故事的情節類型和母題。

　　據沈從文研究者金介甫考證，〈阿金〉的故事原型取自鳳凰民間。[30] 小說寫阿金一心想向一個美貌寡婦求婚，地保四次阻攔，阿金終於繞開地保時，預備給媒人的定子錢又在賭場上輸了個精光。阿金無錢求婚，寡婦遂歸了遠方綢商。地保以為老友阿金聽從了勸告，帶一大葫蘆燒酒前來向他有決斷致賀。〈阿金〉採用民間故事中最常見的反覆式結構：甲要做某事，乙前來阻止，乙給甲幾次設置障礙，使甲不能成功，最後甲動用了厲害的法寶，以為勝券在握，不料依舊慘敗。阿凡提與巴依鬥智，湘西老幌的故事，用的皆是此

30　金介甫：《沈從文傳》，時事出版社 1991 年 7 月中文版，130 頁。

種格式。不過,〈阿金〉沒有把阿金與地保安排成敵對關係,事情壞在地保過分熱心上。

〈媚金·豹子·與那羊〉的情節結構與〈阿金〉相仿。按當地風俗,豹子要獻一隻白羊羔才能與媚金幽會。他一連找了幾處,都不如意。終於在天亮時從一個陷阱裏救出一隻美麗的小羊羔,拿去找媚金時,媚金因時間過久,疑心他負心爽約,就自殺殉情。豹子的結局當然是隨她同赴黃泉。作品除情節的多次回復外,還添了一個道具——羊羔,民間故事裏經常使用此類信物,它本是玉成好事的憑據,結果卻因此罹難。就像魔法師得到一樣寶物,使用不當,反害了自己。

在民間文學研究中,母題是一個十分重要的概念。母題「通常指的是文學作品中反覆出現的人類基本行為、精神現象以及人類關於周圍世界的概念」。[31] 一般作家創作的小說,因其寓意豐富,需要有數個母題構成其主題。但民間故事不同,它往往只有一個母題。沈從文在他的一些作品中,有意將小說的主題還原到民間故事單一母題的層面上。如〈知識〉、〈尋覓〉表現「尋找」的母題,前者找真理,後者找幸福。〈醫生〉和〈慷慨的王子〉都寫主人公如何經受考驗,〈扇陀〉寫伏魔,〈一個農夫的故事〉講鬥智,〈女人〉強調女人善變,〈愛慾〉卻得出相反的結論——女人對愛情執著,狂熱,不吝生命。上述篇什,多取自佛經,底本簡短,重講學說佛理,訓戒意味十足。沈從文按民間故事的母題形態改造了它們,滌蕩掉其中唯我獨尊、順昌逆亡的肅殺之氣,代之以寬容和心平氣和,不趨極端,溫柔敦厚中,隱含著作者對大千世界,萬方生命的感悟與讚歎。

---

[31] 見陳惇、孫景堯、謝天振主編《比較文學》,高等教育出版社 1997 年版,123 頁。

這種處理方式，也化複繁為單純，從特殊到一般，展現出一種樸拙、從容、優雅的韻致。

　　民間故事和小說本是兩個範疇，前者的情節結構是程序化的。場面和細節的涵義具有先驗規定性；後者強調個性化和體驗的實在性。敘事文學發展到 20 世紀，二者進入不同的創作系統，涇渭分明，不相混淆。沈從文的情節設計屬於反常規操作，但情節的取法與筆下湘西生命形式和生活形態緊密結合在一起，確能相互烘托，相得益彰，讀者既領略到小說的古雅機智，也欣賞了湘西世界的瑰麗與奇幻。

　　除民間故事外，佛經故事也是沈從文小說取法借鑒的一大來源。沈從文對佛經故事早有愛好，1926 年 11 月完成的小說〈松子君〉和散文〈圖書室〉中，都提到自己在閱讀從圖書館借讀《法苑珠林》一書。《法苑珠林》是我國現存篇幅最大，最重要的佛教類書，成書於唐代高宗時，有一百卷之巨，它「博引經、律、論原典」，「將佛教故實，分類編排」，[32] 系統介紹了佛教思想、歷史、習俗、傳記、故事等方面的內容。也是在 1926 年，他從佛法僧遊記《大唐西域記》卷七的《婆羅妮斯國記》取材，寫成劇本《三獸蘇堵波》。「蘇堵波」是梵語譯音，意為「寶塔」。故事講一位老爹到三隻獸物狐、兔、猿家作客。狐與猿或銜鯉、或採花果待客，兔子卻空手而歸，受到老爹譏諷。為了證明自己的誠心和友情，兔子以身赴火，把自己燒成了一道菜。可以看出，沈從文對本事進行了相當大的改寫，不僅篇幅大為增加，寓意也有變化：本事強調佛法的考驗，劇本光大的卻是義氣。

32　任繼愈主編：《宗教詞典》，上海辭書出版社 1981 年版，736 頁。

　　1931-1933 年間，沈從文從《法苑珠林》取材，創作了八篇十個故事，加上一篇序曲，結集為〈月下小景〉。[33]現將其中佛經故事及出處介紹如下。[34]

　　〈尋覓〉中的故事講述一個富裕人家，以古代美人為模子，鑄金像一尊，為兒子選親。而恰巧有另一富裕人家，鑄銀像一尊，為女兒招婿。二人品貌門戶般配，正是一對佳偶。但他們幸福生活剛過半年，男子受到從空中吹來的異毯、奇花、古書吸引，離家去尋找流奶淌蜜的朱笛國。到朱笛國後，聞聽這裏的國王也為一本古書所誘，外出尋找更神奇白玉丹淵國。朱笛國國王返回後，向這男子告訴了白玉丹淵國種種情形。他們由此悟到痛苦產生於不知足的道理。這篇作品的本事出處較雜：其中金像銀像之說在《樹提伽經》、《賢愚經》等佛經中都有記載，見《大藏經》第四冊、本緣部下。朱笛國描寫出自《佛說樹提伽經》，見《法苑珠林》卷五十六，富貴篇引證部。白玉丹淵國描寫出自《長阿含經》，見《法苑珠林》卷二，三界篇四周方土部第六。沈從文是把佛經故事中的這些片斷整合成一個完整的故事。

　　〈女人〉的故事講述一個國王陶醉於「天下最美男子」的稱譽，卻被一隻能說會道的鸚鵡無意中道破真相。國王得知天下另有男子

---

[33]　據沈從文自述，創作〈月下小景〉故事集有兩個原因。其一是他此時正與張兆和熱戀，創作這些作品是為娛樂愛聽故事的張兆和五弟。這些小說都注明「為張家小五哥輯自法苑珠林」，就是如此來歷。其二是他在青島大學任教，為學生開設「小說史」課程。他認真研究了佛經中「記載故事的各種方法」，以備教學之用。

[34]　沈從文在〈月下小景〉中各篇佛經故事末尾雖都注明本事所出之經律論，但要查找源頭，還需從沈從文所依據的《法苑珠林》入手。日本學者小島久代、吉野尚政為查找本事的出處做了大量工作。小島久代的成果收在他所著的《沈從文——人與作品》（汲古書院 1997 年版）一書中，吉野尚政的相關成果收在 2000 年《湘西》2 號。我本人對此也作過一些考察。此處引用的主要是兩位日本學者的成果，特向他們表示感謝。

堪稱「最美」，就派人執手論宣召那年輕人晉見。青年人動身後想起忘記了帶一些東西，返家取時，卻發現恩愛的妻子在與情人幽會。受此打擊的年輕人神情萎頓來到京城，下榻在賓館裏。賓館連著國王的馬廄，夜裏他無意中看見王后與馬夫幽會。青年後來把此事講給國王聽，二人皆對女人感到困惑，於是結伴外出尋覓答案。這篇故事的本事出自《法苑珠林》卷七十五，十惡篇邪淫部、奸偽部第三。

〈扇陀〉中的故事寫波羅蒂長國被一個仙人詛咒永不下雨。不出三年，河流乾涸，五穀不生。國王弄清楚是仙人作怪，卻想不出破解的辦法。國中有一個美貌女子叫扇陀，自告奮勇去降服仙人。她攜五百美女及各樣享受之物，到仙人住處紮營。扇陀指揮眾美女日夜鶯歌燕舞，仙人未經人事，初不以為意。漸漸感到好奇，繼而受到誘惑，最後被美色俘虜，死心塌地供扇陀驅使。仙人心欲已動，神通即失，波羅蒂長國久旱終於解除。這篇故事的本事出自《法苑珠林》卷七一，罪福篇五慾部、呵慾部第四。

〈愛慾〉包含三個故事。其中〈被刖刑者的愛〉講述一男子攜妻子外出遊學，迷失在沙漠中。終於走出沙漠，男子卻因為求學甚篤，忽略了感情之事。久而久之，妻子移情，愛上一個被刖刑者。男子被妻子所害，大難未死，在異國效力，官至總督。多年後，夫妻重逢，妻子仍愛那被刖刑者。丈夫因掛念為國效力，遂把金錢全部贈與婦人，隻身回到祖國。這篇故事的本事出自《法苑珠林》卷六十四，國王部卷三。〈彈箏者的愛〉本事出自《法苑珠林》卷第二十一，士女篇俗女部、述意部、奸偽部第二。原文寥寥數句：「昔舍衛城中有一婦女，抱兒持瓶詣井汲水。有一男子顏貌端正，坐井右邊彈琴自娛。時彼女人欲意偏多耽著彼人，彼人亦複欲意熾盛耽著女人。女人欲意迷荒以索繫小兒頸懸於井中，尋還挽出，小兒即死。愁憂傷結呼天墮淚。」沈從文的小說情節前半部分與本事基本相同，

卻有另一個不同的結尾：那女子當夜去彈箏者房中幽會。男子受女子魅惑，隨即感到恐懼而逃走。女子縊死。〈一匹母鹿所生的女孩子的愛〉寫一個得仙人靈氣之母鹿所生女子的不幸遭遇。她嫁給國王，卻在宮中傾軋中失意，流落民間。她為國王生養了一千個兒子，二十年後又因此尊貴，被國王迎回宮中。當初陷害她的邪惡嬪妃全部受懲，卻換不回她已經失去的美貌青春。女子傷心於此，設計讓國王殺死了自己。本事出自《法苑珠林》卷二十八，神異篇胎孕部第四，也見《雜寶藏經》之〈鹿女〉。

〈獵人故事〉中，兩隻雁鵝與烏龜生活在一處蘆葦塘裏，他們雖然稟性、志趣各不相同，卻成為了好朋友。一日他們共同生活的蘆葦塘發生大火，兩隻雁鵝要救烏龜，讓烏龜用口銜一木，他們各銜木的兩端，預備把烏龜帶出危險區域。臨行時，雁鵝再三叮囑不得說話。但在空中飛行時，地下孩童皆感到好奇，指指劃劃，大聲議論。烏龜對種種不實之詞忍不住張口辯解，結果落了下去。故事本事出自《法苑珠林》卷八十二，六度篇忍辱部、引證部。

〈一個農夫的故事〉中的青年男子與舅父入皇家庫房盜竊，卻將所得散發給窮人。國王布下機關，要捉二人。舅父救出外甥，自己卻身首異處。國王料定青年男子要來收屍，遂把舅父屍體棄於街市，以做誘餌。男子極其聰明，施巧計取回了舅父骨灰。國王又用美貌公主引誘，結果公主失身，且所生孩子被青年騙走。青年來到鄰國，以才智得到國王信任，要立為太子，並許諾他娶國中最美女子為妻。青年說他只娶公主為妻，最後如願以償，大富大貴。故事的本事出自《法苑珠林》卷三十一，潛遁篇述意部、引證部第二。

〈醫生〉中，穿珠人懷疑一個醫生將他的珠子藏匿，而實際上是一隻白鵝將珠子吞進腹中。醫生知道真相，為保護白鵝，卻不肯明說。他遭到穿珠人的毒打，血流滿地。白鵝前來吃血，揮之不去。

焦躁的穿珠人一腳將白鵝踢死。見白鵝死去，醫生長歎一聲，才說出真相。故事本事出自《法苑珠林》卷八十二，六度篇持戒部、引證部。

〈慷慨的王子〉中，葉波國有太子須大拿，樂善好施，到了毫無節制的程度。他打開國庫，珍寶任百姓車載斗量；葉波國鎮國之寶——白象也被他慷慨地送給了敵國。須大拿因此被罰獨住檀特山十二年。在赴檀特山途中，他又將錢財、衣物、食品等一一散去，把一雙兒女也拱手送出。一個大神變幻人形，向須大拿索要妻子，以試探他慷慨的限度時，他也毫不猶豫。他的行為感動天地蒼生，最後平安回朝，兒女團聚，與鄰國也消弭仇怨，白象複歸。此故事本事出自《法苑珠林》卷八十，六度篇佈施部、局施部、通施部。

從以上介紹可見，沈從文雖借用佛經故事，但他感興趣的不是佛教戒律。這些故事，從內容上分，可以有兩類。一類頌揚女性的美麗，她們的聰穎，她們的執著於信念、執著於情愛。〈扇陀〉寫扇陀以女性的聰明和性魅力征服仙人的故事。仙人初始時，自信霸道，後在扇陀的強大攻勢下，因貪戀色欲，以致神通盡失。〈愛欲〉三篇裏的女子，都敢於決斷、承擔，為愛情赴湯蹈火，毫不退縮。沈從文稱這些女子是「真正的人」。這些故事，其實只是以佛經本事為引子，其原意盡失。佛經中，女性代表誘惑，代表奸邪，她們常常破壞男人的修持。沈從文是反其意而用之，讚譽了情慾的力量和美麗。這與他的一貫表達的思想是一致的。另一類是〈醫生〉、〈慷慨的王子〉這樣寫犧牲、承擔命運之美的作品。

四、口頭故事形態與〈月下小景〉框架故事集

在書面文學的時代，沈從文把自己小說的接受對象設想為聽眾，而不是讀者，在形態和包裝上向口頭故事靠攏。由敘述人與聽

眾相互穿插、對話組成一個故事場，為他筆下的湘西世界創造了民間性、傳奇性氛圍和背景。就像一位氣度不凡的老紳士，走在霓虹燈閃爍的大街上，忽然哼起「大姐走路笑笑地，一對奶子翹翹地」一類民謠，我們驚訝之餘，不能不對其含義與前景做出解釋、判斷。

在沈從文的小說中，舉凡以「XX故事」為題的作品就有10餘篇，如〈一日的故事〉、〈自殺的故事〉、〈用A字記錄下來的故事〉、〈獵野豬的故事〉、〈闕名故事〉、〈說故事人的故事〉、〈同志的煙斗的故事〉、〈平凡故事〉、〈獵人故事〉、〈一個農夫的故事〉等。除此之外，更多的作品以講故事的形式開場：

> 我的故事的來源是得自大盜吳柔。吳柔是當年承受豹子與媚金遺下那一隻羊的後人，他的祖先又是豹子的拳棍師傅，所傳下來的事實，可靠的自然較多。後面是那故事。
>
> ——〈豹子・媚金・與那羊〉

> 因為落雨，朋友逼我說落雨的故事。
>
> ——〈三個男人與一個女人〉

> 因為有一個穿著青衣服的女人，常到住處來，見到桌上的一個舊式煤油燈，擦得非常清潔，想知道這燈被主人重視的理由，屋主人就告給這青衣的女人關於這個燈的故事。
>
> ——〈燈〉

> 於是宋媽說這個故事給大家聽。
>
> ——〈獵野豬的故事〉

敘述人作為人物之一在開頭出場，後邊的故事由他主講，聽眾是他的朋友、情人或同伴，楔子過後是故事正文。故事結束，敘述

人有時加以評論總結，有時乾脆不說什麼。敘述人不同於中國章回小說中的說書人，後者主要以語態的形式存在，突出的是聲音和口氣，敘述人傳統來自歐洲，哈代、莫泊桑、康拉德作品中找得到一大堆例子：

> 我要講的這個故事已經是很久以前的事了。
> 　　　　　　　　　　　——莫泊桑：〈怪胎之母〉

> 這個教了許多年的書而又閱歷很深的人講出下面這篇故事。
> 　　　　　　　　　　　——哈代：〈一隻插曲罷了〉

　　誰都看得出來，無論沈從文還是哈代、莫泊桑，所講故事的正文與楔子間的聯繫徒有其表，是純裝飾性的，能夠發現此種聯繫的只有讀者，不會是聽眾。作家硬給寫出來供人閱讀的小說憑添這麼一個說—聽框架，會被一些人認為是畫蛇添足。連以「會寫故事」著稱的老舍，談到他平生最服膺的英國小說家康拉德，對他「按著古代說故事的老法子故事是由口中說出的」，也不願苟同，以為「用這個方法，他常常去繞彎，這是不合算的。」[35]

　　沈從文倒是樂此不疲。除上面所舉三篇外，還有〈第四〉、〈醫生〉、〈都市一婦人〉、〈說故事人的故事〉、〈虎雛〉、〈夜〉、〈廚子〉等。敘述人和聽眾的地位十分突出，他們異常活躍，對話、應答、詰難，尋出各種理由，把各種故事講下去。〈第四〉中的「我」苦於創作力枯竭，受朋友誘勸，到杭州散心，泛舟西湖，朋友給他講故事聊作消遣，後邊的故事按順序排第四，故名〈第四〉。〈醫生〉的故事由醫生自己主講，起因是當地藝高德劭的他有一天忽然從眾人眼裏消失，半個月後歸來，正預備瓜分他財產的鄉黨同僚失望之餘，

---

[35]　《老舍文集》15卷，人民文學出版社1993年版，303頁。

願聞其詳，他就把來龍去脈告訴大家。〈夜〉是沈從文創作的湘西小說中最奇詭的一篇，寫主人公我和四個兵士的一次夜間行軍經歷。他們在險惡的山中迷失了方向，結果誤闖進一處荒山孤屋。我覺得屋主人深不可測，就想到用講故事的形式引老者開口，以探知底細。結果大家講出一個個故事，臨到老者，天已亮了，他領著我來到臥室，那裏躺著他剛剛死去的妻子。講故事的理由千奇百怪，故事也千姿百態。

　　一個較完整、系統的故事框架的形成，是在《月下小景》故事集中。沈從文最初對〈月下小景〉的設計，就是仿《十日談》、《一千零一夜》、《坎特伯雷故事的集》一類框架故事。沈從文自己承認：「這些故事照當時估計，應當寫一百個，因此寫它時前後都留下一個關節，預備到後來把它連綴起來，如《天方夜譚》或《十日談》形式。」[36]可見他最初是在構思一部宏大的框架故事。

　　〈月下小景〉框架故事集最後沒有能夠完成，如他說的「時間精力不許我那麼辦」，以致「內容前後不大接頭」，[37]最後只成 9 篇，共 11 個故事。沈從文對《月下小景》故事集作過多次修改。我們以散見於《現代》、《新月》、《東方雜誌》發表的各個故事為底本，對照 1933 年 11 月上海現代書局初版《月下小景》故事集，可以發現，後者的修改之處相當多。歸納一下，可以發現作者有兩點意圖：其一，使〈月下小景〉各篇在體例上更趨一致、協調，以符合框架故事的規範。如作為「序曲」的〈月下小景〉在《東方雜誌》初次發表時，開頭是這樣的：「傍了省邊境由西藏橫斷山脈長嶺腳下」，後來的版本刪去了「西藏」字樣，用「XX」代替，使故事的背景融入作者所構築的湘西世界；這篇小說在雜誌發表時沒有副標題，結集

---

[36]　沈從文：〈月下小景・題記〉，《沈從文全集》9 卷，216 頁。
[37]　沈從文：〈月下小景・題記〉，《沈從文全集》9 卷，216 頁。

時，添上了「新十日談序曲」字樣，使此小說成了框架故事集的序曲。其他一些故事在雜誌發表時，那群販夫走卒講述故事的地點用「XX」省略，未知其詳，結集時，確定為「金狼旅店」。其二，對女性的態度發生了微妙的變化。〈月下小景〉框架故事集中的各篇，多與女性有關，她們美麗、聰慧、執著。因此，作者在修訂時，最大限度地保持了對女性的尊重。如〈扇陀〉1933 年 1 月初次在《現代》雜誌發表時，故事講述者有一段話：「由於你們過分的尊敬，使她們常常忘卻了自己是一種什麼樣不完備的低能的兩腳畜牲，久而久之，她就會裝模作樣來踐踏你了。」另一段：「一個女人在身體方面有些部分高腫，有些部分下陷，與一個男子完全不同。」1933 年出版時，這些話都刪去了。

所謂框架故事，即為某一種因由，比如阻止某事發生，或用故事進行爭辯、反駁，使幾十、上百個故事從不同的敘述者或一人嘴裏說出。世界上最著名的框架故事集是阿拉伯民族的《一千零一夜》。故事集的起因是暴虐的國王山魯亞爾每天娶一個王后，第二天即殺死。宰相聰明的女兒山魯佐德為其他女子免遭厄運，自願嫁給國王。第一夜她給國王講故事，引國王發生興趣，沒有殺害她。此後她夜夜給國王講故事，一直講了一千零一夜。最後國王悔悟，和山魯佐德白頭偕老。《一千零一夜》除了山魯佐德講故事這一線索貫穿始終外，故事中的一些人物也講故事，形成了大故事套小故事的結構。義大利文藝復興時期作家薄伽丘的《十日談》也是一部框架小說集。故事的起因是義大利佛羅倫斯城的十個年輕男女為躲避黑死病，搬到一所鄉間別墅。他們決定以故事會的辦法作消遣，每天大家輪流講一個故事。他們在別墅裏住了十幾天，講了十天故事（星期五和星期六為祈禱日，不講故事）。這十天的故事活動，引出了《十日談》的全部作品。這些故事按照時間順序，依次排列。每天十個

故事，合為一組，共十天一百篇。薄伽丘通過這種結構方式，把不同內容、不同主題的一百個故事彙集在一起，形成一個既豐富、又有序的整體。中國古代同樣有自己的框架故事集，這就是清人艾衲所著《豆棚閒話》。故事的起因是江南某地，一戶中等人家在屋旁種些瓜豆，其藤蔓順竿攀緣而上，縱橫交錯，涼棚成焉。村中男女老幼，來此納涼，講故事就成了最好的消夏方式。故事的開端常緣於闡述一個人生道理，表達一種定見，或反駁之。如第一則「介之推火封妒婦」中的兩個故事都講婦人性喜嫉妒。第二則「范少伯水葬西施」討論「紅顏」是否「禍水」。贊同者講出妲己褒姒的故事，反對者則舉西施故事相對。各為一種因由，眾人把故事一天天講下去。豆棚故事漸漸遠近聞名，聚集日眾。因擔心招惹官府，且秋霜已至，豆棚主人聽老者建言，砍去豆棚，結束了故事。

與上述框架小說集相比，沈從文〈月下小景〉故事集對「框架」的設計給人先天不足之感。首先，從他在各篇前留的關節看，講述故事的時間只有一個晚上，看不出第二、三夜還會繼續下去，如此短暫的時間，指望講完預定的一百篇故事，顯然不可能；就是收入〈月下小景〉的十一個故事，用一個晚上講完也很勉強。儘管這套行文程式本質上講都是假設，但單位時間內故事容量總有一定限度，這一點不便去破壞它。第二，缺乏對故事講述的「現場管理」，故事講述完全處於自願和放任狀態，本來客店老闆或老闆娘可以擔當此任，如《十日談》裏，由他來點名、攤派、批評、鼓勵，把眾多故事有條不紊安排在一定秩序裏，而〈月下小景〉中老闆的形象黯淡無光。

儘管有上述不足，〈月下小景〉仍不失為中國罕見的框架故事集所具有的風範。其序曲不像一般框架故事那樣，格外介紹敘述人與故事緣起，而給故事的講述提供了背景氛圍：「傍了 XX 省邊境由北

而南的橫斷山脈長嶺腳下，有一些為人類所疏忽歷史所遺忘的殘餘種族聚集的山寨。他們用另一種言語，用另一種習慣，用另一種夢，生活到這個世界一隅，已經有了許多年。」這是天遠地偏的「另一個國度」，寨堡露猙獰輪廓，鼓角相聞，火燎在林間閃動，一切是漁獵時代蠻荒、原始、浪漫景象。如此，後邊接踵而至的故事獲得了存在的依據。

〈月下小景〉更因一群故事講述者和聽眾的存在，散發出奪目的藝術光輝。故事講述的地點在一個地區不甚明確的荒山客棧的冬夜。「在金狼旅店中，一堆柴火光熊熊，圍了這些柴火坐臥的旅客，都想用動人奇異故事打發這個長夜。」故事的起因分兩種情形。第一種情形中，這群人講故事的目的雖只是消磨時間，但每個故事的生發，卻常為和一個未出場的敘述人的故事有所對抗。例如第二篇〈尋覓〉，起因是一個成衣匠說了一個十分悲慘的尋覓故事：

> 在這個故事前面那個故事，是一個成衣匠說的，他讓人知道在他那種環境裏，貧窮與死亡如何折磨到他的生活。他為了尋找他那被人拐逃的年青妻子，如何旅行各處，又因什麼信仰，還能那麼硬朗結實的生活下去。他說，「我們若要活到這個世界上，且想讓我們的兒子們也活到這個世界上，為了否認一些由於歷史安排下來錯誤了的事情，應該在一分責任和一個理想上去死，當然毫不躊躇毫不怕！」成衣人把他一生悲慘的經驗，結束到上面幾句話裏後，想起他那個餓死的兒子，就再也不說什麼了。

眾人聽了這個故事都「悒鬱不歡」，成衣匠自覺內疚，要求其他人講一個快樂故事，這才輪到一個滿臉鬍子的瘦子上場。〈扇陀〉故事的起因，是先前一個販騾馬的商人，講述自己對他那「性格惡劣

的婦人，加以重重的毆打，從此以後這婦人就變得如何貞節良善」的故事，聽得一些旅客「撫掌稱快」，預備將來回家「如法炮製」。這販騾馬的商人受到鼓勵，進一步發揮了一通對女人「不要尊敬她們。把他們看下賤一點，不要過分縱容她們」的話。故事和結論說得稍稍過分，一個巡行商人不忿，因為他的看法與販騾馬商人正相反，他相信，「女人是世界上一種非凡的東西，一切奇跡皆為女人所保持，凡屬乘雲駕霧的仙人，水底山洞的妖怪，樹上藏身的隱士，朝廷辦事的大官，遇到了女人時節，也總得失敗在她們手上，向她們認輸投降。」於是他講了扇陀如何馴服仙人的故事。〈獵人故事〉、〈醫生〉、〈慷慨的王子〉各篇皆如此。

第二種情形是為了補充或反對〈月下小景〉故事集中已經存在的其他故事。如〈女人〉起因是〈尋覓〉中提到金像銀像。〈愛慾〉的三個故事，全因〈扇陀〉和〈一個農夫的故事〉而起，對「女人征服一切，事極容易」之說加以補充、拓展或反評。〈一個農夫的故事〉因〈獵人故事〉而起。〈月下小景〉故事集由此形成一個由敘述人逞強鬥嘴形成的張力場，唇槍舌劍，你來我往，每一種得到敘述者肯定的品格、行為，都受到來自相反論點的挑戰，自然金狼旅店的聽眾始終沒有形成一致的輿論。這種思想上信奉的相對主義貫穿在〈月下小景〉中。

同樣值得重視的是故事與講述者之間的關係。儘管有些不可思議，文本作者卻給敘述人安排了如下格局：敘述人和故事主人公常有一種替換關係，他們既是敘述者，又是故事主人公，他們經常講的是自己的故事。如〈尋覓〉講述一個富有英俊男子與一個富有美麗女子結了婚，他們本來生活幸福美滿，但因為一日從一朵異花，一條精美毯子，一本古書中得知有朱笛國，那裏一切更優於自己的生活，遂決定出發去尋覓這理想國度。他到達朱笛國後，得知國王

行為和他相仿,受一本叫《白玉丹淵國散記》古書的吸引,去尋找那個比朱笛國更美妙的國度,此時剛剛返國。二人問答之間,國王講述了他對「安分守己」、「知足長樂」生活哲學的領悟,年輕人卻從自己行為中悟到不斷尋覓和追求的快樂。年輕人講完故事,聽眾問他與故事中年輕人的關係,他說,自己旅行了二十五年,只是在一個深山旅店裏聽了一個成衣人的故事後,得到了他要需要的東西,現在他應當回家看自己美貌妻子了。原來他就是故事中那個在各處旅行了近三十年的年輕人,原來他是在講自己的故事。〈女人〉同樣如此。故事中的國王和青年人都有妻子與人偷情經歷,他們不明白為何女子難以捉摸,於是相約出發去尋找因由,如今來到金狼旅店。同類故事還有〈獵人的故事〉。他們經過故事中所述艱辛尋覓,又湊巧都途經金狼旅店,前途不可知,明天又要繼續上路。敘述人和故事主人公相互穿插不僅使故事可信性得到確認,更主要的是,這種「穿插」,打破了時空阻隔,讓古代和異域的國王、秀才、旅行者、商人在今天相逢在此地。沈從文文筆恣肆,非凡的想像力令我們歎為觀止。

　　故事形態用在現代小說中,並非如老舍所理解的「不合算」,或畫蛇添足,它對小說表現對象有強大的規定性和改造作用。你可以想像一列大蓬車中的流浪漢指天劃地,荒野夏夜一群販夫走卒圍坐在篝火旁擺古論今,這正是沈從文所要創造的境界,他擬定的故事由這類人編撰,由他們傳播。我把它的特質概括為虛構。文學雖然從本質意義上講都是虛構,但現實主義作家卻謀求以現實本來的樣子反映現實、貼近人生,講故事則是發揮人的幻想能力,只要通情達理、圓滿自足,能取悅聽眾,不必管它海闊天空、有無對證。沈從文請講述者登場的同時,也就把這樣自由處理事件的權力移交給了他們。對這一點,沈從文是充分自覺的,他經常強調他故事的虛

擬性:「我不大明白真和不真在文學上的區別……精衛銜石、杜鵑啼血,事即不真實,卻不妨於後人對於這種高尚情操的嚮往。」[38]他引王爾德為知音,因為這位英國作家說:「文學之美妙,即在於能使不生存的人物生存」。[39]沈從文作品中,也不乏拿故事與人尋開心,隨後拆穿真相的例子。〈燈〉中,敘述人為贏得青衣女子愛情,給她講了一個老兵和燈的故事,故事頗具磁性,青衣女子為湊成那故事,在另一個晚上,著故事中女主人公裝束翩然而至,敘述人見大功告成,才點穿一切皆出自杜撰。〈月下小景〉故事集中的〈一個農夫的故事〉,敘述人講一個年青人如何運用聰明智慧,贏得公主愛情,在座聽眾如醉如癡,一個歷史學家愚蠢地問故事有何出處,敘述人答,因自己得到一筆遺產和一個女人,心中高興,想把這快樂與大家分享,才編了這個故事。

　　五四「關注人生」、「表現自我」文學大潮洶湧澎湃,沈從文獨獨斬斷他的湘西世界與現實直接對應關係,把它放置到遙遠年代傳奇、民謠、故事生成的背景中去,遂成空谷足音,難為常人理解。其實也簡單,這正是他夢中的湘西,他要塑造的湘西。故事場與沈從文小說情節設計類型一樣,都是為塑造這樣一個湘西世界服務;同時,故事場也成了湘西世界的組成部分。沈從文表現的是處於原始狀態的湘西生活,而故事具有保存素材、原料的性質,它與沈從文筆下湘西世界生命形態和生活方式之間具有內在同構關係。

　　不少學者喜歡從社會學角度,探討沈從文筆下湘西世界在外力作用下瓦解、崩潰的過程。若從故事角度看,他苦心孤詣營造的湘西世界,因講故事而確立,也因故事的消散而解構。〈邊城〉之後,

---

[38] 沈從文:〈《看虹摘星錄》後記〉,《沈從文文集》11 卷。
[39] 《沈從文文集》5 卷,192 頁。還可參考〈《阿黑小史》序〉,收入《沈從文文集》5 卷。

沈從文講故事的熱情漸次冷卻。兩次湘西之行摧毀了他的湘西夢，不得不回到現實中；更主要的是，近二十年都市生活，沈從文已經脫胎換骨。不再有故事，就很難再有湘西。所以，沈從文最後兩部湘西小說《芸廬紀事》和《雪晴》難以有新的突破是必然的。《雪晴》中儘管有一個故事敘述者，而且是土著軍人的身分，但卻不能與眼前發生的「漁獵時代的戰爭」相協調。湘西世界在沈從文自己手中完結了。

第五章　作為敘事手法的客觀化與象徵

一、客觀化敘事在現代小說中的地位

　　中國現代小說的抒情化傾向（以淡化情節為前提）或許滿足了作家借小說直接表達思想意緒的願望和衝動，但它脫離了小說「故事情節」的基礎，同時，也與世界現代小說追求客觀化的一般趨勢背道而馳。而沈從文，不僅堅持了故事性，更將客觀化引入到小說中。

　　客觀化作為一種敘事方法，被小說家提倡和應用，可以追溯到19世紀後半期歐洲現實主義和自然主義流行的時代。法國現實主義小說家福樓拜是客觀化的積極倡導者，他在1875年12月致喬治·桑的信中有一句名言：「藝術家不該在他的作品裏露面，就像上帝不該在自然裏露面一樣。」左拉標榜的自然主義，將客觀化奉為其中一個重要的小說創作原則。他指出：「小說家只是一名記錄員，他不准自己作評判、下結論。一名學者的任務，嚴格說來，只是陳述事實，一直分析到它的終端，而不冒險去作綜合；……小說家同樣應當停留在已經觀察到的事實上，停留在對自然的細心的研究上，倘若他不願意迷失在欺人之談的結論上的話。所以他本人就消失了，他把他的情緒留給自己，他僅僅陳述他所見到的東西。」[1]莫泊桑是福樓拜的學生，又經福樓拜的介紹，加入了左拉的自然主義文學圈子。他同樣主張客觀化，指出客觀化「把生活中發生過的一切都精

---

[1]　左拉：〈戲劇中的自然主義〉，載朱雯、梅希泉、鄭克魯選編：《文學中的自然主義》，上海文藝出版社1992年版，178頁。

確地表現給我們，要小心翼翼地避免一切複雜的解釋和一切關於動機的議論，而限於使人物和事件在我們眼前通過。」他讚賞「用這種方式所孕育的小說就能夠獲得趣味、色彩、起伏不平的敘述和活動的生命。」[2]契訶夫關於「寫客觀」的議論很多，如他給哥哥的信中說：「把你自己整個兒丟在一邊，不要拿自己來作自己小說裏的英雄」，「主觀寫法是怪討厭的」。[3]現實主義、自然主義文學側重於對現實生活本來面目的忠實反映，由此帶來敘事手法的創新，相當程度反映在敘事態度的客觀化上。現實主義和自然主義文學開始有意識地讓作者退出小說，盡可能使其主觀思想感情在對事物冷靜的、不動聲色的客觀描寫中自然地流露，而不像浪漫主義作家那樣，以作者身分刻意擺開議論、抒情的架勢，讓激情漫無節制地直接宣洩。

　　客觀化主張的提出，與 19 世紀後半期歐洲科學突飛猛進的發展，以及理性主義和試驗主義哲學、科學思想的廣泛傳播有很大的關係。但作為一種有生命力的小說敘事方法，它同樣得到受非理性主義思潮影響的 20 世紀西方現代小說家的廣泛認同，而且，其客觀化程度更高，也更徹底。請看卡夫卡在《變形記》（1915）中的描寫：

　　「我出了什麼事啦？」他想。這可不是夢。他的房間，雖是嫌小了些，的確是普普通通人住的房間，仍然安靜地躺在四堵熟悉的牆壁當中。在攤放著打開的衣料樣品──薩姆沙是個旅行推銷員──的桌子上面，還是掛著那幅畫，這是他最近從一本畫報上剪下來裝在漂亮的金色鏡框裏的。畫的是一位戴皮帽子圍皮圍巾的貴婦人，她挺直身子坐著，把一隻套

---

[2]　莫泊桑：〈「小說」〉，載伍蠡甫、胡經之主編：《西方文藝理論名著選編》（中），北京大學出版社 1986 年版，267 頁。

[3]　契訶夫 1883 年 4 月致哥哥的信，徐志摩譯，載 1926 年 4 月 21 日《晨報副刊》。

沒了整個前臂的厚重的皮手筒遞給看畫的人。格里高爾的眼睛接著又朝視窗望去，天空很陰暗——可以聽到雨點敲打在窗檻上的聲音——他的心情也變得憂鬱了。「要是再睡一會兒，把這一切晦氣事統統忘掉那該多好。」他想。但是完全辦不到，平時他習慣於向右邊睡，可是在目前的情況下，再也不能採取那樣的姿態了。無論怎樣用力向右轉，他仍舊滾了回來，肚子朝天。他試了至少一百次，還閉上眼睛免得看到那些拼命掙扎的腿，到後來他的腰部感到一種從未體味過的隱痛，才不得不甘休。

　　格里高爾變成了一隻甲蟲，他全部的記憶和經驗卻還屬於人。這種人變蟲的情形發生在現實生活場景中，其「痛苦」和「絕望」也應該是作者和主人公能夠體驗到的。但從這段文字中我們看到的只是作者的客觀、不動聲色的描寫，絕沒有任何情緒的流露。再看下面的文字：

> 在養魚缸渾濁的水中，掠過一些鬼鬼祟祟的影子。老闆站在原地，動也不動。他那龐大的身軀壓在兩隻撐得很開、挺得筆直的雙臂上，他的雙手緊抓住櫃檯的邊沿，頭部斜傾，近乎威嚇的樣子，嘴巴微歪，雙眼發愣。在他的四周，熟悉的鬼影在跳華爾滋舞，它們像一些在燈罩上盤旋飛舞碰來撞去的飛蛾，像太陽照射下的飛塵，像海洋中迷失航向的一些小船，任憑洶湧的波濤搖晃著易碎的貨物、破舊的木桶、死魚，滑輪、纜繩、浮標、發餿的麵包、刀子和人。

　　這段文字摘自法國二戰後興起的新小說派代表作家羅布—格里耶小說《橡皮》（1953）的尾聲部分。密探瓦拉斯奉命調查杜邦

教授遭人刺殺的事件，他埋伏在杜邦家中，卻把此前只受到輕傷，
回家取文件的杜邦誤殺。瓦拉斯是一個私生子，他隱約感到，杜邦
可能就是他的父親。這是瓦拉斯向酒館老闆追問核實此事後的一段
描寫，他內心的慌亂、驚恐可想而知，但作者並不直接出面對他的
心理活動予以呈現，對此也沒有任何議論和抒情。羅布—格里耶把
自己的態度深深地隱藏在物象背後，充分實現了他首創的「物主義」
理論。

　　西方小說的客觀化傾向，在中國現代文壇同樣激起回聲。茅盾
在〈西洋文學通論〉中提及構成西方文學的兩大要素，即「理知的，
冷觀的，分析的精神」和「感情的，主觀的，理想的精神」，[4]他認
為，文學的發展，思潮的演進，無非是這兩種精神的互相推移，此
起彼伏。茅盾這一描述把小說的敘事態度放大為文學的基本創作方
法，並認定為整個文學史的發展規律。這種看法是否符合實際情況，
仍可商榷。但茅盾從這一角度理解文學，反映了他的藝術敏感。就
西方 19 世紀中葉以降流行的現實主義和自然主義小說而言，茅盾認
為它們呈現出客觀化的趨勢。在〈文學與人生〉一文中說：「近代西
洋的文學是寫實的，就因為近代的時代精神是科學的。科學的精神
重在求真，故文藝亦以求真為唯一目的。科學家的態度重客觀的觀
察，故文學也重客觀的描寫。因為求真，因為重客觀的描寫，故眼
睛裏看見的是怎樣一個樣子，就怎麼寫。」[5]注意到西方小說客觀化
趨勢的中國學者還有葉公超。他的〈寫實主義的運命〉一文，從西
方文學發展史角度闡發小說客觀化大勢：「多數讀過一兩部現代小說
的人，早遲都會感到現代的作家們對於生活的一種明顯的冷淡態

---

[4]　《茅盾全集》29 卷，189 頁。
[5]　茅盾：〈文學與人生〉，《茅盾選集》5 卷，四川文藝出版社 1985 年版，71 頁。

度，一種理智性的中立態度」，[6]他斷言，小說中，作家的態度經歷了感傷、譏諷和訓世三種態度之後，上述傾向將大行其道。

西方小說發展的這種趨勢，福樓拜、左拉、莫泊桑、契訶夫有關敘事客觀化的議論為中國現代作家所熟知。但中國小說是否需要客觀化，卻有不同意見。夏丏尊說：「記事文與敘事文，乃如實記述事物的文字，態度純屬客觀，作者在文字上無出現的必要，並且出現了，反足以破壞本文的調子」，「從前流行的『夾敘夾議』究屬濫調。[7]他把客觀敘事與小說文體特徵聯繫起來看。梁實秋發表於1928年的〈文學的紀律〉一文持與夏丏尊相近的意見，他指出：「文學裏很重要的是作者的態度」，「詩人可以想像最可怕最反常的罪惡，並且引作題材，但是他不能自己捲入罪惡的漩渦，須保持一個冷靜的態度」，這是「文學根本的紀律」。[8]

應該看到，贊同小說客觀化的作家學者，在現代文壇並不占主流。這是因為獲得普遍認可的小說抒情化不僅排斥故事情節，與客觀化也格格不入。更重要的是，在現代文壇，尤其是在1928年左翼文學興起之後，敘述時採用客觀態度，這個本來可以在技術操作層面處理的問題，卻與作家的人生觀甚至政治信念混為一談。作家被要求有鮮明的階級立場，飽滿的政治激情，在敘事態度上又豈能客觀？30年代初期，社會剖析派小說興起後，就被指責為「超階級的、純客觀主義的態度」，沒有「完成其前進作家必然擔負的任務」。[9]以胡風為核心的七月派，主張文學創作要滲透作者的主觀熱情和戰鬥精神，更是把小說客觀化視為大敵。胡風批評張天翼寫作「用的是

6　夏丏尊：〈文章作法〉，見《夏丏尊文集》（文心之輯），103、105頁。
7　葉公超：〈寫實主義的運命〉，《新月》1928年創刊號。
8　梁實秋：〈文學的紀律〉，《新月》1928年創刊號。
9　轉引自茅盾：《回憶錄》（十四），《新文學史料》1982年1期。

多麼冰冷的旁觀者底心境」，說他「對於人生的觀照態度，使他的作品裏完全沒有流貫著作者底情熱」，「就是描寫作者應該用自己底情緒去溫暖的場面，他也是漠然不動的。」[10]像茅盾這樣諳熟西方小說傳統和發展趨勢的作家，五四時期積極贊許客觀化，到 30 年代，受風氣影響，也開始批評吳組湘，說他的寫作態度是「純客觀」的，「太客觀」。[11]

　　在現代文壇總體上不利的大環境中，沈從文開始提出了客觀化的主張，並在創作中努力去實現。他在〈《阿黑小史》序〉中說自己的這部作品「便是我純用客觀寫成，而覺得合乎自己希望的」。他期望「或者還有人，厭倦了熱鬧城市，厭倦了眼淚與血，厭倦了體面紳士的古典主義，厭倦了假扮志士的革命文學，這樣人，可以讀我這本書，能得到一點趣味。」[12]在〈一個母親〉序言中宣稱：「我並不在幾個角色中有意加以責備或袒護的成見，我似乎也不應該有」，自己「只是以我的客觀態度描寫一切現實，而內中人物在我是無愛憎的。」他在這篇序言中還說：「說明上文字的節制是必須的，這是我有意疏於寫景的一種解釋。我以為表現一個理想或討論一種問題，既然是附麗到創作中，那麼即或形式是小說的形式，在對話動作種種事情方面，適當節制為勢所必須，過分的鋪張應當是一樣忌諱」。沈從文把據此態度寫成的〈一個母親〉稱為「試驗性的作品」。[13]在以後的文評中，沈從文始終堅持這一態度，並且把客觀化原則當成衡量小說優劣的一個重要標準，一個開展文學批評的重要尺度。如在

10　胡風：〈張天翼論〉，《胡風評論集》（上），46 頁。
11　茅盾：〈西柳集〉（書評），1934 年《文學》3 卷 5 期。另可參閱嚴家炎在《中國現代小說流派史》（人民文學出版社 1989 年版），197、253-254 頁的論述。
12　沈從文：〈阿黑小史〉序，《沈從文全集》7 卷，北岳文藝出版社 2002 年版，231 頁。
13　沈從文：〈一個母親〉序，《沈從文全集》7 卷，289、291 頁。

1931年時他指出：「諷刺與詼諧，使許多作品用小丑神氣存在，這是稍前時代一種極不幸的事情。」沈從文認為，小說新的發展趨勢是「不詼諧」：「將筆放肆刻薄到作品中人物，先一時成為作家權利的事，近年來乃似乎成為了作家一種忌諱」。[14] 沈從文小說的客觀化特徵，順應了這一現代小說發展潮流，為中國小說現代開闢了道路。

所謂「客觀」，按沈從文的理解，是在敘述中，「不加個人議論」，以冷靜、平實、不動聲色的態度，展示筆下人物的哀樂，反對「熱情的自炫」，「感慨的無從節制」，以及「諷刺與詼諧」。[15] 請看下面兩段文字的對比：

> 禁嚴的大刀隊來往梭巡於中國地界各馬路上，幾乎遇人便劈，不問你三七二十一！是的，這是一群野獸，它們餓了，它們要多多地吃一些人肉。
>
> ———蔣光慈《短褲黨》

> 在這條官路上，有時還可碰到二十、三十的士兵、或者什麼縣裏的警備隊，穿著不很整齊的軍服，各把長矛子同發鏽的快槍扛到肩膊上，押解了一些滿臉菜色受傷了的人走著。同時，還有一些一眼看來尚未成年的小孩子，用稻草紮成小兜，裝了四個或兩個血淋淋的人頭，用桑木扁擔挑著⋯⋯
>
> ———沈從文〈黔小景〉

同樣寫殺戮、流血，蔣光慈慷慨悲憤，深仇大恨沒有絲毫掩飾；而沈從文冷靜沈著，不動聲色。文壇見得多的是蔣光慈式的抒情文體，在情感的放縱中，「將筆放肆到刻薄作品中人物」，對沈從文的

14　沈從文：〈雪〉序，《沈從文全集》11卷，13-14頁。
15　這些議論散見於《沫沫集》各篇，收入《沈從文文集》11卷。

寫法頗不以為然。如左翼批評家韓侍桁就曾批評過〈菜園〉太過客觀。這篇小說寫在動盪的年代裏玉家旗人母子在相依為命,後來兒子參加革命,回鄉被殺,的確是沈從文客觀描寫的典範之作。小說以極其平靜、克制的筆墨,寫到久別重逢,母子團聚;兒子被捕、殺頭;兒子死後三年,做母親的也上吊自殺。下邊是兒子被殺頭後寫母親反應的一段文字:

> 做母親的為這種意外不幸暈去數次,卻並沒有死去。兒子雖如此死了,辦理善後,罰款,具結,她還有許多事情得做。三天後大街上貼了告示,才使她同本城人同時知道兒子原來是共產黨。彷彿還虧得衙門中人因為想到要白菜吃,才把老的留下來,也沒有把菜園產業全部充公。這樣打量著而苦笑的老年人,不應當就死去,還得經營菜園才行。她於是仍然賣菜,活下來了。

　　喪子之痛對一個母親的打擊,沈從文就以這樣平靜、甚至冷淡的筆墨寫出,難怪侍桁要責備他:「那母親迎接兒子的誠意和歡喜,與那兒子的被捕的不幸事件的重要,全被作者兒戲敘述的筆調所毀壞了。」[16]似乎與主人公同甘共苦,才算盡到作者崇高的社會責任與義務。另一個典型的例子是〈邊城〉。翠翠愛二老,她的心理情感活動是從她與爺爺對話中洩露給讀者的。爺爺拿大老送的鴨子逗翠翠,翠翠說:「誰也不希罕那隻鴨子。」此時,二老在沅水行船,翠翠思念遠方心上人,魂不守舍地問爺爺:「你的船是不是正在下青浪灘呢?」順順對翠翠與團總女兒的不同態度,在看龍船比賽時見出分曉,小說不經意地提了一句,順順讓團總女兒「佔據了最好視窗」,

---

[16] 侍桁:〈一個空虛的作者——評沈從文先生及其作品〉,載 1931 年 3 月《文學生活》1 卷 1 期。

翠翠只能坐在後邊。〈長河〉寫夭夭的純情、善良，是通過強調她與
自然的密切關係實現的。第一次出場，是在河邊過渡，夭夭一會兒
看水中鴨子，一會兒撈水中菜葉，又與老水手談論坳上的楓樹林，
一顆小小的心，繫於青山綠水之間，全無塵世俗念。這些看似不經
意的含蓄之筆，含蓄有效地表達了人物的性格氣質。

二、意象與象徵

　　對沈從文而言，情感節制、不議論只是客觀化的表層特徵，更
複雜、更深層次的客觀化是象徵。

　　象徵本是一門古老的文學表現藝術，也是人類最基本的語言表
達方式。玫瑰象徵愛情，彩虹象徵上帝之約，翠竹讓人看到堅貞正
直，流水有時光消逝、柔情、智慧、頑強等意蘊。這些象徵，通過
對可感物象的處理，使之與人類的某些情感體驗、生活經驗，宇宙
的某種超驗模式建立起豐富的聯繫。19 世紀初期的浪漫主義詩歌把
西方古典象徵藝術推向高峰，19 世紀後期的象徵主義文學則開了現
代象徵藝術的先河。二者都承認有一個現象世界和一個彼岸世界，
浪漫主義詩人從自然物象中捕捉彼岸世界永生、永恆的資訊；象徵
主義者認為現實的物質世界是虛幻而痛苦的，只有彼岸世界才是真
實的。象徵主義者還認為這個彼岸世界是神秘的，超驗的，非人的
理性所能把握，只能借助象徵去暗示它的存在。

　　客觀化與象徵之間有著天然的聯繫。本來文學是抒情言志的產
物，但在文學的發展過程中，人們逐漸發現含蓄、內斂比直抒胸臆
更有韻味，更具表現力，客觀化正是這一意識的直接後果。19 世紀
福樓拜、左拉、莫泊桑等小說家主張的客觀化，一般是通過克制、
隱藏敘述人的情緒和態度達到目的，並沒有自覺地與象徵劃上等

號。到 20 世紀，西方小說經歷了又一次客觀化浪潮，手段更趨多樣。
如作者的聲音從作品中更徹底地隱退，互相矛盾的敘事者、不可靠
的敘事者、視野受限的敘事者的出現等；同時，象徵作為客觀化的
手段之一，也被廣泛採用。Ｔ・Ｓ・艾略特說：「詩不是放縱感情，
而是逃避感情，不是表現個性，而是逃避個性。」[17]情感與個性是
作品靈魂，但表現方式卻不是直抒胸臆，筆無藏鋒，讓讀者一覽無
餘。艾略特對現代詩歌的要求，同樣適於現代小說。作為實現這一
目標的具體操作方法，艾略特提出「客觀對應」，即用意象、場面、
細節構築起一個隱喻、象徵系統，通過這種間接暗示，完成敘事任
務。愛略特認為這是以「藝術的形式表達情感的唯一方式。」[18]

　　沈從文最初接觸象徵主義，時間可以追溯到二十年代中後期，
他與胡也頻、丁玲蟄居在北京西山時。沈從文曾說：胡也頻「詩的
形式，無疑的從李金髮詩一種體裁得到暗示。」[19]他稱讚李金髮的
《微雨》「在詩中另成一風格」，[20]1926 年 8 月寫成的散文〈Laomei,
zuohen!〉引了李金髮〈月下〉、〈她〉、〈幽怨〉三首詩。這些都說明，
沈從文對李金髮的象徵主義詩歌是熟悉的。20 年代中後期，沈從文
寫於北京的一些詩作，也有模仿李金髮的精神導師，象徵主義詩人
波德賴爾的痕跡，如〈無題〉中第二節：

>　　把快意分給了妒嫉你的女伴，
>　　把肉體喂了蟲蛆；

---

[17]　《艾略特詩學文集》，國際文化出版公司 1989 年 12 月中文版，8 頁。
[18]　轉引自Ｗ・Ｃ・布斯：《小說修辭學》，北京大學出版社 1987 年 10 月中文版，
　　　107 頁，也可參考《艾略特詩學文集》譯文，13 頁。
[19]　沈從文：〈記胡也頻〉，《沈從文文集》9 卷，69 頁。
[20]　沈從文：〈我們怎麼樣去讀新詩〉，《沈從文文集》12 卷。

只留下那個美豔的影子，

刻鏤在你情人的心上。

再如〈夢〉的第一節：

我夢到手足殘缺是具屍骸，

不知是何人將我如此謀害！

人把我用粗麻繩吊著項！

掛到株老桑樹上搖搖盪蕩！

寫夢境、屍體、死亡、墳墓、蛆蟲，從惡與醜中尋找詩美，是波德賴爾一路象徵派詩人慣用伎倆。沈從文這樣的詩，雖僅見這兩首，寫得卻老辣、精到，不讓前師。

沈從文最早使用「象徵派」一詞，是在1927年8月發表的〈長夏〉中。小說主人公畫了一幅自畫像，長髮、白臉、紅唇，他給情人解釋是「摻和象徵派的方法作成的」。1929年1月10日《紅黑》雜誌創刊，由沈從文執筆寫的「釋名」中，又一次提到「象徵」。可見他對象徵主義已有了相當瞭解。

沈從文在一篇叫〈主婦〉的小說中說：「有人稱我為『象徵主義者』我從不分辯」，隨後又加重語氣：「一個象徵主義者，一點不錯。」這是沈從文第一次明確承認自己與象徵主義的關係，時間是1945年，地點昆明。可能是雲南的「光景異常動人」的山光雲影讓沈從文悟徹了「過去」與「目前」、「抽象」與「偶然」背後隱伏的形而上意義，因為「自然是座大神殿」，在那裏，「顏色，芳香與聲音相呼應」。[21] 更主要的，還是西南聯大特有的學術文化氛圍影響了他。葉公超、燕卜蓀、馮至、卞之琳等，「在介紹現代派文學方面起了先鋒作用。他們在課堂上開講現代派課，自己通過著作、翻譯和編輯

---

[21] 見波德賴爾詩〈應和〉，這裏採用的是梁宗岱的譯文。

活動介紹現代派作品，對在校的青年學子和文藝界有很大影響。」[22]
作為當事人，袁可嘉如是說。金介甫也證實，沈從文在這裏瞭解了
勞倫斯、喬伊絲等作家。[23]此時的沈從文熱衷於談論象徵主義，所
寫〈青色魘〉、〈新摘星錄〉、〈燭虛〉、〈潛淵〉、〈長河〉、〈長庚〉等
作品，篇篇提及「象徵」，幾乎到了言必稱象徵的地步。昆明時期，
沈從文對象徵主義的迷戀深刻地影響了他的思想，改變了他作品的
面貌。

　　沈從文第一篇有象徵意味的小說是〈誘─拒〉，寫青年男子木君
在電影院與一女子相遇，男追女誘，男子漸次放肆，女子來者不拒，
終於男子隨女子離開影院，轉過街巷，走進了一處院落。小說的趣
味不算高，作者以木君自況，在性批判中，難以掩飾性嗜好。唯其
小說對兩性發現、引誘過程，處理上另樹一幟，不使二人有一次對
話、言語交流，提示心理活動當然是一種路數，同時，也採用意象
象徵手段。小說三次提到影戲：第一次是電影中，一個女子先被兩
男子吻抱，前拒後從，引起木君對身邊女人可能持何種態度的猜測。
第二次是走出影院，木君信心大增，以為電影中男主角表達愛情時
說的「精采透闢話語」，等到用時，自己也會口若懸河。第三次，木
君與那女子靈犀已通，又一次提到電影，木君已經在考慮電影上哪
一種擁抱接吻方法可以在目前應用了。象徵的製造，在現代小說中，
主要靠意象的重複加變化，意象在特定場合下反覆出現，暗示人物
關係和心理活動的變化。引影戲意象入小說，與沈從文這一時期酷
愛電影有關。〈誘─拒〉以影戲為象徵，蘊含了對都市人逢場作戲，
只有肉欲衝動，毫無真情實感的諷刺。

---

[22]　袁可嘉：〈西方現代派文學在中國〉，載《半個世紀的腳印──袁可嘉詩文
　　選》，人民文學出版社 1994 年版，297 頁。

[23]　金介甫：《沈從文傳》，湖南文藝出版社 1992 年 2 月中文版，355 頁。

　　另一篇採用象徵手法的小說是〈微波〉。男子其生到西湖遊玩，在春日醉人的風景中，渴望有一些豔遇；恰逢房東太太也來此度假，受春天撩拔，很識風情，見其生後，遂起引誘之意。幾番試探，心中雖想入非非，但終缺乏勇氣，兼及婦人老醜，其生放棄了這次冒險。小說中有一個意象群落：老梅、屠戶、女人的肥腿等，雖嫌粗劣，但明顯在小說中發揮了它的藝術功能。

　　在沈從文的湘西小說中，較早使用意象象徵的是〈蕭蕭〉。蕭蕭被花狗引誘失身，恰逢小丈夫被毛毛蟲螫了手，兩件本不相干的事疊合起來，就有了深意，它象徵花狗的性侵入。蕭蕭抓住小丈夫被螫的手又呵又吮，慌作一團，是追悔自己做了錯事，想把那體內的污穢清除出來。春去秋來，萬物到了成熟季節，蕭蕭懷孕待產，毛毛蟲也結繭變蛾，蕭蕭對那繭蛾全無好印象，見了「就想用腳去踹。」

　　在現代作家的小說中，意象多半由早期使用的比喻發展而來。沈從文不像老舍和錢鍾書，愛立巧喻，追求新怪奇崛，且比喻疊出，令人眼花繚亂。雖然沈從文飽滿受民間文學浸淫，對比喻卻不濫用，除在特定場景中，人物之間打趣弄情引出一些關於性的雙關語和隱喻，並不使它們發展成意象，行使象徵職能。象徵意象，其來源另有途徑。湘西山川靈秀，草木繁茂，風物別致，是出產意象的資源寶庫，沈從文在其中左右逢源。也許因為這一點，他一般並不過分吝惜那些材料，使用上帶有隨機性，一次性使用後，常常不再理睬。如〈雨後〉中吃草莓，〈蕭蕭〉中的毛毛蟲，〈柏子〉裏提盼的「牛」、「纜繩」，〈旅店〉中的黑貓等，都有寓意在其中，本可以大力發展，但沈從文輕易把它們丟棄了，但也有相當一批意象，反覆使用，效果極佳。試列舉如下：

　　魚，有性意味。〈雨後〉提到四狗在阿姐身上胡亂摸索：「像捉魚，這魚是活的，卻不掉，是四狗兩手的感覺。」〈道師與道場〉寫

師兄經不住師弟和翠翠白日調情的撩拔，夜來做夢，「自己狎浪下
灘，腳下還能踹魚類。」〈邊城〉中翠翠初次和二老相識，是在河邊，
二老與翠翠打趣：「回頭水裏大魚來咬了你」，翠翠回答：「咬了我也
不管你的事」。這魚咬人的趣話，翠翠告給了爺爺，兩年後，爺爺向
翠翠舊事重提：「前年還更有趣，你一個人在河邊等我，差點兒不知
道回來，我還以為大魚會吃掉你。」後來爺爺又強調，「現在你長大
了，一個人一定敢上城看船不怕魚吃掉你了。」端午節上，翠翠看
龍舟競渡，見站在船頭搖旗指揮的二老，「心中便印著三年前的舊
事，『大魚吃掉你』，『吃掉不吃掉，不用你管！』」二年間，翠翠與
二老的情感在魚的意象上得到滋養、維繫，「魚咬你」，「被魚吃」，
勾畫出兩人之間情感發展的脈絡。

　　狗常作為男性象徵。〈雨後〉男主人公叫四狗，〈蕭蕭〉中引誘
蕭蕭的男子叫花狗。四狗與阿姐在山野幽會，希望在擁抱接吻之外
再討些便宜。「那時得使四狗只想學狗打滾」。以狗比人，在沈從文
小說中，貶斥意味很淡。除象徵男性外，狗還被當作守護神。〈邊城〉
中翠翠身邊有這樣一條忠實的黃狗，〈長河〉中，天天身邊也有一條
狗，保安隊長對天天起了非分之想，是狗嚇退了他。天天向隊長介
紹這只狗：「它很正經，不亂咬人」它只咬壞人。

　　鹿。這靈性動物，非湘西出產，意象取自《聖經》和佛經。沈
從文對《聖經》和佛教典籍《法苑珠林》皆爛熟於心。《聖經·雅歌》
將新婦比作小鹿、母鹿的例子頗多，如「你的兩乳好像百合花中吃
草的一對小鹿，就是母鹿雙生的」。鹿在佛經故事中，是有神性的溫
和吉祥動物，沈從文取自佛經的〈月下小景〉故事集中，〈扇陀〉一
篇和〈一匹母鹿所生的女孩的愛〉，都曾寫到鹿如何變人，墜入情網
的故事，寫得悽楚動人。鹿作為意象，發揮象徵作用，是在沈從文
的〈阿黑小史〉和〈看虹錄〉中。〈阿黑小史〉中有這樣的句子：

> 把笛子一吹，一匹鹿就跑來了。笛子還是繼續吹，鹿就待在
> 小子身邊睡下，聽笛子聲音醉人。來的這匹鹿有一雙小腳，
> 一個長長的腰，一張黑黑的臉同一個紅紅的嘴。來的是阿黑。

本體阿黑和喻體鹿同時出現，人轉鹿，鹿變人，人鹿交替、疊合，寫盡了阿黑的嫵媚可愛。

〈看虹錄〉中，男主人公充當了一個情癡和引誘者的角色，他寫了一個鹿的故事請女主人看，故事講獵人如何捕獲鹿這美麗動人生物，鹿眼見危險來臨，卻不逃避，與獵人間似乎有所契合。故事雖玄遠，用意卻功利，鹿的故事模擬兩人當時情狀：心已默許，唯束縛尚未最後解除。故事看完，女人果然就範，成就了這個故事。

〈邊城〉、〈長河〉、〈看虹錄〉是沈從文三部象徵色彩最為濃重的小說。〈邊城〉的象徵已經有多個學者談及，王潤華的〈論沈從文〈邊城〉的結構、象徵及對比手法〉是其中最重要的一篇。此文細緻入微地分析了〈邊城〉中白塔、渡船、碾坊、竹林等意象的使用，指出了其中的象徵意蘊。[24]金介甫提到〈邊城〉和〈鳳子〉中虎耳草的性象徵意味[25]此外，〈邊城〉中的象徵還可以從神話原型的高度上加以分析，如王潤華就談到過〈邊城〉中的桃花源原型。我在本書第二章分析〈邊城〉時，對桃花源意象也有涉及。

〈長河〉中的意象營造，有些稍顯直露。如保安隊長巧取豪奪，商會會長不敢不依，但在送錢時，說起本地一隻野豬搔擾鄉里，若有所指。隊長走後，會長這個念頭依然不絕，以至看金魚缸裏的石山，也像一隻倒放的野豬頭。同隊長一道，鼓如簧之舌行騙的師爺，

---

[24] 王潤華文章見 1977 年 9 月香港《南北極》18 期，又載王潤華：《沈從文小說理論與作品新論》，（臺灣）文史哲出版社 1998 年版。
[25] 金介甫：《鳳凰之子——沈從文傳》，352 頁。

長得「尖鼻小眼煙容滿臉」，儼然一匹老耗子，二人在長順家敲詐沒有成功，出了門，師爺「一腳踏進路旁一個土撥鼠穴裏去」，可謂適得其所。隊長和師爺走後，長順鬱悶不樂，「用竹篙子打牆頭狗尾草」出氣，夭夭勸解的話也大含深意：「那些野生的東西不要管它，不久就會死的」，見出樂觀和信心。這些意象羅列手段，雖近於老套，但也不俗。

當然，〈長河〉中極富創意的象徵還是俯拾皆是。沈從文在〈長河〉前言中交待，他是「用辰河流域一個小小的水碼頭作背景，就我所熟習的人事作題材，來寫寫這個地方一些平凡人物生活上的『常』與『變』，以及在兩相乘除中所有的哀樂。」[26]就是說，他寫的是湘西生活的常態，如何在時代大力的壓迫下，仍保持固有美好式樣。這「大力」通過蔣介石臭名昭著的「新生活運動」的到來具體體現出來。湘西人對「新生活」不明就裏，以為和先前中央軍過境沒有什麼區別，不過是派捐拉夫，敲詐勒索。新生活運動將要到來的消息，通過老水手滿滿的誤解，關心和傳播，演化成了象徵形式。老水手實際扮演了一個先知和預言家的角色，他出於好心和防範心理，四處活動，傳播消息，不安與驚懼伴隨著這消息，如鬼影爬上湘西人心頭，疑雲在呂家坪上空飄浮，暗示一場大災難即將來臨。

與此同時，還有一個象徵系列與上述不祥之兆抗衡。首先是夭夭，她是自然的精靈，作者並不給她分派實際角色，她身上突出體現了人與自然的合諧以及由此獲得的神性和力量。夭夭一出場，作者就把她安排在青山綠水間，眼目所及，心念所繫，皆是自然物象，沒有絲毫俗念。她不理睬老水手的玩笑，而「指點遠處水上野鴨子

---

[26]　沈從文：〈《長河》題記〉，《沈從文文集》7卷，5頁。

給姐姐瞧」，隨後，又「注意水中漂浮的菜葉」，到了中流，夭夭又看見了坳上大楓樹「葉子同火燒一樣，紅上了天」。在橘園摘橘子，夭夭也能把它變成一場遊戲，拿一隻網兜子，在各個樹下跑動，專選最大的摘，卻不為勞動所役，遇到蜻蜓，看見野花，她會放下手中活計，一路追過去。小小心子，裝的全是下河摸魚，到河洲捉鵪鶉。遇到有危險，她會像〈邊城〉中的翠翠一樣，「倒拖竹耙拔腳向後屋竹園一方跑了。」那裏是她的安全屏障。

　　其次是野燒。在第九章，因夭夭約滿滿到沙洲捉鵪鶉，初次提及野燒。秋後草木枯黃乾燥，有好事兒童用火點燃，火借風勢，常常經久不息，這時「對河整天有人燒山，好一片火，已經燒了六七天了。」最後一章，夭夭與滿滿相約去看儺戲，又目睹了野燒壯美景象：「遠山野燒，因逼近薄暮，背景既轉成深藍色，已由一片白煙變成點點紅火」。演戲結束，野燒又吸引了老少二人的目光，老水手若有所思，他說：「夭夭，你看山上那個火，燒上十天了，還不止息，好像永遠不會息。」夭夭人小靈精，一語道破天機：「滿滿，你的煙管上的小火，不是燒了幾十年還不息嗎？日頭燒紅了那半個天，還不知燒過了千千萬萬年，好看的都應該永遠存在」。那是一股無從遏制的力量，它正形成燎原之勢，湘西人的韌性，勇氣、信心從這野燒中得到體現。

　　〈長河〉最後一章演唱儺戲。我們都記得〈神巫之愛〉中神巫主持儺儀和萬眾同歡、人神共娛的場面。還有〈邊城〉中翠翠唱儺辭，〈鳳子〉最後一章「神之再現」寫儺舞。儺是湘西等地民間一種祭祀活動，本意是驅鬼避邪，它由儺儀發現到儺舞，再到儺戲，逐漸演繹成人神共娛的喜慶活動。沈從文早年耳濡目染，到都市後，受文化人類學薰陶，對它的象徵意義了然於心。故在〈長河〉最後一章，安排儺戲，動用神力，用以抵禦外力對湘西這「常」的侵擾，

使湘西這個伊甸園得以永存。小說中那個老水手一直帶著一份隱憂和不安，以為終有一天，這美好的一切，會消失掉，但看完儺戲之後，鬱悶情緒一掃而光，他對夭夭說：「好人長壽，惡人報應」，他還對身邊這小小世界做合理安排，表現了樂觀的姿態。

〈看虹錄〉是一篇典型的象徵主義小說。它寫一個男子在一種特定的狀態中，理性隱退，情感抬頭，生命脫離了習慣的軌道，暫時擺脫社會習俗和道德約束，去進行小小冒險；在這無拘無束的放任中，體驗到生命的充盈和靈魂的自由。全篇寫主人公心理活動，而心理變化帶動情節推進，則完全靠意象系統昭示。

〈看虹錄〉中意象繁密，古奧，試一一索解。

梅花。「我」深夜在街頭獨行，「空闊似乎擴張了我的感情，寂靜卻把壓縮在一堆時間中那個無形無質的『感情』變成為一種有分量的東西」，「我」「忽聞嗅到梅花清香」，尋蹤訪跡，便走進一個小小庭院，而「在那個素樸小小房子中，正散溢梅花芳馥。」屋外瑞雪紛飛，房中溫暖舒適，女主人圍爐火而坐，一切皆適宜談些親密話題，生些非份之想，這時，「我」覺得「梅花很香」。其實，此刻並沒有實物的梅花出現，梅花只是作為情感聚合物的虛擬的意象，用以隱喻女主人。在片刻的放縱和狂熱之後，男子離開那小小庭院，從體驗轉為沉思，剛才發生的一切憂如夢境，「我」覺得，「一朵枯乾的梅花，在想像的時間下失去了色和香的生命殘餘」，令人感傷。但轉念又一想，「梅花香味雖已失去尚想從這種香味所現出的境界搜尋一下，希望發現一點什麼」，發現的是生命在解除禁錮之後的愉悅瘋狂形式，片刻的本相顯露，彌足珍貴；而梅香也通過記憶，得以永存。

女主人不具姓名，除梅花外，另一圍繞她的意象是百合。百合花在《聖經‧雅歌》中反覆出現，熟讀《聖經》的沈從文曾在〈篁

君日記〉中，就引了《雅歌》詩句：「我的妹子，你身如百合花，在你身上我可以嗅出百合花的香氣」。40 年代，沈從文更對百合鍾情，在〈生命〉一文中，提到綠百合夜來入夜，「頸弱而花柔，花身略帶點青漬，倚立門邊微微動搖」。他還因法國作家法朗士寫有《紅百合》，受到觸發，想寫《綠百合》，「用形式表現意象」。[27] 在《看虹錄》中，百合花又一次綻放，依次象徵那女子的容貌和神態：

1. 主人因此低下頭，（一朵百合花的低垂）
2. 百合花頸弱而秀，你的頸肩和它十分相似。
3. 燈光照到那個白白的額部時，正如一朵百合花欲開未開。
4. 你長眉微蹙，無所自主時，在輕顰薄媚中所增加的鮮豔，恰恰如淺碧色百合花帶上一個小小黃蕊。一片小墨班。

《聖經》中有「佳偶在女子中好像百合花在荊棘中」的佳句。沈從文用這具神性的花卉象徵女主人，用意也在賦予這上帝創造的奇異生命以神性，（這篇小說中「神奇」、「離奇」、「天堂」、「上帝」一類字眼很多，它們與百合花意象和鹿的意象相輔相成，以烘托生命的神性）。

比起梅花的清豔和百合的嬌羞，陪伴男主人公的意象——馬，則突出它的執拗、放肆和動感。男主人公一進屋中，就注意到窗簾上那群花馬：「窗簾已下垂，淺棕色的窗簾上繪有粉色花馬，彷彿奔躍入房中人眼下。」馬作為男性象徵，動感十足。這馬隨二人關係進展，每每撲入男主人公眼簾，形態各自不同：

開始階段，「客人繼續游目四矚，重新看到窗簾上那個裝飾用的一群小花馬，用各種姿勢馳騁。」

---

[27]　沈從文：〈生命〉，《沈從文文集》11 卷，296 頁。

　　女主人暫時離開了房間，我「重新看那個窗簾上的花馬。彷彿這些東西在奔躍，因為重新在單獨中。」

　　在女主人的默許下，男主人公躍躍欲試。這時，他又看見那馬：「馬似乎奔躍於廣漠無際一片青蕪中消失了。」這是對性關係的暗示，接下來的文字，又引出一個獵人捕鹿的故事，女主人公無從逃避，也不想逃避，狂熱與忘情控制了他們、雲消雨散，馬的意象重新出現，這時，「他已覺得窗簾上花馬完全沉靜了。」馬由動至靜，勾劃出情緒散步一個完整的弧線。

　　這篇寫人的意識流動與精神歷程的象徵主義小說，即使在 40 年代，也算得上相當前衛。象徵，作為一種敘事手段，在〈看虹錄〉中，充分行使了敘事職能。當敘述人隱退，不再以全知的身分交待關節和前因後果時，意象象徵填補了這個空缺。心理活動與變化，通過意象得到暗示，使之具象化。中國現代小說中，這樣的作品是極其罕見的。

　　〈看虹錄〉可以看成是沈從文走出湘西——城市空間格局，探索新的創作方向，並取得極大成功的標誌性作品。但非常遺憾，沈從文沒有能沿著這條路一直走下去。1949 年的社會變革當然是重要原因，可他在西南聯大進行文學實驗時面臨的重重壓力，亦不容忽視。據金介甫及沈從文的學生金隄提供的材料，一些朋友、同行都勸他「另走一條創作的路子」，[28] 因為這些作品晦澀難懂；還有文學青年，指責他模仿勞倫斯。[29] 沈從文聽從了他們的勸告。我本人十分重視沈從文面臨的這種不利的文學創作環境，這方面的詳細材料還有待進一步發掘，但至少現在我們可以肯定，沈從文的創作生命，在創造力自然衰退之前，被人為地扼殺了。

---

[28]　金介甫：《沈從文傳》，時事出版社 1991 年 7 月 2 版，247、249、265 頁。
[29]　孫陵：〈沈從文《看虹摘星》〉，載《浮世小品》，臺灣正中書局 1961 年版。

沈從文對象徵主義的興趣綿延不絕，經過〈蕭蕭〉、〈微波〉、〈八駿圖〉、〈邊城〉、〈長河〉等小說的具體實踐，已經達到相當高的操作水平。昆明時期，象徵主義對沈從文來說，更不再純粹是小說敘事的技術手段，它成了把握世界的方式，上升到了本體論的高度。沈從文借助象徵主義提供的思維方式，探索生命、永恆等終極問題，並且試圖建立自己獨特的象徵主義理論體系。只不過這些成果主要體現在沈從文的散文寫作中，超出了本書的研究範圍，在此不再贅述。

三、敘事者的態度

對比西方現代小說，我們會發現沈從文小說的客觀化和象徵追求都只停留在初級水平上。西方現代小說家剝奪作者權威地位，把敘述權力移交給人物，隱瞞一切反映作者傾向性的證據，甚至包括遣詞用語上的痕跡，用戲劇化展示代替全知敘述……花樣翻新，不勝枚舉。在象徵方面，西方現代小說家不滿足普通意象的營造，更採用神話框架和原型。沈從文與這些探索無緣。

其實，客觀化和象徵作為對敘述人在小說中直接出面議論、抒情手法的反動，其含義相當模糊。「不作議論」，只表示作者不在作品中公開亮明自己的觀點和態度，既然「客觀對應」能讓讀者發現人物關係和情感變化，那麼，作者的傾向性、道德判斷、價值選擇，也一定能從中流露出來，儘管它十分隱蔽。沈從文稱道葉紹鈞，能以「平靜的風格，寫出所能寫到的人物事情」，[30]但誰都能從作者預設的先驗框架看出他同情弱者，譴責為富不仁。美國學者 W・布斯在《小說修辭學》中，列舉了小說中作者聲音、態度存在的眾多方

---

[30] 《沈從文文集》11 卷，167 頁。

式，如提供事實、概說、塑造信念、把個別事物與既定規範相聯繫、昇華事件的意義，控制情緒，直接評論作品本身等。[31]從這些角度看，要想做到真正客觀，對作家恐怕是一個難以企及的夢。作家可以不議論，不公開表態，不代人物打抱不平，但絕做不到完全中立、公正、超然。如沈從文同樣寫情愛，涉筆都市，就難以抑制反感和諷刺，對於湘西，人物的放肆和無所顧忌反而是生命力的象徵：「從〈柏子〉同〈八駿圖〉看，就可明白對於道德的態度，城市與鄉村的好惡，知識階級與抹布階級的愛憎……如何顯明具體反映在作品裏。」[32]可見沈從文不能、也不想尋求中立、超然意義上的客觀。

倒是屢遭對手攻訐的「帶著遊戲的顏色眼鏡來觀察」，[33]隱藏了沈從文在敘事態度上更可貴的創新。以下是兩個典型的例子：

> 我想明天必定要殺了他，因為團上說他是土匪，即然地方有勢力的人恨他，就應該殺了。我們是來為他們地方清鄉的，不殺人自然不成體統。
>
> ———沈從文〈我的教育〉

> 感到水不渾不能亂有動作的失望的總還有許多人。我見到那個小小白臉孔後，對這那群起野心的弟兄們也表同情了。
>
> ———沈從文〈佔領〉

第一個例子寫殺人，第二個例子講對女人的慾望，此乃沈從文小說無數次出現的場景。這的確匪夷所思，文明社會裏無法容納的

---

[31] W‧布斯：《小說修辭學》，華明、胡曉蘇、周憲譯，北京大學出版社 1987年版。

[32] 《沈從文文集》11 卷，44 頁。

[33] 侍桁：〈一個空虛的作者——評沈從文先生及其作品〉，載 1931 年 3 月《文學生活》1 卷 1 期。

「惡德」、「罪行」，在許許多多湘西人身上存在著，他們不覺得這些「人事」有何異常，沒有罪惡感，更無懺悔意識。更令人驚異的是，代表作者態度的敘述人對湘西人情感和心理反應採取的容忍、認同以至欣賞的態度。上述兩個例子是第一人稱，「我」可看成作者，自不待言；大多數第三人稱作品，隱含敘述人亦大抵如此。〈醫生〉、〈在別一個國度裏〉、〈道師與道場〉、〈月下小景〉、〈龍朱〉、〈建設〉皆可作證。審犯人看殺頭，是一椿「熱鬧」，沈從文詳盡寫到士兵如何迫不及待等候那樣的「節目」，與同伴議論哪樣死法更有風度，隨後用腳、用竹竿踢死人頭，挑死人眼睛。一個瘋子掘墓盜屍，攜來醫生診治，要求他七日內讓女屍復活，醫生萬般無奈，最後告訴瘋子可以與女屍做某種「遊戲」，醫生以迴避為由，才得以脫身。我們記得魯迅在〈藥〉、〈示眾〉中對那些麻木、愚昧的看客給以沉痛譴責，沈從文卻通過敘述人的放縱使人物避免如此詰難。至於湘西人日常生活：行船漁獵、打架鬥毆、相信鬼神、放縱情慾，沈從文也不把它安排在更高明、更現代，自以為瞭解其中根底的眼光俯視之下。

「五四」小說通行用階級對立、貧富差距、道德文明水準高低等分析方法處理人物關係，安排人物命運，作品因而普遍存在一個預設的政治社會意識形態結構，以此承擔反映百姓疾苦，暴露社會黑暗，喚醒民眾覺悟的啟蒙任務。沈從文走的是相反一條路子：他表現湘西人的蒙昧狀態，敘述人的視界和見識不是超越蒙昧，而是逼近它，認同它。

湘西人和敘述人共同的蒙昧狀態啟發我們把沈從文的小說與史前神話、史詩聯繫起來看。我指的是《荷馬史詩》、《聖經‧舊約》一類作品。人類童年時期，階級關係、道德規範尚未成形，兄可以娶妹，子可以娶母，宙斯有無數沾花惹草的記錄；特洛伊戰爭中，天上諸神，各以自己的好惡，選擇支持對象，胡亂廝殺在一起，活

象一群喜怒無常的孩子。他們的行為,都沒有受到敘述人的抨擊、非議,敘述人反而像一位秘密的合作者,分享諸神的任性與快樂。

馬克思稱道古希臘史詩是「高不可及的範本」,擁有「永久的魅力」。[34]難以想像,我們在反映了原始初民健康、力量和豐富想像力的藝術品面前,會一本正經板起面孔,給宙斯做精神分析,斥為性變態者;因為耶和華神隨意處置人類,就指控他是殺人犯;或者懷著人道主義同情,給伊娥、歐羅巴這些「受了強暴」的少女打抱不平。這多麼荒謬!那是一個與今日文明全無干係的世界,一個崇尚「憑劫掠帶來氣概和勇敢的聲名」的時代。[35]

沈從文是現代人,卻來自半原始狀態的湘西,由於造化相助,一雙剛從洞穴中出來的原始初民的眼光被沈從文獲得了,這眼光,不受社會意識形態的干擾破壞,把他筆下的湘西世界封存在原始、自然狀態,保留了它的原汁原味。沈從文說:「我崇拜朝氣,歡喜自由,讚美膽量大的,精力強的」,佩服「勇敢結實」,[36]此乃湘西世界能夠通行的唯一規則,在現代社會更顯得彌足珍貴。黨派爭鬥、倫理道德不曾損耗它,個人浪漫主義不曾瓦解它,它的充沛元氣與勃勃野性獻給了人類群體的生存奮鬥。現代人尋求民族出路,「五四」作家呼喚理性、科學、民主,沈從文奉送的是生命的強力。

1928 年是新文學運動轉折關頭。陳平原在《中國小說敘事模式的轉變》一書中,通過對敘事時間、敘事結構、敘事視角三項指標的分析表明,至 1927 年,中國小說基本實現了現代化。我們未必同意陳平原的結論,但把 1927 年前後,當作小說現代化進程中一個階段的下限,則是可以成立的。1928 年前後,一大批文學新人、社團

---

[34] 馬克思:〈《政治經濟學批判》導言〉。

[35] 伊恩・瓦特:《小說的興起》,三聯書店 1992 年 6 月中文版,281 頁。

[36] 沈從文:〈《籬下集》題記〉,《沈從文文集》11 卷,33-34 頁。

崛起，如左翼作家，新感覺派作家，新月派等，他（它）們表現出強烈的反「五四」情緒，並以創造新興文學相標榜。沈從文看好「故事」，強調小說敘事性，推崇客觀原則，解構啟蒙話語，這作為反思「五四」的具體成果，為中國小說的進一步現代化開闢了道路。歷史常愛與人開玩笑，這位蔑視「先鋒」而又守舊的鄉下人，反倒成了貨真價實的革新者。

附錄　沈從文小說中的幾個人物原型考證

一、沈從文與張兆和

（一）

　　主要因《從文家書》的出版，沈從文與張兆和的關係引起讀者的廣泛興趣，也有一些論家著文評說，但因取材有限，且多就事論事，因此意義不大。作家個人婚戀對創作有重大影響，這已經是不爭的文學史事實。有鑒於此，筆者討論二人關係，除考證若干史實外，更著重分析二人婚戀對沈從文創作產生的豐富複雜影響。把作品完全看成作家的「自敘傳」不免過分，可忽略二者的聯繫同樣非實事求是，折衷的辦法，我把它當成理解創作的一個特別的角度。當然還有其他角度，只是這裏不去涉及罷了。

　　在文人婚戀中，沈從文和張兆和是少有的白頭偕老的典範。1929年 8 月，沈從文受聘到中國公學任教，不久認識當時在這所學校就讀的張兆和，遂展開愛情攻勢。開始時，這攻勢因張兆和的羞澀和態度不明朗，進展不大，後有胡適居中穿針引線，沈從文終於如願以償。1933 年寒假，沈從文與張兆和訂婚，1933 年 9 月 9 日，二人在北京結婚。正如結婚所選日期的寓意一樣，沈從文與張兆和的婚後生活雖起過一些漣漪，但始終相敬如賓，共同走完了漫長的歲月。喜歡咀嚼文人軼事的讀者從這段婚戀中找不到很多的「故事」和「傳奇」，不免會失望，但這段婚戀在沈從文內心掀起的風暴，以及它與沈從文創作的關係，卻「好戲」連台，美不勝收。一句話，它對沈從文創作的影響實在是太大了。

　　沈從文在湘西曾鍾情於一個馬姓女子，結果被她的弟弟騙走一筆鉅款。他剛從湘西來到北京時，在很短暫的時期可能對丁玲流露過愛慕，但不了了之。1928年在上海，小道消息盛傳他和丁玲、胡也頻「大被而眠」，那不過是把三人的友誼曲解罷了。一個身體健全的青年人，渴望性愛是極正常的事。沈從文初入都市，有強烈的挫折感，把性愛當成逃避所，因此就有更迫切的需求。沈從文寫過像〈舊夢〉、〈篁君日記〉、〈長夏〉、〈第一次作男人的那個人〉等情色作品，表現青年男子的冶遊和性經歷。雖然沈從文把自己打扮得像個道中「老手」，但在見到張兆和時之前，在兩性經驗方面幻想多於親歷，是可以肯定的。況且，性與愛情並不是一回事。因此，與張兆和相識，沈從文才開始了真正意義上的初戀。

　　沈從文意識到，自己找的是一個陪伴終生的女子，而張兆和是理想的人選。他的激情被調動起來，全身心投入到戀愛中，而張兆和也與沈從文小說創作發生了密切聯繫。

　　張兆和相貌清秀，膚色微黑，在張家姊妹中排行第三。這種體貌特徵和親族關係被沈從文一再利用。他的小說〈三三〉（1931）寫一個鄉間小女子朦朧的初戀，小女子名叫三三。三三是否在兄弟姐妹中排行第三，小說未見交代，於是這個奇怪的名字就只能從張兆和的排行來解釋。可以作為補充論據的是婚後沈從文寫給張兆和的許多書信都稱她為「三三」。〈旅店〉中的老闆娘叫「黑貓」，〈邊城〉中的翠翠，皮膚「黑黑」，〈長河〉中的夭夭是「黑而俏」，都取張兆和的膚色特點。沈從文還有給親近之人寫故事的習慣。《阿麗絲中國遊記》第一卷後序中說，寫這部作品是「給我的小妹看，讓她看了好到在家病中的母親面前去說說，使老人開開心。」沈從文在追憶《月下小景》故事集寫作緣起時這樣寫道：「我有個親戚張小五，……又喜歡給人說故事，又喜歡逼人說故事。我想讓他明白一二千年以

前的人，說故事的已知道怎樣來說故事，就把這些佛經記載，為他選出若干篇，加以改造，如今這本書，便是這故事一小部分。」[1]這些小說的篇末，大都附有「為張家小五輯自 XX 經」字樣，可見所言不虛。給張兆和的五弟張寰和寫故事可謂醉翁之意，全在取悅張兆和。沈從文另一篇小說〈燈〉（1930）中，敘述人給一個穿青衣的女子講關於燈的故事，故事令青衣女子感動，遂成就了敘述人的愛情。雖然我們不能妄加測算，那女子的原型就是張兆和，但其格局與沈從文追求張兆和時的情形卻是一致的。張兆和有時也以人物形象進入到沈從文的小說中。〈賢賢〉（1932）中的賢賢以九妹為原型，但故事的起因卻是賢賢的哥哥（指沈從文）與張兆和的戀愛。作為知名作家，哥嫂的婚戀被無聊者議論，引起賢賢不快。〈三個女性〉（1933 年）是獻給大海和美麗女子的抒情詩。其中三個女性，「高壯健全具男子型穿白色長袍的女子」蒲靜隱射丁玲，「年約十六，身材秀雅，穿淺綠色教會中學制服的女子」儀青是九妹，「年約二十，黑臉長眉活潑快樂著紫色衣裙」的黑鳳則指張兆和。三個女子在海濱玩耍，被美麗景色所感動，都想把這種對美的驚訝、頌揚和愛表達出來。黑鳳覺得要認識美、接近美，就只有沉默一個辦法，這與張兆和謙遜、嫻靜的性格是相合的。黑鳳一邊和另兩個女子笑鬧，另一方面她不忘作為主人的責任，天色已晚，她提醒大家回家。回到住處，黑鳳收到未婚夫電報，說 XX（指丁玲）已死。黑鳳聽了久久不能釋懷，她在心中默默懷念 XX 稱讚她是「為理想而生，為理想而死」。

　　除了上述張兆和與沈從文小說聯繫的一些直觀材料外，還有一些作品隱約透露了戀愛中的沈從文微妙心曲。〈燥〉（1931）中的戀

---

[1]　《《月下小景》題記》，載《沈從文文集》5 卷，43 頁。

力是一個求婚者的形象，他深戀著那個有著「黑黑的臉」，「黑黑的眉毛，黑黑的眼睛」的女子，乘火車長途跋涉來求婚。但在上海的旅館住下後，他因為女子略乏熱情的信函而變得疑慮重重，他擔心求婚被拒，在房間裏焦躁不安，在街上也魂不守舍。從〈沈從文全集〉所收相關書信看，這正是沈從文當時內心的真實寫照。

　　1932 年，沈從文求婚成功。從此，焦躁被喜悅的心緒取代，沈從文在其後寫的一系列作品，大唱愛情的讚歌。〈春〉（1932）寫一個青年醫科大學生和一個美麗女子的互訴衷腸的那個美妙時刻。男子為巨大的幸福所淹沒，用詩、用沉默、用語無倫次的「瘋話」讚美著女子，女子巧妙地鼓勵並陶醉於男子的情話。一點小小誤會，讓男子擔心唾手可及的幸福，他無端懷疑起女子的父親可能橫加干涉。女子笑男子太笨，對現實毫無察覺，她暗示他，父親已經應許，這令男子重新找回了信心，「感到宇宙的完全」。這場愛情的饗宴安置在春天的花園裏，藍天白雲，鮮花百靈將愛情裝點得詩意盎然。〈若墨醫生〉（1932）的故事發生在青島海濱。若墨醫生事業有成，政治信念堅定，喜歡辯論，另有煙斗不離嘴的嗜好，卻對女人沒有興趣。敘述人「我」想到一個牧師的女兒將要到青島來養病，起意成全他們的好事。雖然若墨醫生認為女人「在你身邊時折磨你的身體，離開你身邊時又折磨你的靈魂」，沒有一樣好處，但異性天然的吸引力，加上這女子「溫柔端靜，秀外慧中」，以及青島海雲花草氣候的相宜，沒有多久就墜入情網。若墨醫生的向愛情「投降」，隱含了即將成家的沈從文對自己處境甜蜜的「無奈感」和辯解：沒有人能夠抵擋世間最美好的愛情的力量。

　　由於愛情成功所催生出來的一組最優秀的作品是〈月下小景〉故事集。我在第五章高度評價了中國現代這唯一的一部框架故事集。〈月下小景〉故事的本事絕大多數取自佛經，沈從文加以鋪陳點

化而成。沈從文在《湘行書簡》(1934 年 1 月 16 日)中不無得意地寫道:「〈月下小景〉不壞」,用字頂得體,發展也好,鋪敘也好。尤其是對話。人那麼聰明!二十多歲寫的。」他對張兆和承認:「這文章的寫成,同〈龍朱〉一樣,全因為有了你!寫〈龍朱〉時因為要愛一個人,卻無機會來愛,那作品中的女人便是我理想中的愛人。寫〈月下小景〉時,你卻在我身邊了。前一篇男子聰明點,後一篇女子聰明點。我有了你,我相信這一生還會寫得出許多更好的文章!有了愛,有了幸福,分給別人些愛與幸福,便自然而然會寫得出好文章的。對於這些文章我不覺得驕傲,因為等於全是你的。沒有你,也就沒有這些文章了。」[2]〈龍朱〉、〈神巫之愛〉等作品寫於沈從文認識張兆和之前,是他渴望愛情而又無從戀愛的見證,側重展示男子的高貴豐儀;〈月下小景〉故事集寫於愛情成功之時,女性的魅力和男子的為愛而屈服成為一種普遍的情形。例如其中的〈扇陀〉敘述一得道仙人,因下雨摔跤,遷怒於波羅蒂長國,詛咒它三年不雨。乾旱事關國計民生,國王大臣想出種種辦法,皆不奏效。國中有一名叫扇陀的女子,「榮華驚人」,「巨富百萬」,她獻上了「美人計」。扇陀帶五百華貴香車,攜五百絕色美女,來到仙人所住森林,采花捉蝶,鼓樂沐浴。仙人初不以為意,但不足一月,就逐漸露出「呆相」。扇陀又進一步引誘,扇陀怡然就範。仙人因近色而法力智慧皆失,咒語終得解除。〈愛欲〉頌揚女子的美貌、聰明以及貞潔和癡情。〈女人〉中的男主人公感歎「女子不是上帝,就是魔鬼,若不是有一分特別長處,就肯定是有一種特別魔力」,否則,為什麼她們令男人愛得如醉如癡?這些作品的基調是明朗、快樂的,只有一個陶醉於愛情幸福之中的男子才能寫出這樣燦爛的華章。

---

[2]　《沈從文別集‧湘行集》,岳麓書社 1992 年版,43 頁。

（二）

1933 年 9 月，沈從文與張兆和攜手踏進了婚姻的殿堂。這年深秋，沈從文開始寫他的代表作〈邊城〉，於 1934 年初春完成。

〈邊城〉是沈從文新婚蜜月的產物，但這是一部相當客觀化的作品，其中人事心曲，應該和沈從文婚姻生活扯不上具體聯繫。關於其中翠翠的原型，沈從文共提到過三個。〈水雲〉中寫道：「一面從一年前在青島嶗山北九水旁見到一個鄉村女子，取得生活的必然，一面用身邊新婦作範本，取得性格上的素樸式樣。」沈從文在〈湘行散記〉中還指出另一個翠翠的原型，即瀘溪河街絨線鋪中那個白臉俊俏的女子。沈從文指認的三個人物原型中，張兆和除在膚色和性情上與翠翠相近外，身分、家世及命運等都相距甚遠，她們的聯繫不是根本性的。其實張兆和的影響是在另外的方面：因為婚姻，沈從文在表現情愛上變得節制、溫雅。翠翠的愛意萌動，二老的追求，都相當含蓄，一切發乎情止乎禮儀，它失去了《月下小景》等結婚之前的作品中那種張揚和肉感。

關於〈邊城〉與沈從文婚姻的聯繫，值得重視的是另外一個問題：在新婚蜜月裏，為什麼要寫〈邊城〉這樣一部悲劇作品？沈從文曾經抱怨親近的朋友和讀者不大理解他「是在什麼情緒下寫成這個作品，也不大明白我寫它的意義」。那麼這部客觀化的作品背後到底隱藏了沈從文什麼樣的秘密呢？他自己在〈水雲〉中作了交代，說〈邊城〉是他將自己「某種受壓抑的夢寫在紙上」。什麼又是沈從文「受壓抑的夢」？沈從文說，它們是「情感上積壓下來的一點東西，家庭生活並不能完全中和它消耗它，我需要一點傳奇，一種出於不巧的痛苦經驗，一分從我『過去』負責所必然發生的悲劇。換言之，即完美愛情生活並不能調整我的生命，還要用一種溫柔的筆

調來寫愛情，寫那種和我目前生活完全相反，然而與我過去情感又十分相近的牧歌，方可望使生命得到平衡。」〈水雲〉寫於 1942 年，是對自己 1933-1942 年十年間情感和寫作歷程的辯護書，關於〈邊城〉的解釋帶有濃重的佛洛伊德味道：幸福而平靜的婚姻生活無法完全消耗心靈積淤的激情能量，通過〈邊城〉將其宣洩出來，這符合廚川白村關於文學是「苦悶的象徵」的說法。可是〈月下小景〉也是一種宣洩，為什麼它是喜劇而〈邊城〉是悲劇？沈從文進一步解釋：「這是一個膽小而知足且善於逃避現實者最大的成就。將熱情注入故事中，使人得到滿足，而自己得到安全，並從一種友誼的回聲中證實生命的意義。」[3]話雖然含蓄，但意思是明白的：〈邊城〉是他在現實中受到婚外感情引誘而又逃避的結果。〈水雲〉中許多交代有事後追認的味道，有些話未必屬實，關於沈從文寫作〈邊城〉時陷入婚外戀，就沒有其他材料提供旁證；相反，其間寫的《湘行書簡》，浸透著對張兆和的關愛。但浪漫的愛情走向實際的婚姻，沈從文在精神上逐漸生出厭倦疲乏的心緒，是肯定的；同時，令沈從文動心的其他女子可能已經出現在他的生活中，〈邊城〉中人事處處透著「不巧」和「偶然」，是不是對婚姻的追悔的反映？退一步看，〈邊城〉是一個預言：沈從文心靈的風暴就要開始了。

（三）

　　沈從文婚外戀的對象是詩人高韻秀，筆名青子。沈從文與高青子初次相見的具體時間難以確認，但應該在 1933 年 8 月以後，最遲不會晚於 1935 年 8 月。沈從文剛開始認識高青子時，她是沈從文的親戚，民國第一任總理熊希齡的家庭教師。沈從文有事去熊希齡在

---

[3]　沈從文：〈水雲——我怎麼創造故事，故事怎麼創造我〉，載《沈從文文集》10 卷，279、281-282 頁。

西山的別墅，主人不在，迎客的是高青子，雙方交談，都留下了極好的印象。一月後，他們又一次相見，高青子身著「綠地小黃花綢子夾衫，衣角袖口緣了一點紫」，沈從文發現，這是她格外仿自己一篇小說中女主人公的裝束。當他把這點秘密看破，而對方亦察覺了自己的秘密被看破時，雙方有略微的尷尬和不安，隨即有所會心，他們的交往開始了。高青子的裝束是仿沈從文小說〈第四〉裏的女主人公，那篇小說中，敘述人「我」在汽車站與一個「優美的在淺紫色綢衣面包裹下面畫出的苗條柔軟的曲線」的女子邂逅並相愛，演繹出一段悲劇故事。高青子的做法其實在沈從文的小說〈燈〉裏已有先例。這篇小說中，敘述人「我」給一個青衣女子講關於一盞燈的故事，故事中出現一個藍衣女子。故事令青衣女子感動，她第二日「為湊成那故事」，改穿藍衣來訪敘述人，敘述人「我」夢想成真。在現實中，高青子也因此感動了沈從文。

　　能夠佐證二人關係細節的還有高青子創作的小說集〈虹霓集〉（上海商務印書館 1937 年 12 月版）。這部十分罕見的小說集收入了〈紫〉、〈黃〉、〈黑〉、〈灰〉、〈白〉、〈畢業與就業〉等六篇作品，完成的時間從 1935 年到 1936 年間。其中一些作品表現了一個剛從中學畢業的女子的生活和情感歷程，有明顯的自敘傳色彩。特別是小說〈紫〉。這篇小說最初發表於 1935 年末的《國聞週報》13 卷 4 期。小說從八妹的角度，敘述哥哥與兩個女子之間的感情糾葛。哥哥有未婚妻珊，但一個偶然的機會，讓他遇到並愛上一個名字叫璇青，穿紫衣，有著「西班牙風」的美麗女子。男子在兩個女子間徘徊，一個將訂婚且相愛，另一個引為紅顏知己。哥哥與璇青相互吸引，但又都知道他們無法逾越業已形成的局面，激情與克制，逃避與牽掛，種種矛盾情形營造出一幕幕異常美麗的心靈風景。小說中人物關係及其命運和沈從文當時的處境是相當吻合的。此外，小說中的

許多細節也證明了與沈從文的聯繫：「璇青」這個名字，令人聯想到是沈從文常用的筆名「璇若」與高青子的拼合；八妹與她的哥哥讓人想到沈從文與九妹；故事在上海、青島、北京、天津等地輾轉，與沈從文的經歷大體一致；小說中以紫色為媒，分明是針對如前所述的沈從文小說〈第四〉；人物提到某人一本以青島為背景的小說，其中有一句「流星來去自有她的方向，不用人知道」，此語出自沈從文的〈鳳子〉；哥哥解釋自己為什麼不能忘懷紫衣女子時，搬出了現代心理學家葛理斯的著作，以為這是「力比多」使然，這深合沈從文的見解。其他再如喜用的流星比喻，笑是「咕咕的笑」，都透著沈從文的影響。沈從文在〈水雲〉中提到幫這個「偶然」修改文字，應該就是這一篇；而且小說是在與沈從文關係密切的《國聞週報》發表的。

沈從文與高青子的關係在家庭中掀起了波瀾。張兆和當時剛生了長子龍朱，正在醫院裏，這一消息給她以很大打擊。1997 年筆者訪問張兆和先生時，她對此事仍耿耿於懷。她承認高青子長得很美，當時與沈從文關係密切。親友們曾居中勸解，而且有人給高青子介紹對象，希望他們的關係就此了結。張兆和說，翻譯家羅念生就是一個「對象」的人選。沈從文性格不是剛烈、果斷的那一種，並且他深愛張兆和。他情感上受高青子吸引，但理智把他堅定地留在張兆和身邊。這種「靈魂的出軌」沒有導致家庭破裂，但給沈從文這一時期的創作打上了深深的烙印。

沈從文的著名小說〈八駿圖〉就是這場婚姻危機的第一個明顯反映。小說的主人公達士先生（沈從文自己）到青島大學任教，結識教授甲乙丙丁等，他發現這些教授性情嗜好各異，但有一點是共同的，即都有病，這病症是性壓抑。達士有未婚妻，他以唯一一個精神健康者自居，熱心為同事診治病症，排遣鬱結。一個學期結束，

達士即將南下與未婚妻團聚，不料一個漂亮女人的一封短簡，一行寫在沙灘上的字跡，竟把達士留了下來。小說結尾諷刺道：「這個自命為醫治人類靈魂的醫生，的確已害了一點兒很蹊蹺的病。這病離開海，不易痊癒的，應當用海來治療。」

有意思的是，在〈水雲〉中，沈從文把這篇作品的寫作時間提前到青島時期（1931-1933），說由於這部作品以在青島大學任教的一些教授為原型，引起不滿，他因此離開了那裏：「〈八駿圖〉和《月下小景》結束了我的教學生活，也結束了我海邊孤寂中的那種情緒生活。兩年前偶然寫成的一個小說，損害了他人的尊嚴，使我無從和甲乙丙丁專家同在一處繼續共事下去。……我到了北平。」[4]實際上，這篇作品寫於 1935 年 7、8 月間，發表於當年的《文學》5 卷 2 期上，1935 年 12 月由上海文化生活出版社出版。因為時間距寫〈水雲〉並不遠，「誤記」不大可能。沈從文在這裏賣的是什麼「關子」，只要認真讀一讀作品就知道了。

〈八駿圖〉中引誘達士先生的那個女子，據金介甫說其原型是趙太侔的夫人，南社成員，青島大學校花的俞姍。〈水雲〉中她也作為一個「偶然」出現。沈從文可能被俞姍的美貌短暫吸引過，但沒有證據顯示二人之間有特別的關係，相反，沈從文稱這女子是「受過北平高等學校教育上海高等時髦教育的女人」，「大觀園裏拿花荷包的人物」，不屑之情溢於言表。因此，沈從文讓已有未婚妻的達士先生在青島受到這女子的引誘，反映的卻是自己在北京時的處境，金介甫說：「沈讓達士先生來做一件他自己做不了的事」，[5]就是這個

4　沈從文：〈水雲──我怎麼創造故事，故事怎麼創造我〉，《沈從文文集》10　卷，275 頁。

5　沈從文：〈水雲──我怎麼創造故事，故事怎麼創造我〉，《沈從文文集》10　卷，271 頁。

意思。沈從文把已經有未婚妻的達士先生受其他女人引誘寫成理性無法控制的無奈之舉，是性本能使然，又把與高青子的關係錯接在俞姍頭上，以此來為自己辯解和掩護。

與高青子的接近導致沈從文家庭出現裂痕，並促使他思考婚姻本身對創作的影響。〈自殺〉（1935）寫心理學教授劉習舜和太太之間幾乎無事的煩惱。教授剛為學生講過「愛和驚訝」的心理學問題，加之遇到數年前一對出名夫婦自殺後所留遺孤，觸景生情，情緒低落。妻子追問根由，教授無言以對。小說極含蓄地暗示，日常凡俗瑣事將激情消磨殆盡，失去了「驚訝」，夫妻恩愛的質量降低了。寫於 1936 年的〈主婦〉寫一對夫婦在結婚三周年時各自的意識流，對激情讓位給常識，理想在日常生活面前黯淡後婚姻應該如何維持進行了反思。妻子回憶婚戀經過和婚後生活，感到一切都安穩幸福，然而幸福對男子並不是一切，男主人公洞察到潛藏著的婚姻危機：隨著疲乏的產生，「驚訝」和「美」消失了；對婚姻的忠誠束縛了想像和激情。他愛妻子，但這愛不能容納他全部的精神。他承認自己是一個「血液中鐵質成分太多，精神裏幻想成分太多」的男子，但又認為「既不能超凡入聖，成一以自己為中心的人，就得克制自己，尊重一個事實。既無意高飛，就必須剪除翅翼。」可是，這克制卻不得不以犧牲創作為代價，他不由得去思考這樣的問題：「人生的理想，是感情的節制恰到好處，還是情感的放肆無邊無涯？」[6]

沈從文自己就被這矛盾折磨著，走完了 30 年代最後幾年的創作歷程。

---

[6]　沈從文：〈主婦〉，《沈從文文集》6 卷，332-334 頁。

（四）

1937 年 7 月，抗日戰爭爆發。沈從文在同年 8 月，離開北平，南下武漢、長沙，1938 年 4 月，經貴陽到達昆明。張兆和剛生下虎雛不久，身體虛弱，沒有與沈從文同行，直到 1938 年 11 月，張兆和才攜二子輾轉與沈從文在昆明團聚。1939 年 5 月，由於敵機空襲，沈從文一家搬到呈貢鄉下。高青子這時也到了昆明，在西南聯大圖書館任職。

到昆明後，沈從文和高青子的交往更加密切。在情感（偶然）和理智的矛盾中，沈從文的情感占了上風，他的備受爭議的作品〈看虹錄〉就是放縱情感的產物。小說敘述人是一個作家身分的男子，他在深夜去探訪自己的情人。窗外雪意盎然，室內爐火溫馨，心靈間早有的默契使他們願意在這美妙氣氛中放縱自己，在一種含蓄的引誘和趨就中，二人向對方獻出自己的身體。小說中有性描寫，有對女性身體的細緻刻畫，但都十分含蓄隱晦，一切使用意象。這篇小說發表後並不見看好，朋友不理解這種神秘高深的東西，左翼批評家則指責他寫色情，但近幾年，它卻引起學者的濃厚興趣，被看成沈從文在 40 年代小說藝術試驗的代表作。翻譯家金隄證實，小說中寫到的房間，就是沈從文在昆明的家，[7] 其中的女子，在性情、服飾、舉止等方面都取自高青子，讀者只要對比一下沈從文在〈水雲〉中對那個「偶然」的描寫，相信能得出相同的結論。當然，更權威的說明還是來自沈從文自己，他提到了自己在〈看虹錄〉中的「屈服」：「火爐邊柔和燈光中，是能生長一切的，尤其是那個名為『感情』或『愛情』的東西。……一年餘以來努力的退避，在十分鐘內

7　參閱金介甫著，符家欽譯《沈從文史詩》，臺灣幼獅文化事業公司 1995 年版，442 頁。

即證明等於精力白費。」「我真業已放棄了一切可由常識來應付的種種，一任自己沉陷到一種感情漩渦裏去。」[8]

高青子的影響在沈從文創作中持續發酵。在昆明時期，他寫了一系列以「X 魘」命名的散文作品，如〈綠魘〉、〈白魘〉、〈黑魘〉、〈青色魘〉，其中大標題和小標題涉及綠、黑、灰、白、青、黃、金、紫等八種色彩，這些色彩與「魘」組合，形成沈從文創作中一道獨特的風景；而它們與高青子寫的〈紫〉、〈黃〉、〈黑〉、〈灰〉、〈白〉等小說的標題相映成趣。高青子小說中一個顯著的現象是感情飄忽迷離，這與沈從文上述作品中抒情主人公的白日夢狀態也有異曲同工之妙。此外，沈從文在昆明還創作了〈蓮花〉、〈看虹〉等情詩，對象也是高青子。因為這些作品與沈從文小說沒有直接關係，在此不展開論述了。

沈從文和高青子的關係終於沒有維持下去。與長久的婚姻比起來，這短暫的婚外戀要脆弱的多。當情感退潮，理性又回到了沈從文身上，高青子也選擇了退出沈從文的生活，這時間大約在 1942 年。沈從文寫道：「因為明白這事得有個終結，就裝作為了友誼的完美，……帶有一點悲傷，一種出於勉強的充滿痛苦的笑，……就到別一地方去了。走時的神氣，和事前心情的煩亂，竟與她在某一時寫的一個故事完全相同。」[9]這裏沈從文提到的高青子寫的故事就是〈紫〉。那篇小說的結尾，璇青像流星匆匆劃過天空，不知所終，現在，高青子也永遠離開了。

---

[8]　沈從文：〈水雲——我怎麼創造故事，故事怎麼創造我〉，《沈從文文集》10 卷，283-284 頁。

[9]　沈從文：〈水雲——我怎麼創造故事，故事怎麼創造我〉，《沈從文文集》10 卷，283-284 頁。

　　同名小說〈主婦〉（1946）是沈從文為紀念結婚十三年而作，也是對自己十餘年來情感歷程的總結。小說的男主人公是一個作家，他希望寫一篇作品，以作為紀念。夜色已很深，妻子心疼他的身體，不斷來催促休息。他在感動中枯坐了一夜，終於一無所獲。這時他不由幻想：「可有一種奇蹟，我能不必熬夜，從從容容完成五本十本書，而這些書既能平衡我對於生命所抱的幻念，不至於相反帶我到瘋狂中？對於主婦，又能從書中得到一種滿足，以為係由她的鼓勵督促下產生？」他為這平衡理性與情感矛盾的念頭發狂，在天明時一人向滇池走去。他想到了自殺以掙脫矛盾，但理智告訴他：「我得回家」，於是他回到了家裏；當他在妻子素樸美麗的微笑中，他的心卻彷彿仍聽到遠方有「呼喚招邀聲」。他意識到，自己的矛盾並未解決，新的誘惑一旦出現，他又會振翅而飛。

　　這篇小說中，沈從文對給妻子造成的傷害表示了極大的歉意，是寫給妻子的懺悔書。他的態度十分誠懇：「和自己的弱點而戰，我戰爭了十年。」他甚至將家庭責任上升到「公民意識」的高度：「我得從作公民意識上，凡事與主婦合作，來應付那個真正戰爭所加給一家人的危險、困難，以及長久持家生活折磨所引起的疲乏。」儘管在小說中，人物情感與理性的矛盾仍沒有徹底解決，但在現實生活中，出於對主婦和全家的責任，他選擇了一種庸常的生活，並且從這種庸常的生活中有了新的收穫：他「發現了節制的美麗」，「忠誠的美麗」，「勇氣與明智的美麗」，重新找回了「尊嚴和驕傲」，「平衡感和安全感」。

　　沈從文熟悉佛洛伊德精神分析理論並深深折服，他與張兆和的關係對其創作的影響，也可以用佛洛伊德理論加以理解：文學是作家的白日夢，是「苦悶的象徵」。應該看到，沈從文與張兆和的婚戀，無論春和景明，還是狂風驟雨，對他的創作影響都是巨大的，並且

這種影響總是正面的。逃離也吧，歸依也罷，沈從文總能將這種內在的生命能量化作一篇篇精美的作品。沈從文從張兆和受惠之大，無論怎樣評價都不過分的。

二、沈從文與九妹

（一）

　　岳萌是父母養育過的九個孩子中最小的一個，出生於 1912 年，比沈從文小十歲。童年的九妹是快樂的，她是家裏的心肝寶貝，尤其受母親寵愛。沈從文早期寫的兩篇小說〈玫瑰與九妹〉和〈爐邊〉中回憶親情，三歲到五歲間的九妹是其中主角。當玫瑰花開時，九妹「時常一人站立在花缽邊對著那深紅淺紅的花朵微笑」；她又把許多玫瑰花瓣用信寄給在長沙讀書的大哥。二哥和六哥為戶外賣小吃的吆喝聲誘惑，九妹又去向母親「遊說」滿足他們的「饞嘴」慾望等等，那形象稚氣溫愛、聰明可人。有九妹在，家庭充滿祥和快樂的氣氛。

　　由於父親長期流亡在外，欠下巨額債務，家道逐漸中落。沈從文在 1917 年，不得不外出當兵。沈從文十分思念九妹，他的堂兄返家，他叮囑堂兄一定要去看望九妹。堂兄看他可憐的樣子，安慰道：「到八月中秋節，你也可以回家探親，那時可以幫九妹買許多好玩的東西。」1920 年底，他所屬的土著部隊被「神兵」殲滅，倖免於難的沈從文到芷江投靠親戚，謀到一個收稅員的工作。母親在家鄉無所依靠，於是變賣掉房產，帶九妹來和沈從文同住。賣房所得的三千塊錢交沈從文保管，不幸的是，沈從文愛上了一個姑娘，結果這筆錢的三分之一被姑娘的弟弟騙走。等他發覺時，姑娘姐弟一齊失蹤。沈從文自覺沒有顏面，悄然出走常德。

　　沈從文 1923 年夏天來到北京闖蕩。因湘西極其混亂，九妹同父母隨軍隊在鄂西邊境一帶輾轉流離。四年後的 1927 年，沈從文腳跟稍穩，就把母親與九妹接到北京。一來照顧母親，二來為妹妹的前途，此時九妹已經十五歲，長成大姑娘了。1928 年初，沈從文到上海謀發展，旋即把母親和九妹接來同住。沈從文初到上海的生活是窘迫的，小說〈樓居〉裏寫到母親生病，無錢醫治，九妹不適應大都市生活常常哭泣，以及他為了養家糊口，不得不流著鼻血拼命趕稿子的情形。1929 年七月間，預感到將不久於人世的母親擔心連累沈從文，把九妹留下，隻身返回故鄉。同年九月，經徐志摩推薦，沈從文被胡適聘到上海公學任教。這是他的文壇地位獲得廣泛承認的重要標誌，經濟狀況也因此大為改觀。1930 年秋，沈從文轉往武漢大學任教，1931 年秋，去青島大學任教。1933 年夏，沈從文來到北京，與楊振聲一道編纂中小學教科書，同時接編《大公報‧文藝副刊》，一躍成為文壇赫赫有名的「京派」盟主。擺脫了貧困的九妹一直跟在沈從文身邊，隨著沈從文名聲越來越大，九妹的生活開始了一個新的階段。

（二）

　　1927 年九妹到北京時的初衷是希望有機會讀書。九妹自幼聰明好學，更勝六哥岳荃一頭。〈爐邊〉中，岳荃在母親面前炫耀背書，背到中途忘了，九妹嘲笑六哥，自己把那課文一字不差背完。從〈爐邊〉和〈玫瑰與九妹〉看，三、五歲的九妹已經有足夠的智力和哥哥周旋。母親深愛九妹，無奈已經沒有任何餘力供她上私塾或新式小學。到了十五歲的年齡，九妹受系統教育，學一技之長，已經是十分迫切的事情了。但令人費解的是，沈從文為九妹選擇了法語專業而非實用的技能。九妹雖天資聰慧，但沒有受過正規教育，又毫

無基礎，學法語無疑是費力且難以預料結果的選擇。沈從文似乎很有信心，專門請了一個大學法語系四年級的學生教她。他為妹妹預許了將來讀書的一切費用，並希望她將來能去法國深造。沈從文到上海公學任教後，九妹在那裏借讀，除繼續學習法語外，還學習英語和編織。在青島大學，九妹也仍然是插班借讀，繼續學習法語。法語和英語學習生涯沒有讓她掌握這兩門高深的學問，卻培養了她高傲的心性。

沈從文文壇地位不斷提高，交往圈子日益擴大，九妹在他身邊，自然加入其中。1931 年 1 月，胡也頻被捕，沈從文為營救胡也頻四處奔走，後又陪同丁玲護送遺孤回湖南她母親處寄養。在整個過程中，九妹留守上海，把以胡也頻名義準備好的三封電報和七封信一一發給丁玲母親，以隱瞞胡也頻遇害的消息，並催促丁玲母親早日放丁玲返回。同年七月，沈從文到北京謀職，由九妹陪護心神未定的丁玲住在上海。時局風詭雲譎，九妹為二哥分擔憂患，發揮了重要作用。

在沈從文的朋友圈子中，巴金對九妹記憶尤深。巴金 1932 年九月應沈從文邀請，到青島大學做客，在沈從文的宿舍住了約一個星期，寫了短篇小說〈愛〉。沈從文常和他一起去散步，九妹有時也一同去。巴金在〈懷念從文〉一文中深情地回憶起那段經歷：「我在他那裏過得很愉快，我隨便，他也隨便，好像我們有幾十年的交往一樣。他的妹妹在山東大學念書，有時也和我們一起出去走走、看看。他對妹妹很友愛，很體貼，我早就聽說，他是自學出身，因此很想在妹妹的教育上多下功夫，希望她熟悉他自己想知道卻並不很瞭解的一些知識和事情。」[10] 1933 年秋，巴金因籌備《文學季刊》來到北京，他見到了新婚不久的沈從文夫婦，也與九妹重逢。巴金在北

---

[10] 巴金：〈懷念從文〉，《長河不盡流——懷念沈從文先生》，湖南文藝出版社 1989 年版，3 頁。

京居無定所，沈從文就邀請他到自己的寓所住了約兩個月。當時沈從文正在寫〈邊城〉，巴金在寫短篇小說〈雷〉，無客人時二人各自寫作，來客人時則一起會見客人，每到這個時候，九妹就會端上香茗，然後在旁邊靜靜地聽，間或插一兩句話。1940 年 7 月，巴金從上海來到昆明看望女友蕭珊，居住三月，1941 年巴金又從重慶來到昆明。這兩次巴金在昆明期間，與沈從文交往頗多，還曾攜蕭珊去沈從文在呈貢鄉下的家小住過數日。見到九妹是極平常的事，但熱戀中的巴金卻沒有片言隻語再提起九妹。

　　著名作家施蟄存對九妹也留有印象。那是抗日戰爭爆發後的 1938 年，張兆和帶二個孩子及九妹，在香港待船，準備取道越南去昆明。施蟄存正從上海來，也要到昆明去。沈從文委託施蟄存與她們結伴同行，以便照應。一路雖鞍馬勞頓，所幸順利到達。施蟄存頗為幽默地說這是他「平生一大功勳」。

（三）

　　晚年的張兆和對九妹的「美麗」仍記憶猶新，她曾對筆者發出驚歎：「九妹可美了」。有一張沈從文兄妹與母親的合影照片廣為流傳。照片中的九妹身材嬌小，面容清秀，一雙與她年齡不太相稱的憂鬱的眼睛低垂著。讀者能見到的九妹另一張照片是與丁玲的合影。那張照片上，丁玲坐著，膝上抱著一個嬰兒，站在她身後右邊稍後一點的，就是九妹，穿一身樸素旗袍，相貌俊秀。照片很大，九妹整個身材和相貌很顯眼，大又喧賓奪主之意。就是這張照片，吸引了當時還在湘西流浪的劉祖春注意，為日後與九妹的戀情埋下了伏筆。

　　1933 年夏，沈從文攜張兆和及九妹來到北京時，九妹已經二十一歲，以那個年代的習慣，早到了談婚論嫁的年齡。張兆和結婚時二十四歲，〈邊城〉中的翠翠愛上儺送時只有十三、四歲。新婚的沈

從文坐在秋天的院落裏，伏在撒著斑駁陽光的桌子上寫他的代表作〈邊城〉時，能不為妹妹的婚事憂心嗎？

1997 年，筆者曾先後數次拜訪已進入耄耋之年的張兆和先生。談起九妹，她似乎頗有怨氣。她告訴筆者，沈從文和她曾為九妹介紹過在燕京大學心理系任教的夏雲（夏斧心），但九妹「心太高」，二人的關係沒有能夠維持下去。

劉祖春，鄉土作家，後參加革命，解放後曾任中宣部副部長。1934 年的劉祖春，在沈從文的資助下來到北京求學。沈從文看出這年青人的文學天賦，指引他踏上了文學之路，把他造就成為頗具特色的鄉土作家。劉祖春的小說〈葷煙劃子〉、〈佃戶〉、〈守哨〉等，寫湘西城鎮、山野、水上人事哀樂，處處見出沈從文的影響。從 1934 年到 1937 年這四年間，劉祖春一直是沈家的座上客。劉祖春貪戀沈家寧靜和諧的氣氛，對九妹也逐漸萌生了愛意。許多年後，他回憶起與九妹初次相見時的情形，仍一往情深：「從文的妹妹岳萌從東屋晚出來一步，掀開門簾，站在那裏微笑，看著我這個剛從家鄉才到北京的同鄉年青人。」而九妹對劉祖春顯然也有好感，他週末去沈從文家，作陪的總是九妹。她喜歡聽劉祖春和沈從文談話，有時自己也發表意見。沈從文和張兆和把這一切看在心裏，他們十分樂意推動二人的關係。在四月一個週末美麗的黃昏，沈從文建議劉祖春隨他們一家人去中山公園散步。大家一起在回廊上坐了一會兒，沈從文與張兆和就藉故走開了，把九妹和劉祖春單獨留下。兩個羞澀的年青人在黑暗中誰也不肯先說話，這時一起遊客嘻嘻哈哈走過來，他們急忙跑掉了。

1937 年，劉祖春從北京大學畢業。此時他已經接受了馬克思主義思想，加上日益嚴峻的華北局勢，劉祖春決定參加革命，他與九妹的愛情需要一個了斷。又一個週末，劉祖春從沈從文家吃過飯回

家，九妹堅持相送。他們一起沿著橫跨北海與中南海那座漢白玉雕欄石橋漫步。劉祖春講到華北面臨日本侵略者的蹂躪，講到抗日浪潮風起雲湧，並透露了自己要去山西去參加共產黨領導的抗日隊伍的念頭。九妹她以自己的決心表達了對劉祖春的愛情：「我什麼都不怕，到哪裏都去都不怕。」她的秀麗潔白的面孔望著晚霞襯托出來的北海白塔的輪廓，顯得異常嚴肅而堅定。但劉祖春明白，革命意味著可能會拋頭顱灑熱血，自己死不足惜，而連累一個思想精神並未做好準備的姑娘，理智告訴他：「我沒有這份權利，也沒有這份勇氣。」1937 年 7 月 27 日這天，他趕到沈家，找張兆和借二十元錢作為路費。九妹見到這情形，顯得有點不知所措，她望著劉祖春，臉上有驚慌，有痛苦，有驚疑，有責備。劉祖春能說什麼呢？那個戰火紛飛的年月，個人的命運被時代的大力推動著。他從張兆和手裏接過錢，匆匆離去，自此便成永別。九妹送劉祖春的一張相片也丟失了，但從九妹那裏借來的《堂·吉訶德》英譯本還保持著，成為永久的紀念。後來成為黨的高級領導幹部的劉祖春沒有後悔自己的選擇，但他為九妹的命運感到深深的悲憫：「這個性情高潔而文靜的女人，遠離家鄉，在大城市生活多年，念外國學堂，讀外國小說，生活優越。」她「本應可以得到適合於她本性的那份生活，但是由於生不逢時，嚐盡人間辛酸，各種偶然因素不湊巧都結合在她一人身上，使她身心完全失去平衡，對她的打擊太重了。她承受不了這個巨變，結果是她用盡自己全身心力量把自己徹底毀掉完事。這真是一個人生的悲劇。」這不愧是紅顏知己的精闢之見。

(四)

　　長久伴隨在沈從文身邊且留駐在他記憶中的九妹，在沈從文的小說創作中打下了深深的烙印。這主要表現在五個方面：首先是九

妹以本名出現，並作為主人公的作品，如〈爐邊〉、〈玫瑰與九妹〉等，內容前邊已經介紹過。第二類是〈阿麗思中國遊記〉、〈靜〉、〈冬的空間〉、〈賢賢〉、〈三個女性〉等作品，其中的人物關係、故事情節，皆以九妹為藍本，只是人物名字換了。

得到海外著名漢學家夏志清高度讚揚的〈靜〉寫母親帶岳瑉（九妹）去北京投奔二哥，因戰事被困在長江中游的一個小城。時值春天，母親身體病重臥床，岳瑉伏在吊樓的欄杆上，望著河邊的風景發癡。草綠風箏飛讓岳瑉快樂，但母親的咳嗽和遲遲等不到遠方消息，在她幼小的心靈又蒙上一層陰影。盎然的春意交織著嶽瑉的寂寞與希冀，形成獨特的韻致。

《阿麗思中國遊記》中，儀彬（即九妹）見阿麗思小姐在大城市感到無聊，就建議她去自己的家鄉玩，儀彬為阿麗思小姐介紹家鄉「一切不是你想得到的」種種奇異事物：如美國紅番一樣的苗人，私塾及衙門審案的情形，許多堂吉訶德一類的人物等。這些勾起了阿麗思的好奇心。又在儀彬和二哥的安排下，阿麗思完成了湘西苗鄉的旅行。小說中的儀彬是開朗的，愜意的。她無心讀書，卻喜歡和母親廝守，隨時準備像小鳥投到母親懷中，把臉燙母親的肩，逗母親取樂。「母親在這種情形中，除了笑以外，是找不出話來的。這一幕戲的結束，是儀彬頭上蓬著的一頭烏青短髮，得又來麻煩母親用小梳子同手為整理平妥，因為只要一攏母親身邊，跳宕不羈以及聳肩搖頭的笑，發就非散亂不可」。

〈冬的空間〉表現男子 A 和他的妹妹玖在上海某私立大學的生活，以沈從文和九妹為原型。小說中的玖十六歲，是英文系一年級的旁聽生，「有著俏麗身材，以及蒼白秀美臉龐的女孩子。身穿淺藍色鵝絨的小袖旗袍，披灰色毛呢的方格大衣。」男子 A 在這所私立大學任教。他們因貧困，因前途沒有著落，因對愛情朦朧的渴求而

陷痛苦、絕望的境地。幾個女學生對男子 A 抱有好感，其中一個還傳出與男子 A 相愛的謠言；男子 A 因病住進醫院；男子 A 的朋友被逮捕；男子 A 所在學校一個廚子、一個女生自殺。在此過程中，妹妹玖往來於各處，照料哥哥，傳遞消息，並幫哥哥打理事務。小說中的九妹年齡尚幼，心智還不成熟，卻要承擔過多責任，故常常以淚洗面，顯得單薄柔弱。

〈三個女性〉的故事發生在青島，是給大海和美麗女子所寫的抒情詩。三個女子蒲靜（以丁玲為原型）、黑鳳（以張兆和為原型）、儀青（以九妹為原型）為海濱美麗風景所陶醉，都想把這種對美的驚訝、頌揚和愛表達出來。蒲靜主張唱歌，黑鳳主張沉默，身材秀雅，穿淺綠色教會中學制服的儀青則強調詩的重要。各人見解不同，發生小小爭議，笑鬧一陣兒後，她們的心就在和煦的海風吹拂中溶化了。當成熟穩重的蒲靜轉向嚴肅的政治話題時，儀青雖未能完全理解，但對她們的友人「為理想而生，為理想而死」也充滿了欽佩之情。

第三類是〈鳳子〉、〈如蕤〉、〈薄寒〉和〈摘星錄〉這樣的作品。它們的虛構成分居多，需要聯繫沈從文創作這些作品時的心態，以及九妹當時的處境去推斷，才能發現小說故事和九妹之間微妙的關係。四篇作品的共同點是都以美麗、高貴、成熟的女子為主人公。〈鳳子〉中來自苗鄉，隱居青島海濱的工程師和鳳子的關係讓讀者聯想到現實中沈從文和九妹的關係。美國沈從文研究專家金介甫說〈鳳子〉是沈從文《追憶似水年華》，從〈鳳子〉已完成的部分看，它是關於沈從文家族一部虛構的傳記，而工程師和鳳子的關係是其中的主軸。〈如蕤〉寫一個出生大官僚家庭的女子如蕤與一男子相愛的故事。如蕤希望能找到一個強壯的，有野性的男子，身邊雖追求者如雲，但如蕤看不上他們的萎靡平庸。一次她獨自駕船出海，遇到風

暴,被一個男子搭救,二人產生愛情。如蕤高貴的出生曲折地反映了沈從文對自己曾任貴州提督的祖父的驕傲,如蕤的愛情觀或許就是九妹思想的真實折射。在〈薄寒〉中,沈從文安排了一位美麗女人,把她作為男性生命品格的試金石。一大群都市時髦男人在追求她,卻一一碰壁。作者說:「這個女人,她需要的是力,是粗暴、強壯」的男子。沈從文在西南聯大時期寫的兩篇小說〈看虹錄〉和〈摘星錄〉備受爭議。根據金介甫的考證,〈看虹錄〉是沈從文昆明時期婚外戀的產物,而〈摘星錄〉的本事卻一直無人追究。這篇小說寫一個二十八歲的美麗女子因愛情屢次失意,產生壓抑苦悶情緒。眼前雖有戀人追求,但那些油頭粉面的男子總讓她覺得俗氣。她熱情卻沒有心機,不懂節制,錯過了許多機會。在昆明高原的春景中,她想到了死。這位不具名的女主人年齡與此時的九妹接近,她的處境也與九妹吻合。

　　在沈從文許多湘西題材的小說中,活躍著一群嬌小清純、謙卑自尊的少女形象,如〈邊城〉中的翠翠,〈三三〉中的三三,〈長河〉中的夭夭,〈蕭蕭〉中的蕭蕭等。沈從文寫這些女子一舉手一投足,一蹙眉一淺笑,皆生動感人。有學者指出,這群小女子的形象構成了沈從文湘西小說一道獨特的風景。沈從文從哪裏得到的生活體驗?張兆和、丁玲、高青子等都是作為成熟女性出現在沈從文的生活的,唯有九妹讓沈從文觀察和感受到少女的體態、心緒和成長;寫這些作品時,又有九妹陪伴身邊。從她身上得到靈感,應該是一定的。

　　學者們都注意到沈從文小說中佛洛伊德精神分析理論的影響。沈從文通過周作人、陸志韋等人接觸了這一理論,並把它應用到創作實踐。在他的作品中,由於性壓抑與苦悶而尋求發洩的男性形象比比皆是,如〈長夏〉、〈微波〉、〈中年〉、〈篁君日記〉、〈八駿圖〉、

〈看虹錄〉等作品中的男主人公。而翠翠、三三、蕭蕭、巧秀（《雪晴》中的女主人公）以及〈都市一婦人〉、〈第四〉、〈摘星錄〉等作品中的女主人公，也被性與情支配著命運。不同的是，男主人公上演的通常是喜劇，而女主人公上演的大多是悲劇，這就像在現實生活中，沈從文收穫的是喜悅，而九妹以不幸結局。

（五）

　　1938 年 10 月，張兆和帶二子及九妹逃出北京，經上海到香港，於 11 月到達昆明。40 年代初，九妹已經二十八、九歲，韶華在悄然消逝，而生命仍無以倚靠，精神狀態可想而知。也許是為了抒緩精神的抑鬱，她信了佛教，吃齋並參加當地的佛事活動。但這一切看來無濟於事。1939 年 3 月 21 日沈從文給弟弟寫信，談及九妹，言語中已經頗多抱怨：「即以婚事言，五、六年前夏雲對之極好，彼亦明知，至向其說及婚事時，則不允許。至今覺悟，則人無此耐心與興趣矣。」[11]這是說九妹與夏雲的婚事，責怪九妹不知道珍惜。這封信還提及九妹的精神不太正常之處。九妹在西南聯大圖書館工作，一次圖書館遭遇敵機轟炸，她幫助別人搶救東西，等警報解除，回到自己的住處，卻發現房間遭到小偷洗劫，值錢之物被席捲一空，神經受到刺激的九妹終於瘋了。1943 年 3 月 6 日，沈從文給哥哥信，說及九妹精神症狀加劇，行事異於常態，言語中充滿苦澀和無奈：「我這時節什麼力量都用完了，頭痛喉乾，心中虛虛洞洞，只想哭哭泄泄積壓在心頭的東西，可不許我哭出來。」[12]信中還與大哥商量，把九妹送回湘西沅陵大哥身邊。回到沅陵的九妹後來與一個湘西烏宿農民結婚。1960 年饑寒交迫而死。

---

[11] 見《沈從文全集》18 卷，350 頁。
[12] 見《沈從文全集》18 卷，426 頁。

九妹談不上才華橫溢，以她名義留下來的唯有一篇文字〈我的二哥〉還是沈從文代筆的。但因為有沈從文這樣一位偉大的作家，九妹就無法選擇平凡的生活。她有許多個可能性，但命中註定只能生活在二哥的陰影裏。她的火焰把沈從文的小說照亮，當這火焰熄滅時，她只有死。

三、沈從文筆下的大哥形象

（一）沈雲麓生平述略

沈雲麓原名沈岳霖，又常自署為雲樓、雲六。在沈從文父母養育的九個子女中，沈雲麓是長子，生於 1898 年，早沈從文四歲，1970年去世，享年七十二歲。

據畫家黃永玉先生回憶，沈雲麓少年時代接受自己的祖父黃鏡銘先生建議，在家鄉學習畫炭像（一種用幹的毛筆蘸著一種油煙炭粉在紙上畫出肖像的技法）。約在 1915 年，他去長沙一所美術學校繼續深造。據沈從文在《記丁玲》中所述，沈雲麓離開長沙後，在湘西地方部隊待過一段時間。這支隊伍在田應昭率領下，曾經因「援鄂」，駐紮在丁玲老家鄂西安福縣。1916 年，沈雲麓離開軍隊，前往東北、內蒙、熱河等地尋訪藏匿在那一帶的父親。父親於 1923 年返回湘西，沈雲麓則繼續滯留東北，往返於錦州、義州、瀋陽之間，靠教授幾個學生和給人畫像為生。沈雲麓這近十年間，行蹤飄渺不定，生存之艱辛，是可以設想的。

沈從文於 1923 年 8 月間來到北京，不久和沈雲麓取得了聯繫。1924 年秋，沈雲麓不放心在北京的弟弟，前來探望。約在 1925 年夏，沈從文在北京生活無著，去錦州投靠大哥。1927 年 9 月至 11月間，沈從文有兩封信給沈雲麓，問及父親和弟弟的情況，這說明

他已經回到家鄉鳳凰。1929 年，雲麓來到上海，與沈從文、母親、九妹同住。據沈從文在〈一個天才的通信〉中說，當時沈雲麓準備再去東北。後來東北沒有成行，他於同年 6 月陪護母親一起返回了鳳凰。此後，他長期在鳳凰居住，生活也漸趨穩定。1932 年 7 月 22 日，已經在青島大學任職的沈從文給哥哥信，請他來青島小住。其間，沈雲麓可能到過青島沈從文處。1933 年夏，沈從文攜張兆和來到北京，在籌備婚禮期間，與哥哥沈雲麓多有聯絡。沈從文此時的信洋溢著幸福感，他向哥哥承諾每月寄五十元錢生活費，以供養母親和他。母親在 1934 年初去世後，沈雲麓離開鳳凰，在湘西辰州（現沅淩）沅江畔結廬居住。

1934 年春，鳳凰人劉祖春在沈家三兄弟的關照資助下，去北京讀書。1937 年冬至 1938 年春，北方高校南遷，沈雲麓在沅淩的「雲廬」成了沈從文朋友遠赴雲南、四川的中轉站。聞一多、林徽因、梁思成夫婦都曾在此居住。抗戰最為艱難的 1943 年，九妹因各種刺激，精神症狀頗不穩定，沈從文將她送到沈雲麓身邊，由他照料。抗戰結束後，沈雲麓曾在「湘西王」陳渠珍身邊任閑差。沈雲麓在鳳凰縣和平解放時立了功，解放後受聘為鳳凰縣人民代表、湘西土家族苗族自治州政協委員、湖南省文物委員會委員等職。

沈雲麓從事過的主要職業是畫師，但僅為糊口，沒有留下傳世的作品。他同六弟沈荃、九妹岳萌一樣，是藉著在沈從文作品中的多層次存在，獲得了永生。以下是筆者對沈雲麓在沈從文作品中的形象所做的歸納勾勒，以及自然的聯想。

（二）第一幅像：是兄長也是家長

沈從文涉及大哥的小說中，最早的一篇是〈往事〉（1926）。故事發生的時間約為 1908 年左右。城中鬧時疫，在江家坪老屋的父親

派人來接大哥和沈從文到鄉下躲避。人小路長，二人由四叔用籮筐擔著行路。半道上在一棵大樹下休息，見樹上堆著石頭，四叔解釋說放一顆石頭在樹上能解乏，大哥問你為什麼不放，四叔沒有做聲。行路時，大哥猴急地問何時到，被四叔一頓數落；他加快步伐時，大哥又嚷著頭疼。大哥此時已經上學，卻被放進籮筐中，這表明他是十分瘦弱矮小的。

〈往昔之夢〉（1926）寫沈從文和大哥玩鬥雞的趣事。兄弟二人把家裏的公雞偷出來，到場子裏去和別家鬥雞。在焦急的期盼和等待中，他們的雞贏了比賽。但大哥又擔心回家招母親罵，叫弟弟抱著公雞進門，弟弟不肯，他們就想了一個辦法，把雞冠被叨得不成樣子的公雞偷偷放進家門，再溜到場子裏去繼續看鬥雞，作出公雞和他們無關的樣子。等看完鬥雞回家後，發現負傷的公雞已經被母親做成一道佳餚，而母親似乎並沒有生氣，他們才釋然。小說中，哥哥與弟弟一樣充滿童趣。

喜劇〈蟋蟀〉（1926）描寫家庭生活。二哥翹課去捉蟋蟀，妹妹被他「收買」，幫他掩護。大哥發現了他們的秘密，卻故意不點破，而是不斷逗弄，讓弟弟妹妹自己穿了幫。大哥是戲劇的主角，他逗妹妹時，總把話挑明一半，隨後一句「好，好，我不說了，我不說了。」又把話打住。妹妹被他惹得又急又氣，掩飾不是，坦白也不是，只好罵他是「可惡的大哥」。其實大哥心是很軟的，當母親問他發現了弟弟削的竹筒，為什麼不沒收時，他說：「別人費了一番心，且偷偷悄悄刮了半天！」雖然不忍心處罰弟妹，大哥卻不放過捉弄他們的機會，當弟弟回家時，他又把弟弟堵在了門口。弟弟因為捉蟋蟀，回家晚了，鞋子被露水打得透濕。大哥明知底細，卻把話題向似乎有利於弟弟的方向引，弟弟於是一個個瞎話編下去。裝蟋蟀的竹筒就藏在他的身上，他指望蟋蟀不叫，就萬事大吉了。蟋蟀偏

偏叫了起來，大哥仍不說破，任弟弟謊話連篇。這時，蟋蟀咬破塞子，從筒裏逃了出來，大哥一把捉住，弟弟才急了：「別人是費了許大了力氣才捉得的，快退我！」喜劇洋溢著盎然的童趣和溫馨的親情。

　　父親在 1914 年競選省議會代表失敗，憤而出走北京。又因組織鐵血團刺殺袁世凱未成而流亡關外。由此，父親缺席成了沈家的常態。沒有父親的督促，沈從文變野了，他翹課，上山捉蟋蟀，到河裏游泳。隨著沈雲麓漸漸長大，他在家裏開始擔當父親的角色，由少年時沈從文的玩伴，變成了現在的監督者。大哥十分認真地履行著監督者的角色，但因幼時患病導致近視、耳背，鼻子又總是處在發炎狀態，身體的障礙給他執行「任務」帶來很大困難。《從文自傳》中寫到，父親離家後，大哥就十分盡心地承擔起照管弟弟的責任。沈從文翹課到河邊游泳，每天哥哥都定時去守候捉拿。因為眼睛不濟，他的辦法是一堆一堆地認脫在河邊的衣服，拿著衣服後，靜靜地立在遠處「守株待兔」。兩次教訓之後，沈從文學聰明了，他用石頭把衣服壓住，在河裏只露出臉和鼻孔。眼睛近視的大哥找不到沈從文，自己卻成了沈從文夥伴們戲弄的對象。於是哥哥又想到在途中攔截，當然也只成功了二、三次，沈從文「從經驗上既知道這一著棋時，我進城時便常常故意慢一陣，有時且繞了極遠的東門回去。」哥哥又拿他沒有辦法了。

　　〈玫瑰與九妹〉（1925）裏的大哥明顯長大了。秋天大哥從學堂歸來，帶回一些玫瑰花枝，拿剪刀把枝頭剪成一尺長短，在院子裏種了下來。沈從文時時去看視，間或還偷偷把栽下去的枝條拔出來看看是否生了鬍根。玫瑰生了根發了芽，大哥看管著弟弟妹妹不讓他們爬到花壇上去。但當春天玫瑰開花「滿身滿體」時，哥哥已經在長沙去讀書了。媽媽因為愛惜，不忍心摘一朵。但媽又讓沈從文

寫信給在長沙讀書的哥哥，說及玫瑰開花的消息，信封中附著九妹撿的十多片謝落的玫瑰花瓣。時年 1915 年，沈雲麓的少年時代結束了。

（三）第二幅像：受難的基督

沈雲麓離開家鄉，遠赴長沙就學後，艱難的生活開始了。熟悉沈從文生平的讀者都知道，沈從文的家境，在經歷了父親逃亡，賣房款被騙等事件後，可以說每況愈下。自己尚且難保，哪裏還有餘力照管到大哥。沈雲麓猶如一顆砂礫，一朵漂萍，任自己在世界上自生自滅了。

如前所述，沈從文和沈雲麓取得聯繫，是在 1924 年，不久沈從文到關外看望大哥。與大哥久別重逢，沈從文悲喜交集。喜的是親人相見，悲的是大哥的境況只能用「淒苦」二字來形容。但沈雲麓似乎對自己的窘境全不以為意，在沈從文面前永遠是兄長的架式，固執地關心弟弟；但因自己能力不濟，用力不對，由此形成一個可笑可憫的形象。

沈從文 1924 年在北京開始創作時二十二歲，他初期的作品滿是傷感和苦悶，沈雲麓由此斷定弟弟目前最大的問題是「性壓抑」，應該在戀愛婚姻中解決。〈畫師家兄〉（1924）中的大哥對弟弟不放心，擔心弟弟被什麼不良女人勾引走邪路。他給弟弟寫信，說如果自己生活穩定一些，希望能將弟弟接到自己身邊。沈從文在小說中描述了與大哥久別重逢的那個時刻，看到哥哥瘦得不成樣子，他流了許多淚。沈從文由此憶及幼時與大哥的手足之情：大哥總是管束他，有時還打他，那時的大哥留給他的只有憎恨，現在回憶時喚起的卻是無限柔情。

　　沈從文的長篇小說〈舊夢〉（1928）以自敘傳的形式回憶自己在錦州的一段離奇經歷。沈從文困居北京，正生活落魄時，哥哥自關外來信，說奉天陸軍一個旅長是親戚，經他介紹，這人願意幫助沈從文，為他在軍隊中謀一個秘書職位。事情很快落實下來，沈從文借了錢，來到錦州。認識哥哥的人都對沈從文很好，尤其是被我看成「竇爾墩」的一個姓周的人，威武堂堂儼然督軍模樣，他的夫人不到二十歲，上過中學，讀過並喜歡沈從文的作品。有趣的是，「竇爾墩」不僅對沈從文熱情有加，還鼓勵他的夫人和沈從文單獨相處。在一種極曖昧的態度中，「竇爾墩」夫人對沈從文極盡挑逗，而大哥也積極慫恿。二人正在纏綿之際，部隊發生嘩變，「竇爾敦」有性命之虞，不得不攜夫人逃離。我和「竇爾墩」夫人經歷了生離死別。這部小說背景模糊，情節缺乏內在邏輯，算不得是成功之作。但如果把它看成沈從文的自敘傳，據此探究沈從文與大哥的關係，就頗值得揣摩。小說中深情地回憶了與大哥的手足之情：

> 在我們兄妹九人中，他是在很小的時候，便代行了常出門的爸爸的責任。他把我同六弟用棒子管到他出門那年，愛翹課的我們，想方設法逃過了先生、逃過了媽，卻總逃不過這個尖臉漢子。我同我的六弟好商好量通力合作的到外面去同一些街頭上的小痞子作那小光棍的頑皮事，若非這個人屢屢告發我們，總不會為家中知道。我在一個月中應挨十頓以上的打，這其間總有八回是他的主張。到大河裏洗澡，到下等賭攤邊去賭錢，得勞這個人用手拉著我耳朵還家罰跪。……總之我們同他是仇人，正如我們常常把我們的教書先生當仇人一樣。……到這仇人同我分手後兩年，我再不能在家中待，作人護兵了。從那個時候起，因分了手我才把這仇人看得可

敬一點。到我們分離了五年第二次北京見到時，這仇人已使
我非常愛他了。作弟弟的脾氣壞是仍然如以前一樣，全不因
年齡而稍稍變更，他卻不用他的拳頭來愛他的弟，所用的是
一種作媽的慈祥了。

　　沈從文承認，大哥常是他文章的第一個讀者，「我每寫成一篇關
於小時的鄉村故事，總能得到這個忠厚人的歡喜的眼淚。我在我的
苦惱中每每得到從大哥那邊來的極率真的獎語，總含著眼淚微笑。
在文學上也能瞭解我全個的人格，恐怕這個人算第一個，也算唯一
的一個了。」

　　〈舊夢〉中常常用「傑克」來指代大哥沈雲麓。「傑克」這名字
出自法國小說家都德中篇小說〈小東西〉。小說寫一個綽號叫「小東
西」的人物愛賽特的苦難生活歷程，「傑克」是「小東西」愛賽特的
哥哥。小愛賽特的父親原是一個工廠主，在 1848 年革命中破產，生
活陷入貧困之中，小愛賽特也因此失去了無憂無慮的童年。因為窮，
小東西在學校受盡同學嘲笑。後來，小東西去一所學校當學監。學
監在當時的法國是一個低賤職業，他人又小，受盡了屈辱。在他絕
望想自殺時，好心的日爾瑪納神父幫了他，資助他去巴黎求學。小
說中，「小東西」的傑克哥哥，為人木訥，但心地純良、厚道，且感
情豐富。在小東西最孤獨的時候，他靠與哥哥傑克通信獲得精神上
的安慰。沈從文在〈舊夢〉中，常以「小東西」自況，而大哥就成
了〈小東西〉中的傑克。

　　沈從文趕到錦州，見到的「傑克」是一副落魄模樣：「他瘦到那
樣子我真怕。我一眼見到那尖尖的臉，就要哭。這個人我是又有年
多不見過他的。看他那樣子，已比去年老多了。」大哥因為幼時生
病，眼睛總是在發炎狀態：「我的哥哥傑克是個怪孩子，他的眼淚真
是得天獨厚！從我能夠記事的時候起，我就看見他眼睛總是紅通通

的，臉蛋沒有乾過。」這種境況，使他更見其可憐。但大哥全不以自己身處苦難為意，卻張羅著為弟弟解決「愛」與「性」的問題。他在這方面有一些稀奇古怪的想法，而他的一班朋友又都願意成全他的弟弟，於是上演了一幕荒唐的「情色」遊戲。在此過程中，大哥真誠地勸導，巧妙地利誘，急切地催促，忠實地盡到了一個大哥的責任，無奈弟弟克服不了自己的軟弱，使事情功敗垂成。

沈從文帶有自敘傳色彩的小說〈一個天才的通信〉寫他和家人在上海的悲苦生活，以及由這生活引出的各種近乎瘋狂的聯想。小說中對大哥多有描寫，但沒有交代他來上海的原因。從其他材料推斷，他可能是來接已經病入膏肓的母親回鄉。也可能是自己在家鄉無以為生，想取道上海，再去東北流浪。在上海滯留期間，由於身體不好，經濟窘迫，加上在大都市的不適應，他失去了在東北時的從容，只剩下悲苦和無助。九妹打了一個茶杯，他就會「低低的帶著惋惜調子歎著氣。」他又不肯在家裏待著吃閒飯，執意要自己到菜市去買小菜，但因為眼睛不好，結果手被黃包車撞傷。於是，「本來脾氣極好，忽然也容易無端生起氣來了。」無事可做時，就躺在床上閉目養神，令人望去心生悲憫：「一個小的狹的瘦臉，一把瘦骨，臉色蒼白得同一個蠟做的臉，如不是他那如扯小爐的呼吸，我幾幾乎以為這人是坐化了。」沈從文悲歎道：「先生，你們若是有我那麼一個哥哥，你在他面前恐怕也只有流淚的一件事可做。他那沉默，他那性格，全是這一世紀不能發現第二個使人哀憫的模型。他在我這裏只等待三十塊錢路費，有了錢，他又將隻身到東北雪裏沙裏去滾了。」

（四）第三幅像：迂闊的詩人

《從文自傳》中寫少年時代的沈雲麓常到河邊抓偷偷游泳的弟弟，一方面他忠於「職守」，同時又不忘捎帶愉悅自己的性情：「這

好人便各處望望，果然不見到我的衣褲，相信我那朋友的答覆不是謊話，於是便站在河邊欣賞了一陣河中景致，又彎下腰拾起兩個放光的貝殼，用他那雙若含淚發愁的藝術家眼睛鑒賞了一下，或坐下來取出速寫本，隨意畫兩張河景的素描，口上嘘嘘打著呼哨，又向原來那條路上走去了。」這是一個懂得欣賞自然，懂得表現美，性格又極灑脫的人。沈從文的《記丁玲》中，還寫到沈雲麓隨湘西土著隊伍「援鄂」時的一件巧事。當時沈雲麓任部隊中的下級軍佐，和一個參謀住在丁玲的一個堂伯家。堂伯家逃難時，一幅趙子昂的白馬圖真跡沒有來得及帶走，沈雲麓遂有了鑒賞的機會。臨走時，各人還在畫上題了自己的名姓年月。沈從文寫道：「兩人躺在一鋪鏤花楠木大床上，在燈光下為一幅趙子昂畫的白馬發癡出神。兩人既學過點舊畫，且能鑒賞舊畫，皆認為那是一個寶物，卻仍然盡它靜靜的掛在牆壁上，彷彿不知道這畫同別的畫幅一樣，設若捲成一軸，攜帶時也十分方便。第二天開差時，那畫還好好的掛在牆壁上，各人因為喜歡它，不忍就此離開」。這是沈雲麓性格中的「癡」和「呆」處，也是他的詩性人格魅力所在。

黃永玉在〈這一些憂鬱的碎屑〉中，生動地描繪了沈雲麓令人難以忘懷的形象：

> 他是個大近視。戴的眼鏡像哪兒撿來兩個玻璃瓶子底裝上的，既厚實，又滿是圓圈。眼睛本身也有事。一年 365 天，天天淌眼淚。……鼻子是個問題的重點。永遠不通，明顯地發出響聲讓旁邊的人為他著急。……由此也大大影響了說話，永遠地像是人在隔壁捏著鼻子。再，就是耳朵。有七八成聽不見，想要他明白甚麼事，就得對著他耳朵大聲叫嚷。還有，他愛流汗。滿頭的汗珠。你常常會見到一個人全身冒著熱氣進門來，那就是他。……

他個子單細，卻是靈活之極。他長成一種相書以外的相貌。
高腦門，直鼻樑，長人中，望下掛的厚嘴唇，加上厚實的下
巴，簡直長得痛快淋漓。

比如說，從腦門頂一直到鼻樑額准處，有一道深深的凹線，
是一道深陷的溝，令人蕭然起敬，相信其中是一種特別的
道理。

他雖然眼睛不清楚，步履倒是特別來得快，上身前傾，急忙。
不少街上的閒人為他讓路，因為他脾氣不好。

沈雲麓異型異秉，在經濟窘迫時，這是他生活的障礙。只有在
解除了生存壓力，他才能夠徹底解放，使自己的詩性人格獲得充分
的發展。《芸廬記事》就是這樣一部充分表現了沈雲麓詩性人格的作
品。故事起自 1937 年 12 月的一天，三個外來的大學生，道聽塗說
了許多傳聞，目睹了各種新鮮物事，對湘西懷了一種奇異的感情。
他們在一個鋪子前見到一外來大學生和一個當地中年男子發生衝
突，有動手跡象。那中年男子行為萎頓，相貌不堪，就以為必小偷
無疑，於是起鬨喊打。幸而一個青年軍官路過此處，幫這男子解了
圍。看到大學生用來打當地中年男子的書名，軍官笑稱「磚頭打磚
窯」，也不解釋，拉著中年男子走了。

這中年男子就是沈雲麓，他在這個富有戲劇性的衝突中登場
了。大學生用來打人的小書正是他的弟弟沈從文的〈湘西散記〉，所
謂大水沖了龍王廟。沈雲麓在大街上與大學生衝突後，即得到電話，
他在前線打仗的六弟負傷，將回鄉修養。他忙忙碌碌找來醫生，又
安排其他迎接事項。隨後，小說敘事的中心轉到從前線負傷回家的
弟弟沈荃身上，最後在歡送沈荃重新出征中結束。

　　小說的一個重要組成部分，是對沈雲麓這位沅凌名人軼事的鋪敘。他喜歡「忙」，「大先生到任何地方，都給人一種匆忙印象，正好像有件事情永遠辦不完，必需抽出時間去趕作。」這當然是無事忙，是脾氣使然。他行蹤飄忽不定，十天半個月看不到他的身影，朋友便猜得出，他或回家鄉鳳凰，或去了長沙，也可能到北平弟弟那裏去了。某一天沅陵人又驚訝地發現他回來了，問候時，他必拿出帶回來的糖果點心，或其他稀罕之物，供朋友品嚐、欣賞。他做這一切的動機，完全是出於「天真爛漫的童心」，「要接近自己的人為之驚奇，在驚奇中得到一點快樂」。他對新事物充滿好奇。凡到一個新地方，他必將那裏引人注目之處，特別之所，一一記在心中。他在沅陵的房子，就是他從上海、青島觀摩各式建築，消化吸收，自己設計出來的。正是因為這樣的詩性人格，他成為當地「最有趣味的人物，一個知名人士」。人們喜歡他，尊重他。這個「純土地式的人物」，前半生在外漂泊，如今，根紮在了屬於他的土地上。前半生受窮，如今解決了基本的溫飽問題，他的天真，他的詩性，得到了盡情舒展的機會。

（五）不算多餘的聯想

　　在沈從文的文學世界中，活躍著一群具有詩性人格的人物形象。如《阿麗思中國遊記》中的儺喜，〈邊城〉中的爺爺，〈長河〉中的老水手。這些人物誠實、天真、純粹，為湘西世界塗抹上動人的色彩。同時，像〈顧問官〉、〈張大相〉、〈王謝子弟〉這樣的作品，其中人物一副愚闊、奇趣模樣，具名士風度。沈從文能塑造出這些人物，雖有湘西山水靈氣滋潤的成分，但身邊的大哥，也未嘗不是一個好的模特。

參考書目

錢谷融著：《藝術‧人‧真誠——錢谷融論文自選集》，華東師範大學出版社，1995 年。

凌純聲、芮逸夫著：《湘西苗族調查報告》，民族出版社，2003 年。

吳澤霖、陳國鈞等著：《貴州苗夷社會研究》，民族出版社，2004 年。

凌純聲、林耀華等著：《20 世紀中國人類學民族學研究方法與方法論》，民族出版社，2004 年。

石啟貴著：《湘西苗族實地調查報告》，湖南人民出版社，1986 年。

《苗族簡史》編寫組著：《苗族簡史》，貴州民族出版社，1985 年。

張偉然著：《湖南歷史文化地理研究》，復旦大學出版社，1995 年。

游俊、李漢林著：《湖南少數民族史》，民族出版社，2001 年。

金介甫著：《沈從文筆下的中國社會與文化》，虞建華、邵華強譯，華東師範大學出版社，1994 年。

金介甫著：《沈從文傳》，符家欽譯，湖南文藝出版社，1992 年。

邵華強編：《沈從文研究資料》（上、下），花城出版社，1991 年。

凌宇著：《從邊城走向世界》，三聯書店，1985 年。

凌宇著：《沈從文傳》，十月文藝出版社，1988 年。

朱光潛、張充和等著：《我所認識的沈從文》，岳麓書社，1986 年。

巴金、黃永玉等著：《長河不盡流——懷念沈從文先生》，湖南文藝出版社，1989 年。

《懷念沈從文》（鳳凰文史資料第二輯）（內部發行）1989 年印刷

趙學勇著：《沈從文與東西方文化》，蘭州大學出版社，1990 年。

王繼志著：《沈從文論》，江蘇教育出版社，1992 年。

向成國著：《回歸自然與追尋歷史──沈從文與湘西》，湖南師範大
　　學出版社，1997 年。

劉一友著：《沈從文與湘西》，青海人民出版社，2003 年。

向成國等主編：《永遠的從文──沈從文百年誕辰國際學術論壇文
　　集》，2002 年印。

叔本華著：《作為意志和表象的世界》，石沖白譯，商務印書館，
　　1997 年。

尼采著：《權力意志──重估一切價值的嘗試》，張念東、凌素心譯，
　　商務印書館，1991 年。

維柯著：《新科學》，朱光潛譯，商務印書館，1997 年。

愛德華‧B‧泰勒著：《人類學──人及其文化研究》，連樹聲譯，廣
　　西教育出版社，2004 年。

弗雷澤著：《金枝》，中國民間文藝出版社，1987 年。

列維─布留爾著：《原始思維》，丁由譯，商務印書館，1981 年。

佛洛伊德著：《群體心理學與自我的分析》，《佛洛伊德文集》第 6 卷，
　　長春出版社，2004 年。

容格著：《尋找靈魂的現代人》，貴州人民出版社，1987 年。

藹理士著：《性心理學》，潘光旦譯，商務印書館，2003 年。

奧茲本著：《佛洛伊德和馬克思》，董秋斯譯，中國人民大學出版社，
　　2004 年。

韋勒克、沃倫著：《文學理論》，劉象愚等譯，三聯書店，1984 年。

愛德華‧W‧薩義德著：《東方學》，王宇根譯，三聯書店，2000 年。

巴赫金著：《陀思妥耶夫斯基詩學問題》，白春仁等譯，三聯書店，
　　1988 年。

葉‧莫‧梅列金斯基著：《神話的詩學》，魏慶征譯，商務印書館，
　　1990 年。

熱拉爾・熱奈特著：《敘述話語・新敘述話語》，王文融譯，中國社
　　會科學出版社，1990 年。

伊恩・瓦特著：《小說的興起》，三聯書店，1992 年。

卡・伯恩—梅・伯恩著：《文化的變異——現代文化人類學通論》，
　　杜杉杉譯，遼寧人民出版社，1988 年。

塞米利安著：《現代小說美學》，陝西人民出版社，1987 年。

馬・佈雷德伯裏、詹・麥克法蘭編：《現代主義》，胡家巒等譯，上
　　海外語教育出版社，1992 年。

伊里亞德主編：《哥倫比亞美國小說史》，朱通伯等譯，四川辭書出
　　版社，1994 年。

艾勒克・博埃默著：《殖民與後殖民文學》，盛寧等譯，遼寧教育出
　　版社、牛津大學出版社，1998 年。

邁克爾・萊文森編：《現代主義》，田智譯，遼寧教育出版社，2002 年。

弗朗索瓦・多斯著：《從結構到結構——法國 20 世紀思想主潮》，季
　　廣茂譯，中央編譯出版社，2004 年。

W・C・布斯著：《小說修辭學》，華明等譯，北京大學出版社，
　　1987 年。

馬元曦主編：《社會性別與發展譯文集》，三聯書店，1997 年。

柳鳴九主編：《從現代主義到後現代主義》，中國社會科學出版社，
　　1994 年。

嚴家炎著：《中國現代小說流派史》，人民文學出版社，1989 年。

郭志剛、孫中田主編：《中國現代文學史》，高等教育出版社，1993 年。

錢理群著：《1948：天地玄黃》，山東教育出版社，1998 年。

王富仁著：《王富仁自選集》，廣西師範大學出版社，1997 年。

趙園著：《論小說十家》，浙江文藝出版社，1987 年。

王曉明著：《潛流與漩渦》，中國社會科學出版社，1991 年。

陳平原著：《中國小說敘事模式的轉變》，上海人民出版社，1988 年。

黃子平、陳平原、錢理群著：《20 世紀中國文學三人談》，人民文學
　　出版社，1988 年。

汪暉著：《汪暉自選集》，廣西師範大學出版社，1997 年。

王一川著：《中國現代性體驗的發生》，北京師範大學出版社，2001 年。

葉舒憲著：《文學與人類學——知識全球化時代的文學研究》，社會
　　科學文獻出版社，2003 年。

楊聯芬著：《中國現代文學中的抒情傾向》，北京師範大學出版社，
　　1996 年。

范家進著：《現代鄉土小說三家論》，上海三聯書店，2002 年。

洪長泰著：《到民間去——1918-1937 年的中國知識份子與民間文學
　　運動》，董曉萍譯，上海文藝出版社，1993 年。

〔美國〕艾愷著：《世界範圍內的反現代化思潮——論文化守成主
　　義》，貴州人民出版社，1991 年。

王德威著：《想像中國的方法》，三聯書店，1998 年。

馮客著：《近代中國之種族觀念》，楊立華譯，江蘇人民出版社，
　　1999 年。

郭雙林著：《西潮激蕩下的晚清地理學》，北京大學出版社，2002 年。

後記

　　從確定以沈從文小說為博士論文的選題，到今天本書出版，已經過去了十二個年頭。追憶往事，感慨良多。

　　本書是以我的博士論文為基礎拓展深化而成。回想當年，我為什麼會選沈從文作為博士論文的題目，可以說偶然中帶有必然。我是從外國文學研究轉到中國現代文學研究領域的，由於擔心積累不夠，選定博士論文方向時頗費了些周折。在導師錢谷融先生以及師兄楊揚、高恆文等的建議下，我選定了沈從文作為博士論文研究的對象。那年夏天，在貴陽花溪的家中，我通讀了沈從文文集，被深深地吸引。現在想起來，這其中又有必然性：在外國文學中，我喜愛勞倫斯，兩個同一時代不同民族的作家對自然生命的張揚，難道不是在我的潛意識中匯合了嗎？我曾經在貴州民族學院這個全國最大的苗學中心工作過三年，耳濡目染、潛移默化的作用也是不容忽視的。

　　在上海攻讀博士的三年歲月，留給我許多溫馨的回憶。我原先只是仰慕錢先生的名氣，但並不很瞭解他，等入了師門，才慶幸自己找了一個好導師。不知有多少次，我沿著華東師大美麗的校園向西，過麗娃河，穿後門到師大二村，走進綠樹掩映中那棟紅磚青瓦、古雅別致的小樓。錢先生的弟子是不用敲門的，他們往往徑直推門而入，從踩木地板咚咚的聲響，錢先生有時也能判斷出來者是誰，所以人還未露面，他先有了招呼，給弟子一個驚喜。大多數時候，錢先生坐在書房兼客廳靠陽臺的籐椅上，手持一卷書在讀，背對著窗外斜射進來的柔和陽光，深色的剪影和沉思的神情把你帶進了歷史的長河中……

　　錢先生是我國著名文學理論家、文學教育家，早年因《論「文學是人學」》和《〈雷雨〉人物談》享譽文壇，也因此屢遭厄運。八十年代以後，錢先生的主要精力放在教育方面。先生年輕時率直剛正，進入老年，人變得融通寬厚，但他對文學的傾心一如既往，對美的事物的愛好一如既往，對人情人性的尊重一如既往。錢谷融的精神境界，偏向於道家一路，退避、「示弱」、「不爭」，但操守堅定，對人對事絕不作無原則的妥協。錢先生還是性情中人，他非常喜歡《世說新語》中人物的灑脫、豪邁和奇趣，以及友人、主客問答中表現出來的那種機智和才情。其實錢先生並不是那種在生活中一片癡氣的人。一個人不可能生活在真空裏，不與社會接觸，以錢先生的地位聲望，常常成為各種事件的糾結點，他總能明察秋毫、審時度勢、指揮若定，那種駕馭局勢的能力，絕不是一般人可以仿效的。熟悉錢谷融先生的人，都會被他的人格魅力所吸引，並深深敬服。三年時間裏，我一直沐浴在錢先生特殊的人格魅力中，我的天資雖然愚鈍，但所得教益也是巨大的，我的博士論文就是這種薰陶和教誨的結晶。

　　我的上海三年，對漫長的人類歷史而言，是微不足道的，但就個人講，它的分量卻顯得異常沉重。除了受教於導師，我還從其他師友身上獲得教誨。王曉明先生是我的老師，又是我的師兄，他給我的幫助也是雙重的。吳俊師兄、楊揚師兄、高恒文師兄、萬燕師妹，以及其他許多這裏沒有列舉名字的學友，與他們的相處，讓我感到身心愉悅，也使我深受教益。本書的主體部分在申請博士學位論文答辯時，得到了賈植芳先生、范伯群先生、曾華鵬先生、張德林先生、陳思和先生、王曉明先生的肯定和鼓勵，並原諒我的疏漏之處，此書在一些方面修改了博士論文中的觀點，可以說主要得益於他們的批評。在此書即將付梓之時，謹向他們表達誠摯的謝意。

　　博士研究生畢業後，我來到北京師範大學工作。因為所屬專業所教課程轉到比較文學，忙碌的教學以及接踵而至的其他事情讓我著實狼狽了一段時間，博士論文一直無暇整理。1997 年，我出版了《湖南鄉土作家與湘楚文化》一書，其中沈從文是我論述的一個重點。同年，我又接受了錢理群老師的邀請，為廣西教育出版社將要出版的「詩化小說研究書系」撰寫一本沈從文〈邊城〉研究的著作，這就是 2003 年出版的《〈邊城〉：牧歌與中國形象》一書。這兩本著作都深化和開闊了我的思路，對博士論文的修改和最終完成，幫助是巨大的。

　　2002 年是沈從文誕辰一百周年，這年九月，在沈從文的故鄉鳳凰縣，召開了沈從文學術討論會。那種專門性的學術會議有許多好處，其中一條是可以和同行認真切磋學問。在這次會議上，我第一次見到許多相知已久，但未曾謀面的學者，如金介甫先生、王潤華先生、吳立昌先生、劉一友先生、向成國先生、王繼志先生、趙學勇先生、糜華凌先生等，也重逢了一些老朋友，如福家道信先生等，還結識了一些新朋友，如楊瑞仁先生等。在聽別人發言和自己發言中，觀點碰撞、爭執、激勵，受益良多。在其後的一年多時間裏，我對此書的佈局結構又進行了較大規模的調整，並「奮筆」寫出了此書中尚未完成的部分。此外還有日本的小島久代女士，他為我的研究提供過資料。我從這些學者的沈從文研究中獲得過諸多啟發，本書也多處引用他們的研究成果。金介甫先生在沈從文研究領域有篳路藍縷之功，其成就有目共睹。他對我的沈從文研究影響很深，在長期交往過程中，也總是有求必應，這次又承蒙他慨然允諾為本書作序，讓我更深受感動。感謝在寫作此書中幫助過我的這些前輩、同事、朋友。

　　除前邊提到的名字外，還有一些人的名字與此書聯繫在一起，他們是：嚴家炎先生、郭志剛先生、王富仁先生、沈虎雛先生、羅羨儀女士。此書得到北京社會科學理論著作出版基金的資助，北京師範大學出版社的馬曉薇女士為編輯此書耗費了精力，高建為先生為此書提供了急需的一些材料，趙倩同學幫我校對稿件，在此一併致謝。

　　我研究沈從文多年，但由於種種原因，直到今天，才了卻了出版此書的宿願。現在想來，這也未嘗沒有好處，這使我有充分的時間冷靜地思考，站得更高些。我希望隨時間而來的智慧，將貫注於此書中，給讀者更多的啟發和益處，也熱誠希望海內外同行不吝賜教。

2004 年 4 月

再版後記

　　此書原名《沈從文小說新論》，初版於 2005 年初。此次蒙蔡登山先生不棄，提出由臺灣的秀威出版公司再版，我自然是很高興的。我研究沈從文十餘年，這是一部總結性的著作。該書出版後，受到學界的重視，也招致了個別「專家」的不滿。國內學界對沈從文創作本質的評價，一直趨於兩極。否定沈從文創作價值的大有人在，所以不認同我對沈從文的高度評價，我並不覺得意外。倒是有沈從文的堅定維護者，也對我的書有微詞，讓我不免傷感。細細想來，雖然我們好像站在同一條「戰線」上，但立場卻有著根本的區別。我的基本觀點是，沈從文不屬於五四新文學中的啟蒙現實主義傳統，他應該被納入以非理性與原始性為追求的現代主義傳統中去。沈從文對非理性與原始性的追求，與他的現代民族國家想像完美結合，重塑了詩意的中國形象，為後發國家回應被動現代化，提供了經典的樣式和意緒。

　　此次再版，除補充、修訂了幾條注釋，變動了個別文字外，內容上沒有大動。感謝蔡登山先生的推薦，也感謝秀威出版公司出版我的第三部著作。

2009 年 1 月 1 日記於北京師範大學

國家圖書館出版品預行編目

沈從文小說與現代主義 / 劉洪濤著. -- 一版.
-- 臺北市：秀威資訊科技, 2009.05
面；　　公分. -- (語言文學；PG0250)
BOD 版
參考書目：面
ISBN 978-986-221-220-2 (平裝)

1.沈從文　2.現代小說　3.現代主義　4.文學評論

857.7　　　　　　　　　　　　　98006760

 語言文學　PG0250

沈從文小說與現代主義

作　　者 / 劉洪濤
主　　編 / 蔡登山
發 行 人 / 宋政坤
執行編輯 / 黃姣潔
圖文排版 / 黃莉珊
封面設計 / 陳佩蓉
數位轉譯 / 徐真玉　沈裕閔
圖書銷售 / 林怡君
法律顧問 / 毛國樑　律師
出版印製 / 秀威資訊科技股份有限公司
　　　　　 台北市內湖區瑞光路 583 巷 25 號 1 樓
　　　　　 電話：02-2657-9211　　　傳真：02-2657-9106
　　　　　 E-mail：service@showwe.com.tw
經 銷 商 / 紅螞蟻圖書有限公司
　　　　　 台北市內湖區舊宗路二段 121 巷 28、32 號 4 樓
　　　　　 電話：02-2795-3656　　　傳真：02-2795-4100
　　　　　 http://www.e-redant.com

2009 年 5 月 BOD 一版
定價：350 元

讀　者　回　函　卡

感謝您購買本書，為提升服務品質，煩請填寫以下問卷，收到您的寶貴意見後，我們會仔細收藏記錄並回贈紀念品，謝謝！

1. 您購買的書名：＿＿＿＿＿＿＿＿＿＿＿＿＿＿＿＿＿

2. 您從何得知本書的消息？

　　□網路書店　□部落格　□資料庫搜尋　□書訊　□電子報　□書店

　　□平面媒體　□ 朋友推薦　□網站推薦　□其他＿＿＿＿＿＿

3. 您對本書的評價：(請填代號　1.非常滿意 2.滿意 3.尚可 4.再改進)

　　封面設計＿＿＿　版面編排＿＿＿　內容＿＿＿　文/譯筆＿＿＿　價格＿＿＿

4. 讀完書後您覺得：

　　□很有收獲　□有收獲　□收獲不多　□沒收獲

5. 您會推薦本書給朋友嗎？

　　□會　□不會，為什麼？＿＿＿＿＿＿＿＿＿＿＿＿＿＿＿＿＿

6. 其他寶貴的意見：＿＿＿＿＿＿＿＿＿＿＿＿＿＿＿＿＿

　　＿＿＿＿＿＿＿＿＿＿＿＿＿＿＿＿＿＿＿＿＿＿＿＿＿

　　＿＿＿＿＿＿＿＿＿＿＿＿＿＿＿＿＿＿＿＿＿＿＿＿＿

　　＿＿＿＿＿＿＿＿＿＿＿＿＿＿＿＿＿＿＿＿＿＿＿＿＿

讀者基本資料

姓名：＿＿＿＿＿＿＿＿＿＿　年齡：＿＿＿＿　性別：□女 □男

聯絡電話：＿＿＿＿＿＿＿＿　E-mail：＿＿＿＿＿＿＿＿＿＿

地址：＿＿＿＿＿＿＿＿＿＿＿＿＿＿＿＿＿＿＿＿＿＿＿＿＿

學歷：□高中(含)以下　　□高中　　□專科學校　　□大學

　　　□研究所(含)以上 □其他＿＿＿＿＿＿＿＿

職業：□製造業 □金融業 □資訊業 □軍警 □傳播業 □自由業

　　　□服務業 □公務員 □教職　□學生 □其他＿＿＿＿＿

秀威與 BOD

BOD（Books On Demand）是數位出版的大趨勢，秀威資訊率先運用 POD 數位印刷設備來生產書籍，並提供作者全程數位出版服務，致使書籍產銷零庫存，知識傳承不絕版，目前已開闢以下書系：

一、BOD 學術著作—專業論述的閱讀延伸
二、BOD 個人著作—分享生命的心路歷程
三、BOD 旅遊著作—個人深度旅遊文學創作
四、BOD 大陸學者—大陸專業學者學術出版
五、POD 獨家經銷—數位產製的代發行書籍

BOD 秀威網路書店：www.showwe.com.tw
政府出版品網路書店：www.govbooks.com.tw

永不絕版的故事・自己寫・永不休止的音符・自己唱